Mon avenir
dans ton regard

Angélique Daniel

Mon avenir dans ton regard

éditions
Les Nouveaux Auteurs

Éditions Les Nouveaux Auteurs

16, rue d'Orchampt 75018 Paris
www.lesnouveauxauteurs.com

ÉDITIONS PRISMA

13, rue Henri-Barbusse 92624 Gennevilliers Cedex
www.editions-prisma.com

ISBN: 978-2-8195-04498

Chapitre 1

Jared

Los Angeles

La nuit est tombée depuis plusieurs heures sur ce quartier populaire de Los Angeles. Populaire, rien que ce mot me fait sourire, c'est un mot moins dérangeant que la réalité du lieu qui serait plutôt qualifié de sordide, vétuste et tout autre terme qui irait dans ce sens.

Depuis l'autre côté de la rue, j'observe la maison qui est dans un tel état que n'importe qui étant doté d'une once d'intelligence penserait qu'elle est abandonnée. Mais ce n'est pas le cas. J'ai longuement étudié les allées et venues pendant plusieurs jours et je suis certain qu'à cette heure-ci, elle est inoccupée. Ses habitants sont partis acheter leur dose de crack dans un bar du coin et ne rentreront qu'à l'aube lorsque le mélange d'héroïne et de whisky leur aura complètement fait oublier la cruauté de leurs existences.

Je jette un coup d'œil à droite, à gauche, la rue est déserte. Je passe une main dans mes cheveux bruns coupés court et les recouvre d'un bonnet noir en expirant la dernière bouffée de ma cigarette. Le lampadaire devant la maison est cassé, ce qui m'arrange bien. Je me faufile vers la baraque, la contourne à la recherche d'un moyen d'entrer. Je repère une fenêtre mal fermée, c'est ma chance. Je la remonte et saute à l'intérieur. Je suis grand, mon corps est plutôt fin mais musclé, résultat d'années à traîner dans les rues en essayant de me faire respecter. Dans ces quartiers pauvres, j'ai rapidement appris la loi du plus fort. Je me tiens à l'écart des gangs et ils ne s'occupent pas de moi, c'est un accord tacite entre nous : chacun sa vie. Mais avec les autres jeunes qui cherchent la bagarre, c'est une autre histoire. Il faut souvent montrer de quoi on est capable sous peine de passer pour un lâche qui se fait marcher dessus comme une merde.

Cette vie je ne l'ai pas choisie et je ne suis pas toujours fier de ce qu'elle a fait de moi. J'ai 24 ans et cela fait des années que je squatte par-ci, par-là pour continuer à simplement respirer. Mon avenir ? Je ne le vois pas, je n'en ai pas. De même que je n'ai pas de famille, juste quelques potes. Une copine ? Impossible. Je rencontre des filles qui me servent le temps d'une partie de jambes en l'air occasionnelle. Je suis incapable d'aimer qui que ce soit, de même que personne ne m'a jamais aimé. De toute façon, je ne ferai pas de vieux os donc cela ne me servirait à rien de me lamenter pour les gens que je pourrais laisser derrière moi. La seule chose qui me fait tout oublier c'est la musique. À longueur de journée, je suis capable d'écrire des paroles de chansons. J'y mets tout ce que je ressens sans jamais oser le dire. Le rap, ça c'est mon moyen d'expression, ma drogue et ma seule raison de vivre.

Je regarde autour de moi, à la recherche de mon but. Tout est sombre, seule la lampe de poche que j'ai apportée balaie faiblement le salon dégueulasse où je me trouve. Je me dirige vers les chambres, celle de droite à la porte entrouverte. Au premier coup d'œil, j'esquisse un sourire. Ça y est, j'ai trouvé ! Je me saisis du carton qui ne pèse pas très lourd.

— Police ! Sortez de la maison, les mains sur la tête !

Je lève les yeux au ciel. Bien sûr, c'était trop beau pour que mon cambriolage passe inaperçu dans ce quartier de merde !

Rapidement je parcours le couloir avec l'idée de repasser par là où je suis arrivé et ainsi d'échapper aux flics. Je passe une jambe par la fenêtre quand j'entends une voix de femme devant moi :

— N'y pense même pas !

Une lumière vive m'éclaire le visage. Malgré l'éblouissement je vois le canon d'un flingue pointé sur moi.

Eh merde !

Je souffle, résigné.

Je suis con mais il y a des limites, et mourir dans ce taudis serait ma pire connerie.

Un flic arrive par derrière et me fait revenir de force à l'intérieur. Il s'empare du carton, me privant de ce que je venais chercher. Les mains dans le dos, il me passe les menottes tout en me récitant mes droits.

Je sais que cette fois, j'ai peu de chances d'échapper à la prison.

Chapitre 2

Jared

7 mois plus tard…

Le type à côté de moi me regarde comme si j'avais deux têtes.

— T'as un problème ?

Il baisse rapidement les yeux et murmure un non que je peine à entendre.

— Parfait, alors arrête de me dévisager comme ça, tu m'énerves ! C'est pas parce que tu es nouveau ici qu'il faut que tu fasses chier le monde !

Je reporte mon attention sur mon cahier et me remets à écrire les paroles d'une chanson qui hante mes pensées depuis plusieurs heures.

— C'est juste que… je te vois noter des trucs dans ce carnet depuis mon arrivée. C'est rare un détenu qui passe son temps un stylo à la main.

Je lève les yeux au ciel. Bien sûr, il y a un nouveau prisonnier qui se prend pour un psy et c'est direct pour moi ! *Mais qu'est-ce que j'ai fait pour mériter ça ?*

— Ouais, ben étant donné que pour l'instant je suis coincé

ici, je m'évade l'esprit comme je peux. Tu ferais bien d'en faire autant si tu ne veux pas péter un plomb à force d'être enfermé.

Le mec me regarde avec intérêt, apparemment il ne s'attendait pas à une réponse intelligente.

— Jared ! Parloir ! Me crie le gardien le plus sympa de notre bloc.

J'attrape mes affaires et avance dans sa direction. Il fait beau aujourd'hui, c'est pour cela que je m'étais installé dehors pour aligner mes mots. En chemin, nous échangeons quelques banalités. Luke est un mec bien malgré son boulot. Quand j'ai été condamné pour cambriolage après avoir commis d'autres petits délits, le personnel pénitentiaire s'attendait à en baver avec moi. Ils pensaient que j'allais me rebeller et être l'un des caïds des lieux ; d'autres détenus aussi apparemment puisque dès mon arrivée certains sont venus me chercher des embrouilles. J'ai grandi dans la rue, je sais me défendre, mais en prison ce sont d'autres lois qui régissent les lieux dont j'ignorais tout. Cependant il était hors de question que je me laisse marcher dessus, je voulais juste trouver une solution qui ne prolonge pas mon temps d'incarcération. Mais je n'ai pas eu besoin de me battre, ni de trouver de quoi me défendre car j'ai rencontré Earl. Nous partageons la même cellule, ce qui nous a rapprochés, sans compter qu'il a l'âge d'être mon père et que c'est un gars que tout le monde respecte. Il a suffi qu'il m'invite à déjeuner à sa table et les ennuis ont immédiatement cessé. Ce n'est que par la suite que j'ai compris que sans Earl, je me serais sûrement fait passer à tabac, si ce n'est pire. Cela fait un peu plus de sept mois que je suis en prison et il est devenu mon mentor. C'est un homme intelligent. Il était comptable dans une grosse société à l'époque où il était un honnête citoyen, mais son patron a détourné des millions de dollars et Earl a accepté de porter le chapeau. Il m'a raconté son histoire un soir. Apparemment, en échange de quatorze années derrière les barreaux, il a reçu un gros virement sur un compte offshore à l'étranger. Sa maison a été payée et sa fille reçoit chaque mois suffisamment d'argent sur son compte en banque pour vivre tranquille sans se poser de questions. Il a monnayé cher sa liberté. À sa place, je ne suis pas sûr que j'aurais fait le même choix. Être enfermé ici me tape sur le système mais penser à ma libération me stresse. En prison, je mène une vie plus stable que dehors. Je n'ai plus besoin de me demander où je vais passer la nuit, si je vais réussir à manger aujourd'hui et si je vais pouvoir prendre une douche. L'incarcération, c'est bien plus simple.

Quand j'entre dans la salle, je repère aussitôt Eddy assis à une des petites tables carrées. Eddy est mon meilleur ami depuis que nous sommes gosses. Il n'a pas toujours été bien accepté dans notre quartier à cause de son métissage, son père est noir et sa mère blanche. De là où on vient cela n'a pas toujours été bien vu. Pendant longtemps Eddy a été considéré comme un noir par les Blancs et il avait la peau trop blanche pour les Noirs. Aujourd'hui il s'est sorti de ces histoires qui n'ont aucun sens, et depuis qu'il travaille comme ingénieur du son dans un studio d'enregistrement, il est respecté où qu'il aille. Son regard affûté scrute chaque femme autour de lui comme s'il se trouvait devant un assortiment de bonbons et qu'il ne savait pas lequel choisir. Même lorsqu'il vient me voir, il ne peut pas s'empêcher d'évaluer toutes les filles présentes dans la pièce.

— Toujours aussi dragueur depuis le mois dernier, lui dis-je en lui tapant dans la main.

— Salut vieux. Je me disais que la plupart des meufs qui viennent ici doivent être déprimées quand elles ressortent, alors autant être là pour les consoler.

Il éclate de rire tandis que je lui souris.

— Je suis content de te voir.

Je prends place en face de lui et il se met à me parler de la vie à l'extérieur. Un de nos copains vient d'intégrer un gang, et les paris vont bon train entre ceux qui le voient mort avant la fin de l'année et ceux qui pensent qu'il viendra bientôt me rejoindre. Quand Eddy me parle de sa mère, mon esprit décroche totalement de la conversation. Entre Marietta et moi, la situation a toujours été compliquée et je n'ai pas du tout envie de raviver de vieux souvenirs. Mes yeux parcourent la salle et se posent sur une table à notre gauche. Earl y est assis avec une fille. De là où je suis, je peux distinguer clairement son visage aux traits fins, encadré par des cheveux blonds où apparaissent quelques mèches châtaines qui lui tombent sur les épaules. Il n'y a pas à dire, elle est très belle, encore plus que sur les photos que possède son père. D'après ce que m'a dit Earl, elle est plus jeune que moi de quelques années. Lorsque son regard croise le mien, je remarque qu'elle a des yeux verts très expressifs. J'ai la désagréable impression qu'elle essaie de lire la raison de ma présence ici directement dans mon âme. Cela me fait un drôle d'effet qui se répercute directement dans une partie de mon corps que je tente d'ignorer. Elle continue de discuter avec Earl tout en me scrutant avec curiosité et ses joues s'empourprent légèrement quand elle se rend compte que je l'observe. Elle finit par détourner le regard, j'en fais autant, un peu mal à l'aise de l'avoir dévisagée avec envie. Voilà l'un des plus gros inconvénients avec la prison : le manque de sexe !

— Elle est bonne, sourit Eddy en la détaillant, je vais essayer de me la faire à la sortie.

Aussitôt mon sang ne fait qu'un tour, je me penche au-dessus de la table afin que nos yeux soient à la même hauteur. Si on était dehors, je l'aurais chopé par le col de son T-shirt, histoire d'être encore plus menaçant.

— Tu ne la touches pas ! C'est la fille d'Earl.

— Et alors ?

Eddy me scrute comme si j'étais devenu fou.

— Earl me protège depuis mon arrivée, alors il est hors de question que sa fille se fasse emmerder par un de mes potes. Tu l'oublies, c'est clair ?

— OK, comme tu veux.

Eddy lève les mains en l'air et je me recule en soufflant.

— Il est vraiment temps que tu sortes d'ici, tu es trop à cran, ça ira mieux lorsque tu auras baisé !

Que répondre à ça ? Il a sûrement raison.

Plus tard, je retrouve Earl dans notre cellule. C'est un espace confiné où il y a seulement assez de place pour un lit superposé, une table, une chaise et un coin toilette. Il est assis sur son lit, en dessous du mien, et passe les doigts sur sa moustache grisâtre pour la lisser, le regard dans le vague. À présent, je le connais assez pour savoir que lorsqu'il fait ce geste, il est préoccupé.

— Ça va ? je lui demande en sautant sur le lit du haut.

Je m'assieds sur le bord et laisse mes jambes pendre dans le vide, à côté de lui. Une autre chose que je déteste en prison ce sont les combinaisons orange qu'ils nous forcent à porter. Une fois dehors, plus jamais je ne porterai un truc de cette couleur criarde.

— Bof, ce n'est pas top, souffle Earl en haussant les épaules.

— Qu'est-ce qui se passe ? Tu sais que si je peux t'aider, je suis là.

Il est l'une des rares personnes à qui je peux dire ça. J'admire cet homme. Depuis mon arrivée il a toujours été là pour moi, même lorsque je n'avais pas le moral mais que je faisais tout pour le cacher à tout le monde, lui, il savait voir à travers mes silences et trouvait toujours un moyen de me distraire avant que je ne pète un plomb. Que ce soit pour me parler de sa vie, jouer aux cartes ou m'encourager à écrire une chanson, il répond toujours présent.

— Ma fille est venue me voir tout à l'heure.

— Ouais, je l'ai vue. Eddy est venu me rendre visite aussi. Je l'ai reconnue d'après les photos que tu m'as montrées.

Je me garde bien de lui dire que ce n'est pas la première fois que je l'aperçois, même si je ne l'avais jamais autant approchée. Earl se lève pour me faire face. Son front est plissé sous ses cheveux poivre et sel.

— Tu l'as trouvée comment ?

Aussitôt un tas de qualificatifs me viennent à l'esprit mais je ne suis pas sûr que mon pote verrait d'un bon œil si je lui disais l'effet qu'elle m'a fait, aussi je me contente de hausser négligemment une épaule.

— Avant, Adalynn était pleine de joie de vivre mais depuis quelque temps, à chaque fois qu'elle vient me voir, je me rends compte qu'elle a changé. Elle est plus renfermée, inquiète. Et quand je lui demande si quelque chose ne va pas, elle me réplique que tout va bien.

— C'est peut-être le cas, hasardé-je.

— Je pourrais le croire si elle ne retenait pas ses larmes en me répondant.

Ouais, bizarre.

— Peut-être un chagrin d'amour ? tenté-je.

— Elle n'a pas de copain en ce moment. Tu penses bien qu'elle me tient au courant de ce genre de chose depuis que je suis ici. D'ailleurs lorsque je lui parle de ses amis, elle ne mentionne que Heather, sa meilleure amie, personne d'autre.

— Crise d'adolescence ?

Je vois bien qu'il est sincèrement inquiet, cela me touche d'autant plus que jamais quelqu'un ne s'est fait de souci pour moi. Peut-être que si j'avais eu un père aimant... ou un père tout court, je ne serais pas ici aujourd'hui.

— Pas son genre. Ady va avoir 19 ans dans quelques semaines et elle a toujours été du genre timide, sérieux, les pieds sur terre et un grand sourire aux lèvres sauf qu'en ce moment, le sourire n'est plus vraiment là.

Il secoue la tête en se pinçant l'arête du nez. Je ne sais pas quoi lui dire pour apaiser son angoisse. J'ignore comment a l'habitude d'agir sa fille, j'ignore comment les filles réagissent tout bonnement d'ailleurs. Mes contacts avec les nanas ne durent généralement que quelques minutes et après chacun reprend sa vie.

— Si seulement je n'étais pas enfermé ici, maugrée-t-il en faisant les cent pas dans notre minuscule cellule. Je suis sûr qu'elle a des problèmes dont elle ne veut pas me parler.

Je reste silencieux un long moment, jusqu'à ce qu'il pose ses yeux vert foncé sur moi. Je peux presque voir une idée germer dans son esprit.

— Quoi ?

— Tu vas bientôt sortir, Jared ?

C'est purement une question rhétorique puisqu'il connaît ma date de sortie aussi bien que moi.

— Ouais, dans trois jours.

Il pose ses avant-bras sur mon matelas et plante son regard dans le mien.

— Tu sais où tu vas vivre en sortant ?

Je sens que je vais me retrouver coincé d'ici peu, seulement je n'ai pas d'autres choix que de lui dire la vérité. Un soir où j'allais vraiment mal, je me suis confié à lui. Depuis il sait tout de ma vie et par conséquent connaît déjà la réponse à cette question.

— Pas vraiment. Stan n'a plus son garage, du coup je passerais sûrement quelques jours chez Eddy.

Il secoue la tête en se pinçant les lèvres.

— Tu ne peux pas retourner là-bas, ce n'est pas un bon environnement pour toi.

Je baisse la tête. Il y a certaines choses que je n'aurais certainement pas dû lui raconter. Je sais qu'aller squatter chez mon pote et sa mère n'est pas une merveilleuse idée, mais ce n'est pas comme si j'avais d'autres solutions. Au pire, je peux dormir dans ma voiture, ça ne sera pas la première fois.

— Tu ne voudrais pas aller vivre chez moi ?

Je relève si brusquement le visage que je sens mes vertèbres cervicales craquer.

— Moi ? Chez toi ? Avec ta femme et ta fille ?

— Avec Adalynn, oui. Mon ex-femme, Janet, s'est remariée et depuis elle est toujours partie en voyage aux quatre coins du monde. Ma fille vit seule, j'ai fait mettre la maison à son nom. Tu pourrais y rester le temps de te retourner, de trouver un boulot.

— Je ne sais pas.

Je n'ai pas franchement envie d'habiter seul avec sa fille. Mais vivre avec Marietta me tente encore moins.

— Je te le demande comme un service, Jared. En vivant avec Ady, tu pourras garder un œil sur elle, apprendre ce qui cloche et peut-être l'aider.

Exactement comme Earl l'a fait avec moi quand j'ai débarqué ici. Je voudrais lui dire que je ne veux pas faire le baby-sitter, mais comment refuser après le soutien qu'il m'a apporté au cours de ces derniers mois ?

— Je ne pense pas que ta fille sera d'accord pour héberger un ex-détenu.

C'est ma dernière chance de trouver une sortie de secours.

— Elle voudra si je le lui demande. Allez gamin, fais-moi cette faveur. Cela me soulagerait vraiment de ne plus la savoir seule à l'extérieur. Ça sera comme si vous étiez frère et sœur.

Je hausse mes sourcils, je n'ai jamais eu de vraie famille et Earl le sait parfaitement.

— Tu es un brave mec, Jared. Je t'apprécie comme un fils et je serais également moins inquiet de te savoir chez moi plutôt qu'à errer dans les rues. Et puis qui refuserait d'être nourri, logé, blanchi ? dit-il en souriant. Ady a l'habitude de se gérer seule. Tu auras ton indépendance, tu feras comme chez toi. C'est une chance pour toi de changer de vie. Fini les conneries, tu pourrais repartir à zéro. Une offre comme ça ne se présentera pas tous les jours.

Je souffle un grand coup en le regardant droit dans les yeux. Il a raison, je le sais. J'en ai marre de traîner dans les rues à la recherche de la prochaine connerie à faire. Je veux et je dois me ressaisir.

— D'accord. Si ta fille accepte, je te promets que j'irai chez toi et que je garderai un œil sur elle. Si elle a vraiment un problème, je le trouverai.

Le sourire d'Earl s'élargit et je m'empresse d'ajouter :

— Mais seulement jusqu'à ce que je trouve un boulot et un appart.

— Marché conclu ! Tope là !

Il me tend sa main et je tape dedans. Il sourit, visiblement rassuré alors que je me demande dans quelle merde je viens de mettre les pieds.

Chapitre 3

Adalynn

La nuit tombe peu à peu en ce samedi soir. Je mets des lasagnes à réchauffer et regarde distraitement par la fenêtre. Au dehors tout est calme. La musique me parvient depuis le salon où la télévision est allumée sur une chaîne musicale : Taylor Swift chante, le son à fond. C'est ma façon de me vider la tête, plus le volume est fort et plus je sens la pression des derniers jours me quitter.

Aujourd'hui je suis allée voir mon père, comme chaque samedi depuis sept ans qu'il est derrière les barreaux. Je sais qu'il est innocent du crime pour lequel il a été condamné, il a accepté de plaider coupable pour moi. Ma mère n'a toujours vu que l'argent, et lorsqu'elle a su que mon père travaillait pour un homme qui détournait des fonds et qu'il allait certainement être emprisonné, elle a aussitôt demandé le divorce pour se trouver un mec plus riche qui pourrait subvenir à son train de vie excessif. Mon père a sacrifié sa vie pour que j'aie un toit au-dessus de la tête et que je ne manque de rien. Sans moi, il ne serait pas en prison à cette heure-ci. Je vis avec cette culpabilité depuis son incarcération.

Il a beau me répéter que c'est son choix et que je n'y suis pour rien, je ne le croirai jamais. Au mieux il lui reste sept ans à purger avant de sortir, et alors je retrouverai vraiment mon père. Je ferai tout pour lui faire oublier ces années et le rendre fier de moi. Je ne veux pas qu'il se soit sacrifié pour rien.

Du dos de ma main, j'essuie les larmes qui roulent sur mes joues. Je dois être forte même si ce n'est pas facile tous les jours. Aujourd'hui, face à lui, j'ai failli craquer quand il m'a demandé ce qui n'allait pas. Cependant, je sais que c'est inutile que je lui en parle, il ne pourrait rien faire, à part s'inquiéter encore plus pour moi. Aussi ai-je ravalé les sanglots qui menaçaient de s'échapper et me suis concentrée sur autre chose, sur un détenu assis à une table proche de la nôtre. En le regardant droit dans ses yeux bleu océan, j'ai essayé de deviner les raisons qui l'avaient amené là. Il ne devait avoir que quelques années de plus que moi, était du genre beau mec qui semble emmerder la terre entière, et cette pensée a fait refluer mes larmes. J'ai pu répondre à mon père que tout allait très bien et si mes yeux se sont légèrement embués, ma voix était assurée.

Une odeur de brûlé me fait sortir de mes pensées. Flûte, mes lasagnes ! Je les sors du four et les mets directement dans l'évier, elles sont immangeables, complètement carbonisées. Quand ma mère a décidé que j'étais assez âgée pour me laisser seule pendant qu'elle faisait voyage sur voyage avec son nouveau mari, j'avais 14 ans. Et depuis, rares sont les repas que j'ai laissés sans surveillance. Je souffle de dépit. Généralement je suis plutôt douée pour prendre soin de moi et de la maison. J'ouvre le congélateur, en sors un pot de glace vanille et noix de pécan. Mon nouveau dîner à la main, je m'apprête à rejoindre le living lorsque le téléphone sonne.

— Allô ?

— Salut chérie.

— Papa ? Ça ne va pas ?

Pour que mon père m'appelle alors que je l'ai vu quelques heures plus tôt, il doit avoir un problème. J'espère qu'il n'a pas été blessé lors d'une rixe, c'est l'une de mes plus grandes craintes.

— Si, tout va bien, ne t'inquiète pas.

Je soupire de soulagement.

— Je t'appelle parce que j'ai un service à te demander.

— Tout ce que tu veux, je réplique immédiatement.

Je n'ai pas besoin de réfléchir, pour une fois que mon père me demande quelque chose, c'est avec joie que je l'aiderais si je le peux.

— Je t'ai déjà parlé de mon codétenu, Jared ?

— Oui, vaguement. C'est celui que tu as pris sous ton aile ?

C'est la seule chose que mon père m'a confiée sur ce type : je l'ai pris sous mon aile quand il est arrivé pour lui éviter de se faire emmerder par les autres.

— Oui.

Je l'entends prendre une inspiration, ce qui signifie généralement qu'il va me demander une chose qui risque de me contrarier.

— Il va être libéré mardi et… je lui ai proposé qu'il vienne habiter à la maison, le temps qu'il se retourne.

Je suis complètement ébahie, à tel point que les mots restent coincés dans ma gorge pendant ce qui me semble être une éternité.

— Ady ? Tu es toujours là ?

Je déglutis péniblement.

— Euh… oui, je suis là. C'est juste que… je ne m'attendais pas à ça.

— C'est un bon gars, j'ai entièrement confiance en lui. Il ne te fera aucun mal si c'est cela qui t'inquiète.

— Pour quoi a-t-il été condamné ?

J'ai toute foi dans le jugement de mon père, mais il est hors de question que j'accepte un pervers sexuel chez moi.

— Rien de grave, rassure-toi. Juste un petit délit. Écoute chérie, j'ai peu de temps mais ça serait vraiment gentil de ta part de l'accueillir. Il ne sait pas où aller et je ne serai pas tranquille de le savoir à traîner dans les rues, et puis ça te fera de la compagnie.

— Et lui, qu'en dit-il ?

— Il ne veut pas te déranger mais si tu es d'accord, il l'est aussi. Je lui ai dit que vous vivriez comme frère et sœur. Il n'a pas de famille et…

Mon père fait une pause comme s'il hésitait à rajouter quelque chose cependant, lorsqu'il reprend, j'ai le sentiment que ce n'est pas du tout ce qu'il avait initialement prévu de me dire :

— Il est sympa. Tu devrais bien t'entendre avec lui.

Je souffle un grand coup.

— Très bien. Si tu penses que c'est une bonne chose alors je suis d'accord.

— C'est génial, je suis content ! Il sort mardi dans l'aprèsmidi, il va passer chez un de ses amis prendre ses affaires et ensuite il viendra. Je vais te faire virer un peu plus d'argent chaque mois tant qu'il sera à la maison.

La joie de mon père vibre à travers le téléphone et malgré mes réticences de devoir vivre avec un inconnu, elle est communicative. Il a fait tellement pour moi que lui faire plaisir me redonne le sourire. Cependant, je me demande pourquoi je dois héberger ce type s'il a des amis.

— Merci, chérie.

— Si ça te fait plaisir, c'est le principal. Il a quel âge ce mec ?

Un long bip me répond, le temps imparti est atteint, nous avons été coupés.

Je soupire, le cœur un peu plus léger. Cette nuit, je vais peut-être réussir à mieux dormir.

Chapitre 4

Jared

Je soupire un grand coup alors que les portes de la prison se referment derrière moi. Je suis libre ! Le soleil ne m'est jamais apparu aussi éblouissant qu'en cet instant.

Eddy m'attend sur le parking adjacent. Je balance mon sac sur la banquette arrière de sa voiture avant de prendre place du côté passager. Son sourire ne trompe pas, il est heureux que je sois enfin sorti.

— Salut, inutile que je te demande comment tu vas ?

— Salut. Je crois que « soulagé » est le mot qui définit le mieux mon état d'esprit.

Il met le moteur de sa jeep en marche et très vite s'engage sur une artère principale.

— J'en suis sûr ! Je te dépose chez moi et repars au boulot. Un groupe doit venir enregistrer et je ne suis pas en avance.

Mon euphorie retombe d'un seul coup. J'avais pensé qu'Eddy resterait avec moi au moins le temps que je récupère mes affaires.

— Ne t'en fais pas, ma mère est à la maison et elle a hâte de te voir.

Il sourit comme si c'était une bonne nouvelle alors que j'ai envie de me fondre dans le cuir du siège pour ne jamais en sortir.

Comme je ne réponds rien, il tourne la tête vers moi pour me scruter.

— Ça va ?

Je ravale difficilement la bile qui me monte à la gorge et essaie d'adopter un air décontracté.

— Ouais, c'est juste le fait d'être libre et tout ça.

Je fais un geste de la main pour englober tout ce qui m'attend, ça fait pas mal de choses à gérer en une journée.

Eddy éclate de rire, faisant secouer ses dreadlocks qui rebondissent sur ses épaules tels des ressorts.

— Tu es perturbé par la fille qui t'attend dans ta future demeure, c'est ça hein ?

J'ai envie de lui dire que je suis surtout perturbé par l'idée de voir sa mère, mais je ne peux pas m'engager dans ce genre de conversation avec lui. Tout à coup vivre chez Adalynn me paraît être la meilleure chose au monde et il me tarde d'y être. Même si je dois dormir sur un canapé ou dans le garage, cela m'est égal, je veux juste être loin de Marietta.

— On ne peut rien te cacher, je réponds en tentant d'être convaincant.

— Tu m'étonnes, une telle beauté… à ta place, moi aussi je serais mal. Son père est ton ami donc tu vas devoir vivre avec elle sans jamais la sauter. Tu vas tenir le coup, vieux ?

Pendant une fraction de seconde, j'ai envie de lui répliquer que cela sera moins dur que d'habiter chez lui mais, une nouvelle fois, je me retiens.

— Je vais veiller sur elle, comme un frère le ferait.

— Putain mec, si elle était ta sœur, désolé de te le dire mais je ferais tout pour me la taper.

Comme s'il venait d'avoir l'idée du siècle, il écarquille ses yeux marron.

— Mais attends, je peux essayer de la brancher…

— Qu'est-ce que je t'ai déjà dit ?

Je grogne, mais le regard rivé sur la route il ne semble pas m'entendre.

Un problème à la fois. Je trouverai bien un moyen de l'éloigner d'elle le moment venu. Pour l'instant je veux juste récupérer mes sacs et les clefs de ma voiture.

— J'ai de l'essence dans ma caisse ? demandé-je.

C'est à la fois un moyen de changer de sujet et une façon de me rassurer, je ne veux pas rester coincé avec Marietta.

— Oui, j'ai fait le plein et Stan est venu lui faire une petite révision. Elle ronronne comme un chaton. Et j'ai préparé tes affaires contenues dans les sacs-poubelle comme tu me l'as demandé.

Un problème en moins.

— Merci, c'est sympa.

Plus nous approchons de son quartier et plus mon cœur s'affole. Quand il se gare devant l'humble maison qu'il partage avec sa mère, je frôle la crise cardiaque. *Je ne veux plus entrer dans cette baraque, jamais.* Pourtant je n'ai pas le choix, ce n'est pas avec les deux T-shirts, mon jean et mes boxers qui se trouvent dans mon sac de voyage que je pourrais m'habiller pendant les prochaines semaines, et tant que je n'ai pas de boulot il m'est impossible de me racheter des fringues. Le peu d'argent que je possède va me servir à payer ma bouffe et un petit loyer à ma nouvelle colocataire, et encore je n'irai sûrement pas très loin. Trouver un travail sera ma priorité absolue.

Mon vieux pick-up noir m'attend patiemment dans la rue et sa vision me redonne le moral.

— Tu passeras me voir au studio ? questionne Eddy quand je descends à contrecœur de sa jeep.

— Bien sûr. Dans quelques jours, le temps que je prenne mes marques.

Je souffle en regardant vers la maison avant de lui demander en m'efforçant de prendre un air détaché :

— Tu es sûr que tu n'as pas le temps de boire une bière avec moi avant de repartir bosser ?

Il me sourit sans se douter un instant du trouble qui m'agite.

— J'aurais aimé mais je suis vraiment à la bourre. Je passerai un soir chez la blonde avec un pack, OK ?

Ne trouvant plus aucune excuse pour le retenir davantage, j'acquiesce puis claque la portière. Aussitôt il s'éloigne, me laissant ma boule au ventre et moi seuls sur le trottoir. Je balance mon sac à l'arrière du pick-up et jette un coup d'œil vers la maison.

Allez, comporte-toi comme un homme et entre dans cette putain de baraque ! Je serre les poings en essayant d'ignorer la lourdeur de mes jambes à chacun de mes pas.

Je n'ai pas le temps de frapper que la porte s'ouvre et qu'*elle* apparaît.

— Entre, mon mignon, je t'attendais avec impatience.

Son sourire sans équivoque, me donne encore plus la nausée.

Puisqu'il le faut.

Marietta n'a pas changé depuis presque un an que je ne l'ai pas vue. Son corps est toujours élancé, la rendant plus jeune que ses 40 ans passés, ses cheveux roux sont un peu plus longs que ses épaules et son regard marron est toujours fixé sur moi avec avidité. Elle ne se déplace jamais sans des chaussures ayant 10 cm de talon qui allonge sa silhouette. C'est une jolie femme, je dois lui reconnaître cela. Cependant la petite robe rouge moulante qu'elle porte serait nettement mieux sur une fille qui aurait vingt ans de moins.

— Où sont mes affaires ? lui demandé-je sans préambule.

Elle se rapproche de moi avec un sourire qui se veut aguicheur et pose une de ses mains manucurées sur mon T-shirt, ses ongles raclent le tissu dans un geste qui serait séducteur provenant de n'importe qui, mais pas d'elle.

— Les sacs-poubelle sont là, sur le canapé.

Je tourne la tête pour vérifier ses dires qui, pour une fois, sont exacts.

— Et tes clefs sont là.

Elle agite mon trousseau devant mon nez.

Je tends la main mais aussitôt elle ramène son bras dans son dos.

— Il va falloir être gentil si tu les veux, minaude-t-elle.

Je lève les yeux au ciel, j'étais certain que ça allait se passer comme ça.

— Donne-les moi immédiatement que je me casse d'ici, je grogne entre mes dents.

Je suis sérieusement énervé et cela la fait rire. Marietta me connaît assez pour savoir que jamais je ne lèverais la main sur une femme, même sur elle.

Elle vient se coller contre mon torse, son visage trop maquillé à quelques centimètres du mien. Son haleine chargée d'alcool m'écœure lorsqu'elle souffle :

— Embrasse-moi d'abord et montre-moi à quel point je t'ai manqué.

Je fais un effort surhumain pour ne pas vomir et recule, mais elle continue de me suivre telle une sangsue. Elle approche ses lèvres des miennes et je détourne la tête.

— C'est vrai, tu n'embrasses pas. Jamais.

Sa voix se veut sexy mais je vois la contrariété luire dans son regard, cela me donnerait presque envie de sourire. Malheureusement au moment où je voudrais savourer ma petite victoire, elle place sa main sur mon sexe et se met à me caresser à travers mes fringues. *Putain, c'est pas vrai !*

— Apparemment, tu n'es pas content de me voir… mais cela va changer.

— Arrête ça tout de suite !

Je tente de la repousser et recule pour lui échapper jusqu'à ce que mes fesses entrent en contact avec le dossier du canapé.

— Allons, minaude-t-elle avec un sourire triomphant, laisse-toi faire, tu sais qu'à chaque fois, tu te débats alors que finalement tu adores ça !

En quelques secondes, elle ouvre ma braguette et sors mon sexe de mon boxer. J'aimerais pourvoir empêcher mon corps de réagir mais entre ses mains plus qu'expertes, c'est peine perdue. Avec dextérité, elle me masturbe de bas en haut jusqu'à ce que je bande fermement. Cela serait agréable si c'était une autre femme qui s'occupait de moi, mais quand je vois son regard pervers me fixer, toutes les bonnes sensations me quittent. Je n'ai plus qu'une envie : en finir au plus vite. Et pour cela il n'y a qu'un moyen.

Je la retourne rapidement, elle gémit faiblement lorsqu'avec des gestes brusques je remonte le peu de tissu qui lui couvre le cul. La salope n'a même pas mis de culotte. Le fait de savoir qu'elle attendait que je la baise me donne encore plus la nausée. J'enfile une capote et sans préambule je la pénètre par derrière d'un puissant coup de reins. Immédiatement elle se penche en avant, les mains appuyées sur le mur devant elle, pour me donner un meilleur accès à son sexe.

— C'est ça que tu voulais ? demandé-je en grommelant.

Il n'y a aucune tendresse, ni douceur. Je m'enfonce en elle vite et fort avec juste l'urgence de me vider les couilles le plus vite possible. Je n'émets aucun son, je ne veux pas lui faire ce plaisir et puis, à part des halètements, rien ne franchirait mes lèvres. Je ne ressens rien, c'est juste mécanique.

Elle grogne quelque chose au milieu de ses gémissements, que je ne comprends pas. J'accélère encore la cadence, son visage se plaque sur le mur sous mes assauts brutaux mais je m'en fous.

— Vas-y doucement Jared, hoquette-t-elle.

Compte là-dessus !

Son corps commence à se raidir, elle va bientôt atteindre le point de non-retour. S'il y a une chose que je ne veux pas, c'est bien lui donner du plaisir. Aussi je fais un effort pour faire le vide. Je dois cesser de penser à la femme avec laquelle je suis. Je me concentre sur une autre nana, plusieurs visages se superposent dans ma tête : une voisine, une ex, une fille que j'avais croisée au supermarché, la fille d'Earl… et je lâche tout. Après quelques soubresauts, je me retire sous les cris de protestations de Marietta.

— Non, continue ! J'y étais presque, s'il te plaît, finis-moi.

J'ôte le préservatif que je noue avant de le laisser tomber au sol.

— Je te le laisse en souvenir, dis-je écœuré, en me rajustant.

Rapidement j'attrape mes sacs, mes clefs qu'elle a laissées tomber au sol et me précipite vers la porte. Juste avant de sortir, je lui dis d'un ton sans réplique :

— C'était la dernière fois, plus jamais je ne te laisserai poser tes sales pattes sur moi !

Elle me fait un sourire ironique en haussant un sourcil.

— Il me semble que tu m'as déjà dit ça et regarde-toi, tu ne peux pas me résister, tu le sais aussi bien que moi. Je te donne trop de plaisir.

Je grimace de dégoût.

— Je ne ressens rien quand je baise avec toi. Même ma main me fait plus d'effet que ta chatte.

Et après t'avoir baisée, je ne peux plus me regarder en face tellement je me dégoûte.

Pendant une fraction de seconde avant qu'elle ne claque la porte derrière moi avec force, j'ai le temps de voir son regard choqué et cela m'apporte une once de satisfaction.

Une fois mes sacs à l'arrière du pick-up, je m'installe avec joie au volant de mon bébé. Je mets le contact et m'éloigne rapidement. Heureusement pour moi l'adresse que m'a donnée Earl est éloignée de ce quartier de merde. Je roule pendant environ une demi-heure, musique à fond, avant de me garer devant une maison à la façade en pierre de taille. Je vérifie l'adresse sur le morceau de papier, c'est bien ici. C'est une demeure classe sans être excessive, avec son carré de pelouse et une boîte à lettres avec un petit drapeau qui se lève lorsqu'il y a du courrier. Cela me fait esquisser un sourire, j'ai toujours aimé ce genre de maison. Enfant, j'enviais les gens qui menaient une vie normale dans leur villa parfaite tout en étant conscient que jamais je ne connaîtrais cela. À la place, je vivais dans un taudis, je dormais sur un matelas à même le sol et je mangeais ce qu'il y avait quand ma mère était assez clean pour songer à faire des courses.

Revenant au présent, je secoue la tête pour en chasser mon passé. Cela ne sert à rien d'y penser. Surtout qu'avec ce que je viens de faire avec Marietta, je sens mon moral plonger et ma mauvaise humeur arriver à grands pas.

Je remonte la petite allée de dalles blanches et sonne. Je me surprends à faire une prière pour qu'Adalynn n'ait pas changé d'avis. Sinon je dormirai dans ma voiture, cela sera mieux que de repartir de là où je viens. La porte s'ouvre après quelques secondes sur la fille d'Earl qui me dévisage, la bouche entrouverte, les yeux écarquillés, ce qui me fait demander si elle était au courant de ma venue.

— Salut.

Je lève une main et je la vois déglutir.

— Je suis Jared. Ton père a dû te dire que je venais?

Elle plonge ses yeux vert clair dans les miens et rougit légèrement.

— Oui… oui, je t'attendais, elle s'écarte pour me laisser entrer.

— Tu parais surprise pourtant.

Je franchis le seuil, un peu mal à l'aise et me retrouve dans un petit couloir aux murs blancs.

— Suis-moi, me dit-elle en me guidant dans une pièce tout de suite à gauche. En fait, mon père m'a juste demandé si je pouvais héberger un de ses amis mais j'ignorais que c'était toi qui devais venir. Je ne sais pas si tu t'en souviens mais on s'est vus samedi pendant le parloir.

Comme si j'avais pu l'oublier!

— Oui, très bien, dis-je d'une voix qui se veut neutre alors que je suis ravi qu'elle s'en souvienne également.

Elle se retourne vers moi et sourit:

— Au fait, je m'appelle Adalynn.

Elle me tend une main que je serre.

Aussitôt un frisson remonte le long de mon dos jusqu'à se répandre dans tout mon corps.

— Je sais. Earl me l'a dit.

Ses joues s'empourprent un peu plus et elle regarde autour d'elle, visiblement mal à l'aise.

— Alors ici, comme tu le vois, c'est la pièce à vivre.

Je parcours le lieu du regard, c'est exactement comme l'extérieur: parfait. La cuisine américaine a une vue sur la rue, elle est séparée de la salle à manger par un bar puis deux fauteuils, et un canapé en tissu bleu turquoise entoure une table basse noire pour la partie salon où un écran géant est également installé dans un coin de la pièce. Quelques tableaux représentant des paysages sont accrochés sur les murs blanc cassé. Ce n'est pas immense ni chic, la décoration est simple, aérée, rendant le tout confortable. Dans le coin le plus éloigné de la pièce se trouve une salle à manger moderne, toute noire.

— Ce n'est pas le grand luxe.

Ady se mord la lèvre inférieure et mon regard se pose aussitôt sur sa bouche.

— C'est très bien. Mieux que tout ce que j'ai connu.

Lorsque je réalise que j'ai parlé à voix haute, il est trop tard pour que je puisse ravaler mes mots. Heureusement Adalynn choisit de ne pas relever, ce dont je lui suis reconnaissant.

— Viens, je vais te montrer le reste.

Nous reprenons le couloir.

— Là, elle m'indique une porte en face de nous, c'est le bureau de mon père et ici, elle me désigne une seconde porte à côté, c'est sa chambre. Ça, c'est la mienne.

La porte entrouverte me permet d'apercevoir un papier peint mauve et un lit en fer forgé noir. Mais je dois admettre que mon regard est surtout attiré par elle. Elle est petite, environ 1,60 mètre et son corps est bien proportionné d'après ce que je peux en voir. Ady porte un jean, un petit haut blanc et un gilet bleu ample, ouvert, qui la fait paraître toute menue. Avec mon mètre 90 passé, j'ai l'impression d'être un géant face à ce petit bout de femme.

— La salle de bains est en face. Et ici, c'est ta chambre.

Elle me sort soudainement de mes rêveries en entrant dans une nouvelle pièce. Je ne m'attendais pas du tout à ça. *Putain, ça déchire!* C'est une chambre de taille moyenne, bien plus grande que tout ce que j'ai connu jusqu'à présent. Ses murs sont d'un bleu turquoise, le sol est en carrelage blanc, un lit noir king size trône au centre de la pièce, de chaque côté il y a des chevets assortis. J'ai des placards ainsi qu'une petite table avec une chaise dans un coin près de la fenêtre. Je n'ai jamais dormi dans un tel endroit, je n'ai même jamais imaginé pouvoir être dans une telle chambre.

— Est-ce que ça te convient?

La pointe de timidité dans sa voix me fait rebaisser les yeux sur elle.

— C'est parfait. Merci de… de me loger.

Je me passe une main dans les cheveux, soudainement mal à l'aise à l'idée de vivre dans ce lieu qui est beaucoup trop bien pour moi.

— Je t'en prie. Si tu le veux bien, j'aimerais qu'on se mette d'accord sur quelques points.

Je hoche la tête, prêt à tout entendre.

— OK, euh… si tu es comme mon père et que tu fumes, j'aimerais que tu le fasses dehors, il y a un jardin avec une terrasse à l'arrière de la maison.

— D'accord, pas de problème.

Je fume surtout quand je suis angoissé ou énervé, mais quand tout va bien je peux rester plusieurs jours sans tabac.

— Pour les repas, ça ne me dérange pas de préparer à manger pour deux mais j'aimerais que tu me préviennes si tu ne rentres pas. Ce n'est pas pour te fliquer, ajoute-t-elle précipitamment devant mon haussement de sourcils, c'est juste pour que je ne prépare pas un truc si tu n'es pas là.

— Tu n'es pas obligée de faire ça, je ne veux pas te déranger.

Je veux dire, tu acceptes déjà de m'accueillir chez toi alors que je suis un étranger…

Je laisse ma phrase en suspens.

— Tu es un ami de mon père, il te fait confiance. Oh j'allais oublier ! dit-elle en prenant un paquet sur la table et me le tendant. Il m'a demandé de t'acheter ça.

J'ouvre rapidement le petit carton pour y découvrir un téléphone portable flambant neuf.

— Merci, je murmure d'une voix rauque, plus ému que je ne le voudrais.

Personne ne m'a jamais fait de cadeau sans raison, par pure gentillesse. D'ailleurs je pense pouvoir compter sur les doigts d'une main le nombre de fois où l'on m'a fait un cadeau.

— De rien. Je t'ai mis les numéros de mon portable et de la maison dans le répertoire. Donc si tu ne rentres pas, tu me préviens, OK ?

Incapable de parler, j'émets un grognement en hochant la tête.

— Et dernier point, reprend-elle d'une voix moins assurée. Tu es ici chez toi, si tu veux inviter des amis je n'y vois pas d'objection mais pas de fête sans mon accord et… euh… étant donné que nos chambres sont voisines et que les murs sont très fins, je te demanderais de… euh…

Son visage vire au rouge cramoisi tandis qu'elle bégaie. Je me retiens de rire devant son embarras.

— Ne t'inquiète pas, je ne ramène jamais de filles dans les endroits où je vis.

Surtout quand on voit le genre de nanas que je fréquente, j'aurais trop peur qu'elles piquent un truc avant que je les mette dehors.

Lorsqu'elle fixe son regard sur le mien le temps semble arrêter sa course. Plusieurs secondes passent ainsi dans un silence agréable avant qu'elle détourne les yeux en souriant.

— Très bien. Bienvenue alors !

— Merci… Pour le loyer, je te le verserai bientôt quand…

Son air incrédule me désarme totalement.

— Tu n'as rien à me payer. Ni loyer, ni rien, tu es un ami de mon père et mon invité.

Avant que j'aie le temps de réaliser ce qu'elle vient de dire, elle enchaîne :

— Tu as des bagages ?

— Oui, dans ma voiture.

Elle ressort de la pièce en lançant :

— Je vais te donner un coup de main pour tout descendre.

Je ne sais pas si elle a des problèmes mais Adalynn semble être une fille bien, trop bien pour que je lui fasse endurer ma présence très longtemps.

Chapitre 5

Adalynn

Je suis affalée sur le sofa à regarder la télévision. Les informations défilent à l'écran mais je les vois à peine. Lorsque Jared a sonné, je ne m'attendais pas du tout à trouver ce garçon que j'avais observé lors de ma dernière visite à la prison, sur le pas de ma porte. J'avoue que cela m'a déstabilisée. Sans son uniforme orange de prisonnier, ses yeux bleus paraissent encore plus clairs sous ses longs cils couleur ébène. Vu de près, ses traits sont plus fins, ses cheveux penchent plus vers le noir que le brun et mon Dieu qu'il est grand ! Beaucoup plus que je ne l'avais imaginé, il ne doit pas être loin des deux mètres. Je me sens minuscule à côté de lui. Cependant je ne peux pas le nier, ce mec est vraiment beau. Lorsque je lui ai donné un coup de main pour rentrer ses affaires, je ne pensais pas à deux sacs-poubelle et un sac de voyage. Il a baissé les yeux comme s'il était gêné que je vois ces maigres effets personnels, alors j'ai fait celle qui ne remarque rien d'anormal. En un seul trajet tout était dans sa chambre. Je l'ai laissé s'installer et suis venue finir d'étudier. Une heure plus tard, je suis devant la télé et lui sous la douche à en juger par le bruit de l'eau qui me parvient. C'est un drôle de garçon, j'ignore quel est son passé mais rien qu'à sa façon de se comporter, cela laisse supposer qu'il n'a pas dû être rose. Je ne peux pas dire que c'est un grand bavard, mais comme il a l'air sympa cela me fait espérer que notre colocation se passera bien.

— Je peux prendre un truc à boire ?

Perdue dans mes pensées, je n'ai pas entendu Jared arriver et sursaute légèrement. Il va falloir que je m'habitue à ne plus vivre seule désormais.

— Bien sûr. Tu n'as pas à me demander, fais comme chez toi.

Il hoche la tête et se dirige vers la cuisine. Il porte un jean noir et un T-shirt blanc à manches courtes qui laissent apparaître des tatouages dans les tons noirs et gris sur ses bras. À vrai dire, je ne suis même pas étonnée qu'il en ait, cela correspond bien à son look. Ses cheveux sont savamment décoiffés sur le dessus et plus courts sur les côtés, je me demande s'ils sont aussi soyeux qu'ils en ont l'air. *Ça y est, je commence à dérailler !*

— Ça te va si je commande des pizzas pour le dîner ?

Il se retourne pour me faire face et hausse les épaules.

— Je ne veux pas que tu te sentes obligée de changer tes habitudes pour moi.

Je me retiens de lever les yeux au ciel, combien de fois encore vais-je devoir lui dire que sa présence ne me dérange pas ?

— J'en commande régulièrement. Le menu de la pizzeria doit être sur le comptoir, choisis celle que tu veux.

Je le vois le parcourir attentivement et me rapproche jusqu'à m'asseoir en face de lui. C'est alors que je me rends compte que ce sont surtout les prix qu'il fixe.

— Moi je prends toujours celle-là. Tu as une préférence ?

De l'index, j'indique celle au saumon.

Il est pratiquement en train de baver devant la description de la 4 fromages, pourtant c'est une autre qu'il me montre, la moins chère de toute et aussi la plus insipide.

— Tu es sûr ?

Il hoche la tête en émettant une sorte de grognement.

— OK, je vais passer commande.

Je m'éloigne dans ma chambre pour appeler depuis mon portable. Quand je reviens quelques minutes plus tard, il est dans le jardin en train de fumer. Il y reste jusqu'à ce que la sonnette de la porte retentisse.

Je vais ouvrir, prends les cartons, glisse un pourboire au livreur et referme la porte. Lorsque je me retourne, Jared est face à moi et vu sa tête, il n'a pas l'air franchement ravi.

— Quoi ? Je demande d'un ton faussement innocent.

— Je voulais payer ma part.

Il agite son portefeuille sous mes yeux.

— J'ai réglé en passant la commande, je fais toujours ça.

Je hausse les épaules en passant devant lui.

— Allez, viens manger.

Les yeux baissés, il me suit dans le salon. Généralement, je dîne devant la télé, cela m'évite de me sentir trop seule. Je pose les cartons sur la table basse et m'installe sur le canapé tandis qu'il reste planté à côté de moi.

— Tu préfères qu'on mange dans la cuisine ?

— Non, c'est pas ça, c'est juste que… tout ça, des mains, il englobe la pièce, ça me gêne. Je ne veux pas être une charge pour qui que ce soit.

Je comprends ce qu'il veut dire, j'ai le même sentiment vis-à-vis de mon père. Je pèse sur sa vie. Je ravale la boule de culpabilité qui me ronge et lève les yeux sur Jared.

— Écoute, je sais que cette situation est un peu bizarre. Elle l'est pour moi aussi.

Il hausse un sourcil et j'esquisse un petit sourire.

— Cela fait quatre ans que je vis seule, je n'ai pas l'habitude d'avoir quelqu'un avec moi, ici. Mais franchement je suis contente que ce soit toi que mon père ait envoyé, je m'imaginais déjà coincée avec un homme de son âge qui se prendrait pour un père de substitution et me surveillerait sans arrêt.

Ses yeux se plissent alors que je souris en réalisant à quoi j'ai échappé.

— Ce que je veux dire, c'est que tu n'es pas une charge. Si tel avait été le cas, j'aurais refusé de t'héberger. Et si tu le souhaites, lorsque tu auras trouvé un boulot, je te laisserai payer les pizzas.

Il acquiesce en grognant.

— Parfait. Maintenant tu veux bien venir t'asseoir qu'on puisse passer à table avant que la bouffe soit froide ?

Tandis qu'il prend place, j'ouvre le premier carton.

— C'est la tienne.

Je fais glisser le carton devant lui et ouvre le mien.

Du coin de l'œil, je vois ses yeux s'écarquiller devant la pizza 4 fromages que je lui ai commandée. Il relève la tête et rive son regard au mien. Ce n'est pas la première fois que nos yeux s'accrochent ainsi mais cela me trouble une fois de plus, j'ai l'impression de perdre toute consistance dans le bleu azur de son regard.

— Ady, souffle-t-il tout bas, merci. Merci pour tout.

Je ne parviens pas à trouver un truc intelligent à lui répondre, aussi je me contente de lui sourire et de lever une part de ma pizza.

— À ta liberté !

Il m'imite et nous trinquons ainsi.

Le repas se déroule dans un silence agréable tout juste brisé par la télévision.

— Jolis tatouages, je commente alors qu'il me suit dans la cuisine avec les restes.

— Merci. C'est un pote qui bosse dans un salon qui me les a faits.

— Ils ont une signification particulière ?

Pendant que nous mangions, j'ai pu les observer et j'ai notamment remarqué sur son biceps une rose dont s'échappe une larme, à moins que ce ne soit une goutte d'eau. Il a également une inscription à l'intérieur de l'avant-bras droit mais je ne suis pas parvenue à la déchiffrer.

Jared prend une bouteille d'eau dans le frigo et rempli nos deux verres. J'ai la sensation qu'il fuit mon regard.

— Merci, je meurs de soif.

Il esquisse un petit sourire.

— Ouais, ils veulent tous dire quelque chose mais je n'ai pas très envie d'en parler.

— Excuse-moi, je ne voulais pas être indiscrète.

Il grommelle un « c'est rien » et repart vers le salon.

Ce mec n'est pas le plus sociable de la terre.

Après un passage à la salle de bains et m'être mise en pyjama, je reviens dans le living. Pendant mon absence, Jared a changé de chaîne et opté pour un match de baseball. À mon approche, il lève les yeux vers moi et je sens mon corps entier brûler sous le poids de son regard qui me scrute de la tête aux pieds. Pourtant je ne porte rien de sexy, juste un pantalon léger et un caraco.

— Demain j'ai cours, donc tu auras la maison pour toi seul. Tu as un double des clefs dans la petite armoire de l'entrée. Je vais aller me coucher, je dois me lever tôt.

— OK

Sa voix plus rauque que d'ordinaire me fait frissonner.

— Tu veux que je t'emmène à la fac ?

Sa proposition me fait vraiment plaisir, depuis combien de temps quelqu'un ne s'est-il pas montré attentif envers moi ? Trop d'années pour que je puisse les compter. Cela fait trop longtemps que j'ai l'habitude de tout gérer toute seule, cela me paraît étrange de savoir que dorénavant il y a une autre personne dont je dois tenir compte et qui, en retour, sera peut-être là pour moi également.

— C'est gentil mais j'ai ma voiture dans le garage.

Une déception fugace passe sur son visage avant qu'il ne le baisse.

— Comme tu veux.

J'ai l'impression de l'avoir blessé en refusant son aide mais j'ignore quoi dire pour lui ôter ce sentiment, aussi je laisse tomber. Je pense que si j'essaie de lui remonter le moral, il le prendra mal et m'enverra promener.

— Bonne nuit Jared, à demain.

— Bonne nuit Ady.

Le couloir est trop sombre pour que je puisse voir qui que ce soit mais je sais qu'*ils* sont là. J'accélère le rythme de mes pas, mon seul but est d'atteindre cette maudite porte qui semble reculer au fur et à mesure que j'avance vers elle. Des bruits retentissent derrière moi, des claquements métalliques ainsi que des pas précipités. *Ils* vont me rattraper, j'en suis certaine et cela me terrifie. Je me retourne mais ne vois toujours personne, soudain je heurte quelque chose ou plutôt quelqu'un qui éclate d'un rire mauvais alors que je hurle de peur. *Il* serre mon poignet dans sa main de toutes ses forces…

— Adalynn !

Sa voix est plus douce que d'habitude et je me surprends à pencher la tête sur le côté pour l'observer avec incrédulité.

— Ady ? Ça va ?

De nouveaux coups sourds retentissent et je me redresse brusquement dans mon lit.

— Adalynn ?

Je me prends le visage dans les mains et souffle un grand coup alors que Jared tape à nouveau dans le mur. *Je suis dans mon lit, dans ma chambre et tout va bien.* J'efface les larmes qui m'embuent la vue et ravale la boule d'angoisse qui m'était montée à la gorge, mais ma voix tremble beaucoup trop lorsque je réponds.

— Ça va, Jared, merci. J'ai juste fait un cauchemar.

De l'autre côté du mur, qui sépare nos deux chambres, je l'entends bouger. Il y a fort à parier qu'il hésitait à venir vérifier par lui-même qu'un tueur en série ne s'était pas introduit dans la maison pour venir m'égorger.

— Tu es sûre ? Tu as hurlé tellement fort que tu m'as foutu la trouille.

— Oui, ça m'arrive parfois. Je suis désolée de t'avoir réveillé.

— Pas de problème, je ne dormais pas.

Sa voix est plus basse et je comprends qu'il s'est recouché. Si la paroi ne nous séparait pas, nos deux têtes de lit se toucheraient. Cette pensée me rassure et je me rallonge également.

— Tu as une insomnie ?

— Ouais. En prison, il y avait toujours du bruit, je n'ai plus l'habitude que ce soit si calme.

— Euh... je ne suis pas sûre que tu puisses qualifier mes cris comme étant calmes.

— Très drôle, Adada !

Je me redresse en fronçant les sourcils.

— Comment tu m'as appelée ?

— Adada. Je trouve que cela te va bien.

Sa phrase est ponctuée d'un éclat de rire et je reste figée par ce son que je n'avais pas encore entendu.

En un instant, j'oublie la colère qui montait et me contente de souffler en me laissant retomber sur mon matelas.

— Ne m'appelle pas comme ça.

Je ronchonne mais cela le fait rire de plus belle.

— Si au lieu de bouder tu me racontais ton rêve ?

Je me tourne sur le côté et ferme les yeux comme pour cacher le mensonge que je vais lui dire.

— Je ne m'en souviens plus.

Sauf qu'en vrai, je me rappelle très bien, c'est souvent le même… depuis des mois.

— Comme tu veux. Bonne nuit, Adada.

Je grogne de mécontentement et je l'entends rire légèrement. Franchement quitte à m'affubler d'un surnom, il aurait pu en trouver un plus sympa !

Chapitre 6

Jared

Cette nuit a été merdique. À chaque fois que je fermais les yeux, je voyais Marietta devant moi en train de me tripoter et j'étais aussitôt pris de nausées. Pourquoi est-ce que je ne parviens pas à lui résister ? J'aimerais tellement l'envoyer chier, mais à chaque fois qu'elle me voit elle sait exactement sur quel bouton appuyer pour me faire craquer et je me déteste d'être aussi faible. Pourtant je la hais de tout mon cœur, de toute mon âme. Alors pourquoi je la laisse continuer à se servir de moi ainsi ? Peut-être parce que ma vie est déjà foutue quoi que je fasse, alors un peu plus ou moins ça ne changera rien.

Mes pensées morbides ont été brisées par le hurlement d'Adalynn au cœur de la nuit. Moi qui pensais être le seul à passer de mauvaises nuits, je m'étais trompé. J'étais à deux doigts de foncer dans sa chambre mais je me suis dit que cela risquerait de la faire flipper davantage de me voir à côté d'elle lorsqu'elle ouvrirait les yeux. À la place j'ai choisi de la taquiner un peu et cela a fonctionné au-delà de mes espérances. Je sais qu'elle m'a menti, elle se souvenait très bien de son cauchemar, les sanglots dans sa voix ne m'ont pas échappé mais, vu mon passé, qui suis-je pour la forcer à me parler ?

En tout cas, ce matin, elle est apparemment d'une humeur massacrante. Je suis dans la cuisine depuis deux bonnes minutes et elle m'ignore royalement, tête baissée sur un livre dont elle relit en boucle le même paragraphe. Comme je ne suis pas de très bon poil non plus, j'adopte la même attitude en ne la calculant pas. Je me contente de me servir un café et prends appui sur le comptoir en ressassant mes idées noires. Soudain j'entends la porte d'entrée s'ouvrir et une femme d'une quarantaine d'années déboule dans la pièce avec un grand sourire qui s'estompe lorsqu'elle me voit. Son regard passe d'Ady à moi et je vois très clairement le reproche briller dans ses yeux. Avec mon jean, le T-shirt d'hier que j'ai rapidement enfilé en me levant, mes cheveux en bataille et mes traits fatigués, j'ai l'air de sortir tout droit du lit et pas forcément du mien.

— Bonjour, dit la visiteuse en me faisant un sourire contrit.

Elle a un accent hispanique qui s'accorde parfaitement avec son physique. De courts cheveux noirs, des yeux marron et une peau dorée que doit envier Ady, elle qui a la peau la plus pâle que j'aie jamais vue.

— Salut Carmen.

Adalynn relève enfin la tête et écarquille légèrement les yeux en me voyant devant elle, comme si elle venait de se rendre compte de ma présence de l'autre côté du bar. Elle était tant perdue dans ses pensées que ça ?

— Salut, désolée je ne t'avais pas vu. Ça fait longtemps que tu es là ?

Elle n'a pas l'air en meilleure forme que moi. Son teint blafard rend ses yeux verts encore plus clairs qu'hier.

— Quelques minutes.

Elle hoche la tête dans un petit mouvement, avant de se retourner sur son tabouret pour faire face à la femme qui attend toujours à l'entrée du living.

— Oh c'est vrai, vous ne vous connaissez pas ! Carmen voici Jared, c'est un ami de papa. Il va rester ici pendant quelque temps. Et Jared, je te présente Carmen que je connais depuis ma naissance. Elle me gardait quand j'étais enfant, et maintenant elle vient deux fois par semaine pour s'occuper de la maison.

Je lui adresse un signe de tête tandis qu'elle me détaille sans retenue.

— Et ton père est d'accord pour que ce jeune homme vive ici, seul avec toi ?

Son ton inquisiteur me fait retenir un sourire.

— C'était son idée.

Ady hausse les épaules avant de se tourner vers moi.

L'innocence qui perce dans sa voix est aussi mignonne que naïve. Elle replonge le nez dans son bouquin mais je vois bien que c'est une ruse, ses yeux sont perdus dans le vague.

Carmen pose son sac à main dans un coin et se met aussitôt à l'ouvrage en venant remettre de l'ordre dans la vaisselle qui traîne sur le plan de travail.

— *Mi amada*, tu vas être en retard si tu ne pars pas maintenant pour l'université.

Adalynn relève brusquement la tête et déglutit, elle a l'air terrifié.

— Tu ne veux pas que je t'emmène, Adada ? lui proposé-je, curieux d'en savoir plus sur ce qui la perturbe à ce point.

Elle lève brièvement les yeux au ciel montrant ainsi sa désapprobation.

— Non, merci, murmure-t-elle en se levant. Et arrête de

m'appeler comme ça ! Je vais aller faire des courses en sortant des cours. Tu pourrais faire une liste de ce que tu aimes manger et me l'envoyer par sms ?

Je m'apprête à lui dire que ce n'est pas la peine qu'elle se donne tant de mal, mais le regard qu'elle pose sur moi m'en dissuade. Il y a de la douleur dans ses yeux et je peux jurer que des larmes sont prêtes à s'en échapper.

Aussi, j'acquiesce d'un hochement de tête.

— À ce soir Jared. Au revoir Carmen.

Sans se retourner, elle quitte la pièce puis la maison en claquant la porte derrière elle.

— Adalynn est toujours comme ça avant d'aller à la fac ? demandé-je à Carmen qui continue à nettoyer comme si tout était normal.

— Comment comme ça ?

Je soupire mais ne réponds pas. La fille que j'ai vue ce matin était très différente de celle d'hier qui souriait, détendue. Il faudra que j'en parle à Earl, je crains qu'il n'ait raison au sujet de sa fille, elle a vraiment l'air d'avoir un problème.

Je suis sur le point de sortir pour aller prendre une douche lorsque la voix de Carmen me retient.

— Jeune homme, si vous lui faites du mal, vous aurez affaire à moi.

Pas du tout impressionné par son mètre 50, je lève un sourcil ironique. Je pourrais poser mon assiette sur sa tête et manger debout si je le voulais. Cette femme est incapable de voir les larmes que sa protégée tente de dissimuler et elle pense me faire peur ? Elle se fout de ma gueule ! Au prix d'un grand effort, je ravale mes paroles acerbes, je n'ai pas besoin de fournir à Ady une raison de me jeter dehors.

Dans la matinée, je prends mon double des clefs et sors de la maison direction les lieux de travail qui figurent sur la liste que m'a remise mon agent de probation à ma sortie de prison. Après être passé dans deux restaurants, un garage, trois fast-foods, deux épiceries, qui tous m'opposent un refus catégorique, je sens mon moral passer de « démoralisé à allez tous vous faire foutre ! » Je sors d'un bureau de tabac lorsque je reçois un message d'Adalynn qui me rappelle de lui fournir ma liste de courses. Je lui note en vitesse quelques trucs pas chers et j'appuie sur envoyer. J'aimerais lui demander quel était le problème ce matin et si elle va bien, mais je n'ose pas. Je ne suis personne pour elle et je doute qu'elle apprécie que je me mêle de ses affaires. Pourtant quelques minutes plus tard, c'est elle qui me demande comment je vais. Je lui dis que je cherche du boulot, en vain pour le moment, et quelques secondes après je reçois un nouveau message qui me redonne un peu le sourire quand elle m'incite à poursuivre mes recherches sans perdre espoir. Prenant mon courage à deux mains, je me décide à lui demander si tout va bien mais elle ne me répond pas. Les minutes puis les heures passent et plus aucun sms ne me parvient.

Quand je rentre chez elle, il est plus de 17 heures. Adalynn est occupée à ranger les courses et son air insouciant est de retour. Pendant le reste de la soirée nous discutons de tout et de rien sans jamais entrer dans des détails privés, même lorsque je remarque qu'elle a acheté beaucoup plus de choses que je ne lui avais demandées.

Cette nuit-là, aucun cri ne résonne dans la maison. Pourtant dès le réveil, je suis sur les nerfs, ressassant sans cesse les minutes que j'ai passées avec Marietta et ma recherche de boulot inutile. Cette putain de vie ne me fera jamais aucun cadeau ! Ady est de la même humeur que le matin précédent et il en est également ainsi les jours qui suivent, puis la semaine suivante. Quand les cours sont terminés et qu'elle rentre, elle est de nouveau souriante et agit comme si tout allait bien dans le meilleur des mondes. Déjà agacé par mon propre comportement, j'ai de plus en plus de mal à supporter son côté lunatique. Je sais que je me conduis comme un sale con mais lorsque mon passé devient trop lourd à porter, je me renferme sur moi-même, ne parlant presque plus, c'est mon automatisme de défense. Mes pensées tournent en boucle, la culpabilité me ronge et les espoirs qui avaient accompagné ma sortie de prison se sont éteints depuis longtemps. Je n'aime pas me comporter ainsi mais je n'ai jamais appris à faire autrement, et à en croire les regards courroucés dont me fustige Ady, cela l'énerve aussi. Elle essaie régulièrement d'entamer la discussion, mais j'y mets tant de mauvaise volonté qu'elle finit toujours par laisser tomber et quitter la pièce en soupirant.

À la fin de la seconde semaine, je n'en peux plus de cette situation. Si seulement je trouvais un travail, ça m'aiderait à penser à autre chose qu'à mon passé, qu'à Marietta.

La haine me bouffe de l'intérieur, j'ai besoin de faire sortir mes émotions, aussi pour la première fois depuis mon arrivée, je crache mes idées lugubres sur le papier en un rythme violent qui résonne dans mon esprit.

Pourquoi suis-je sur terre ?
Ma vie n'a toujours été qu'un enfer
Larmes, violence, haine, peuplent mon univers
Il n'y a rien à espérer
Je ne suis qu'un morceau de verre
Qui attend d'être fracassé
Pourquoi ai-je fait ça ?
Jamais mon horizon ne se dévoilera
Je me suis détruit.

Installé à la table de salon de jardin, je n'entends pas Adalynn approcher et j'ai un mouvement de recul en me rendant compte de sa présence.

— Je vais aller voir papa. Dois-je lui transmettre un message de ta part ?

Ses yeux verts sont si clairs sous le soleil de cette journée qu'ils me font penser à une étendue sauvage où aucun homme n'aurait jamais mis les pieds.

— Donne-lui mon bonjour.

Ady se mord la lèvre inférieure.

— Tu ne veux pas m'accompagner ?

Mon regard doit être incrédule car elle baisse aussitôt la tête, mal à l'aise.

— J'ai été le voir il y a quelques jours alors… une autre fois, Adada.

J'avais besoin de parler à Earl sans qu'elle soit présente. Je lui ai expliqué le comportement étrange de sa fille, ses sautes d'humeur, son air triste et paniqué les matins où elle se rend à l'université, son sourire lorsqu'elle revient à la maison. Je suis peut-être un connard grognon mais je ne manquerais jamais à ma parole. Comme je le pensais, Earl s'est montré inquiet et m'a expressément demandé de continuer à la surveiller. Ce que je fais même en boudant dans mon coin, je l'observe souvent sans qu'elle ne s'en rende compte. J'ai beau essayer de les retenir, mes yeux se posent sur elle dès que nous sommes dans la même pièce.

— Tu aurais pu me le dire, je serais venue avec toi, me reproche-t-elle.

Je ne sais pas si elle est fâchée parce que je lui ai rien dit ou parce que je l'ai appelée par le surnom que je lui ai donné, sûrement un peu des deux.

— Tu étais à la fac. C'était un après-midi, après avoir reçu mon trentième refus d'un potentiel employeur, je n'avais pas trop le moral, tu vois ?

Son regard s'adoucit et elle hoche la tête pour me montrer qu'elle comprend.

— Tu vas finir par trouver.

Elle pose sa main sur mon bras et aussitôt une chaleur diffuse m'envahit. Mes yeux se rivent aux siens, je me demande si elle ressent la même chose que moi. Ses doigts laissent une sensation de brûlure sur ma peau bien après qu'elle les ait retirés.

Dans un silence gêné, elle rentre dans la maison. Je n'avais pas remarqué que ma respiration s'était bloquée à son contact et je laisse alors échapper un long soupir en la regardant s'éloigner. *Depuis des années, je suis insensible à pratiquement tout ce qui m'entoure, alors qu'est-ce que c'est que ce bordel ?*

Chapitre 7

Adalynn

Les contrôles de sécurité sont devenus une routine dans ma vie depuis des années, même s'ils ne sont pas agréables je les oublie vite lorsque je vois mon père installé à une petite table. Il semble m'attendre avec impatience. Quel que soit mon état d'esprit, cela m'aide toujours de lui parler.

Un grand sourire se dessine sur son visage aux traits vieillissants lorsque j'avance dans sa direction. En ce samedi après-midi, la salle est pleine de détenus qui discutent avec leurs proches. Mon père se lève et me serre dans ses bras, un des gardiens à proximité nous avertit de nous séparer.

Mon père lui fait un clin d'œil en lançant :

— Voyons Luke, tu sais bien que ma fille est trop mignonne pour m'apporter un objet contrefait.

Le gardien lève les yeux au ciel en esquissant un sourire. Nous nous asseyons et je remarque que mon père a les traits fatigués.

— Comment vas-tu, ma chérie ?

— Bien et toi ?

— Ça va. Comment ça se passe à la maison avec Jared ?

Je hausse les épaules et respire profondément :

— Ça peut aller.

Mon père m'étudie pendant un instant avant de se pencher au-dessus de la table.

— Tu m'as déjà répondu cela la semaine dernière. Adalynn, raconte-moi. Et dis-moi la vérité.

Je plante mon regard dans ses yeux verts dont j'ai hérité et me décide à vider mon sac :

— Jared est... Purée, par quoi commencer... Je l'aime bien, il est sympa... la plupart du temps, quand il ne fait pas la gueule, mais comme il boude pratiquement à longueur de journée ces derniers jours, c'est difficile à dire. Est-ce qu'il sait parler sans grogner ?

Mon père se pince les lèvres pour se retenir de sourire.

— Non mais sans blague ! Parce que le peu de mots qu'il dit est pratiquement toujours suivi d'un grognement ! Parfois je me demande si ce n'est pas un ours qui a emménagé. Le moment où on discute le plus, c'est au moment de manger lorsqu'on doit se mettre d'accord sur le programme télé, autant te dire que cela se limite au strict minimum. Et le pire : il m'a surnommé Adada !

À la fin, je suis à bout de souffle mais je me sens mieux d'avoir pu m'exprimer. Je regarde le visage incrédule de mon père, m'attendant à ce qu'il me réconforte ou compatisse mais je n'avais pas du tout envisagé qu'il éclate d'un grand rire qui fait se retourner tout le monde vers nous.

— Il t'appelle comme ça ? hoquette-t-il entre deux rires.

Je lève les yeux au ciel et croise les bras sur ma poitrine, exaspérée. Je sais que tous les deux sont amis mais quand même !

— Earl, qu'est-ce qui se passe ? demande l'un des détenus à une table voisine.

— Le gamin... il surnomme ma fille Adada.

Mon père rit tellement qu'il se tient les côtes alors que ses yeux s'embuent.

Aussitôt le type éclate de rire et bientôt la rumeur se répand dans toute la salle qui se met à rigoler à mes dépends. Même les gardiens sont hilares. *Génial ! Pourquoi j'ai avoué ça déjà ? Ah oui j'espérais que mon père serait de mon côté.*

— Papa ! Ce n'est pas drôle !

Mes mots font redoubler son hilarité.

— Oh si, ça l'est ! Allez, Ady, admets-le.

Cela fait des années que je n'ai pas vu mon père avoir un tel fou rire. Peu à peu je sens mes lèvres s'incurver et je finis par rigoler avec lui. Je dois reconnaître que même si ce surnom est horripilant, il n'est pas méchant. Après plusieurs minutes, mon père s'essuie les yeux en retrouvant son calme.

— Il t'aime bien, commente-t-il.

Je sens ma mâchoire se décrocher et mes yeux s'agrandir.

— Non, je ne crois pas.

— Oh si, crois-moi. Il ne t'appellerait pas comme ça sinon.

Les bras croisés, je reste silencieuse, pas du tout convaincue.

— Ady, les gars qui ont eu une vie comme la sienne ne s'attachent généralement à personne. Ils se foutent de ce qui arrive aux gens. Alors Adada, c'est sa façon de te dire qu'il t'apprécie.

— Justement, c'est quoi sa vie ? Il n'en parle jamais. Pourquoi a-t-il fait de la prison ?

— Je vais te dire la même chose que j'ai répondue à Jared quand il est venu me voir : demande-lui !

Mon cœur manque un battement en entendant cela.

— Attends, il t'a posé des questions sur moi ?

Mon père acquiesce d'un hochement de tête.

— Que voulait-il savoir ?

— Tu n'auras qu'à lui demander, cela vous fera un sujet de discussion autre que le programme télé.

— Pour cela il faudrait encore qu'il se décide à desserrer les lèvres. Il était comme ça ici aussi ? Tu sais, bougon, renfermé ?

— Cela lui arrivait quand il était plongé dans ses pensées mais ça passait souvent rapidement.

— Le jour où il est arrivé il ne parlait pas beaucoup, mais j'ai trouvé ça normal puisqu'on ne se connaissait pas. Cependant le lendemain c'était pire, il était d'une humeur massacrante et c'est toujours le cas. Quand il s'isole, j'ai peur d'aller le voir. Je ne veux pas qu'il m'envoie balader alors je ne lui demande rien, même si ce silence m'agace.

Le visage de mon père est soudainement beaucoup plus soucieux.

— Il a dû replonger, souffle-t-il à voix basse.

— Il se drogue ? chuchoté-je.

Nous sommes dans un pénitencier et je doute que ce soit le genre de sujet qui passe agréablement entre ces murs.

— Non, il ne se drogue pas. Il était avec son copain Eddy lorsqu'il est arrivé chez toi ?

— Non, il était seul. Pourquoi ?

Mon père se rapproche de moi autant qu'il le peut sans se faire rappeler à l'ordre et murmure :

— Écoute chérie, ce n'est pas à moi de tout te raconter. Je peux seulement te dire que sa mauvaise humeur n'a rien à voir avec toi. Il a dû tomber sur une personne de son passé avant de venir à la maison et je suppose qu'il ne doit pas se sentir bien. Jared est un garçon très réservé quand cela concerne ce qu'il a vécu, il ne montre aucune de ses blessures, même les plus profondes.

Mon père se tait et j'ai beau pendant de longues minutes

tenter d'en apprendre davantage, plus aucun renseignement ne franchira ses lèvres. Aussi, je me décide à changer de sujet et nous parlons de choses sans réelle importance jusqu'à ce que l'heure de visite soit terminée.

En route pour rentrer chez moi, je me sens le cœur un peu plus léger. Même si mon père ne m'a rien dit de capital, j'ai l'impression de mieux comprendre Jared, je me sens plus proche de lui. Cela m'a aussi fait réaliser que nous avons un vrai problème de communication. Si nous devons passer par la case prison pour trouver un intermédiaire entre nous alors que nous vivons sous le même toit, c'est que nous n'osons pas nous parler franchement. Il va falloir trouver une solution pour y remédier. Surtout maintenant que je sais que Jared m'apprécie. Jusqu'à ce que mon père me parle, je croyais vraiment que le problème venait de moi, qu'il avait du mal à partager la maison, que je l'insupportais. Dorénavant je vois les choses sous un angle plus positif et j'ai confiance, avec un peu de temps et de persévérance je parviendrai à forcer ses défenses.

Le jour tombe doucement lorsque je rentre à la maison et la première chose que je remarque est une jeep garée devant chez moi. Sitôt le seuil franchit, une voix d'homme inconnue me parvient. Jared a de la visite.

Un garçon d'environ 25 ans, à la peau métissée, se tient debout devant mon locataire qui est assis sur le canapé, et gesticule dans tous les sens.

— Et moi tu vois, je dis à la fille que pas de problème, je la prends où et quand elle veut…

Il s'arrête net en me voyant plantée au centre de la pièce et un immense sourire illumine aussitôt son visage. Il est séduisant avec ses cheveux tressés qui lui tombent au-dessus des épaules et ses yeux qui pétillent de malice. Cependant pas besoin d'être un génie pour comprendre que c'est un dragueur invétéré.

— Salut beauté.

Jared se lève immédiatement et se tourne vers moi. Il a beau faire bonne figure, maintenant que je sais qu'il intériorise beaucoup de sentiments, pour ne pas dire tous, je ne me fie plus au masque d'indifférence qu'il affiche. Il est sûrement bien plus fragile qu'il ne le laisse deviner de prime abord et cela est aussi intrigant qu'attirant.

— Eddy est venu me rendre visite, j'espère que cela ne te dérange pas ?

Une once de crainte noircit ses beaux yeux.

— Bien sûr que non. Tu sais que tu es ici chez toi, tu peux recevoir qui tu veux.

— Je sens que je vais m'incruster très souvent, sourit Eddy en se laissant tomber dans le fauteuil.

Jared roule les yeux et juste avant de se retourner vers son ami, il articule silencieusement *merci* à mon attention.

— Ne rêve pas ! Adalynn est gentille mais n'en profite pas, réplique-t-il.

— Belle comme une déesse et gentille, la femme parfaite !

Eddy joue des sourcils plusieurs fois dans ma direction et je ne peux m'empêcher de rire.

— Génial, elle craque déjà !

— Pas du tout, dis-je en m'offusquant. Désolée Eddy mais tu n'es pas mon genre, je n'aime pas les dragueurs. Et tu disais quoi déjà ? Que tu prenais la fille où et quand elle voulait ?

Jared éclate de rire en se retournant vers moi. J'adore le voir sourire, j'ai l'impression que, pendant quelques secondes, ses soucis s'éloignent et que je découvre le vrai Jared, celui qu'il aurait dû être si sa vie avait été plus facile.

— Ça viendra Ady, je te séduirai, promet son copain.

— Eddy, grogne Jared entre ses dents, qu'est-ce que je t'ai déjà dit ?

Il a prévenu Eddy de me laisser tranquille ? Intéressant.

— Ouais, je sais, répond celui-ci mais franchement...

Il mord son poing et émet un cri étouffé en me dévorant du regard. Si ses pensées n'étaient pas si lubriques, je pourrais peut-être me sentir flattée.

— Si tu veux une bière, le chaud lapin en a apporté. Tu viens t'asseoir avec nous ?

— OK.

Je vais me prendre une bouteille et prends place sur le canapé à côté de Jared, délaissant volontairement les genoux qu'Eddy m'offrait généreusement.

— Vous vous connaissez depuis longtemps ? demandé-je, curieuse.

— On s'est rencontrés à l'école quand on avait une dizaine d'années, répond mon locataire.

— Nous étions deux paumés, cela nous a rapprochés. Dans les années qui ont suivi, Jared a passé plus de temps à la maison que chez lui. Je pense que l'on peut dire que nous sommes comme des frères.

— Des frères très différents, marmonne Jared.

Ce qui me fait sourire.

Eddy enchaîne sur les filles de l'école primaire en se demandant ce qu'elles sont devenues, puis sur celles du lycée alors que Jared l'écoute patiemment. Parfois il sourit et ajoute une anecdote sur leur enfance. Je l'observe bien plus que nécessaire et à plusieurs reprises, il tourne la tête vers moi, me prenant en flagrant délit. J'ai beau regarder rapidement ailleurs en buvant une gorgée de bière, je sais qu'il n'est pas dupe. Je n'y peux rien, mes yeux sont immanquablement attirés par lui. Ils balayent sa silhouette fine, ses épaules carrées, son profil volontaire, ses cheveux bruns, et s'attardent sur ses lèvres délicatement ourlées lorsqu'il goûte sa bière.

Il y a des moments où je rêve d'être un goulot… non, mais ça ne va pas, je deviens cinglée !

— Bon les gars, je vais aller me coucher, j'annonce lorsque la pendule indique minuit.

Nous avons passé tellement de temps à parler et rire que je n'ai pas vu les heures s'écouler.

— Belle nuit, ma douce.

Eddy se penche pour m'embrasser mais je lui tends ma joue. Il paraît déçu pendant une fraction de seconde mais s'exécute quand même sous le regard noir de Jared.

— Bonne nuit.

Je quitte la pièce, remonte le couloir, prête à entrer dans ma chambre lorsque je sens une main s'enrouler autour de mon poignet, aussitôt un délicieux frisson me parcourt. Jared se tient derrière moi, l'air inquiet.

— Je suis désolé qu'Eddy soit si lourd. Il ne sait pas s'arrêter lorsqu'une fille lui plaît.

— J'avais remarqué.

Je souris et Jared m'imite en me lâchant, se détendant visiblement.

— Ce n'est pas grave, il n'est pas méchant.

— Non, il peut être pénible mais il ne forcera jamais une fille à faire quelque chose contre son gré.

Je me sens devenir livide et baisse la tête. Sa phrase vient de déclencher un défilé d'images devant mes yeux. *Pas maintenant !*

— Ady, ça va ?

Il est penché vers moi. Nos regards se rencontrent et s'accrochent.

— Oui, je suis juste fatiguée.

— Tu veux que je le mette dehors ?

— Non, tout va bien. En plus, il t'a rendu le sourire.

Jared se passe une main dans les cheveux.

— Ouais, je sais que je n'ai pas été de très bonne humeur depuis mon arrivée. Entre les refus pour le boulot et… tout le reste… disons que le retour à la liberté n'est pas aussi facile que je l'aurais souhaité.

Je n'en reviens pas qu'il m'ait dit tout cela. Il ne m'a pas autant parlé depuis le jour où il a emménagé.

— Je comprends. Mais plutôt que de te renfermer, je préférerais que tu m'en parles.

Jared croise les bras et s'appuie contre le mur derrière lui, fuyant mon regard.

— Je n'ai jamais vraiment habité avec quelqu'un auparavant. Je sais que ce n'est pas une excuse mais je n'ai pas l'habitude que l'on se soucie de moi.

— Eh bien tu devras t'y faire, parce que je m'inquiète pour toi lorsque tu n'es pas bien et que tu te mures dans le silence.

Je suis surprise de lui avoir dit ça et lui aussi apparemment, il prend une profonde inspiration et relève les yeux vers moi.

— Je vais essayer de faire un effort.

— Merci.

Nous échangeons un petit sourire et il se redresse.

— Mais j'étais sérieux pour Eddy, un mot de ta part et je le fous dehors. Même s'il est mon meilleur ami, je ne veux pas qu'il t'ennuie.

— D'accord. Promis, si un jour il va trop loin, je te le dirai.

Il hoche la tête avant de murmurer :

— Bonne nuit, Adada.

— Bonne nuit, Jared.

Il remonte le couloir et se retourne pour me regarder une dernière fois avant d'entrer dans le living. Je vais me coucher en souriant. Cette journée me donne le sentiment de l'avoir davantage découvert. Même le surnom qu'il m'a attribué ne me dérange plus vraiment. Bon, je le trouve toujours stupide, mais dorénavant je connais la gentillesse qu'il renferme. Je m'endors avec une certitude : j'aime vraiment bien Jared.

Chapitre 8

Jared

— Ça y est, tu te l'es tapée ?

Sitôt de retour dans le salon, la question d'Eddy fuse.

— Bien sûr que non !

Je lève les yeux au ciel en reprenant ma place sur le sofa.

— Arrête ! J'ai bien vu la façon dont vous vous regardez tous les deux. Tu la bouffes des yeux à chaque fois qu'elle regarde ailleurs et elle en fait de même avec toi. Alors quand tu l'as suivie, j'ai cru que…

— Non, il n'y a strictement rien entre nous. Ce que tu crois avoir vu sort tout droit de ton esprit pervers. Ady est sympa mais je me suis mal comporté ces derniers temps, je lui ai dit que je ferais des efforts et l'histoire s'arrête là, OK ?

— Sympa ?

Les yeux d'Eddy sont sur le point de sortir de leurs orbites.

— Elle est canon, tu veux dire ! Putain t'es aveugle ou quoi ? Elle a un corps de déesse, elle rit à nos blagues, même aux tiennes qui ne sont pas drôles, elle est vraiment adorable et en plus elle boit de la bière avec nous !

Je ne peux pas le contredire, Adalynn est tout ça et plus

encore. Elle est aussi compréhensive, attentionnée. Tous les soirs, elle nous prépare le dîner sans jamais se plaindre de devoir cuisiner pour moi. Elle ne râle même pas lorsque j'ai envie de regarder un match à la télé. Toutefois, comme tout le monde, elle a aussi des défauts. Elle est beaucoup trop effacée par moments, elle a souvent les larmes au bord des yeux sans que je sache pourquoi et je suis certain que si je venais à me disputer avec elle, elle n'aurait aucun répondant. Elle me fait penser à un bébé tigre qui essaie de sortir ses griffes mais qui, finalement, est beaucoup trop fragile pour affronter le monde qui l'entoure. Si elle était passée par ce que j'ai vécu, il y a fort à parier qu'elle n'aurait jamais tenu le coup. Elle est beaucoup trop insouciante et naïve. Le jour où la vie lui jouera un sale tour, elle tombera de haut.

Cette pensée me fait grimacer alors qu'un instinct de protection s'éveille en moi.

— Elle est trop jeune et puis c'est la fille d'Earl, dois-je lui rappeler.

— Et alors ? Elle ne porte pas un panneau autour du cou où il est inscrit : Ne pas baiser, descendance d'Earl !

J'avale une gorgée de bière et manque m'étrangler.

Eddy est vraiment trop con par moments !

— OK, si je me suis trompé et qu'elle ne t'intéresse vraiment pas, alors tu ne verras aucune objection à ce que je l'invite à sortir un soir ?

Sans savoir pourquoi, cette idée m'énerve au plus haut point. En une seconde, j'imagine mon meilleur ami poser ses lèvres sur celle d'Ady, la toucher. Cette image me donne immédiatement la nausée. Je lance un regard mauvais à mon pote en contractant mes mâchoires en même temps que mon poing mais je m'abstiens de répliquer.

— C'est bien ce que je pensais, dit Eddy, en souriant, après quelques secondes.

Lorsque je me lève, il est près de midi. J'ai eu beaucoup de mal à m'endormir lorsqu'Eddy s'est enfin décidé à partir. Notre conversation tournait en boucle dans ma tête. Et même si je préfère, et de loin, penser à Adalynn plutôt qu'à Marietta, cela m'a perturbé. Quoi qu'elle pense de moi, elle ne me connaît pas vraiment. Si elle savait tout de mon passé, elle me détesterait et me demanderait de quitter sa maison sur-le-champ. C'est pour cette raison qu'il ne se passera jamais rien entre nous, je ne suis pas digne d'elle, je ne suis digne de personne. Après avoir pris une douche et avoir enfilé un jean et un T-shirt, j'entre dans le living vide. Un petit mot traîne sur le bar :

Salut,

Je suis à la plage avec Heather.

Viens nous rejoindre si le cœur t'en dit…

Ady

Une part de moi à envie d'y aller mais une autre veut maintenir ses distances. La porte d'entrée qui s'ouvre brise mon hésitation.

— Justement, je lisais ton mes…

Je m'interromps en me rendant compte que ce n'est pas Adalynn qui vient d'arriver mais une femme d'environ 45 ans, habillée d'un ensemble jupe-tailleur chic d'un rouge vif et chaussée d'escarpins de la même couleur. Son visage anguleux, beaucoup trop maquillé, affiche un air hautain et méprisant.

— Qui êtes-vous ? m'interroge-t-elle aussitôt d'un ton franchement pas aimable.

— Vous, qui êtes-vous ?

Si elle veut jouer à ça, elle va être servie. Elle entre comme si les lieux lui appartenaient et son regard inquisiteur me détaille avec férocité. Je connais ce genre de personnes, celles qui n'ont pas besoin de le dire tant leurs yeux parlent pour elles : *Je suis mieux que tout le monde et toi, tu n'es qu'une merde.* J'en ai rencontré je ne sais combien au cours de ma vie, j'ai appris à les ignorer.

— Où est ma fille ?

Surpris, je hausse les sourcils. Adalynn, sa fille ? J'ai beau la scruter, je ne vois pas de ressemblance physique mis à part les cheveux blonds. Mais surtout je ne reconnais aucun trait de caractère commun. Mais puisque c'est sa mère, je me force à demeurer poli.

— Elle est à la plage. Je suis Jared, un de ses amis.

Les yeux plissés, elle poursuit son observation, me mettant très mal à l'aise.

— Comment ça se fait que vous êtes chez elle si elle est sortie ? Elle sait que vous êtes là ?

Mon Dieu, la façon dont elle me parle me donne envie de la rembarrer sans ménagement mais Ady n'apprécierait certainement pas. Aussi je serre les dents et marmonne :

— Oui, j'habite ici pour le moment.

La bouche de la femme, peinturlurée en un rouge écarlate, forme un O parfait tandis que ses yeux s'écarquillent.

— Alors comme ça vous vivez aux crochets de ma fille ! Et bien sûr, elle est tellement gentille qu'elle vous laisse faire sans oser vous dire non. Mais avec moi, cela ne va pas se passer comme ça ! Allez faire vos bagages et quittez cette maison !

— Ce n'est pas à vous d'en décider !

Sans attendre davantage, je m'éloigne et sors mon téléphone pour appeler Ady. Elle me répond au bout de deux sonneries.

— Salut, t'es où ?

La chaleur qui perce dans sa voix contraste énormément avec l'iceberg planté au milieu du living.

— Je suis chez toi, il y a un problème. Tu peux rentrer, Adada ?

— Qu'est-ce qui se passe ?

Son inquiétude est palpable.

— Reviens, s'il te plaît.

— J'arrive tout de suite.

Je raccroche et aussitôt la tempête se déchaîne.

— Vu votre look, je suis certaine que vous êtes un copain de mon ex de bon à rien de mari ! Peut-être même avez-vous partagé la même cellule ? Cela ne m'étonnerait même pas.

Très perspicace, la salope ! C'est inscrit sur mon visage ou elle a fréquenté tant de délinquants qu'elle sait les repérer au premier coup d'œil ? Comme je garde le silence, Janet, je crois, poursuit sur sa lancée.

— Quoi qu'il en soit, vous n'êtes pas un mec bien, ça se voit tout de suite. Vous n'avez rien à faire ici ! Je ne vous laisserai pas entraîner ma fille innocente dans vos histoires et si vous aviez ne serait-ce qu'un peu d'amour-propre, vous seriez assez honnête pour admettre que j'aie raison. Adalynn, cette maison, tout ça, dit-elle en balayant la pièce de sa main, c'est trop bien pour vous et dès qu'elle sera là, je me chargerai de lui ouvrir les yeux !

Je sais que je ne devrais pas permettre à cette femme d'avoir la moindre influence sur moi mais pourtant c'est le cas. Je ne peux pas l'ignorer, ce qu'elle dit est vrai. Aussi, sans lui répondre, je me dirige vers ma chambre et la referme à clef derrière moi afin d'être sûr qu'elle ne force pas l'entrée. Là, j'attrape mes affaires éparpillées dans la pièce et les remets dans les sacs que j'ai gardés. Je n'aurais jamais dû venir habiter ici, sa mère a raison, Adalynn n'a pas besoin que ma vie de merde vienne foutre en l'air son avenir. Je ne mérite pas d'avoir quelqu'un comme elle dans mon existence, elle est trop parfaite pour que je la salisse. En attendant de trouver un travail et de pouvoir me payer un appartement, je vais recommencer à squatter où je peux en évitant Marietta. Ainsi perdu dans mes pensées, j'ignore combien de temps passe. J'entends clairement les hauts talons claquer sur le carrelage du living en un rythme agacé puis c'est autre chose qui brise le silence de la maison : la porte d'entrée qui s'ouvre brutalement et Adalynn qui m'appelle. Je m'assieds sur mon lit, les mains jointes devant moi et écoute sa mère lui répéter ce qu'elle m'a dit. Je n'avais pas du tout prévu la réaction d'Adalynn qui ne la laisse pas terminer son laïus.

— Où est Jared ?

— Dans une des pièces du fond. Il doit être en train de faire ses bagages, comme je le lui ai demandé.

Je peux, sans difficulté, deviner le sourire triomphant de sa mère.

— Putain ! Mais pourquoi lui as-tu dit de partir ? Tu es ici chez moi ! Combien de fois dois-je te le rappeler ? Tu t'es barrée il y a plus de quatre ans en me laissant me démerder toute seule ! Tu n'as pas le droit de venir comme ça pour foutre la merde ! Tu n'as même pas le droit d'entrer ici comme dans un moulin ! Cette maison est à moi, tu n'as aucun droit ! Jared reste ici et tu n'as pas ton mot à dire !

Je relève la tête, plus qu'étonné par la réaction d'Adalynn. Jamais je n'aurais imaginé qu'elle se défende ainsi, qu'elle me défende, moi.

— Je suis ta mère ! Il est de mon devoir de veiller sur tes biens !

— Tu n'as le devoir de rien du tout ! C'est l'avocat de papa qui gère tout, pas toi ! Depuis que tu es sortie de nos vies, tu n'as plus droit à rien, et il serait temps que tu le comprennes ! Alors facilite la vie de tout le monde, repars voir ton nouveau mari riche, repars en croisière, repasse sous le bistouri, fais ce que tu veux mais n'interfère plus dans ma vie ! J'en ai marre de te répéter à chaque fois la même chose !

Le silence qui suit est assourdissant. J'ai envie d'aller rejoindre Ady pour lui montrer que je la soutiens mais je ne peux esquisser un geste, tellement je suis sous le choc de ce que j'ai entendu. Apparemment les rapports sont plus que conflictuels entre la mère et la fille et cela ne semble pas dater d'aujourd'hui. Adalynn a dit que cela faisait plus de quatre ans qu'elle se débrouillait seule, pas étonnant qu'elle ait l'habitude de gérer la maison en cuisinant, faisant les courses, etc... Elle n'a pas eu le choix.

J'entends les pas de sa mère s'éloigner vers la porte.

— Bien, puisque tu préfères héberger un délinquant plutôt que de m'écouter, je m'en vais !

— Jared est un ami et il restera ici aussi longtemps qu'il le désire.

Les battements de mon cœur s'emballent aussitôt que j'entends la réponse d'Ady, réchauffant mon âme d'une façon que je n'aurais jamais cru possible.

— Et, maman, rends-moi tes clefs.

— Mais...

— Tu n'es plus chez toi. Dorénavant, quand tu voudras venir, je te demanderai de me prévenir plusieurs jours à l'avance.

Le son d'un trousseau de clefs tombant sur le carrelage résonne dans le silence avant qu'Ady ne claque la porte avec force.

Chapitre 9

Adalynn

Je respire un grand coup en m'adossant à la porte que je viens de claquer au nez de ma mère. Dire que je suis en colère est un euphémisme à côté de la rage qui m'habite. Je fixe le fond du couloir. Quand je pense qu'elle a ordonné à Jared de partir. Je rêve ! De quel droit se mêle-t-elle de ma vie ?

Je remonte le couloir jusqu'à sa chambre et frappe doucement à la porte.

— Jared, c'est moi.

Un instant plus tard, il m'ouvre et je reste ébahie en découvrant ses sacs qui attendent à côté du lit. Mais ce qui me choque le plus c'est son visage défait. Il a le regard hanté et je remarque que ses mains tremblent légèrement.

— Tu ne vas pas partir ? questionné-je, incrédule.

— Je crois que ça serait mieux. Ta mère a raison, j'ai un passé trop lourd pour t'apporter autre chose que des emmerdes.

Un rire sarcastique s'échappe de mes lèvres.

— Si tu la connaissais, tu saurais que ma mère n'a jamais raison. Elle ne pense qu'à ses intérêts. Elle n'était pas en colère parce que tu vis ici, elle était en rogne parce qu'elle pense à l'argent qu'elle perd.

— Comment ça ? demande-t-il en plissant les yeux.

Je souffle de dépit, comment expliquer l'esprit tordu de ma génitrice ?

— Je peux entrer ?

— Bien sûr, tu es chez toi.

Il affiche un petit sourire.

— Non, c'est ta chambre.

Toutefois, je vais m'asseoir sur son lit.

— Ma mère ne m'a jamais désirée. C'est mon père qui a insisté pour avoir un enfant, c'est lui qui m'a élevée. Pendant mon enfance, ma mère était plus souvent préoccupée par ses séances de shopping que par moi. J'ai grandi avec ce manque que tentait de combler Carmen mais elle avait aussi des enfants à élever.

Je hausse les épaules pour lui faire comprendre que cette situation était normale.

— Quand mon père s'est retrouvé en prison, j'avais 12 ans. Ma mère, voyant l'argent filer en honoraires d'avocats, a demandé le divorce avec une pension alimentaire et le droit d'habiter cette maison qui était au nom de mon père. Cela lui a été accordé. Pendant les deux années suivantes, j'ai vécu ici seule avec elle, enfin quand elle était là. Ma mère n'allait pas rester célibataire très longtemps, il lui fallait un portefeuille bien rempli pour combler sa vie. Aussi a-t-elle enchaîné les petits amis, tous plus riches les uns que les autres mais pas forcément aveugles. Jusqu'à Martin qui est tombé fou amoureux d'elle et qui l'a demandé en mariage. Il est le président d'une société pétrolière. Il est sympa, je n'ai rien à lui reprocher si ce n'est de se voiler la face. S'il pense que ma mère est avec lui par amour, il se goure complètement le pauvre.

Je secoue la tête et Jared prend place à côté de moi en m'écoutant attentivement.

— Comme Martin voyage beaucoup, ma mère le suit aux quatre coins du monde et exulte dans la grande vie qu'elle a toujours souhaitée. J'avais 14 ans lorsqu'elle a quitté la maison pour aller vivre chez lui, me laissant seule ici. Mon père a aussitôt contacté son avocat et a fait mettre l'acte de propriété à mon nom. C'est l'avocat qui gère l'argent que mon père a perçu ainsi que les frais relatifs à la maison. Il a dû t'expliquer pour l'argent qui atterrit comme par magie sur mon compte chaque mois ?

Étant donné qu'il fait suffisamment confiance à Jared pour le faire habiter ici, je suis pratiquement sûre qu'il lui a raconté les raisons de son incarcération.

— Ouais, il m'a tout dit, marmonne-t-il.

À voir ses yeux, je devine qu'il est totalement décontenancé par ce que je viens de lui apprendre. Qui ne le serait pas ? Même moi j'ai parfois du mal à croire que ma mère a toujours été cette garce.

— Sauf que ma mère est tellement vénale qu'elle se doute qu'il y a de l'argent quelque part et que c'est moi qui en profite. Cela la rend… comme tu l'as vue. Ta présence ici ne fait que la mettre en rage car elle pense que tu profites de cet argent qui lui a échappé lors du divorce. C'est la seule chose qu'elle a contre toi. Elle se fout du reste, comme elle s'est toujours moquée de ce qui pouvait m'arriver, seuls les billets de banque l'attirent.

— Mais Janet ne risque pas de découvrir l'accord que ton père a passé ?

— Non, aucun danger. Tout a été parfaitement protégé. C'est pour cela qu'elle se permet de se comporter comme elle le fait, elle ne recevra plus jamais rien venant de mon père, ni de moi.

Comme son nouveau mari est hyper friqué, mon père a fait appel du jugement de divorce et la pension alimentaire a été supprimée sitôt son mariage célébré. Quant à moi, je vis beaucoup plus sereinement sans elle et la réciproque est plus que vraie. Alors elle n'ébruitera jamais le fait qu'elle a une fille, de bientôt 19 ans, livrée à elle-même depuis des années, sinon elle serait obligée de se justifier auprès de ses riches camarades, ce qui lui gâcherait sa vie de rêve.

Jared hoche la tête pour me signifier qu'il comprend.

— Alors tu vois, tu n'as aucune raison de partir.

Les yeux fixant le sol, il ne répond pas et cela m'angoisse. Je n'ai aucune envie qu'il parte, même s'il est souvent bougon, sa présence me fait plaisir, me rassure.

— Elle avait quand même raison pour ce qu'elle a dit sur moi. Je vais t'attirer des ennuis si je reste, je ne suis bon qu'à ça. C'est ce que j'ai fait toute ma vie : attirer les emmerdes.

Je n'en reviens pas de ce qu'il vient de dire, comment peut-il penser ça ?

— Écoute, je ne sais ce que tu as vécu mais j'aimerais vraiment que tu continues de vivre ici.

Il relève la tête et plante son regard dans le mien.

— Pourquoi ?

Je ne crois pas que ce soit le moment approprié pour lui avouer que je le trouve craquant et que j'ai envie de le connaître davantage.

— Parce que j'aime bien que tu sois là.

Ses yeux s'étrécissent, je le sens sur le point de dire quelque chose mais il y renonce et émet un petit grognement qui me fait sourire.

— Et puis qui me ferait enrager en m'appelant Adada, si tu partais ?

Il rit et secoue la tête.

— D'accord, je reste encore un peu.

Soulagée, je pose ma main sur son épaule et me lève.

— Parfait, dis-je en souriant. Je vais laisser un message à l'avocat. Dès demain un serrurier viendra changer les serrures.

— Je croyais que Janet t'avait rendu ses clefs ?

— C'est le cas mais avec elle… elle doit en avoir un autre jeu quelque part.

Cela serait tout à fait son genre. Avant de quitter la chambre, je me retourne vers son occupant.

— Tu me raconteras ta vie, un jour ?

L'hésitation se lit sur son visage mais au bout de quelques secondes, il acquiesce d'un hochement de tête.

— Un jour, oui.

— Ady, tu dors ?

Je suis allongée dans mon lit à contempler le plafond. Les stores ont beau être baissés, des raies de lumière s'infiltrent sur les côtés projetant de drôles de formes qui bougent au gré du vent. Jared et moi avons passé le reste de la journée à nous gaver de télévision, enchaînant des comédies. Je crois qu'après l'ouragan maman, lui, comme moi, avions besoin de rire pour soulager les blessures qu'elle a tenté de nous affliger.

— Non, je lui réponds.

Je l'imagine dans sa chambre, en train de fixer le plafond, lui aussi.

— Merci de m'avoir demandé de rester.

J'esquisse un sourire.

— J'aurais été triste si tu étais parti.

Cela est beaucoup plus facile de lui parler lorsque je ne le vois pas, curieusement le fait d'être séparés par un mur rend les choses plus intimes.

— C'était un poème que tu écrivais hier matin ?

Je me suis fréquemment posé la question ces dernières heures sans oser lui en parler.

— Non, c'était une chanson. Un rap pour être plus précis.

Je me redresse, incrédule.

— Sérieux ?

— Ouais. N'aie pas l'air si surprise, ce n'est pas parce que je n'ai pas fait de grandes études que je suis idiot.

Un sourire se fait entendre dans sa voix. Heureusement, je ne voulais pas le vexer.

— Je n'ai jamais pensé que tu étais bête, je suis juste étonnée que tu aies un don artistique.

— Artistique, c'est vite dit. Je crache juste sur le papier la rage qui m'habite certains jours.

— C'est ce que tu veux faire de ta vie ? Chanter ?

Il prend le temps de réfléchir avant de répondre.

— Non. Je crois que je ne serais jamais à l'aise devant un micro et encore moins devant un public. Je préférerais rester dans l'ombre, peut-être en écrivant pour d'autres.

— Je trouve ça géant !

Mon optimisme exacerbé le fait rire. Je crois que je ne me lasserai jamais de ce son. Tout est si parfait dans les notes graves qui s'échappent de sa gorge que cela résonne telle une mélodie à mes oreilles.

— Eddy bosse dans un studio. Il va parler de mes textes à des artistes qu'il enregistre.

Je ne sais si je suis plus étonnée par la profession d'Eddy ou par le fait que Jared écrive du rap.

— Tu me feras lire ?

— Cela doit être loin du style de musique que tu écoutes habituellement. Mes phrases parlent de ma vie, pas de bouquets de fleurs ni de licornes roses.

— Moi qui t'imaginais déjà avoir pour sujet un arc-en-ciel, je suis déçue !

Son rire résonne à nouveau et je me joins à lui.

— Bien joué, Adada ! Et toi, qu'est-ce que tu étudies à l'université ?

— J'apprends le droit dans le but de devenir avocate.

— C'est pratique. Je pourrais avoir besoin de tes services un de ces jours !

Son ton désinvolte me fait comprendre qu'il plaisante, pourtant je redoute la pointe de vérité qui perce dans ses paroles. Je m'allonge sur le ventre pour faire face au mur comme si je pouvais le voir à travers. Une question me brûle les lèvres depuis son arrivée, sans jamais, jusqu'à présent, avoir osé lui poser. Je prends une grande inspiration pour me donner du courage et la laisse filtrer.

— Jared, pourquoi as-tu fait de la prison ?

Le silence qui pèse sur la maison est assourdissant, je n'entends que les battements affolés de mon cœur. Je n'aurais jamais dû lui demander ça. Et s'il avait fait une chose horrible qui me faisait changer mon regard sur lui ? Qu'est-ce que je ferais ? Continuer à vivre sous le même toit deviendrait vite insoutenable. Et s'il était comme *eux* ? Je chasse rapidement cette pensée, Jared n'a pas du tout *leur* comportement.

— Si tu ne veux pas me…

— Cambriolage, souffle-t-il.

Intérieurement, je suis soulagée. Au regard de son silence, je m'étais attendue à pire.

— C'est une histoire complètement tordue, ricane-t-il sans

joie. J'ai été arrêté pour être entré par effraction chez ma mère et avoir volé un carton m'appartenant.

— Quoi ?

L'écho de mon cri résonne autour de moi pendant de longues secondes.

— Adada, il faut que tu te rentres dans la tête que je suis loin d'avoir eu une vie comme la tienne. Je conçois tout à fait que ta mère ne se soit jamais occupée de toi mais heureusement tu avais ton père et même Carmen. Moi, je n'ai eu personne, jamais.

Je médite ses paroles quelques instants, tant je sens que nous abordons un sujet sensible, avant de demander timidement :

— Mais… et tes parents ?

Un soupir désabusé me parvient.

— Je n'ai jamais connu mon père, il s'est tiré avant ma naissance. J'ignore même son nom. Quant à ma mère, c'est une alcoolique doublée d'une droguée. Je ne sais pas quel âge j'avais lorsqu'elle a plongé, je n'ai pas de souvenirs remontant à cette époque. D'aussi loin que je me rappelle, je l'ai toujours vue boire et prendre ses doses. Parfois elle parvenait à rester clean pendant quelques jours et dans ces moments-là, elle se souvenait que j'existais, elle faisait les courses, préparait les repas, faisait la lessive, ce genre de trucs tout con que font toutes les mamans. Toutes sauf la mienne. Parce que les trois quarts du temps, elle planait tellement qu'elle oubliait qu'elle avait un gosse dont elle n'avait jamais voulu. Tout ce qui comptait, c'était la prochaine ligne qu'elle allait sniffer. Que je ne mange rien pendant plusieurs jours, que je sois sale et que je sente mauvais pour aller à l'école, elle s'en foutait complètement.

Mes larmes roulent sur mes joues, non seulement à l'évocation de son enfance mais à entendre la douleur qui s'insinue dans sa voix. J'aimerais me lever et aller le prendre dans mes bras, mais je me retiens, me doutant qu'il me repousserait.

Je déglutis de nombreuses fois avant de parvenir à m'éclaircir suffisamment la voix pour parler.

— Que mangeais-tu dans ces cas-là ?

Sa réponse est assourdissante dans la pénombre.

— Nos voisins sortaient leurs poubelles plusieurs soirs par semaine.

Une main plaquée sur ma bouche, je ravale mes sanglots. J'ai tant de peine pour l'enfant qu'il a été, seul, affamé, dans la rue, à se nourrir des restes d'étrangers.

— J'habitais un quartier vraiment pauvre. Je me souviens de la première fois où l'on m'a coupé les cheveux, je devais avoir environ 6 ans. Une femme âgée qui habitait dans ma rue me prenait toujours pour une fille tant ils étaient longs. Un jour où je me suis énervé en lui répétant que j'étais un garçon, elle m'a attrapé par les cheveux et a donné plusieurs coups de ciseaux jusqu'à ce qu'ils soient tout courts. C'était vraiment une coupe de merde. Je déteste les avoir longs depuis. Parfois des gens devaient avoir pitié de moi car ils me donnaient des vêtements que leurs gosses ne mettaient plus. Ils étaient loin d'être neufs mais ils étaient souvent propres et j'adorais qu'ils sentent bons.

Je renifle aussi discrètement que possible et m'éclaircis la gorge.

— Ta mère a décroché quand ?

— Elle est toujours une camée, Ady.

— Mais alors… comment…

— L'autre problème quand tu as un parent qui se défonce, c'est qu'il ramène n'importe qui à la maison. Je n'ai jamais eu de gros soucis jusqu'à ce que ma mère s'entiche de Joseph. Ce mec est consommateur de tout ce qui peut exister et il a le trip mauvais. Lorsqu'il ne touchait plus terre, il ne savait plus ce qu'il faisait. Au début il m'insultait, puis il m'a mis des gifles lorsque je n'étais pas assez rapide pour l'éviter. C'est quand il a commencé à me battre régulièrement que je me suis décidé à vivre n'importe où plutôt que chez moi.

— Il te battait ?

Je n'ai pu dissimuler ni mon effroi ni mes pleurs. Je devine que Jared doit savoir que mes larmes sont intarissables, pourtant il me répond simplement :

— Oh oui. Et il n'était pas le seul, ma mère aussi avait la main leste. Mais avec elle, j'avais l'habitude, les coups étaient moins forts. Alors qu'avec Joseph, que je sois présent ou endormi dans la pièce voisine, il me tombait dessus à n'importe quelle heure, sans raison, et me frappait de toutes ses forces. Un mec de quarante ans contre un môme de même pas 13 ans, il n'avait pas beaucoup de mal. Le soir de mon anniversaire, ma mère avait fait un effort et s'était moins droguée que d'habitude, elle m'avait même acheté un petit gâteau au chocolat. Un vrai miracle ! J'étais fou de joie. Quand Joseph est arrivé et qu'il a vu ça, il m'a foutu une raclée. Sauf qu'en douce, j'avais appris à me défendre auprès des grands du quartier, et ce jour-là, il l'a découvert. Je lui ai rendu ses coups, cela a duré longtemps, nous avons tout cassé dans la pièce. À la fin nous étions tous deux en sang, ma mère me hurlait de laisser son mec tranquille. Je me suis arrêté, je n'en revenais pas qu'elle me le dise à moi alors que c'était lui qui me cognait depuis des années. C'était trop, j'ai demandé à ma mère de choisir entre lui et moi, et elle s'est aussitôt précipitée dans ses bras. Je n'ai jamais goûté à mon gâteau d'anniversaire, à la place j'ai entassé dans un sac le peu d'affaires que je possédais et je suis parti.

— Où as-tu été ?

— Ce soir-là, chez Eddy et sa mère.

L'amertume perce dans sa voix.

— Heureusement qu'ils étaient là.

Un long silence suit.

— Parfois, ce que tu crois être meilleur est finalement la pire des solutions.

Je ne saisis pas son raisonnement mais étant certaine qu'il ne m'éclairera pas sur le sujet, je reviens au thème principal.

— Mais je ne comprends pas, si tu étais parti, pourquoi y es-tu retourné ?

— Parce que le soir où je me suis barré, je n'ai pas pris tout ce qui m'appartenait. J'écrivais déjà à cette période et j'avais également quelques souvenirs auxquels je tenais. J'avais tout mis dans un carton et m'étais promis de revenir le chercher quand je pourrais. Sauf que lorsque j'ai essayé, ma mère n'a jamais voulu me laisser entrer. Alors cela a pris beaucoup de temps mais, une nuit, je me suis glissé dans la maison et les flics m'ont chopé. Ma mère et Joseph ont immédiatement déposé plainte contre moi et comme j'avais déjà eu quelques problèmes avec la loi, cette fois, j'ai été condamné. Et avant que tu me le demandes, j'avais été mêlé plusieurs fois à des bagarres, c'est pour ça que j'avais un casier.

J'esquisse un sourire, j'allais effectivement lui poser la question.

— C'est vraiment aberrant.

— Ouais, la vie est comme ça. Le pire c'est que j'ai fait tout ça pour rien, puisque les flics m'ont repris le carton que j'étais venu chercher et l'ont rendu à ma mère.

— Tu veux toujours le récupérer ?

— J'aimerais mais je pense qu'il a dû finir à la poubelle et puis, je n'ai pas envie de retourner en taule.

Même s'il ne peut me voir, je hoche la tête et essuie mes joues baignées d'eau salée.

— Merci, Jared, de m'avoir tout raconté.

— Si tu pouvais arrêter de chialer maintenant !

Comme je sens qu'il n'est pas énervé, je rigole.

— J'essaie.

— Sérieusement Adalynn, je ne veux pas que tu changes d'attitude envers moi. Je ne supporterais pas de t'inspirer de la pitié.

— Ce n'est pas le cas, je t'assure.

Je ne ressens aucun apitoiement pour lui, il fait juste battre mon cœur plus vite. Je sais que je ne devrais certainement pas m'attacher à lui, mais pourtant c'est exactement ce qui se passe et j'adore cette douce chaleur qui m'envahit quand je pense à Jared.

— Bien.

Il doit encore être plongé dans ses souvenirs, aussi je tente une diversion pour ramener sa bonne humeur à la surface.

— Tu ne veux pas un petit câlin ?

— Nooon ! fait-il en laissant traîner sa voix.

— Dommage. Ce n'est pas grave, j'en ferai un à Eddy la prochaine fois que je le verrai.

— Tu crois vraiment que je vais gober ça, Adada ?

J'éclate de rire et il m'imite.

— La prochaine fois qu'il viendra ici, je lui répéterai ce que tu m'as dit et il va te sauter dessus ! dit-il.

Brusquement, je redeviens sérieuse. Je n'ai pas du tout envie d'avoir son pote sur le dos.

— Tu ne vas pas faire ça ?

— Bonne nuit, Adada.

— Jared, s'il te plaît, ne fais pas ça !

Chapitre 10

Jared

Lundi matin, Adalynn boit un café quand j'entre dans la cuisine. Depuis nos confessions de la veille, je la cerne mieux et ne l'apprécie que davantage. Elle m'a défendu contre sa mère comme personne ne l'avait jamais fait jusque-là. Puis, quand je lui ai raconté ma vie merdique, il n'y a eu aucun jugement de sa part, ni dans sa voix ni dans ses paroles. Elle a pleuré pour moi, pour l'enfance heureuse que je n'ai jamais connue. Je retiens mes larmes depuis tellement d'années, qu'hier soir j'ai eu l'impression qu'elle déversait toute ma peine à ma place.

— Salut, je lance en allant me servir un café.

— Hello, bien dormi ?

Elle m'adresse un petit sourire mais comme tous les matins où elle doit se rendre à l'université, ses traits sont tirés, son regard est angoissé. J'aurais dû l'interroger sur ce qu'il se passe là-bas mais quelque chose me dit qu'elle ne m'aurait pas répondu.

— Bien et toi ?

Elle acquiesce d'un hochement de tête et replonge dans la contemplation de son mug. Maintenant que je la connais mieux, je sais qu'elle sera de bien meilleure humeur en rentrant cet après-midi, je la laisse donc tranquille. Quelques minutes plus tard, elle pousse un soupir à fendre l'âme et se lève. Elle s'empare de son sac, et sort après m'avoir salué. J'attends qu'elle ait démarré pour attraper mes clefs. J'en ai assez de cette situation, je dois découvrir ce qui lui arrive. Sa voiture blanche est facile à suivre dans la circulation, ma seule crainte est qu'elle me remarque. Je la suis à distance pendant une vingtaine de minutes et me gare à quelques mètres de sa place lorsqu'elle atteint le campus. Je ne m'attendais pas à ce qu'elle poursuive ses études dans une fac renommée comme celle-ci. C'est le genre d'université réservée aux gosses de riches. Je me demande ce qu'elle fout dans ce milieu, ce n'est vraiment pas son style. Lorsqu'elle sort de sa voiture et parcourt le parking du regard, je m'enfonce dans mon siège. Elle commence à avancer vers un grand bâtiment couleur ocre qui me fait songer à une hacienda mexicaine, en beaucoup trop grande à mon goût, avant d'être rejointe par une autre fille. Celle-ci est de taille moyenne, un peu ronde, elle a de longs cheveux bruns qui se balancent dans son dos au rythme de ses pas. Elles se sourient en bavardant et entrent ensemble dans l'édifice.

Bon, rien d'anormal.

Je remets le contact et m'éloigne, quand en marquant le stop de la sortie du parking j'aperçois un chiot noir et blanc, sur le bas-côté de la route. J'ai toujours aimé les animaux, il est hors de question que je le laisse là où il risque de se faire écraser à tout moment.

— Viens, petit.

Le chiot penche sa tête sur le côté à mon approche et me laisse l'attraper sans aucune résistance.

— Et maintenant qu'est-ce que je fais de toi ?

Il monte sur mes genoux tandis que je me remets derrière le volant. Je cherche rapidement sur mon téléphone l'adresse d'un refuge où je pourrais le déposer, peut-être a-t-il des maîtres quelque part qui s'inquiètent de son absence. J'en doute mais la vie m'a appris que l'espoir fait vivre.

Une fois le refuge le plus proche trouvé, je m'y rends. C'est un homme qui m'accueille derrière un comptoir. Je lui explique la situation, tandis que le petit chien n'arrête pas de me lécher le nez. Il téléphone à la femme responsable des lieux. Lorsqu'elle arrive, elle me détaille d'un œil critique.

— C'est toujours mieux de venir nous les amener que de les abandonner dans la rue, me dit-elle sans préambule.

Sa phrase a beau se vouloir sympa, son ton est loin d'avoir le même esprit.

— Il n'est pas à moi, je l'ai trouvé sur le campus universitaire. J'ai pensé qu'il était préférable de vous l'apporter.

Aussitôt son visage se détend. Je lui donnerais dans les 50 ans, ses longs cheveux bruns sont coiffés en une natte et les yeux marron qu'elles posent sur moi sont beaucoup plus bienveillants que quelques secondes plus tôt.

— Merci. Excusez-moi d'avoir été froide. En ce moment, on a tellement d'abandons que nous ne savons plus où donner de la tête. Nous allons regarder si elle a une puce électronique, me dit-elle en prenant le chien pour l'étudier. C'est une fille, confirme-t-elle devant mon regard interrogateur.

Cela ne m'était même pas venu à l'esprit de vérifier cet élément. L'homme de l'accueil se saisit d'un lecteur de puce et le passe partout sur le corps de la petite chienne, sans résultat.

— C'est bien ce que je pensais, ses maîtres s'en sont débarrassé. Vous ne seriez pas intéressé pour l'adopter ?

J'observe le chiot dont le regard me fixe sans ciller, semblant me supplier d'écouter mon cœur.

— J'aimerais mais je vis chez une amie pour le moment, ce

n'est donc pas l'idéal. Si j'avais mon appartement, je pense que je l'aurais gardé.

La femme acquiesce en haussant les épaules.

— Vous ne chercheriez pas du travail par hasard ? Parce qu'on est vraiment débordés, on recherche des personnes prêtes à venir nous aider quelques heures par jour.

Seigneur, je n'y crois pas !

Je lui adresse un grand sourire.

— Si, je suis à la recherche d'un emploi depuis deux semaines. J'aimerais vraiment travailler ici, j'adore les chiens. Cependant je dois vous avertir, dis-je en baissant la tête, honteux d'avouer : j'ai un casier, je sors de prison.

— Quel crime et combien de temps ? me demande la responsable sans s'étonner, comme si je venais de lui annoncer la météo du jour.

— Cambriolage pour récupérer des effets personnels chez ma mère, huit mois en pénitencier.

Je ne sais pas pourquoi, mais face à cette femme je ressens le besoin de me justifier.

— Et vous vous appelez ?

— Jared Miller.

Je lui tends une main qu'elle serre aussitôt.

— Parfait Jared, moi c'est Kristina. Ce refuge m'appartient. Alors mettons les choses au clair : je me fous de ton passé, tout ce qui compte ce sont mes chiens. Tu t'en occupes bien et on sera les meilleurs amis du monde. Un mot, un geste déplacé et je te fous dehors avec un petit cadeau pas vraiment agréable en prime. Nous sommes d'accord ?

Je souris comme un idiot, plus qu'heureux non seulement d'avoir enfin trouvé un emploi mais aussi dans un domaine que j'aime.

— Entièrement d'accord.

— Génial, suis-moi dans mon bureau. Nous allons remplir les papiers d'embauche et puis nous essaierons de trouver un box pour cette petite demoiselle. Il faut lui trouver un nom, tu as une idée ?

— Missy.

Quand je rentre chez Adalynn, elle est déjà revenue comme l'atteste sa voiture garée dans l'allée du garage. Je n'ai pas vu le temps passer au refuge. Kristina m'a fait visiter les lieux, c'est bien plus grand que je ne l'avais imaginé, puis m'a expliqué en quoi consistent mes nouvelles fonctions : nettoyage des boxes, nourrir les animaux, aider aux sauvetages et aux adoptions. Je commence demain et j'ai hâte !

La musique me saisit immédiatement lorsque j'ouvre la porte, Ady a mis le son à fond. J'écarquille les yeux en pénétrant dans le living, ma colocataire n'est pas seule, la fille brune que j'ai aperçue ce matin est là, et toutes deux sont en train de danser sur un rythme rapide. Adalynn me tourne le dos et j'en profite pour observer son corps qui ondule sensuellement. Il n'y a rien à redire, cette fille est magnifique. Son pantalon en toile noire moule parfaitement sa silhouette et que dire de son haut blanc qui colle à sa petite poitrine comme une seconde peau. Cette constatation se répercute aussitôt dans mon jean qui devient trop étroit. Elle balance la tête dans tous les sens, j'observe ses cheveux qui fouettent sa peau blanche. Des idées lubriques où ils glisseraient sur ma peau nue m'assaillent et je dois vraiment faire un effort pour ne pas me précipiter dans une autre pièce pour me soulager. Heureusement, ou pas, pour moi, sa copine me remarque et envoie un coup de coude dans les côtes d'Ady. Celle-ci se retourne aussitôt vers moi, elle me scrute de la tête aux pieds et je jurerais que le même genre de pensées qui m'habite brûle dans son regard. J'ai une folle envie de la prendre par la main et de l'entraîner dans ma chambre où je ferais de ce fantasme une réalité. Sa copine s'empare de la télécommande et baisse le son de la télé tandis qu'Adalynn et moi, sommes toujours suspendus au regard de l'autre.

— Salut, je suis Heather

La jeune fille me fait un signe de la main.

Cela rompt le lien qui nous unissait et nous détournons les yeux.

— Oui, Heather est ma meilleure amie et lui c'est…

— Le canon, je sais.

Je hausse un sourcil en direction d'Ady dont les joues virent au rouge cramoisi.

Cela me fait sourire. Décidément c'est une bonne journée. Heather s'avance vers moi en me dévorant du regard.

— Alors Jared, t'es célibataire ?

Eh bien, elle est directe celle-ci !

— Heather !

Je rêve où Ady serre les dents ?

— Quoi ? J'ai bien le droit de faire connaissance !

Le ton innocent de sa copine me fait sourire.

— Oui, célibataire et c'est très bien comme ça ! répliqué-je avant qu'elle ne se fasse des films.

Heather affiche une mine boudeuse alors qu'Adalynn regarde ailleurs.

— Bon, je vais vous laisser. Les parents et l'autre idiot vont m'attendre pour dîner. Ravie de t'avoir rencontré beau gosse. À demain Ady !

— Ouais, bonne soirée Heather.

— À la prochaine, dis-je avant qu'elle ne referme la porte derrière elle.

Restés seuls, j'échange un regard avec Adalynn quand elle passe à côté de moi pour rejoindre la cuisine.

— L'autre idiot? fis-je étonné.

— Oui, le fils du nouveau mari de sa mère a débarqué. Apparemment la cohabitation se passe mal entre Heather et lui.

J'acquiesce d'un hochement de tête.

— Tu as une préférence pour le menu de ce soir?

— Seulement pour la boisson, je voudrais un truc qui pétille. Tu as ça en réserve?

Ses yeux s'étrécissent.

— J'ai du cidre. Pourquoi?

— J'ai enfin trouvé un boulot.

Mon sourire doit être immense car je vois son regard se poser sur mes lèvres. Elle s'avance vers moi et là, à ma grande surprise, elle se met sur la pointe des pieds pour glisser ses bras autour de mon cou.

— Je suis tellement contente pour toi. Tu vois qu'il ne faut jamais se décourager!

Je reste droit comme un piquet, les bras ballants alors qu'elle se presse toujours contre mon torse.

— Adada, qu'est-ce que tu fais?

Elle émet un petit rire à mon oreille.

— Ça se voit, je te prends dans mes bras pour te féliciter. D'ailleurs ça serait plus facile si tu te baissais un peu, tu es grand.

Je me penche légèrement en avant et elle soupire de bien-être en resserrant la pression autour de mon cou.

— Tu vas rester comme ça longtemps?

— Laisse-moi deviner, personne ne t'a jamais fait un câlin avant?

Incapable de parler, je secoue négativement la tête.

— Qu'est-ce que je dois faire ?

J'ai honte de lui demander mais c'est tout nouveau pour moi aussi, j'ignore comment me comporter.

— Fais ce que tu veux, laisse-toi porter.

Je ferme les yeux pour essayer de calmer ma respiration saccadée. Mes mains se posent d'abord sur son dos, délicatement, puis mes bras se referment autour du corps d'Ady. Je baisse la tête jusqu'à laisser mon front se poser sur son épaule. Un étrange sentiment de paix me submerge. Pour la première fois de ma vie, j'ai l'impression d'être exactement à ma place dans le monde, là où je devrais être pour toujours. Cette pensée me réconforte et me terrifie à la fois. Adalynn soupire de bonheur une nouvelle fois avant de s'écarter doucement. Je la lâche à mon tour et lui fais un timide sourire.

— Pas mal pour un début.

— J'ai juste trouvé un petit boulot, ce n'est pas la peine d'en faire tout un plat.

— Si, ça se fête ! Mais avant raconte-moi tout !

Durant les minutes qui suivent, je lui explique en quoi va consister mon travail en omettant de préciser le lieu où j'ai trouvé Missy.

— C'est juste un temps partiel, dis-je en haussant les épaules.

— J'ignorais que tu aimes les animaux.

Son air est attendri et j'ai l'étrange impression d'être un dessert qu'elle rêve de dévorer.

— J'ai toujours voulu avoir un chien, mais avec ma mère… C'est sûrement préférable que je n'en aie jamais eu.

— Et cette petite chienne, Missy, tu vas l'adopter ?

Étant donné que je vis chez elle, sa question me surprend. Je me recule pour m'adosser au comptoir.

— Non, je ne peux pas tant que je n'ai pas un logement à moi.

Elle me contourne pour aller prendre la bouteille de cidre dans le réfrigérateur.

— Si tu la veux, je n'y vois aucune objection. J'adore les animaux.

— Je me demande s'il y a une personne sur cette terre que tu n'aimes pas.

Je rigole alors que le visage d'Adalynn s'assombrit, elle ferme brièvement les yeux avant de répondre.

— Crois-moi, il y en a.

Je reste dubitatif, qui peut-elle détester ? Elle paraît si douce, si gentille, c'est impossible d'être en mauvais termes avec elle. Avant que je ne puisse la questionner, elle sort deux verres et pose le tout sur le bar avant de revenir vers moi. Sans que je ne m'y attende, elle me reprend dans ses bras et susurre à mon oreille :

— Je suis très fière de toi. Félicitations !

Adalynn est la première personne à me dire qu'elle est fière de moi, cela me procure un sentiment étrange, j'ai la sensation qu'une zone de mon corps, morte jusqu'à présent, revient à la vie sous les battements de son cœur qui résonnent contre mon torse. Une part de moi trouve qu'elle en fait vraiment trop, après tout c'est juste un job. Cependant la sentir contre moi me fait perdre le fil de mes pensées et mes bras l'enlacent en retour comme si c'était la chose la plus naturelle du monde. Je ne comprends pas ce qui m'arrive, je suis complètement perdu lorsqu'il s'agit de cette fille. Toute ma vie, j'ai vécu sans vraiment m'attacher aux gens car je sais qu'ils peuvent partir, me trahir ou me décevoir à tout moment. Je n'ai confiance en personne. Alors pourquoi est-ce différent avec Ady ? Elle parvient à animer quelque chose en moi qui, jusqu'alors, m'était inconnu et je dois avouer que cela me fout bien plus la trouille que la prison.

Lorsqu'elle s'écarte doucement, elle me surprend une nouvelle fois en déposant un rapide baiser sur ma joue. Cela me chamboule tellement que je reste totalement sans réaction, mon cerveau a dû déserter mon corps pendant une fraction de seconde.

— Viens, on va fêter ça !

Comme je reste immobile, Adalynn se retourne et me sourit avec tant de tendresse que j'ai soudainement une folle envie de me jeter sur elle pour l'allonger sur le canapé. Je secoue légèrement la tête pour chasser mes idées salaces tandis qu'elle m'observe toujours.

— Tu n'es pas habitué aux bisous non plus, on dirait.

— Non, en effet, dis-je tout bas en baissant les yeux.

Face à elle, j'ai l'impression d'être en territoire inconnu. Elle sait tant de choses sur les rapports humains que j'ignore.

À la place de dîner, nous prenons un apéritif dînatoire (encore un terme qu'elle m'a appris pendant la soirée), pour moi cela se résume juste à une bouteille avec diverses variétés de canapés sortis tout droit du congélo.

Lorsque plus tard nous allons nous coucher, nous recommençons à discuter à travers la cloison qui sépare nos deux chambres. Je ne sais pas pourquoi c'est si facile d'échanger avec elle, surtout lorsque je l'imagine allongée sur son lit, et nos discussions sont devenues le moment que je préfère dans ma journée.

— Tu sais, tout à l'heure, je pensais à ton amie Heather.

— Oh…

Le soupir de déception qu'elle laisse échapper me fait sourire, seul dans la clarté de la nuit. *Serait-il possible qu'Adalynn soit jalouse ?* C'est vrai que son amie est jolie mais elle, elle est splendide.

— Ouais, vu sa manière de me draguer, je me disais qu'on

devrait la présenter à Eddy. Je suis sûr que cinq minutes après, ils se tripoteraient déjà !

Elle éclate de son rire qui respire la joie de vivre, j'adore ça. Certaines filles que j'ai baisées gloussaient comme des dindes et cela me tapait sur le système : Ady a un rire aigu, communicatif. Le poids de mon passé diminue un peu lorsque je l'entends.

— Je me demandais… combien mesures-tu ?

J'esquisse un sourire en repensant au mal qu'elle a eu à me serrer dans ses bras.

— 1,96 mètre. Et toi ?

Adalynn est un petit bout de femme, sa réponse ne me surprend pas :

— Je fais 1,60 mètre. Tu es vachement grand par rapport à moi.

Elle parle comme une enfant qui boude, déçue de ce que la nature lui a donné. Pourtant elle n'a aucune raison de ne pas être satisfaite.

— Tu sais ce que l'on dit : tout ce qui est petit est mignon.

— Ça veut dire que tu me trouves mignonne ?

Oh merde ! Comment vais-je me sortir de cette situation ? J'opte pour l'honnêteté :

— Évidemment ! N'importe quel mec sur cette terre te trouverait jolie.

— Merci Jared.

Je peux entendre le sourire dans sa voix.

— Qu'est-ce que signifie ton tatouage ?

— Lequel ?

— Tu en as combien au juste ?

— Quatre.

— Je n'en ai vu que deux !

On dirait presque qu'elle est en colère d'avoir raté les autres, cela me fait sourire. Elle doit se poser des questions pour savoir où ils sont situés, je peux pratiquement l'entendre cogiter d'ici.

— Je parlais de la rose qui pleure. C'est bien une larme sur un pétale ?

Je déglutis. Hier quand je lui ai parlé de ma mère, je ne suis pas vraiment entré dans les détails mais j'aurais dû me douter qu'Ady est trop intelligente pour ne pas analyser tout ce qui me constitue.

— Oui, c'est bien ça. J'ai fait faire ce tatouage pour me souvenir de ne jamais être trop gentil.

— Qu'est-ce que tu veux dire ?

Je l'entends remuer et je devine qu'elle a dû se retourner pour faire face au mur.

— Je devais avoir une dizaine d'années quand je suis rentré chez moi avec une rose que j'avais cueilli dans un parterre en ville. Je sais, je n'aurais pas dû mais c'était la fête des mères et je pensais que ma maman serait peut-être contente de me voir pour une fois. Mais elle planait déjà quand je lui ai offert. Elle m'a fixé avec dégoût et l'a immédiatement réduite en miette, sans me dire un mot, juste comme ça pour le plaisir de me faire du mal. Je suis allé m'enfermer dans ma chambre et j'ai longtemps pleuré sur la fleur qu'elle venait de gâcher ainsi que sur l'amour qu'elle ne me donnerait jamais, quoi que je fasse. Ce jour-là, j'ai vraiment réalisé que je n'avais pas de maman, j'avais juste une génitrice. Alors lorsque mon pote a voulu se faire la main en me tatouant, j'ai demandé une rose qui pleure parce que c'est aussi ce jour-là que j'ai versé mes dernières larmes.

Dans le silence qui suit, je me doute qu'Ady doit être en train de sécher les siennes discrètement, tout en analysant ce que je lui ai raconté.

— Et l'autre ? J'ai beau essayer, je n'arrive pas à lire ce qu'il y a d'écrit à l'intérieur de ton bras.

— Tu as essayé combien de fois au juste, Adada ?

— Euh… un certain nombre.

Son côté innocent me fait rire.

— Il est écrit : « À vaincre sans péril, on triomphe sans gloire. »

— C'est joli.

— C'est pour me rappeler que même si j'en ai bavé, je parviendrai à m'en sortir. Rien n'est facile dans la vie, mais les difficultés nous améliorent. Un jour, je serais un homme bien.

— Tu l'es déjà, Jared.

Je ferme les yeux. Si elle savait ce que j'ai fait, toutes mes erreurs, mes fautes, elle ne dirait pas ça. Si elle connaissait toute la vérité sur moi, elle me foutrait à la porte et prierait pour ne jamais me revoir.

— Non, mais j'y travaille.

Elle reste silencieuse et je sens une foule de questions arriver, alors je décide de dérider un peu la conversation.

— Et toi, Adada, tu as un tatouage camouflé quelque part ?

— Nan, je suis totalement vierge !

J'ai beau tenter de me retenir, je laisse éclater mon fou rire. Je ne m'attendais pas à une telle réplique !

— Oh, ce n'est pas ce que j'ai voulu dire ! râle-t-elle depuis l'autre côté du mur.

Pendant de longues minutes, je ris tellement que des larmes me brouillent la vue. En même temps, sa réponse ne me surprend pas. J'étais sûr qu'elle n'avait aucun dessin sur la peau et elle paraît trop innocente pour avoir franchi le cap avec un mec. Étrangement, cette confirmation rassure le côté macho qui sommeille en moi. Elle donne plusieurs coups dans le mur en me priant d'arrêter de me moquer d'elle.

— Désolé, Adada.

— Bonne nuit, Jared.

Elle est énervée mais je me doute qu'elle doit être plus en colère contre elle-même qu'envers moi.

— Bonne nuit.

Et là, dès que je ferme les yeux, je vois le corps nu d'Adalynn allongé devant moi. Je la vois me prendre dans ses bras tandis que je me glisse entre ses cuisses ouvertes et qu'elle soupire mon nom à mon oreille. Je rouvre aussitôt les yeux mais trop tard, mon corps a réagi en m'offrant une telle érection que je n'ai plus que deux solutions : ma main ou la douche froide, peut-être même les deux. La nuit va être longue…

Chapitre 11

Adalynn

— Tu n'avais pas menti, Jared est un très beau mec !

Je n'ai pas le temps de descendre de voiture que déjà Heather m'ouvre la portière pour me confirmer ce que je sais déjà.

J'aimerais que son optimisme déteigne sur moi, malheureusement comme tous les matins, je suis déprimée et sur mes gardes. Pourtant je lui souris en repensant à tout ce que je sais sur Jared et que la plupart des gens ignorent. En s'ouvrant à moi, il me montre qu'il me fait confiance et cela me bouleverse au plus haut point car j'ai conscience d'être une privilégiée. Aussi Heather peut-elle me harceler de questions le concernant, je ne dévoilerai jamais la moindre de ses confidences. Je sens mes joues s'empourprer en repensant au fait que je lui ai avoué être vierge, mon Dieu, la honte ! Qu'est-ce qu'il m'a pris de lui faire cette réponse ?! J'étais en train d'imaginer où pouvaient se situer ses deux autres tatouages et, bien sûr, je me suis mise à fantasmer sur son corps, ce qui a conduit à ce lapsus ô combien révélateur. Il doit vraiment me prendre pour une abrutie. Rien que d'y repenser, j'ai envie de me mettre une baffe.

— Je t'avais prévenue.

— C'est dommage que son côté ours mal léché le rende si froid.

J'écarquille les yeux en attrapant mon sac sur le siège passager, puis descends de voiture.

— Je ne trouve pas qu'il soit comme ça.

D'accord, ce n'est pas l'homme le plus sociable de la terre mais lorsqu'on le connaît, il est loin de se comporter comme un iceberg. Je crois surtout que mon amie est vexée qu'il ne s'intéresse pas à elle.

Heather hausse les épaules tandis que mon regard parcourt le parking.

— Je ne les ai pas encore vus ce matin, commente-t-elle en devinant qui je cherche.

Je soupire de soulagement, avec un peu de chance je pourrais les éviter une journée de plus. Heather plante ses yeux noisette dans les miens et avec le plus grand sérieux me dit :

— Tu devrais en parler à quelqu'un. Tu ne vas pas pouvoir les fuir indéfiniment, tu sais.

— En parler à qui ? Le doyen ? Leurs parents sont tellement réputés qu'ils n'auront aucune sanction. À mon père ? Il est en prison ! À part l'inquiéter, ça ne servirait à rien.

— Dis-le à Jared, s'exclame-t-elle comme si c'était la meilleure idée qu'elle n'ait jamais eue.

— Non.

— Pourquoi ? Je suis sûre qu'il t'aiderait.

— Moi aussi, j'en suis certaine. Et c'est bien là le problème. Jared sort de taule, il a un casier et est en train de se construire une nouvelle vie en laissant son passé loin derrière lui. Si je lui disais la vérité, il essaierait de m'aider et vu les relations que ces pourris ont, ils feraient tout pour le renvoyer en prison. Un homme derrière les barreaux par ma faute, c'est amplement suffisant.

— Alors qu'est-ce que tu vas faire ?

— Les éviter, raser les murs. Il me reste un peu plus de trois mois avant la fin de l'année scolaire, après ils obtiendront leur diplôme, quitteront définitivement la fac et je serai tranquille. Je peux le faire, affirmé-je plus pour me rassurer que pour convaincre Heather.

D'ailleurs à la voir grimacer, je me dis que c'est loin d'être gagné.

Je parviens à suivre les cours sans problèmes. Dès que je suis en classe, j'oublie l'extérieur pour me concentrer sur l'essentiel : je veux faire des études pour rendre mon père fier de moi. Je sors de mon dernier cours de la journée, soulagée, quand je *les* vois dans le couloir devant moi. Je fais aussitôt demi-tour mais malheureusement *ils* m'ont vue et me rattrapent rapidement. Ces trois élèves, qui font partie de l'élite de l'université en tant que joueurs de football américain, sont bien trop grands et costauds pour moi. Ils le savent parfaitement et en jouent depuis le début de l'année, depuis qu'ils ont appris où se trouve mon père.

Tyler se plante devant moi et me pousse brutalement le long du mur tandis que Mitch et Byron se postent chacun d'un côté afin d'éviter toute tentative d'évasion. Je resserre mon sac contre ma poitrine tel un bouclier.

— Alors la taularde, ça faisait longtemps qu'on ne t'avait pas vue. Tu nous évites ?

Tyler est le meneur, autant sur le terrain que dans sa bande. Son ton est méprisant, je me retiens de frémir, cela lui ferait trop plaisir. Je garde le silence et son sourire s'élargit.

— J'adore lorsque tu es soumise, ça me donne des idées qui te feraient crier de désir. Qu'en penses-tu ?

— Va te faire foutre ! répliqué-je sèchement.

Il se penche jusqu'à n'être plus qu'à quelques millimètres de moi, je respire son haleine malodorante qui me donne la nausée. Soit ce type ne se brosse jamais les dents, soit il mange de l'ail à tous les repas. Autour de nous, les étudiants poursuivent leur chemin comme si cette situation était tout à fait normale. J'ai beau jeter des regards apeurés, aucun ne vient m'aider, comme d'habitude.

— Un de ces jours, je t'aurai, sale pute, que tu sois d'accord ou pas.

Soudainement, il écrase sa bouche sur la mienne avec brusquerie. Il n'y a rien d'autre dans ce geste que l'envie de me blesser. Il peut essayer de glisser sa langue dans ma bouche, mes lèvres restent scellées, aussi il se contente de les lécher comme un animal. J'entends ses copains rire alors que j'ai envie de hurler. Son sourire est triomphant lorsqu'il se recule et me scrute de la tête aux pieds.

— Tu te prends pour un homme parce que ton père est sénateur mais tu as besoin d'avoir tes acolytes avec toi pour jouer les gros durs. Tu n'es qu'un minable Tyler et tu le sais, c'est pour ça que tu t'en prends à moi. Parce que je n'ai jamais voulu de toi, blessant ton orgueil de mâle.

Son visage pâlit, il serre les dents en se penchant à nouveau vers moi. Je sais que j'aurais mieux fait de la fermer, mais ce n'est pas dans ma nature de me laisser faire, je me respecte trop pour cela. Ce n'est pas parce que tout le monde me prend pour une gentille fille que je dois me laisser marcher dessus. Son poing se serre et il l'envoie avec force dans le mur, juste à côté de ma tempe.

— Tu as de la chance qu'il y ait du monde, sinon je te l'aurais foutu dans la gueule !

Je m'efforce de garder les yeux bien ouverts et de ne pas lui montrer que je suis littéralement en train de m'effondrer intérieurement. Je suis convaincue qu'il est capable de me frapper à nouveau, tout comme il le serait de me violer s'il en avait l'occasion et c'est ce qui me fait le plus peur. Entre les mains de ces trois lâches, je ne suis qu'un jouet.

— Qu'est-ce qui se passe là-bas ? appelle l'un des professeurs de philosophie, un peu plus loin en se dirigeant vers nous. Ça va les gars ? Pas d'ennuis ?

Je lève les yeux au ciel, bien évidemment c'est moi qui me fais harceler mais pour les membres du personnel, ce sont toujours eux qui ont le droit de tout.

— Parfaitement bien monsieur, on discutait juste avec Adalynn.

Le prof acquiesce avec un sourire.

— C'est gentil mais vous allez être en retard pour votre entraînement messieurs. Vous savez que toute l'université compte sur vous pour nous ramener le trophée cette année !

Il donne une tape sur l'épaule de Mitch avant de s'écarter.

— On se revoit très vite, salope, murmure Tyler à mon oreille.

Je pousse un soupir de soulagement en les regardant s'éloigner. Je suis tranquille pour aujourd'hui, mais demain sera un autre jour où tout recommencera.

— Ben alors t'étais où ? Ça fait un moment que je t'attends !

Entendre Heather me crier dessus alors que je la rejoins sur le parking me met hors de moi.

— Devine !

— Oh purée ! Et ça va ?

Ma meilleure amie est la seule à savoir l'enfer que je vis depuis quelques mois mais comme nous n'avons pas tous nos cours en commun, elle ne peut pas rester avec moi tout le temps pour les empêcher de m'approcher. J'ouvre ma voiture et me laisse tomber sur le siège, les jambes encore tremblantes.

— Ça peut aller. Ce porc de Tyler m'a embrassée.

— Il est plutôt mignon.

Je jette un regard écœuré à Heather.

— Quoi ? Il faut au moins lui reconnaître ça. Un grand brun, à la carrure athlétique…

— T'as qu'à te le taper si t'en as envie, peut-être que comme ça il me foutra la paix !

— Je ne disais pas cela pour ça !

J'adore mon amie mais par moments son côté « je saute sur tout ce qui porte un pantalon » à fortement tendance à m'agacer.

— Je suis de ton côté Ady, tu le sais, non ?

— Ouais, excuse-moi. C'est juste que j'en ai tellement marre de ces connards.

Je ne parviens plus à retenir mes larmes et appuie mon front sur le volant pour les laisser couler discrètement. Heather s'accroupit à côté de moi et pose une main réconfortante sur mon épaule.

— Tu es sûre de ne pas vouloir en parler à Jared ?

Je secoue négativement la tête.

— Je t'ai déjà dit non, pourquoi insistes-tu autant ?

— Parce que j'ai vu la façon dont il te regarde. S'il était au courant, il te protégerait d'eux.

Ce n'est pas la réponse à mon problème, mais ses phrases ont au moins le mérite de détourner mon attention.

— Il me regarde comment ?

— Je te réponds à une condition : tu sors boire un verre avec moi, ce soir.

Je m'apprête à protester mais d'un index sous mon nez, Heather m'interrompt :

— Oui, c'est un soir de semaine et alors ? Tu n'as de compte à rendre à personne. Eh oui, nous n'avons pas 21 ans mais au RedBird ils servent de l'alcool à tous ceux qui présentent une carte d'identité, qu'elle soit vraie ou fausse, ils s'en moquent. J'ai déjà la tienne. Et enfin je pense que tu as besoin de sortir un peu pour te changer les idées. De plus, si je passe encore une soirée avec ce con de Chris qui fait tout pour me faire chier, je vais disjoncter !

Je prends une minute pour réfléchir avant d'acquiescer.

— D'accord, je viens. Ton demi-frère est si horrible que ça ?

J'ai toujours été raisonnable mais j'avoue que j'ai besoin de sortir m'aérer l'esprit, je vais craquer si je continue à penser aux cons qui m'emmerdent.

— Tu ne peux t'imaginer ! Quand je suis rentrée hier soir, je l'ai surpris à fouiner dans ma chambre. On aurait pu penser qu'il aurait été gêné mais non, il m'a jeté un regard méprisant en souriant avec mesquinerie avant de sortir comme si de rien n'était.

— Bizarre, en effet. Et pour Jared ? demandé-je, plus curieuse que jamais.

— Il est prêt à te sauter dessus à chaque fois que ses yeux se posent sur toi.

J'inspire profondément, une chose est certaine : ce soir, il va me falloir plusieurs verres pour calmer mes diverses émotions.

Chapitre 12

Jared

Ma première journée de boulot s'est très bien passée. Mes collègues sont sympas, les chiens extra et j'aime vraiment ce que je fais.

Lorsque je rentre, Adalynn n'est pas encore revenue. Je m'occupe en tondant la pelouse du jardin, puis je m'assieds pour écrire tout en fumant une cigarette. C'est étrange, d'habitude mes textes parlent de colère, de haine, mais aujourd'hui j'écris sur des yeux verts qui m'obsèdent et un tempérament de feu dans un corps d'ange. Je referme vite mon cahier en entendant Ady arriver.

— Jared ?

— Je suis là.

Elle vient me rejoindre à la table de salon de jardin et regarde autour d'elle, je m'attends à ce qu'elle remarque ce que j'ai fait mais au lieu de ça, elle me lance :

— Je sors ce soir.

Elle a un rencard ? Je sens mes yeux s'étrécir alors qu'elle baisse les siens.

— Je voulais juste te prévenir, pour que tu ne t'inquiètes en ne me voyant pas revenir tôt.

Elle se lève et s'apprête à partir. Je prends mon courage à deux mains pour lui demander :

— Tu sors un soir de semaine ?

Mon ton est plus autoritaire que je ne l'aurais souhaité mais tant pis, ça ne me plaît pas qu'elle traîne dans les rues jusqu'à pas d'heure. Je viens d'un lieu mal famé, je ne sais que trop bien ce qui se passe quand un mec peut choper une fille seule au milieu de la nuit.

Adalynn se retourne vivement vers moi, le regard incrédule et le visage empourpré. C'est alors que je remarque ses yeux rougis.

— Tu as pleuré ?

Ma voix est bien plus douce et pendant une fraction de seconde, sa colère semble s'estomper avant de revenir avec force.

— Non, je n'ai pas pleuré ! Eh oui, je sors un soir de semaine. Au cas où tu ne l'aurais pas remarqué, je prends mes décisions seule depuis assez longtemps pour savoir ce que je dois faire !

— Cela m'étonne de ta part, c'est tout.

Au fond de moi, j'ai envie de lui demander de rester avec moi plutôt que d'aller retrouver je ne sais quel mec qui l'a déjà fait pleurer. Elle a beau prétendre le contraire, je sais qu'elle me ment. Et puis je dois reconnaître que toute la journée, j'ai pensé à ces moments complices que nous partageons le soir, tout ça pour apprendre que je passerai ma soirée seul devant la télé, sans personne à qui parler, sans elle.

— Tu n'es pas mon père, Jared !

Elle est vraiment en colère maintenant et d'un pas rageur entre dans la maison, je la suis en sentant la fureur me contaminer.

— Je n'ai jamais prétendu l'être mais Earl m'a demandé de te considérer comme ma sœur. Aussi je me dois de veiller sur toi ! Si tu te comportes comme une gamine immature, il est de mon devoir d'intervenir !

Ady ouvre grand la bouche, totalement choquée. Je vois ses poings se contracter de manière dangereuse alors que ses yeux s'humidifient. J'ignore comment, mais apparemment je l'ai blessée.

— Putain Jared ! Tu n'es pas mon frère et il serait grand temps que tu te le rentres dans le crâne ! Je n'ai aucun compte à te rendre ! Si j'ai envie de sortir et d'être immature, je le serai ! Et ne fume pas dans la maison, merde !

Sans ajouter un mot, elle s'élance dans le couloir et quelques secondes plus tard, elle claque la porte de sa chambre de toutes ses forces. Moi qui pensais qu'elle se laisserait intimider si nous nous disputions, je dois reconnaître que je me suis trompé. Adalynn vient de me battre en me laissant KO au milieu du salon, ma clope à la main.

Cela fait plusieurs heures qu'elle s'est enfermée dans sa chambre. Avec un peu de chance elle a changé d'avis et annulé son rencard. J'ai grignoté un truc vite fait devant la télé, seul comme un con. J'ai envie d'aller la voir mais je ne sais pas quoi lui dire. Que j'aimerais qu'elle reste avec moi plutôt que d'aller retrouver un mec cool de sa fac ? Rien que d'y penser, ma réaction me met en colère. Elle a raison, je n'ai aucun droit sur elle. Elle ne m'appartient pas. Cette constatation me met encore plus en rogne. Qu'Ady continue à bouder si elle veut, je vais prendre une douche. Malheureusement pour moi l'eau chaude, puis froide ne calme ni ma rage ni mon envie d'elle. Même le souvenir de Marietta ne parvient pas à rendre mon pénis moins dur alors qu'habituellement c'est un puissant remède pour débander, le plus radical. Le visage d'Adalynn apparaît dans mon esprit dès que mes paupières se ferment. J'imagine ce que cela me ferait si sa langue explorait chaque parcelle de mon corps pour finir sur mon sexe qu'elle prendrait dans sa bouche. Je suis certain qu'elle n'a jamais fait de fellation et m'imaginer être son premier mec me fait durcir davantage tandis que ma main s'agite de plus en plus vite le long de ma verge. L'eau froide ruisselle sur ma peau brûlante. N'y tenant plus, je la soulèverais dans mes bras pour m'enfoncer au plus profond de son corps, la faisant gémir de plaisir alors qu'elle s'agripperait à moi de toutes ses forces. Mon fantasme me paraît tellement réel que je n'ose plus ouvrir les yeux, je veux profiter de cette vision le plus possible. Ma main se resserre sur ma queue alors que je plaque l'autre sur le mur pour ne pas tomber sous le coup de mon orgasme dévastateur.

— Adalynn, m'écrié-je, en jouissant.

Imaginaire ou réelle, aucune de mes relations sexuelles n'a jamais été aussi intense que celle-ci. Mon cœur bat frénétiquement, mon corps tremble et mon souffle est saccadé lorsque je reviens à la réalité. Je pose mon front sur le carrelage humide du mur, ce que je ressens pour elle me met dans la merde. Ady est la fille d'Earl, je n'ai pas le droit de la toucher et encore moins de la salir après ce que j'ai fait, je ne la mériterai jamais. Je coupe l'arrivée d'eau, entrouvre le rideau de douche et reste figé. Adalynn est dans la salle de bains, face au miroir qui me renvoie son regard braqué sur moi. Ses joues sont en feu, des sentiments variés habitent ses yeux, un mélange de surprise et de désir. Je suis incapable de regarder ailleurs, elle a revêtu un jean délavé et un haut noir à dos nu, ses cheveux sont attachés en queue de cheval, et son maquillage est discret, elle est tout simplement époustouflante. Elle pose son gloss au bord du lavabo et sort de la pièce en m'observant, haussant un sourcil qui signifie clairement : *Ouais, bien sûr que tu me prends pour ta sœur !*

Il me faut encore quelques minutes pour avoir le courage de sortir de la douche. Je ne suis vraiment qu'un con ! Pourquoi n'ai-je pas fermé la porte à clef ? Parce qu'elle me faisait la gueule et que je n'aurais jamais pensé qu'elle puisse sortir de sa chambre ! J'ai cru naïvement que j'avais contrarié ses projets et qu'elle allait bouder jusqu'à demain. Alors que, non seulement elle m'a surpris en plein fantasme mais en plus, elle a toujours l'intention de sortir. Je ne vais pas mentir, je suis incapable de quitter cette salle de bains pour l'affronter maintenant. Les minutes passent et je prends tout mon temps pour me sécher, puis m'habiller et même me raser alors que je n'en ai franchement pas besoin. Lorsque je trouve enfin le courage d'ouvrir la porte, la maison est plongée dans la pénombre.

Ady est partie à son rencard.

Je ne sais si je dois en être soulagé ou agacé.

Je me retourne dans mon lit depuis des heures sans parvenir à m'endormir. Il est plus de 2 heures du matin et Adalynn n'est toujours pas rentrée. Je ne suis plus seulement jaloux du mec avec qui elle est, je suis également inquiet. Je n'arrête pas de prendre mon téléphone avant de le reposer, renonçant à lui envoyer un message pour savoir si elle va bien. Et si, suite à ce qu'elle a vu et entendu, elle n'osait plus rentrer pour m'affronter ? Soudain je me redresse sur les coudes en entendant la porte d'entrée s'ouvrir.

— Arrête de bouger, dit-elle en faisant un effort pour chuchoter.

Merde, elle a ramené son mec ici. Il ne manquait plus que cela ! Quand elle m'a demandé de ne pas faire entrer de filles chez elle, j'aurais dû lui imposer la même condition. Je ne supporterais pas de l'entendre se faire baiser à travers ce putain de mur ! Nos chambres appartiennent aux moments de confession que nous échangeons chaque soir, je ne veux pas que cela soit salit par la présence d'un type qui serait physiquement plus proche d'elle que je ne le serais jamais.

J'essaie d'écouter la voix du mec mais rien ne me parvient. Je grimace en devinant qu'ils doivent être en train de s'embrasser tout en avançant dans le couloir d'après les bruits de talons incertains qui résonnent sur le carrelage. Un léger coup retentit, putain, il a dû la pousser contre sa porte de chambre.

— Aïe ! fait faiblement Ady.

Aussitôt mes poings se serrent, j'ai une folle envie de défoncer la gueule de ce minable.

Soudain ma porte s'ouvre en projetant un rayon de lumière en provenance du couloir.

— Jared, t'es là ?

— Où veux-tu que je sois, dis-je d'une voix bourrue.

— Tu dors ?

Je lève les yeux au ciel et allume ma lampe de chevet en m'asseyant.

— Si je te réponds, c'est que je ne dors pas !

C'est alors que je la vois, son visage est en feu, ses yeux sont brillants, elle m'observe bouche bée en se cramponnant à la porte des deux mains comme si elle allait tomber d'une seconde à l'autre. Son regard ne quitte pas mon torse, dessinant chacun de mes muscles avec gourmandise.

— T'as pris une cuite, Adada ?

Je souris en entendant le rot qu'elle ravale difficilement.

— Euh... ouais.

— T'as bu combien de verres ?

— Ne me parle pas de boissons, par pitié ! répond-elle en ayant un haut-le-cœur.

Elle est rentrée avec un mec alors qu'elle est bourrée, il est hors de question qu'il pose une main sur elle. J'ai une excellente excuse pour le foutre dehors ! J'écarte le drap, prêt à me lever. Je porte seulement un boxer et l'attention d'Ady se concentre immédiatement dessus. *Et dire que c'est moi l'obsédé qui fantasme sous la douche !*

— Où vas-tu ?

Elle s'avance vers moi en titubant.

— Je vais mettre ton copain à la porte !

Elle se laisse tomber sur mon lit en plissant les yeux.

— Quel copain ?

— Celui avec qui tu es sortie ce soir !

Elle s'allonge à côté de moi et soupire :

— J'étais avec Heather. On a juste été dans un bar.

Mon regard incrédule ne la quitte pas. *Je me suis fait un film pour rien ? Pire, je lui ai fait une crise parce qu'elle sortait avec une copine ? C'est officiel : je suis le roi des cons !*

— Avec qui parlais-tu en entrant dans la maison ?

— Aux murs, je leur demandais d'arrêter de bouger. Ta chambre est comme le couloir, pourquoi toutes les pièces tournent comme ça ?

Elle pivote vers moi et je me rallonge en rigolant.

— Pourquoi as-tu autant bu ? Et surtout quel barman est assez inconscient pour te laisser picoler alors que tu n'as pas l'âge ?

— Pas de leçon de moral, s'il te plaît. Tu ne me feras jamais croire que tu as attendu l'âge légal avant de te taper des bières. Heather connaît un bar, le RedBird, ils servent de l'alcool si tu as une fausse carte. Et j'avais vraiment besoin de me vider la tête, d'oublier.

Je connais ce bar, j'y vais de temps à autre avec Eddy. Ce n'est pas un endroit malfamé mais pas le plus chic de la ville non plus. Les filles y sont assez faciles et c'est précisément pour cela que mon meilleur pote m'y entraîne.

— D'oublier quoi ?

— Que ma vie est pourrie, soupire-t-elle avec nostalgie avant de me faire un grand sourire. Trois !

Je la regarde sans comprendre. D'un doigt, elle indique mon torse.

— Je sais où est ton troisième tatouage !

Je baisse les yeux sur mon pectoral où est placé le dessin qui représente ma cage thoracique ouverte avec des muscles, artères et veines mais sans mon palpitant.

— Pourquoi tu n'as pas de cœur, c'est là qu'il est en vrai, non ?

— Parce que je n'en ai pas. Je suis incapable d'aimer et d'être aimé par qui que ce soit.

Adalynn me fixe, les yeux écarquillés. Elle ne devait pas s'attendre à une réponse si honnête.

— Ça, c'est complètement faux !

Elle éclate de rire et se remet sur le dos pour fixer le plafond.

— Tu laisses les stores ouverts la nuit.

Sa constatation sonne comme une question.

— Ouais, je n'aime pas le noir. Je suis claustrophobe.

Je n'ai pas envie de m'attarder sur le sujet. Comment lui avouer les images qui m'assaillent lorsque je me retrouve dans le noir complet. Heureusement pour moi, elle acquiesce avec intérêt avant de murmurer :

— Jared, si tu savais à quel point la culpabilité me ronge depuis des années.

Je me tourne vers elle, appuyant ma tête dans la paume de ma main.

— Pourquoi ?

Des larmes roulent aux coins de ses beaux yeux.

— C'est de ma faute si mon père est en prison. Si je n'existais pas, ce serait un homme libre.

C'est plus fort que moi, je tends la main et recueille une de ses larmes sur mon pouce. Elle a la peau la plus douce qu'il m'ait été donné de toucher.

— Tu n'as pas à t'en vouloir Adada. Earl m'a tout raconté. C'est lui qui a fait ce choix, ce n'est pas toi qui l'as envoyé derrière les barreaux et crois-moi ton père est respecté par tous les détenus pour ça. Il a pris la décision qu'il pensait être la meilleure pour sa famille. C'est ce que fait un homme bien. Il ne voudrait pas te voir pleurer et encore moins culpabiliser ainsi pour une décision que lui seul a prise.

Elle tourne le visage vers moi et j'efface l'eau salée qui coule le long de ses tempes, m'étonnant moi-même de faire preuve de tendresse. Avant, jamais il ne me serait venu à l'esprit d'essuyer les pleurs de quiconque.

— Le jour où mon père a plaidé coupable, ma mère était comme folle. Elle est entrée dans ma chambre et a balancé tous les objets qui lui passaient sous la main en me disant que c'était de ma faute s'il était condamné. Elle a demandé le divorce le soir même.

— Ta mère est une idiote, Ady.

Elle rigole faiblement.

— Mon père m'avait offert une boîte à musique lorsque j'étais petite, tu sais ce genre de boîte avec une danseuse en tutu rose qui tourne sur elle-même. Je l'adorais et, ce jour-là, ma mère l'a cassée en l'envoyant sur ma table de nuit.

Elle se penche au-dessus de moi pour me montrer le meuble en bois dont un coin est abîmé.

— Cette chambre était la mienne avant.

Ses deux mains sont appuyées sur mon torse, je l'observe tandis qu'elle fixe toujours le chevet avec nostalgie. Même avec ses cheveux qui s'échappent de l'élastique, son mascara qui a coulé, elle reste la plus jolie fille que j'aie vue de ma vie. Elle détourne le regard pour le planter dans le mien, nos visages ne sont séparés que par quelques centimètres. Je ne sais combien de temps s'écoule alors que nous sommes immobiles, perdus dans les yeux de l'autre puis, lentement, elle se rapproche davantage et presse doucement ses lèvres sur les miennes. Je reste sans réaction, je ne la repousse pas, je ne participe pas non plus, je suis comme absent de ce moment. Je n'embrasse jamais les filles, même celles que je baise. La seule que j'ai embrassée m'a laissé un goût tellement amer que j'ai l'habitude de tourner la tête à chaque fois qu'une femme regarde mes lèvres.

Ady recule légèrement, pose une main sur mon front et la fait descendre sur ma joue en un geste d'une douceur bouleversante. Elle pose à nouveau ses lèvres sur les miennes et, cette fois, je lui rends son baiser. Ses lèvres ont un goût de fraise sucrée. C'est agréable, doux, très loin du souvenir que j'en avais gardé. Elle écarte les lèvres et je sens sa langue lécher les miennes, j'entrouvre la bouche et nos langues se rencontrent timidement. Mes mains se referment sur sa nuque, la rapprochant de moi, et notre baiser devient plus fougueux. Nos langues se caressent, nos respirations sont saccadées alors que nos bouches ne parviennent plus à se séparer sous le poids de nos gémissements. Le bas de mon corps suit le mouvement et reprend vigueur. Lorsque le manque d'air nous fait nous écarter, Ady me dévore des yeux.

— Jared, murmure-t-elle avant de m'embrasser à nouveau tout en s'allongeant sur moi.

Je n'ai jamais été autant bouleversé par un baiser. Le souvenir que j'en avais gardé était violent, forcé, alors qu'avec Adalynn il n'y a que douceur et passion. Même le goût de la vodka orange qu'elle a bue ne parvient pas à gâcher cet instant. Mille pensées me traversent l'esprit, toutes plus contradictoires les unes que les autres : être avec Adalynn est merveilleux. C'est la fille d'Earl, il te fait confiance pour prendre soin d'elle, pas pour la sauter. Elle est trop jeune pour moi, pourtant elle est la seule à me faire ressentir de telles émotions. Je ne veux pas m'arrêter de l'embrasser, jamais, cependant je ne la mérite pas.

— Ady, je souffle en rompant notre baiser.

Je garde les yeux fermés, ne croyant pas à ce que je m'apprête à lui dire. Elle presse à nouveau ses lèvres sur les miennes en un petit baiser qui me paraît bien plus intime que les autres et ma bouche réagit aussitôt en se tendant vers elle.

— Non, Ady, on ne peut pas faire ça, dis-je en rouvrant les yeux. Tu es la fille de mon pote et tu es bourrée. Tu ne sais plus ce que tu fais. Demain tu auras probablement tout oublié.

Elle pose son front contre le mien, jamais personne n'a été aussi proche de moi.

— Je sais ce que je fais, Jared.

Je pose une main sur sa joue et lui baisse la tête pour l'embrasser sur le front.

— Je ne crois pas. Tu devrais aller te coucher… dans ta chambre, j'ajoute en la voyant rouvrir les yeux.

Elle fait la moue et mon regard se pose aussitôt sur ses lèvres que je me retiens de capturer à nouveau. En bougonnant des mots incompréhensibles, elle se relève et titube jusqu'à ma porte, elle s'apprête à la refermer lorsqu'elle me lance sur un ton de défi :

— Bonne douche !

Je reste sans voix devant son audace. Je l'entends passer par la salle de bains, puis rejoindre sa chambre. Un énorme bruit sourd retentit bientôt dans le silence de la maison.

— Ady, ça va ? Je questionne en me levant.

Depuis l'autre côté du mur, elle éclate de rire en me répondant :

— C'est rien, mon lit s'est reculé quand j'ai voulu m'asseoir dessus !

Je me recouche en rigolant et là je réalise que je n'ai jamais autant ri que depuis que j'ai rencontré cette fille.

Chapitre 13

Adalynn

Je me réveille avec la bouche pâteuse, je roule sur mon lit pour me mettre sur le dos. Mauvaise idée, j'ai aussitôt l'impression d'être sur un bateau, sauf que là, c'est la pièce qui tangue alors qu'une batterie joue à plein régime dans ma tête. *Pourquoi je me sens si mal ?* Ah oui, le bar et beaucoup de vodka orange, je me souviens. J'ai dû prendre un taxi pour rentrer. Brusquement je me redresse dans mon lit et cela se répercute aussitôt dans mon cerveau qui crie de douleur. *Putain, j'ai embrassé Jared !* Rectification : *Nous nous sommes embrassés !* S'il était passif au début, il a vite rattrapé son retard. Je porte mes doigts à mes lèvres, sentant encore avec quelle passion il me les a dévorées… avant de m'envoyer me coucher comme une gosse. *Merde !*

Tant bien que mal, je parviens à me lever. Première constatation, j'ai dormi toute habillée. Seconde constatation, j'ai mal aux fesses. C'est vrai, je voyais mon lit en double et je me suis assise sur le jumeau diabolique qui était en fait le sol. Lorsque j'arrive dans la cuisine en traînant mes pieds nus sur le carrelage, Jared est déjà là. Il se tourne aussitôt vers moi, l'inquiétude que je lis sur son visage me refait aussitôt penser à ce que nous avons fait il y a quelques heures. Malgré moi, mes yeux se posent à l'endroit où son tatouage est dissimulé sous son T-shirt noir. Il esquisse un petit sourire devant ma tête de déterrée et aussitôt je fixe ses lèvres. J'ai une folle envie de les goûter à nouveau.

— Comment tu te sens ?

Je prends place sur un tabouret, et le visage dans les mains, je murmure :

— S'il te plaît, ne parle pas si fort.

Lorsque je relève la tête, il glisse un verre d'eau devant moi ainsi qu'une aspirine.

— Prends ça.

Je m'exécute sans me faire prier. Quand j'ai avalé le comprimé, il remplace mon verre par un mug de café bien fort.

— Tu as vraiment une sale tronche, tu ne devrais pas aller en cours aujourd'hui.

Je soupire, soulagée, je n'ai pas le courage d'affronter Tyler et sa clique, ni de me disputer avec Jared.

— Va te recoucher, je vais prévenir Carmen que tu es malade, elle confirmera si quelqu'un de l'université téléphone ici.

Oh, merde !

— Euh… en fait, j'ai fait changer le numéro de la personne à prévenir en cas d'urgence. J'espère que cela ne te dérange pas mais je leur ai donné ton nom. Puisque tu vis ici, cela m'a semblé normal.

Jared se détourne et marmonne :

— Tu as bien fait.

Un silence gênant s'installe. Je n'ose pas lui reparler des baisers que nous avons échangés et apparemment lui non plus. Après quelques minutes, il se tourne à nouveau vers moi et plonge son regard dans le mien.

— Je dois aller bosser.

J'acquiesce d'un hochement de tête qui me fait grimacer. Cela le fait sourire.

— Tu as une sacrée gueule de bois, Tagada.

Je hausse un sourcil devant ce nouveau surnom stupide dont il m'affuble, mais je le regrette immédiatement car la batterie se met à battre un rythme déchaîné au niveau de mes tempes.

— Retourne au lit, ordonne-t-il en passant à côté de moi. À tout à l'heure.

Je ne peux que lui marmonner un au revoir avant qu'il ne referme la porte le plus doucement possible. Je souris, reconnaissante qu'il prenne soin de moi.

Carmen est venue voir comment je me sentais, mais j'étais tellement dans les vapes que même le bruit de l'aspirateur ne m'a pas empêchée de replonger dans le sommeil. Il est près de midi lorsque j'émerge enfin, je me sens mieux et ne rêve que d'une douche. Lorsque j'entre dans la salle de bains, je repense à la veille quand j'ai surpris Jared sous l'eau. Je savais qu'il était dans la salle de bains mais j'étais encore tellement en colère contre lui après ce qu'il m'avait dit. En une phrase, il avait tué tous mes espoirs. Il ne me voit que comme sa petite sœur innocente qu'il doit surveiller. Cela m'a tellement énervée que j'ai décidé de ne pas tenir compte de sa présence. À la base, j'étais juste entrée pour me mettre un peu de gloss, que j'avais oublié sur le plan de toilette, mais lorsque je l'ai entendu puis vu se masturber à travers le rideau bleu pâle de la douche, j'étais tellement étonnée que je suis restée figée sur place, enviant celle qui alimentait ainsi son désir. Mon cœur a failli s'arrêter de battre quand mon nom a franchi ses lèvres. Étant donné notre dispute un peu plus tôt, j'étais convaincue que jamais il n'aurait ce genre de pensée sexuelle envers moi et pourtant, je suis celle qui l'a fait jouir.

Lorsqu'il s'est rendu compte de ma présence, j'étais à deux doigts d'aller m'enfermer dans la cabine de douche avec lui et je crois qu'une partie de lui en avait également envie. Cependant mes jambes m'ont fait avancer dans la direction opposée et je suis sortie sans un mot, mais non sans lui avoir jeté un dernier regard éloquent.

L'eau qui s'écoule sur mon corps termine de me sortir de ma torpeur alcoolisée. Après m'être habillée, je regarde mon téléphone : j'ai deux messages, l'un de Heather qui s'inquiète de mon absence à la fac. Je la rassure rapidement. Elle a nettement moins bu que moi hier soir, il faut dire qu'elle n'avait pas besoin de se sortir Jared de l'esprit, ainsi que tous mes problèmes avec les trois idiots.

L'autre message provient de mon colocataire :

— **Tu te sens mieux?**

— **Oui, merci d'avoir pris soin de moi ce matin et merci d'avoir tondu hier.**

Sa réponse me parvient presque immédiatement :

— **Pas de problème. Tu veux voir ma chérie?**

Mon palpitant manque un battement. *Jared a une copine ? Oh non, putain ! Tout mais pas ça !* Pas après les baisers que nous avons échangés, pas maintenant alors que l'espoir est revenu se loger dans mon cœur. Malgré moi, mes yeux me brûlent quand un nouveau message arrive. Je fixe mon téléphone d'un œil mauvais pendant plus de cinq minutes avant d'avoir le courage de l'ouvrir. Et là je reste stupéfaite : c'est la photo d'un chiot noir et blanc à poil mi-longs, il est trop craquant. C'est plus fort que moi, le soulagement prend le dessus et j'éclate de rire.

— **Je l'adore!**

— **Moi aussi. Elle n'arrête pas de me sauter dessus pour avoir des bisous.**

Très jolie la façon détournée d'aborder le sujet, *bravo!* Heureusement qu'il n'est pas là pour me voir rougir.

J'hésite un long moment avant de lui répondre, je souffle un grand coup et appuie sur envoyer :

— **`C'est que tu es important pour elle.`**

Sa réponse met encore plus longtemps à me parvenir, quand mon téléphone sonne à nouveau, je retiens ma respiration.

— **`Peut-être… Je dois reprendre le boulot. Ne m'attends pas pour dîner, je vais passer voir Eddy au studio.`**

D'accord, Jared m'évite, mais entre la scène de la salle de bains, plus les baisers, je ne peux le lui reprocher. C'est peut-être préférable que nous gardions nos distances pour le moment.

Et c'est exactement ce qu'il se passe durant les deux jours qui suivent. Jared passe beaucoup plus de temps avec Eddy et lorsqu'il revient à la maison, soit je regarde la télé, soit je suis couchée, en tout cas le résultat est le même : nous ne nous parlons presque plus. Nos discussions du soir me manquent. Jared me manque.

Une main appuyée sous le menton, je soupire alors que je suis en cours. Je n'arrête pas de penser à Jared, à ce que j'ai ressenti quand nous nous sommes embrassés. J'ai déjà eu des petits amis mais aucun ne m'avait fait éprouver autant de sentiments que mon colocataire, et cela me perturbe. Jared est un battant, après tout ce qu'il a enduré, il a toujours la force de sourire, de se soucier de moi. Je le respecte, je l'admire, des papillons s'envolent dans mon estomac et mon cœur bat la chamade lorsque je le vois. Je dois me l'avouer : je suis tombée amoureuse de lui.

— Adalynn ? appelle le professeur de droit.

Je sors brusquement de ma rêverie.

— Le cours est terminé.

Je regarde autour de moi, l'amphithéâtre est vide, tous les étudiants sont déjà sortis. *Flûte !* Je rassemble rapidement mes affaires en m'excusant et sors précipitamment. À cette heure-ci, alors que les couloirs se vident, je sais que je ne dois surtout pas croiser Tyler et ses acolytes.

Mon sac sur l'épaule, j'arpente l'un des couloirs principaux et franchis les portes de l'établissement avec soulagement. J'ai de la chance de ne pas les avoir aperçus. Sereinement, je me dirige vers ma voiture. C'est alors que je sens une main puissante se refermer sur mon poignet et m'entraîner à l'écart. Je crie et me débats mais Tyler resserre son emprise et s'empare de mon second bras, m'entraînant dans son sillage. Je ne sais pas ce qu'il projette de me faire, je n'entends que mon cœur qui est mort de peur.

Chapitre 14

Jared

Cette situation avec Adalynn me tape sur le système. Je n'arrête pas de penser à elle, du matin au soir elle est logée dans mon esprit et la nuit c'est pire, la savoir de l'autre côté du mur sans pouvoir la toucher me fait bander dès que je l'entends bouger. Au travail je fais un effort pour être de bonne humeur mais lorsque je suis en compagnie d'Eddy, je deviens exécrable. Il ne cesse de me répéter que je devrais baiser, pour calmer mes nerfs. Je culpabilise de l'envoyer balader, aussi j'ai accepté de sortir avec lui ce soir, nous allons au bar où Ady s'est pris une cuite l'autre jour. Je pense que je rentrerai dans le même état qu'elle et peut-être les couilles vides. Rassuré à l'idée de chasser enfin ma colocataire de mes pensées, je me prends une bouteille d'eau dans le frigo lorsque j'entends la porte d'entrée s'ouvrir et se refermer à la volée. Des pas précipités résonnent dans le couloir ainsi que des pleurs. Quelques secondes plus tard, la porte de la salle de bains claque à son tour. Sourcils froncés, je pose ma boisson sur le comptoir.

— Adalynn ?

Je l'appelle mais seul le silence me répond. Je remonte le

couloir, bien décidé à connaître la raison de ses pleurs. Doucement, je tapote sur le bois.

— Ady ? Ça va ?

Je prends sur moi pour que ma voix demeure calme, résistant à l'envie de défoncer cette porte pour la voir. Mon cerveau se met à imaginer mille scénarios tous plus catastrophiques les uns que les autres.

— Oui, ça va, hoquette-t-elle entre deux sanglots.

Je comprends qu'elle est assise derrière la porte. Je pose mon front contre le bois et soupire lentement.

— Qu'est-ce qui se passe ?

Ses pleurs redoublent, envoyant une flèche d'adrénaline dans mes veines. Elle me cache quelque chose, une chose qui lui a fait mal. Je ne parviens plus à maîtriser mon énervement.

— Putain Tagada, ouvre la porte !

— Laisse-moi Jared, s'il te plaît.

Je suis de plus en plus inquiet. Cela ne lui ressemble pas d'agir ainsi, même si nous ne nous adressons pas beaucoup la parole ces derniers jours, elle sait que je suis là pour elle. Du moins, j'espère qu'elle l'a compris. Je respire un grand coup, me forçant à me calmer.

— Ady, tu me fais peur, ouvre-moi la porte, je t'en prie, demandé-je en baissant le ton.

Je l'entends se lever et débloquer le verrou, aussitôt je tourne la poignée. Adalynn est devant moi, emmitouflée dans son gilet deux fois trop grand pour elle, le visage baissé et les cheveux en bataille. De mon index, je lui lève le menton pour qu'elle me regarde et reste ébahi par ses yeux terrifiés, ses joues marbrées de son maquillage.

— Qu'est-ce qui s'est passé ? je murmure.

— Rien du tout.

Elle détourne le regard et triture les manches de son gilet qu'elle tire sans cesse sur ses mains comme pour m'empêcher de les voir.

Je pose une main sur son épaule et elle tressaille en grimaçant. Doucement j'écarte son gilet pour dénuder sa clavicule, à nouveau elle baisse la tête et recommence à pleurer. Une marque rouge de la taille de ma paume, comme un coup, marque sa peau. Je serre les poings et me force à contrôler ma respiration pour m'éviter d'exploser.

— Qui t'a fait ça ?

Elle secoue la tête en continuant à pleurer. Je lui prends les mains, devinant qu'elle n'a pas enfilé sa veste par hasard surtout que nous sommes loin de mourir de froid aujourd'hui. Lentement je relève ses manches, elle ne me regarde toujours pas, se contentant de triturer sa lèvre inférieure dans une ultime tentative de retenir ses larmes, mais son menton tremble tellement que je n'ai aucun doute sur le résultat. Ma mâchoire se contracte immédiatement, ses poignets sont couverts d'hématomes allant du bleu au violet en passant par des marques rouges identiques à celle de son épaule. Je me baisse pour essayer de capturer son regard fuyant.

— Adada, je suis là pour toi. Fais-moi confiance, s'il te plaît, raconte-moi qui t'a fait ça.

J'ai envie d'exploser la gueule de celui qui l'a ainsi blessée. Personne n'a le droit de faire du mal à une femme et surtout pas à elle.

Brusquement elle relève son visage dévasté et se jette contre mon torse. Mes bras se referment aussitôt autour d'elle et je la serre fort dans un effort inutile de protection. Je sens ses pleurs tremper mon T-shirt mais je m'en fiche, il n'y a qu'elle qui compte.

— Je suis là, Tagada, je suis là.

Je la garde contre moi jusqu'à ce qu'elle se calme, lui caressant doucement les cheveux. Quand, après un long moment, elle arrête enfin de pleurer, j'efface ses dernières larmes de ses joues.

— Maintenant on va être honnête l'un envers l'autre, d'accord ?

Elle hoche la tête en se mordant la lèvre inférieure.

— Qui t'a fait ça ?

Elle semble hésiter pendant quelques secondes avant de se lancer d'une voix tremblante :

— Trois mecs de l'université, Tyler, Mitch et Byron. Ce sont des joueurs de l'équipe de football américain, ils sont en dernière année.

— OK.

Je reprends ma respiration en tentant de rester calme, je n'imaginais pas qu'ils puissent être plusieurs. *Les salauds !* C'est facile de s'en prendre à une fille quand on a des gros bras et que la fille en question a le gabarit d'un oiseau tombé du nid.

— Continue, dis-moi tout, Adada.

— Tyler est le chef de file. Il m'en veut parce qu'au début de l'année, j'ai refusé plusieurs fois de sortir avec lui. Au début c'était juste du harcèlement moral, il ne digérait pas que je l'aie rejeté. Mais les choses ont empiré quand des étudiants ont appris que mon père était incarcéré. À partir de là, Tyler et ses copains se sont mis à me suivre, à me bousculer, à me frapper, à me menacer. Être repoussé par une nana doit déjà être blessant mais par la fille d'un détenu, Tyler a pris ça comme une véritable injustice…

J'essuie ses joues où roulent de nouvelles larmes.

— Et aujourd'hui, qu'est-ce qui s'est passé ?

— Je suis sortie en retard, j'allais à ma voiture quand Tyler m'a attrapé sur le parking. Ses potes étaient là aussi et ils m'ont maintenu de force contre un mur, dans un recoin à l'abri des regards, alors que leur chef essayait de m'embrasser. Comme je résistais, il m'a frappé. Je tournais la tête à chaque fois pour éviter sa bouche. Il a commencé à glisser ses mains sous mon haut pour... Je me suis débattue et les deux lourdauds ont resserré leurs prises sur mes poignets. Je dois mon salut à Heather qui est arrivée à point nommé. Elle a crié pour attirer l'attention sur eux, ils ont eu peur et m'ont lâchée avant de s'enfuir. Heureusement qu'elle s'est inquiétée en voyant ma voiture toujours garée à sa place.

Je serre les poings et marmonne :

— Je vais les tuer !

Adalynn pose une main apaisante sur mon torse :

— Non, je ne veux pas que tu t'en mêles.

Dire que je suis fou de rage est un euphémisme par rapport à la fureur qui m'habite. Même le regard d'un vert envoûtant d'Ady ne parvient pas à me calmer.

— Putain Tagada, tu ne crois tout de même pas que je vais les laisser te frapper, te toucher, sans rien faire ! Et si Heather n'était pas arrivée à temps ? crié-je.

Je me détourne et donne un coup de poing dans le mur, du coin de l'œil je vois Ady sursauter. *Merde !*

— Je suis désolé, je ne voulais pas te faire peur.

— Je n'ai pas peur de toi, affirme-t-elle en effaçant ses larmes. Jared, je ne veux pas que tu aies des problèmes à cause de moi. Le père de Tyler est sénateur, si tu interviens il fera tout pour te renvoyer en prison.

Elle appuie son front contre mon torse, mes mains se posent automatiquement sur ses épaules.

— Je ne veux pas que tu sois condamné une nouvelle fois et surtout pas à cause de moi. Alors, s'il te plaît, reste en dehors de ça. Je ne me le pardonnerais pas s'ils te renvoyaient là-bas.

Je respire un grand coup.

— Je ne les laisserai pas te faire de mal Ady, je ne peux tout simplement pas. À partir de demain, je t'emmène à la fac tous les matins et je viendrai te rechercher à la fin de tes cours et si jamais je les vois te tourner autour…

Je laisse ma phrase en suspens, ma mâchoire est trop serrée pour me permettre de continuer à parler. Je ne sais pas ce que je serais capable de leur faire, rien que d'y penser, j'ai des envies de meurtre qui me submergent. Nous gardons le silence un long moment. Je n'arrête pas de repenser à ce qu'elle vient de m'avouer, même s'il demeure des zones d'ombre, je sais où ce sale type veut en venir. S'il en a l'occasion, il n'hésitera pas à la violer et il est hors de question que je le laisse poser ses sales pattes sur elle. Je connais ce genre de mecs, fils à papa friqués, qui se croient tout permis et ne supportent pas les refus. J'en ai fréquenté plusieurs et tabassé encore plus. C'est d'ailleurs à certains d'entre eux que je dois mon casier de délinquant. Ils se pensent supérieurs aux autres parce qu'ils ont du fric, alors qu'ils ne valent pas mieux et sont souvent même pires que les mecs des quartiers pauvres avec lesquels j'ai grandi.

— À toi d'être honnête, murmure Adalynn en me faisant revenir à la réalité. Révèle-moi une chose sur toi.

Je souffle profondément, il faut que je lui avoue la vérité, même si c'est difficile. Comme si elle sentait une mauvaise nouvelle approcher, elle recule de trois pas.

— D'accord.

Je soupire et me lance :

— Ton père m'a demandé de venir habiter chez toi parce qu'il pensait que tu avais un problème et que je pourrais t'aider.

Je n'aurais jamais voulu voir l'effarement ainsi que la déception dans ses yeux. Son menton tremble à nouveau et je comprends qu'elle va se remettre à pleurer.

— Alors c'est juste pour ça que tu es sympa avec moi ?

— Au début, oui...

J'aimerais lui dire que les choses ont changé, que je me suis attaché à elle, que ce que je ressens est tellement fou que je n'y comprends rien moi-même mais je ne trouve pas les mots.

— J'ai besoin d'être seule.

Sans un regard, elle sort de la pièce et va s'enfermer dans sa chambre.

— Adada, s'il te plaît, ne m'en veux pas. Earl savait que quelque chose ne tournait pas rond, il était inquiet et il a tellement fait pour moi que je trouvais ça normal de l'aider en retour.

J'ai beau lui parler à travers la porte, elle ne me répond plus, elle ne fait que pleurer. Je sais que je suis en partie responsable de ses larmes et cela me fait me sentir vraiment mal.

Lorsqu'Eddy vient me chercher un peu plus tard, je ne suis plus d'humeur à sortir. J'aimerais rester avec Adalynn mais elle garde le silence, m'ignorant totalement. Sous les supplications de mon ami, je me décide à le suivre en le prévenant que je ne rentrerai pas tard. Peut-être a-t-elle besoin que je lui laisse un peu d'air pour mieux respirer et y voir plus clair ?

Nous étions à peine entrés dans le bar, qu'Eddy va au comptoir nous commander deux bières et il revient non seulement avec nos verres mais également avec deux filles. Je lève les yeux au ciel, je ne suis plus du tout d'humeur à baiser.

— Je te présente Jo et Karin, dit-il en les indiquant.

Jo est une petite brune aux yeux marron alors que sa copine est grande avec des longs cheveux châtains et des yeux noisette. Karin prend place à côté de moi sur la banquette en me dévorant du regard. Si je le voulais, je suis certain que je n'aurais qu'un mot à dire pour l'entraîner derrière l'établissement et me la taper. Elle se penche sur moi et commence à me raconter sa vie, je l'écoute à peine, me souciant davantage de mon verre que d'elle. Mes pensées vagabondent, échappant à mon contrôle, me faisant revenir vers un passé que je souhaiterais oublier.

Une main qui se pose sur ma joue pour m'obliger à tourner la tête.

— J'ai si froid, donne-moi de ta chaleur. Embrasse-moi, mon lapin.

Je n'en ai pas envie, je n'ai jamais fait ça mais elle ne me laisse pas le choix. Ses lèvres sont sur ma bouche avant que je ne puisse réagir. Après quelques secondes, elle s'écarte et soupire de désespoir.

— Entrouvre la bouche et laisse-toi faire.

Sa voix est calme et douce.

— Non, je ne veux pas.

— Après tout ce que j'ai fait pour toi, tu refuses de m'embrasser ? Tu ne veux pas m'aider alors que j'ai tellement besoin de toi ?

La culpabilité me fait baisser les yeux. D'un doigt, elle me relève le menton et presse sa bouche sur la mienne, sa langue force le passage entre mes lèvres et je retiens un haut-le-cœur en la sentant fouiller ma cavité avec fermeté. Sa main se glisse sur ma cuisse…

Avec une profonde envie de vomir, je parviens à m'extraire de mes souvenirs. Je secoue la tête pour chasser les images qui dansent encore devant mes yeux tandis que la fille à côté de moi continue de babiller sans se rendre compte que je me fous complètement de ce qu'elle raconte. Je jette un œil à Eddy qui est déjà en train de lécher les amygdales de Jo et je réprime une grimace de dégoût. *Charmante soirée !* Et pendant ce temps-là, Adalynn est sûrement encore enfermée dans sa chambre, en train de pleurer. Je sais que je l'ai blessée tout à l'heure en lui révélant la véritable raison de ma présence chez elle, cependant elle a pris tellement d'importance dans ma vie que je ne me voyais plus lui cacher la vérité. Elle l'aurait découverte tôt ou tard alors autant que je lui avoue tout. Je serre les dents en repensant aux mecs qui l'ont maltraitée. J'aimerais tellement passer quelque minutes en huis clos avec eux !

— Hé doucement, tu vas la casser ! murmure Karin à mon oreille.

Je ne m'étais pas rendu compte qu'elle était si près de moi, collée à moi serait le terme le plus exact. Ses cuisses, à peine recouvertes d'une minijupe noire, caressent les miennes alors que sa main est posée sur mon avant-bras. Je suis son regard et m'aperçois que mes doigts sont crispés autour de ma bouteille comme j'adorerais les serrer autour du cou de ce Tyler. Brusquement, comme tout droit sorti de mon imagination, Ady entre dans le bar, accompagnée par Heather. Elles vont s'asseoir dans l'angle opposé à notre table. Adalynn porte un haut rouge drapé sur le devant et ses poignets meurtris sont dissimulés par de larges bracelets noirs. Je suis incapable de détourner mon regard, je la vois faire un sourire forcé à son amie avant que son regard ne parcoure la salle, et quand elle se rend compte de ma présence, le temps s'arrête. Sa bouche s'entrouvre alors que ses yeux vont de Karin à moi. S'ils pouvaient tuer, je serais déjà tombé sous les balles.

— Parle-moi de toi, chuchote la fille à côté de moi.

Je me tourne vers elle et d'une voix rauque affirme :

— Il n'y a rien à dire. Eddy !

Mon pote n'a toujours pas lâché la bouche de sa copine du soir.

— Eddy !

Il se tourne vers moi, pas franchement ravi de mon intervention.

— Ouais ?

— On fait un billard ?

Il acquiesce d'un hochement de tête et se lève suivi par Jo. Karin et moi en faisons autant, j'ai besoin de bouger, de taper sur quelque chose avant d'exploser et d'aller trouver Ady pour savoir ce qu'elle fout ici.

Depuis le billard, j'ai une vue directe sur leur table. Adalynn et Heather boivent une tequila tout en discutant ; Ady a l'air morose et énervée et sa copine paraît compatir. *Qu'est-ce qu'elles peuvent bien se raconter ? Et surtout depuis quand les conversations de nanas m'intéressent ?*

Quand vient mon tour de jouer, Karin se colle à moi, un bras autour de ma taille et se lèche les lèvres en fixant les miennes. Si elle croit que je vais l'embrasser, elle peut toujours courir.

— C'est pas ta coloc, là-bas ? me demande Eddy pile au moment où je frappe la boule blanche, que bien sûr, je rate.

— Si, c'est elle, dis-je en grognant.

Karin jette un regard à Ady avant de revenir m'enlacer. Cette dernière me fixe avec un mélange d'incompréhension, d'écœurement et de colère avant de se lever et de partir précipitamment aux toilettes. Mais j'ai eu le temps de m'apercevoir qu'elle avait les larmes aux yeux. Sans réfléchir, je m'élance à sa suite, bousculant Karin sans ménagement qui pousse un petit cri atterré.

Connaissant les lieux, je sais que les toilettes sont mixtes. Lorsque j'entre dans la pièce, elle est en train d'asperger d'eau son visage. Quand elle me voit dans le miroir, ses mains se crispent sur le bord du lavabo.

— Qu'est-ce que tu fais ici ?

Ma voix est dure et elle plisse les yeux.

— Je te retourne la question ! Oh c'est vrai, maintenant que je sais la vérité sur la raison de ta présence chez moi, tu n'as plus besoin de faire semblant de m'apprécier ! Laisse-moi ! Retourne voir ta pute !

Je fais les deux pas qui nous séparent et la retourne sans ménagement. Son corps se retrouve coincé entre le lavabo et moi.

— Je n'ai jamais joué avec toi ! OK, au début j'étais chez toi pour te surveiller mais j'ai appris à te connaître, tu comptes vraiment pour moi. Tu ne comprends donc pas que je suis réellement inquiet que ces enflures t'aient blessée ?

— Tu as une drôle de façon de le montrer !

Des larmes roulent sur ses joues, me serrant le cœur. Je déteste la voir pleurer surtout quand j'en suis le responsable.

— Tagada, je ne suis pas doué dans les rapports humains, je fais beaucoup de conneries j'en suis conscient, mais je répondrais toujours présent pour toi.

— Parce que tu l'as promis à mon père ? réplique-t-elle avec dédain.

— Non, parce que tu es importante à mes yeux.

Je m'empare de ses poignets et ôte ses bracelets, ses ecchymoses sont encore plus foncées que tout à l'heure. Je distingue nettement des traces de doigts. Avec délicatesse, je passe mon pouce dessus, geste illusoire pour les faire disparaître. Elle lève son menton tremblant vers moi, la détresse que je lis dans ses yeux me serre les tripes, j'arrête de me poser des questions et me penche pour embrasser doucement ses lèvres. Aussitôt, elle me rend mon baiser. J'ai l'impression qu'un courant électrique circule entre nous, nous attirant comme des aimants. C'est si bon de retrouver le goût sucré de sa bouche que plus rien d'autre n'a d'importance. Je presse mon corps contre le sien et elle gémit en sentant mon érection se réveiller à son contact. Je viens de passer plus d'une heure avec une superbe nana accrochée à moi sans avoir la moindre réaction et là, en deux minutes avec Adalynn, mon sexe est prêt à passer à l'action. *Je suis vraiment obnubilé par cette fille!* Ady passe ses bras autour de mon cou, je pose mes mains sous ses fesses et la soulève, ses jambes trouvent immédiatement leur place autour de ma taille. J'avance de quelques pas et la pose sur un meuble sans jamais quitter sa bouche. Comme l'autre soir, nous ne parvenons plus à nous séparer. Sa langue caresse langoureusement la mienne, me faisant grogner. Ses mains se promènent dans mes cheveux alors que les miennes la pressent contre mon torse. Avec n'importe quelle autre nana, je ne réfléchirais pas, je la retournerais et la baiserais mais avec elle, je ne peux pas faire ça, ce n'est pas ce genre de fille. À regret, je détache mes lèvres des siennes. Mon cœur bat à cent à l'heure, mon souffle est court lorsque je prononce des paroles que je n'ai pas du tout envie de dire.

— On ne peut pas faire ça, Tagada.

Sa main est sur ma joue, qu'elle caresse du bout des doigts. Ses yeux sont brillants de désir dans son visage empourpré.

— Je tiens à toi, Jared.

Personne ne m'a jamais dit cela et pendant une seconde, j'ai envie de me foutre de la bienséance et de revenir contre elle, là où je me sens si bien, en sécurité.

— Moi aussi… mais je ne peux pas… je n'ai pas le droit de faire ça.

Elle fronce ses sourcils en me lâchant.

— Que veux-tu dire? Tu as également promis à mon père de ne pas me toucher?

Je secoue la tête, je ne peux pas la regarder pour lui dire ce qui risque de lui faire de la peine.

— Non, ce n'est pas ça, dis-je en soufflant et en me mettant à faire les cent pas devant elle. Tu ne me connais pas vraiment, Adada, je ne suis pas celui que tu imagines. J'ai fait des choses…

Si tu savais à quel point je me dégoûte pour ça. J'aimerais trouver les mots pour tout lui raconter mais je suis lâche. Si elle savait, elle me détesterait et je ne supporterais pas de voir ce sentiment sur son beau visage.

— Tu mérites un mec bien qui prendra soin de toi, qui pourra ressentir de vrais sentiments pour toi. Et moi… j'en suis incapable. Et puis tu es trop jeune, trop insouciante pour mon vécu.

— Tu pourrais me répéter ça en me regardant dans les yeux ?

Je lève la tête vers elle, rencontrant son regard vert qui me met au défi de maintenir mes paroles. Elle ne voit donc pas que cela me tue de lui dire ça ? J'aimerais ne pas avoir fait autant d'erreurs, pouvoir me dire que ce n'est pas grave et profiter de chaque seconde passée avec elle car je suis convaincu que si une personne peut me sauver de moi-même, c'est Adalynn. Cependant je ne suis pas un homme bien, je ne peux pas l'entraîner dans la pénombre de mon âme, elle est trop pure pour cela.

— Je te l'ai dit l'autre jour Tagada, je suis incapable d'aimer et d'être aimé.

— Alors tu préfères traîner avec la pute qui t'attend, plutôt que d'être avec moi ? me demande-t-elle froidement.

Je l'avais complètement oubliée celle-là.

— C'est ce genre de filles qui est fait pour moi. Tu devrais rentrer chez toi.

— Tu racontes n'importe quoi ! s'écrie-t-elle en sautant au bas du meuble. Tu ne comprends pas que ces filles t'aident à te complaire dans la noirceur que tu prétends avoir ? Tu crois qu'elles en ont quelque chose à foutre de toi ? De celui que tu es vraiment ? Moi je te connais, Jared, je te vois chaque jour te battre pour te construire une nouvelle vie.

Elle se rapproche de moi et se met sur la pointe des pieds afin de poser ses lèvres sur les miennes avec une tendresse infinie qui me laisse pantois. C'est plus fort que moi, je lui rends son baiser.

— Nous sommes attirés l'un par l'autre. La différence d'âge, ton passé, cela m'est égal. Rentre avec moi, murmure-t-elle en s'écartant.

— Ce n'est pas une bonne idée. Je suis désolé Tagada, je sais que tu ne dois pas comprendre mais j'agis ainsi dans ton intérêt, j'affirme en me dirigeant vers la sortie.

— Jared !

Je me retourne, elle contient ses larmes lorsqu'elle me demande :

— Cette fille, tu vas te la taper ?

Non ! Aucun risque !

— Probablement, dis-je en haussant les épaules pour appuyer mon mensonge. Tu devrais retourner à la maison, ce n'est pas un endroit convenable pour toi, ici.

Je sors avant de voir ses pleurs. Lui mentir vaut mieux que la laisser espérer une chose qui n'arrivera jamais.

Quand je rejoins Eddy et les filles fades qui m'attendent, je ne sais pas qui d'Adalynn ou moi est le plus malheureux.

Chapitre 15

Jared

Je vois Ady et Heather partir peu de temps après notre conversation. Elle ne m'a même pas jeté un dernier regard. Une part de moi a envie de la retenir, mieux encore, de rentrer avec elle et de la laisser prendre soin de moi. Je sais qu'elle a raison lorsqu'elle me dit que ces filles m'entraînent sur la mauvaise pente, rien de bon ne sortira d'histoires de cul sans lendemain. Mais je ne peux pas m'ouvrir à Adalynn, elle ne me connaît pas vraiment et aussi égoïste que je sois, je ne peux pas prendre le risque de la perdre totalement en lui révélant mes actes passés. Donc ma seule solution est de la maintenir à distance tout en essayant de trouver un équilibre dans notre amitié. Et je ne crois pas que continuer à lui rouler des pelles soit le plus sûr moyen de devenir les meilleurs amis du monde, si ? *Je suis paumé !* Et cette sangsue collée à moi, ne m'aide vraiment pas à réfléchir. Pourtant elle ne peut pas prétendre que je l'encourage, je ne fais que grogner mes réponses, je ne la touche pas, pire je m'écarte dès qu'elle commence à me tripoter, et pourtant elle s'accroche à moi comme si elle avait un besoin vital de baiser ce soir. *Moi aussi mais pas avec toi !* Même mon sexe est sur la même longueur d'onde que moi, depuis que je suis sortie des chiottes il s'est remis au repos. Sauf que celle que lui et moi voulons nous est interdite.

— Eddy, appelé-je en regardant mon pote qui est penché par-dessus son plan cul sur la table de billard. Je me casse !

Il lève la tête et me fait un mouvement du menton pour désigner la fille qui m'adresse un sourire niais.

Je secoue la tête, j'ai besoin d'être seul. L'effarement qui passe sur le visage de mon ami pourrait me faire rire si j'avais été de bonne humeur.

— Je viens te voir demain, ajoute-t-il en me faisant un signe de la main.

J'acquiesce d'un hochement de tête.

— On va où ? Demande… *merde, comment elle s'appelle déjà ?*

— Moi, dans ma chambre. Toi, j'en sais rien et je m'en tape !

— Connard ! crie-t-elle dans mon dos.

Sans me retourner, je lui fais un doigt d'honneur ; c'est mal élevé mais je n'ai jamais prétendu être un gentleman non plus.

Une fois au volant, je décide de rouler un peu pour me vider la tête avant de rentrer et puis surtout, je veux laisser à Ady le doute sur la fin de ma soirée. Un sourire étire mes lèvres quand je me souviens qu'elle a traité cette fille de pute. C'est peut-être la jalousie qui parlait ? *Non, il faut que j'arrête de me faire des films !* En plus, elle n'avait pas tort.

Après avoir fait un détour par le bord de mer, je me décide à rentrer. La maison est plongée dans l'obscurité pourtant je sais qu'Adalynn ne dort pas, je l'entends bouger dans la pièce voisine lorsque je me mets au lit après avoir enfilé mon pantalon de sport.

— Bonne nuit, Tagada.

— Alors tu te l' es tapée ?

Je fais semblant de prendre un ton offusqué alors qu'intérieurement je jubile. *Elle est bien jalouse.*

— Je ne vois pas en quoi ça te regarde !

— C'est la réponse du mec qui m'a embrassée alors que cette pute lui tournait déjà autour ?

Il faut vraiment que je me méfie de cette fille, elle a beaucoup plus de répartie que ne le laisse penser son physique d'ange.

— Non. Non, il ne s'est rien passé. En fait, elle ne m'intéressait pas.

— Ce n'est pas l'impression que j'ai eue dans le bar, soupire-t-elle, contrariée.

— Ce que tu as vu, c'est une nana qui voulait baiser et moi qui ne répondais pas à ses attentes. Crois-moi, si j'avais eu envie de me la faire, tu l'aurais remarqué tout de suite.

— C'est à cause de moi ? demande-t-elle d'une petite voix, après un temps de réflexion.

Je soupire mais ne réplique pas. Aucune réponse ne convient à la situation. Si j'avais des couilles blindées, je lui avouerais tout : oui, c'est à cause de toi parce que toutes les autres filles sont devenues insignifiantes depuis que je te connais. Mais je suis lâche, je l'ai toujours été dès qu'il s'agit de sentiments. Je ne sais pas gérer mes émotions, personne ne m'a jamais appris que l'on pouvait être troublé par une fille, ni ce que cela signifiait vraiment. Généralement, dans mon quartier, les choses étaient simples, une nana et un mec se plaisaient, ils passaient un moment ensemble et chacun reprenait sa vie. Sauf qu'avec Adalynn, tout est différent. Cela va plus loin qu'une histoire d'attirance, j'en suis conscient et c'est bien cela qui me fait le plus flipper. Aussi, je préfère changer de sujet :

— C'est à cause de ces mecs que tu fais la gueule tous les matins ?

À son tour, elle pousse un soupir.

— Ouais, je suis assez douée pour les éviter pendant une semaine ou deux mais ils finissent toujours par me retrouver.

— Mais je ne comprends pas, dans ce cas pourquoi es-tu souriante quand tu reviens à la maison après tes cours ?

— Généralement, c'est parce que je ne les ai pas vus et puis parce que…

Je l'entends se retourner alors qu'elle garde le silence.

Je me mets sur le ventre et tapote la cloison.

— T'es toujours là ? Parce que quoi ?

— Parce que je sais qu'en rentrant je vais te retrouver.

Sa voix étouffée me parvient dans un murmure.

Elle a dû se mettre la tête dans l'oreiller pour me répondre. Mon cœur manque un battement, jamais encore je n'aurais pensé que quelqu'un puisse être heureux de me voir. Toute ma vie, ma mère m'a répété que moins elle me voyait et mieux elle se portait. Je pose ma main sur le mur qui nous sépare, à l'endroit où je l'imagine allongée. *Qu'ai-je donc fait pour mériter que cette fille s'intéresse à moi ?* Cela me dépasse complètement.

— Tu ne m'as pas répondu tout à l'heure, qu'est-ce que tu faisais dans ce bar ? Je ne pensais pas que tu y retournerais de sitôt après ta cuite.

— Heather est venue me chercher après l'appel de papa, elle ne voulait pas que je reste seule. C'est mon anniversaire.

Je me redresse brusquement.

— Merde ! Je suis désolé, Tagada, je ne savais pas.

— Ce n'est pas important.

— Si, ça l'est. Joyeux anniversaire !

— Merci.

— Je te promets que je me rattraperai.

— Laisse tomber, Jared. J'ai 19 ans, ce n'est pas une année qui se fête, comme la majorité.

Elle peut prétendre ce qu'elle veut, j'irai lui acheter un cadeau dans les prochains jours, dès que j'aurais touché ma paie. D'ailleurs je sais déjà quoi lui offrir, avec ça peu de risque de me tromper.

— Qu'est-ce que c'est ce nouveau surnom dont tu m'as affublée ? reprend-elle de longues minutes plus tard.

— Tagada ?

— Ouais.

— Tu risques de ne pas aimer mon explication.

— Franchement, j'ai eu une journée de merde alors au point où j'en suis, je ne vois pas comment elle pourrait être pire.

Je prends quelques secondes pour rassembler mes idées.

— Je t'appelle comme ça parce que tes lèvres ont un goût de fraises au sucre, comme les bonbons. Quand j'étais petit et que ma mère était clean assez longtemps pour aller faire les courses, ça lui arrivait de m'acheter un paquet de ces friandises. La première fois, j'ai tellement aimé ça que j'ai dévoré le paquet en quelques minutes, sauf qu'il m'a fallu attendre très longtemps avant qu'elle ne m'en offre un autre. Alors quand elle l'a fait, j'ai caché les bonbons sous mon matelas et chaque soir, j'en grignotais un petit morceau. Au milieu de mes journées sombres, c'était mon petit moment de bonheur. Ta bouche a le même parfum.

Elle garde le silence, néanmoins je l'entends renifler. *Génial, je l'ai encore fait pleurer. C'est officiel : je ne suis qu'un abruti !*

— Désolé, je t'avais prévenue que tu n'allais pas apprécier.

— C'est… C'est la chose la plus gentille que l'on m'ait dite depuis très longtemps, hoquette-t-elle.

— Alors t'es pas fâchée ?

Mon ton surpris la fait rire.

— Bien sûr que non ! Je t'en veux lorsque tu me dis des trucs absurdes, style que tu es incapable de ressentir des sentiments, mais pas pour ça. En fait, j'adore ce surnom !

Je souffle de soulagement et souris seul dans la pénombre, comme un idiot.

— Alors à demain, Tagada.

— Bonne nuit, Jared.

Des intonations de voix me parviennent dans un demi-sommeil. Je reviens peu à peu à la réalité où les sons s'intensifient. *Qu'est-ce que c'est que ce bordel ?* Mon regard accroche le radioréveil, j'ai dormi une heure. *Génial !*

Grognon, les yeux dans le vague, je me lève et remonte le couloir pour me diriger vers ce qui ressemble à une dispute. J'entre dans le living, m'attendant à trouver Adalynn face à un inconnu. Mais au lieu de cela seule la télévision allumée attire mon regard. En m'approchant je me rends compte qu'Ady est allongée, endormie sur le canapé. Elle s'est emmitouflée dans une couette qu'elle serre dans son poing. Son air détendu la rend encore plus jolie. Je reste planté devant le canapé quelques instants, profitant de la vue avant de m'emparer de la télécommande qui est tombée au sol. Lorsque je me redresse pour baisser le son, des yeux ensommeillés se plantent dans les miens.

— Qu'est-ce que tu fais là, Tagada ?

— Je n'arrivais pas à dormir dans ma chambre. Je suis désolée de t'avoir réveillé. Le volume a dû augmenter lorsque la télécommande est tombée.

— Ce n'est pas grave, dis-je je bâillant. Tu devrais retourner dans ton lit.

— Non, je vais rester encore un peu ici. Bonne nuit.

Elle me reprend la télécommande des mains et resserre la couette autour d'elle comme pour se protéger.

— Pourquoi tu ne vas pas dans ta chambre ?

Elle déglutit, à la lueur de la télé je peux voir ses traits se crisper.

— J'ai peur quand je suis seule, murmure-t-elle.

Son agression envahit aussitôt mon cerveau mal réveillé, me provoquant un électrochoc. *Comment ai-je pu oublier ?*

— Tu n'as pas à avoir peur Ady, je suis là. Je ne laisserais personne venir s'en prendre à toi.

— Je sais, chuchote-t-elle.

Elle a beau me faire un semblant de sourire, elle paraît toujours terrifiée. Sans réfléchir, je lui tends ma main. Elle l'observe avant de m'adresser un regard interrogateur.

— Viens dormir avec moi cette nuit.

Putain, qu'est-ce que je suis en train de faire ?!

— Je ne crois pas que…

— Je ne vais pas te laisser seule, effrayée, sur ce canapé. Donc soit tu dors avec moi, soit je m'installe dans le fauteuil. Et je t'avoue que je n'ai pas très envie de finir ma nuit là-dedans. Allez, viens avec moi. Tu vas dormir de ton côté et moi du mien, le lit est assez grand.

Après quelques secondes d'hésitation, elle s'empare de ma main et se lève. La sensation de sa peau contre la mienne fait accélérer les battements de mon cœur tandis que nous entrons dans ma chambre. Je m'efforce de ne pas la regarder lorsqu'elle contourne le lit pour atteindre sa place. Elle porte un pyjama tout simple en coton noir qui a l'air doux. Cela me donne envie de toucher pour vérifier. Pensée que j'efface rapidement avant qu'elle ne dirige mes gestes. Pour plus de sécurité je m'assure de bien rester de mon côté et lui tourne le dos, effort inutile puisqu'elle en fait de même.

— Merci Jared, chuchote-t-elle lorsque j'éteins la lampe.

Ses remerciements me mettent toujours mal à l'aise, je ne fais rien d'extraordinaire.

— Dors, Adada.

Je ne sais combien de temps s'écoule, je me sens sombrer dans le sommeil lorsque :

— Jared ! Il y a quelqu'un derrière la fenêtre !

Ady a hurlé. Je me redresse d'un bond et suit son regard vers les stores que je laisse toujours entrouverts la nuit. Il fait sombre, le lampadaire de la rue envoie une lueur qui se perd entre la maison et la haie du voisin, projetant des ombres lorsque le vent souffle.

— Il n'y a personne. Tu as dû faire un cauchemar, je souffle.

— Il... il est parti en courant lorsque j'ai crié, répond-elle d'une voix tremblotante.

Je me lève rapidement.

— Où vas-tu ?

Ses yeux apeurés cherchent les miens.

— Reste ici, je vais voir dehors.

— Non, ne me laisse pas seule ici.

— Je reviens Ady, répliqué-je fermement en refermant la porte de la chambre derrière moi.

Je suis sûr qu'il n'y a personne et que cette vision a été créée par son esprit angoissé, comme me le confirme la rue déserte. J'ai beau regarder de tous côtés, aucune trace d'un quelconque voyeur.

Lorsque j'ouvre la porte de la chambre, la première chose que je vois est Adalynn dans un coin de la pièce, armée d'une batte de baseball qu'elle tient à hauteur de ses épaules, prête à frapper un *home run*. Je préfère ne pas songer à ce qu'elle envisage de cogner en guise de balle.

— C'est moi, Tagada.

— Je sais, souffle-t-elle en baissant son arme en même temps qu'elle lève les yeux au ciel. Je ne suis ni aveugle ni cinglée.

Sa mauvaise humeur me fait esquisser un sourire.

— Je n'ai vu personne.

— Jared, je te jure que je n'ai pas rêvé. Il y avait quelqu'un qui nous observait derrière les stores.

La sincérité qui brille dans ses yeux me désarme, chassant mes précédentes certitudes.

— Je te crois Ady. Mais il est parti à présent, reviens te coucher.

Elle s'exécute timidement, mais cette fois nous nous tournons l'un vers l'autre. Derrière elle j'aperçois la fenêtre, si ce mec revient, je le verrai.

— J'ai peur, murmure-t-elle.

— Rien ne dit que c'était ce connard de Tyler. C'était peut-être juste un sans-abri, un peu voyeur. Tu as pu voir à quoi ressemblait cette personne ?

— Non, il faisait trop sombre. J'ai juste vu une ombre se déplacer devant la fenêtre avant de s'immobiliser pour nous observer. J'ai crié aussitôt.

— Peut-être que c'était le voisin dans son jardin et que son ombre s'est projetée jusqu'ici ?

— Tu oublies la haie qui sépare nos maisons. C'est physiquement impossible.

J'acquiesce, elle a raison. Je me retourne pour éteindre la lampe de chevet avant de refaire face à Ady.

— Maintenant que je travaille, j'aimerais te payer un loyer.

Je l'entends soupirer, je suis sûr qu'elle a levé les yeux au ciel.

— Pas question. Combien de fois dois-je te répéter que tu es mon invité ?!

— Ça me gêne, surtout après ce qui s'est passé entre nous... Je veux participer aux dépenses.

Ady reste silencieuse quelques minutes.

— D'accord, je comprends. Dans ce cas, nous n'aurons qu'à payer les courses à tour de rôle, si tu y tiens.

Intérieurement je me promets de remplir le réfrigérateur plus souvent qu'elle.

— Marché conclu. Et la moitié des factures courantes.

— Pas la peine, c'est l'avocat de mon père qui se charge de tout payer, cela fait partie de leur accord.

— J'avais oublié.

Cette situation est vraiment étrange. Je ne parle pas seulement du pacte passé entre Earl et son ancien patron mais également du fait d'avoir Adalynn allongée près de moi. Je n'ai jamais partagé un lit avec une autre personne. C'est une sensation qui me fait peur et me rend heureux à la fois: être aussi proche d'une fille sans la toucher alors que j'en meurs d'envie. Si je laissais mon corps parler à la place de mon cerveau, je n'aurais qu'à me décaler de quelques centimètres pour la serrer dans mes bras et goûter à nouveau à sa bouche.

Sans m'en rendre compte je respire bruyamment, il faut que j'évacue mes pensées salaces.

— Ça va?

Génial, j'ai réussi à l'inquiéter.

— Oui, j'étais perdu dans mes pensées. Dormir sur le canapé, c'est ce que tu faisais avant mon arrivée?

— Ouais. Pas toutes les nuits mais parfois quand j'étais trop angoissée, seule, dans ma chambre.

— Tu as encore peur?

— Un peu. Je... Tu veux bien me tenir la main?

Sans hésiter je m'en empare. Sous mon contact, elle ferme les yeux avec confiance. Je reste longtemps les yeux ouverts à fixer à tour de rôle la fille endormie dans mon lit et la fenêtre sombre derrière elle.

Quand je me réveille au petit matin, les doigts d'Adalynn sont fermement enlacés aux miens, nos paumes se pressent l'une contre l'autre. J'ignore qui a eu l'initiative de ce geste et je m'en fiche. Pour le moment je suis trop bien pour m'en soucier, je savoure la douceur de sa peau et referme les yeux.

Chapitre 16

Adalynn

Je suis à cran. Bien que j'aie insisté, Jared n'a pas voulu en démordre : il m'emmènera et viendra me rechercher chaque jour à l'université. Aussi, je suis assise dans son pick-up qui est étonnamment propre pour une voiture de mec, et triture mes doigts en essayant de me rappeler comment respirer. Cela me fait le même effet tous les matins et les coups d'œil inquiets que me jette Jared ne m'aident pas à me détendre. Après cette nuit, il doit penser au mieux que je suis dépressive, au pire que je suis complètement cinglée. Pourtant je suis sûre de moi : il y avait quelqu'un qui nous espionnait depuis la fenêtre.

— Si tu as le moindre souci, je veux que tu me téléphones immédiatement, OK ?

Je souffle en me retenant de répliquer : *oui, papa.*

— Je n'aurais pas besoin de t'appeler si j'avais pris ma voiture.

J'aime avoir un moyen de fuir à disposition, c'est aussi simple que ça mais comment faire entrer cette idée dans la tête d'un mec aussi têtu que mon chauffeur ?

— Après ce qui s'est passé, je veux être là s'ils t'empêchent à nouveau de quitter le campus, affirme-t-il en se garant sur le parking bondé, près de l'établissement.

Je fixe le bâtiment en briques ocre tout en soupirant, quand je sens Jared me prendre les mains.

— Fais-moi voir dans quel état sont tes poignets aujourd'hui.

Il détache les bracelets qui recouvrent mes bleus et, du bout des doigts, caresse les marques. Le contact de sa peau sur la mienne me donne la chair de poule. Aussitôt mes pensées vagabondent vers la nuit que nous avons partagée dans son lit, et plus précisément quand j'ai voulu ôter ma main de la sienne afin de me retourner. Même s'il dormait, il a resserré son étreinte sur mes doigts avant de les enlacer aux siens. Ce simple geste m'a donné la sensation de me nouer le cœur pour le relier au sien de façon indéfectible. Après cela je n'ai plus voulu bouger de peur de le réveiller et qu'il ne retire sa main. Lorsque j'ai de nouveau ouvert les yeux, Jared avait déserté la chambre. Depuis il m'observe par intermittence mais je ne parviens pas à déchiffrer son regard qui recèle le fond de ses pensées. Je scrute son visage qui reflète une sourde douleur, ses traits sont virils, le faisant paraître plus âgé que ses 25 ans, ses cheveux bruns sont si doux que j'ai envie d'y replonger mes mains. À cette pensée mon cœur s'emballe.

— La vue te plaît ?

Sa voix amusée me fait brusquement revenir à la réalité. Je pourrais m'excuser de le mater comme ça, toutefois son sourire me rassure et cela a au moins eu le privilège de me faire me concentrer sur autre chose que sur ce qui m'attend.

— Beaucoup.

Je lui rends son sourire.

Quelque chose a changé entre nous depuis hier, je ne peux pas l'expliquer exactement mais je me sens encore plus proche de lui. Il a beau me dire qu'il ne se passera rien entre nous, je sais qu'il en a autant envie que moi et qu'il se retient en se cherchant des raisons. La manière dont il m'a embrassée hier soir était sans équivoque, sa langue a exploré chaque millimètre de ma bouche avec une passion que je n'avais jamais ressentie avec aucun autre garçon. Et que dire de son aveu sur mon nouveau surnom ? Je suis la friandise, le moment de bonheur dans sa vie. Rien que d'y songer, j'ai envie de lécher, de mordiller et de dévorer ses lèvres. *Peut-être que je peux, non ?*

— On y va ? me demande-t-il.

— On ?

— Ouais, je t'accompagne jusqu'à ton cours.

J'ouvre la bouche pour répliquer mais, avec un sourire en coin tout à fait craquant, il me devance :

— Oui, si je pouvais je resterais mais c'est interdit, alors je vais me contenter de me montrer avec toi et peut-être que comme ça ces branleurs te foutront la paix.

J'aimerais qu'il ait raison, que cela puisse calmer Tyler, mais vu le personnage j'en doute sérieusement. Jared m'accompagne jusqu'à la salle où a lieu mon premier cours de la journée et franchement je suis fière d'être vue avec lui, il est tellement beau et grand qu'il faudrait être folle pour ne pas avoir envie de lui sauter dessus. Je sens les regards des autres filles peser sur lui alors que nous déambulons dans les couloirs, mais il est tellement concentré sur les mecs autour de nous, qu'il ne semble pas s'en rendre compte.

— Tu les vois ?

Je regarde attentivement la foule d'étudiants qui se presse de tous côtés.

— Non, ils ne sont pas en vue. Par contre, il y a plusieurs filles qui seraient prêtes à tout pour sortir avec toi.

Il soupire de lassitude.

— Je m'en fous. Je ne sors jamais avec des filles, je me contente de les baiser.

Je ne sais si je dois être soulagée ou horrifiée par ce qu'il vient de me balancer.

— Tu n'as jamais eu de petite amie ?

Son attention se fixe sur moi et il hausse les épaules avec nonchalance.

— Non, jamais. T'as eu des copains, toi ?

— Euh… Ouais, deux.

Je ne suis sortie que quelques mois avec eux et je n'étais pas vraiment amoureuse, sinon je ne serais plus vierge. Avec Alexander, mon premier petit ami, nous nous contentions de nous embrasser et de traîner ensemble, nous ne faisions rien de spécial mais c'était un moyen de me sentir moins seule. Cela a duré quelques mois avant que je réalise qu'il n'était finalement qu'un ami à mes yeux.

Quand j'ai rencontré Cody en dernière année de lycée, je ne voyais que ses qualités. Il était sportif, gentil, prévenant envers tout le monde et me traitait comme un objet délicat. Je pensais sincèrement qu'il serait celui avec qui je franchirais le cap. Lorsque nous étions seuls, nous passions notre temps à nous embrasser, à nous toucher. Mes mains ont découvert des endroits du corps d'un homme qui jusque-là m'étaient restés inconnus. Juste avant les vacances d'été, j'avais pris ma décision. Après plus de six mois d'une relation stable, j'étais décidée à enfin le faire. Ce soir-là je l'ai attendu, assise sur mon canapé pendant des heures, j'étais plus que nerveuse avant la surprise que je lui réservais. Quand j'ai compris qu'il avait oublié notre rendez-vous, je l'ai appelé et là, ça a été la douche froide. Il a décroché mais seuls des râles de plaisir et des gémissements me parvenaient, entrecoupés par des mots d'amour chuchotés. Quel mec répond à un appel de sa petite amie alors qu'il est en train de coucher avec une autre fille ? Le mien !

Le lendemain il est venu chez moi s'excuser d'avoir oublié notre rencard, un bouquet de fleurs à la main. J'ai pris le bouquet (les pauvres fleurs n'y étaient pour rien) puis je lui ai mis une gifle monumentale avant de lui claquer la porte au nez à renfort de noms d'oiseaux que je préfère taire. Il en était terminé de notre histoire.

Cependant, vu la façon dont la mâchoire de Jared se contracte, j'aime mieux changer de sujet avant de céder à la tentation de lui demander s'il est jaloux que d'autres mecs m'aient embrassée avant lui. Parce que moi, je suis hyper jalouse de toutes les nanas qu'il a embrassées et de toutes celles avec qui il a fait l'amour aussi, et Dieu sait qu'elles doivent être trop nombreuses pour les compter.

— Merci de m'avoir accompagnée.

— Je serai de retour à 15 heures. Tu m'appelles s'il y a quoi que ce soit.

— Promis.

Sur un dernier sourire, j'entre dans l'amphithéâtre.

Les cours sont assommants, il faut dire que je n'ai pas beaucoup dormi cette nuit, j'étais trop remuée après tous les événements de ma journée d'anniversaire. Heureusement, Jared m'envoie des sms auxquels je réponds discrètement et quand vient l'heure de la délivrance, il est devant la porte principale du bâtiment, les bras croisés sur son torse musclé. Il s'apprête à ouvrir la bouche mais je le devance.

— Non, je ne les ai pas vus.

Il hoche la tête en me faisant un petit sourire.

Nous étions à peine arrivés à la maison que je l'abandonne pour aller faire des courses. Avant c'était une corvée, dorénavant j'aime bien remplir le caddy avec des produits qui, je sais, lui feront plaisir. *Au secours, je suis devenue sa groupie numéro un!*

De retour chez moi, la première chose que je remarque est la voiture d'Eddy garée à ma place dans l'allée du garage. J'attrape un sac de provisions et entre. Jared et lui sont assis au bar, Eddy lit des feuilles étalées devant lui alors que la radio diffuse un hip-hop.

— J'aime beaucoup ce texte, je ne sais pas qui t'a inspiré ces paroles mais ça déchire, sourit Eddy.

— Ne t'embête pas surtout, tu m'as piqué ma place de stationnement !

Le coupable sursaute, l'air penaud, ce qui me donne une grande satisfaction.

— Désolé Ady, c'est que j'étais pressé de te voir.

Je lève les yeux au ciel.

— Mais bien sûr ! Puisque vous êtes là tous les deux, vous pouvez m'aider en rentrant les sacs de courses ?

Comme un seul homme, ils se mettent en action. Ouais, je suis peut-être petite et je n'ai que 19 ans mais je viens de faire bouger deux mecs et sans recevoir aucune plainte, c'est pas beau ça ?

Alors qu'ils sont dehors, je me faufile dans la chambre de Jared. J'ai juste le temps d'en ressortir avant qu'ils ne reviennent. Une fois les sacs en papier déposés sur le plan de travail de la cuisine, ils retournent à leur lecture tandis que je range. Une chanson d'Eminem et Rihanna passe à la radio et j'augmente le son tout en chantant la partie féminine. Lorsque j'entends une voix d'homme remplacer Eminem dans mon dos, je me retourne et reste ébahie devant Eddy qui rap comme un pro en me faisant un clin d'œil. J'entame le refrain en rigolant et au deuxième couplet, Eddy donne un coup de coude à Jared qui se joint à nous, d'abord timidement puis avec davantage de confiance sur le troisième couplet. Il a une voix grave, un peu éraillée, qui me donne des frissons et son débit de paroles est tout simplement stupéfiant. Je suis tellement ébahie que j'oublie de chanter quand c'est à nouveau mon tour.

— Ben alors Riri, tu nous lâches? Se moque Eddy.

La chanson se termine et je ne peux que regarder Jared en souriant. Chaque jour, il me surprend un peu plus. Ses yeux bleus me fixent et comme hier, l'électricité semble crépiter entre nous.

— Je ne savais pas que tu savais chanter, Ady. Cela ne te dirait pas de le faire professionnellement?

Je détourne mon attention vers son pote.

— Quoi?

— J'ai un groupe de mecs avec qui j'enregistre en ce moment. Ils cherchent une fille pour les chœurs et la voix féminine d'une chanson sur leur album. Tu pourrais tenter le coup.

Il hausse les épaules comme si c'était la chose la plus naturelle du monde et je suppose que pour lui, ça l'est.

— Ils sont sérieux ces mecs? questionne aussitôt Jared.

— Ouais, et c'est juste pour la version studio. Il n'y aura aucune arnaque.

— Qu'est-ce que tu en penses?

— Je ne sais pas. Je peux y réfléchir?

— Bien sûr, poupée. Appelle-moi quand tu te seras décidée.

— Ne m'appelle pas comme ça.

Je menace Eddy en agitant un concombre sous son nez mais cela le fait rire.

— Oh tu es jalouse parce que tu m'as vu avec une fille hier soir?

Sa voix se fait doucereuse alors qu'il joue des sourcils.

— Pas du tout. J'ai bien remarqué que tu étais trop occupé ne serait-ce que pour venir me dire bonsoir.

— C'est vrai, désolé. Cependant j'étais avec une véritable bombe qui était chaude comme la braise… enfin jusqu'à ce que cet idiot ne casse tout.

Du pouce, il désigne Jared.

— Je n'ai rien fait ! s'exclame celui-ci en levant les mains.

— Tu as envoyé chier sa copine !

Je me retourne vers l'évier pour éviter qu'ils ne voient mon sourire satisfait.

— Elle ne me plaisait pas.

— Arrête mec, il y a encore quelques mois tu l'aurais tout de suite entraînée à l'arrière du bar pour la sauter. Et hier, non seulement tu es resté hyper distant avec elle, mais en plus tu lui as fait un doigt d'honneur en partant !

C'est plus fort que moi, j'éclate de rire.

— Et toi, ça te fait marrer, m'accuse-t-il à mon tour. Mais du coup, elle était furax et sa copine a pris sa défense, ça a complètement bousillé la fin de ma soirée !

— Il te restait ta main, ironise Jared.

Je me retourne vers eux.

— Et la douche, j'ajoute, mais quand je vois Jared me fixer, incrédule, je me détourne à nouveau avant de rire davantage.

— Tu sais que tu as vraiment un problème, reprend Eddy, toujours remonté. Qu'une fille ait une « utilisation limitée » avec toi, j'ai l'habitude, tu as toujours agi comme ça. Mais hier quand vous avez disparu tous les deux, fait-il en nous désignant de l'index, cette meuf hyper bandante, Karin, est venue me demander pourquoi tu refusais de l'embrasser alors qu'elle faisait tout pour t'allumer. Je me suis retrouvé comme un con à tenter de lui expliquer que cela ne venait pas d'elle mais que tu n'embrasses jamais aucune fille !

Quoi ? J'ai dû mal entendre, c'est pas possible !

Mes yeux écarquillés se posent sur Jared qui garde la tête baissée, se tortillant sur son siège, mal à l'aise.

— Tu pourrais faire un effort ! poursuit Eddy. Un baiser ne va pas te tuer, sérieux. Ça remonte à quand la dernière fois que tu as posé ta bouche sur celle d'une nana ? Vas-y, dis-moi, je suis sûr que tu ne t'en souviens même plus !

Jared relève la tête et nos regards se croisent, le mien ébahi, le sien gêné. *Je rêve ou il rougit ?* Cela ne dure qu'une seconde avant qu'il ne se tourne vers Eddy et ne grommelle :

— J'avais 14 ans et c'était ta mère.

Son copain reste stupéfait quelques secondes avant d'éclater de rire en lui donnant une tape sur l'épaule :

— Putain, t'es con ! Tu as failli m'avoir !

Jared lui fait un petit sourire crispé tandis que j'observe son attitude pour le moins étrange.

— D'ailleurs, vous deux, reprend Eddy. Vous pouvez m'expliquer pourquoi vous avez disparu dans les chiottes ?

Je repense aux lèvres de Jared dévorant les miennes et mes joues s'empourprent aussitôt. Celui-ci esquisse un sourire lorsqu'il s'en rend compte et à cet instant je sais qu'il a deviné mes pensées.

— Tu veux bien que je raconte à Eddy pour… l'université ?

Incertaine, je hoche la tête. Jared explique le harcèlement que je subis et plus il parle, plus je me ronge les ongles en essayant de contenir mes larmes. C'est plus fort que moi, je me sens tellement faible par rapport à ces trois mecs que je ne peux m'empêcher d'être en colère contre moi-même. J'aimerais tellement pouvoir me défendre seule sans entraîner d'autres personnes dans cette histoire. Quand il termine le récit de ce qu'est devenue ma vie, j'ai les yeux baissés et les deux mains posées à plat sur le meuble pour me maintenir debout.

— Putain, c'est pas vrai ! s'exclame Eddy, totalement outré.

Jared pose sa main sur la mienne et lorsque nos regards se rencontrent, il fronce les sourcils.

— Ne pleure pas, Ady.

Puis il retire mes bracelets et montre mes poignets.

— Il ne faut plus jamais qu'ils la touchent, affirme-t-il, les dents serrées.

Les yeux d'Eddy s'écarquillent mais sa voix est calme et déterminée quand il me demande :

— Comment s'appellent ces fils de pute ?

— Le meneur est Tyler Lockdan, je murmure.

— Le fils du sénateur ?

Son expression est incrédule lorsque j'acquiesce.

— C'est un des clients de Pit.

La main de Jared resserre son emprise sur la mienne.

— Il lui achète quoi ?

— De la meth, je crois.

— Pit est l'un de nos copains d'enfance, il habite toujours mon ancien quartier et est devenu dealer, répond Jared à mon regard inquiet. Et apparemment ce Tyler carbure à la méthamphétamine. On peut le faire tomber ?

— Pas sans faire arrêter Pit avec lui.

Jared grimace.

— On va trouver une autre solution pour qu'il te foute la paix, promis. Eddy, si un jour je suis retenu au boulot, tu pourrais prendre le relais pour t'assurer que ces crétins ne l'approchent pas ?

— Pas de problème, assure-t-il sans l'ombre d'une hésitation.

— Merci les garçons.

Ma voix est nouée par l'émotion.

— Merde alors ! Moi qui pensais qu'hier soir vous étiez partis copuler sur le siège des chiottes ! s'exclame Eddy, amusé.

J'étouffe un cri en rougissant de nouveau.

— Quoique, vous n'en êtes pas loin, ajoute-t-il en regardant la main de Jared toujours posée sur la mienne.

Aussitôt celui-ci la retire alors qu'un grand froid m'envahit et qu'Eddy éclate de rire.

— Tiens à ce propos, Adalynn voulait te demander quelque chose mais elle n'ose pas.

Le sourire malicieux que Jared m'adresse me fait flipper. Silencieusement je l'implore de se taire, me souvenant de l'une de nos conversations, je n'ai pas envie qu'Eddy me fasse un câlin. Je préférerais que lui me prenne dans ses bras, pas son pote. Je secoue la tête en me mordant la lèvre inférieure. Son regard se pose sur ma bouche et il déglutit avant de reprendre :

— Elle aimerait savoir si tu l'autoriserais à m'accompagner au studio quand je viens te voir ?

Je lâche un soupir discret et souris à Eddy.

— Pas de problème, ma belle. T'es pas obligée d'être avec Jared, tu viens quand tu veux.

Celui-ci marmonne quelque chose que je ne comprends pas mais qui fait agrandir le sourire de son copain.

— Merci. Tu restes manger avec nous ?

— Avec plaisir.

Eddy reporte son attention sur les textes devant lui. J'ai une folle envie de les lire, je sens qu'ils doivent receler des morceaux de l'âme de Jared.

— Tu veux en lire un ? me demande celui-ci lorsqu'il remarque que je les fixe en me mordillant la lèvre.

J'acquiesce avec ferveur. Il lit certains titres avant de m'en tendre un intitulé *Maman*. Vu ce que je sais de sa mère, je m'attends au pire.

Il y a des gosses qui vivent dans de superbes maisons
Entourés de parents qui les aiment avec passion
Quand je regarde autour de moi
Je ne vois rien de tout cela
Je me suis toujours moqué des biens matériels
Tout ce que je voulais, c'était ton amour maternel
Mais là où d'autres apprenaient leurs leçons
Je collectionnais les baffes, les marrons.
J'aurais aimé que tu te soucies de moi
Mais tu avais plus d'attrait pour la vodka

Refrain :
Tout ce que je voulais c'était une maman
Une mère qui me prendrait dans ses bras en me disant
Que je comptais plus que tout
Qu'elle m'aimait d'un amour fou
Que seule une maman peut ressentir
Avec fierté, en voyant son fils grandir
Je voulais juste une maman
Pour qui je serais important

Mais toi tu préférais les hommes
Qui te prenaient pour une conne.
Est-ce qu'une mère ne doit pas protéger
Son enfant contre tous dangers ?
Lui inculquer les principes de la vie
Au lieu de le laisser pleurer toutes les nuits ?

Je me souviens de toi qui te moquais
Parfois, lorsque la faim me tenaillait

Refrain :
Tout ce que je voulais c'était une maman
Une mère qui me prendrait dans ses bras en me disant
Que je comptais plus que tout
Qu'elle m'aimait d'un amour fou
Que seule une maman peut ressentir
Avec fierté, en voyant son fils grandir
Je voulais juste une maman
Pour qui je serais important

Il m'a fallu des années pour accepter
Que tu n'étais pas une mère mais une camée
Aujourd'hui j'ai fait mon deuil de toi
De la relation que nous n'aurons jamais
Des mots que tu ne prononceras pas
Et de l'amour que j'aurais pu te donner
À ta place, il n'y a que le néant
Jamais je ne t'appellerai maman
J'ai compris quand j'étais un enfant
Que je n'ai pas de maman

Mes yeux me piquent lorsque je termine ma lecture. Je profite qu'Eddy soit toujours plongé dans un autre texte pour poser ma main sur celle de Jared en murmurant un merci. Il semble mal à l'aise lorsqu'il me dit d'une voix grave :

— Pas de pitié.

Je secoue la tête, sûre de mes sentiments.

— Jamais.

— Je crois qu'il est temps que tu parles à Earl de ce qui se passe dans ta vie.

La voix grave de Jared brise le silence de la nuit.

Je me retourne sur le dos et fixe le plafond de ma chambre. Cette nuit, nous avons retrouvé nos habitudes.

— Je ne sais pas si j'en aurais le courage. Je veux dire, il va flipper si je lui dis la vérité.

— Il flippe déjà, Tagada. Si tu veux, demain, je t'accompagne le voir.

— Tu ferais ça ?

— Bien sûr. Cela le rassurera sûrement de savoir que je surveille tes arrières.

Je pouffe de rire en repensant à la pression de ses mains sur mes fesses.

— Oh ce n'est pas ce que j'ai voulu dire, soupire-t-il. Entre nous…

— Si tu me redis qu'il ne doit rien se passer, je te préviens, je vais hurler !

Il grogne puis se tait. Après un long silence pesant, je reprends la parole :

— Regarde sous ton lit.

— Pourquoi ?

— Fais-moi confiance et regarde.

Il m'agace à douter de tout, tout le temps.

— Tu sais que la confiance et moi, ça fait deux.

Toutefois je l'entends remuer et quelques secondes plus tard il pousse un petit cri surpris.

— Merci, murmure-t-il d'une voix rauque.

Lors de mes achats, je lui ai pris un Tupperware d'un kilo de de fraises Tagada.

— De rien et tu n'as pas à craindre d'en manquer, je t'en rachèterai quand tu n'en auras plus.

— C'est ta façon de me dire que je ne dois plus t'embrasser ?

Même si son ton est amusé, j'écarquille les yeux.

— Pas du tout. C'est juste une manière de te faire penser à moi, répliqué-je avec humour. À ce propos, ce qu'a dit Eddy tout à l'heure… c'est vrai ?

— Je savais que j'aurais dû l'étrangler pour l'empêcher de parler de ça devant toi, grommelle-t-il en mâchant un bonbon. Tu veux une fraise ?

— Jolie, ta façon de détourner la conversation, dis-je en souriant, mais non, je préférerais une réponse.

Il grogne, mécontent, puis soupire.

— Oui… oui, c'est vrai.

— Alors pourquoi… moi, tu m'as…

— C'est toi qui m'as embrassé.

— La première fois, je te l'accorde. Cependant au bar…

— On est vraiment obligés de parler de ça ?

— J'aimerais juste comprendre pourquoi tu n'embrasses jamais les filles alors qu'avec moi, cela semble se faire naturellement.

— Ady, souffle-t-il.

Il est en train de s'énerver, je peux le deviner à sa voix plus basse et menaçante qu'habituellement mais je n'ai pas peur de lui. Je sais qu'il ne me fera jamais de mal volontairement.

— Je n'en sais rien ! Je ne peux pas te donner d'explication parce que je n'y comprends rien moi-même. J'ignore ce qui se passe entre nous, j'ignore pourquoi tout paraît si facile avec toi. Jusqu'à ce que je te rencontre, je vivais comme anesthésié du reste du monde et toi… toi, tu parviens à me faire ressentir des choses qui me sont totalement étrangères et auxquelles j'entrave que dalle ! Et franchement, je n'ai pas envie de me poser de questions là-dessus parce que ça me fait flipper. Voilà, t'es contente ?

Il termine à bout de souffle et je dois me retenir de courir dans sa chambre pour le serrer dans mes bras.

— Toi aussi, tu me fais ressentir de nouvelles choses, murmuré-je, émue.

Vu le peu de sa vie qu'il m'a raconté, je peux comprendre qu'il soit perdu. Il n'a jamais reçu d'affection de personne, les sentiments lui sont inconnus alors que moi, j'ai connu l'amour de mon père. C'est cela la plus grande différence entre nous, alors que Jared fuit devant ses émotions, moi je les assume. Ce que je ressens pour lui n'est pas qu'une simple attirance, je suis irrémédiablement, totalement, amoureuse de Jared Miller.

Lorsque nous entrons dans la salle réservée aux visites, mon père nous observe avec un petit sourire.

— Ça va les enfants ? demande-t-il en me serrant dans ses bras avant de donner une accolade à Jared.

Nous prenons place autour de notre table habituelle et mon colocataire ne va pas par quatre chemins pour entamer la discussion que je redoute.

— Pas vraiment. Adalynn a quelque chose à t'avouer.

Je lui jette un regard triste et il me fait un sourire qui signifie clairement : *tu m'as forcé à te parler honnêtement, à ton tour maintenant.*

Je m'éclaircis la voix et me lance en n'omettant aucun détail. À la fin de mon récit, j'ai les larmes aux yeux à force de revivre ces scènes quand je suis obligée de les raconter. Mon visage est baissé mais je sens le regard de mon père peser sur moi.

— Bon sang, chérie, tu aurais dû m'en parler tout de suite !

Sa voix menaçante fait couler mes larmes. J'en ai tellement

marre de cette situation ! Je sors un mouchoir de ma poche et après m'être essuyé les joues, je le triture entre mes doigts.

— À quoi bon ? Tu ne peux rien y faire.

Mon père grogne. *C'est contagieux ou quoi ?*

— Tu ne peux pas résoudre ce problème toute seule.

— Je m'en occupe, Earl. Depuis que je suis au courant, je te promets que je veille à ce qu'il ne lui arrive rien.

Comme pour appuyer ses dires, Jared pose sa main sur mon poignet. Mes yeux se rivent immédiatement sur ses doigts et lorsque je lève la tête, je vois que mon père aussi a remarqué son geste.

— Je vais vous laisser parler un peu tous les deux, reprend-il en se levant. Le distributeur de café m'appelle.

Il sourit et s'éloigne vers la machine.

— J'aurais vraiment aimé que tu me parles de tout cela avant, soupire mon père.

Je hausse les épaules.

— Je ne voulais pas t'inquiéter inutilement.

— Adalynn, cela fait 19 ans que mon rôle est de m'inquiéter pour toi, ça ne changera jamais.

— Jared m'a dit la vraie raison de sa présence à la maison.

— Je sais à quoi tu penses, mais je ne t'ai pas menti, chérie. Je lui ai également demandé de venir vivre avec toi parce que je pense que c'est ce qu'il y a de mieux pour lui.

— Je ne regrette pas que tu lui aies demandé. Je me sens davantage en sécurité depuis qu'il est là.

— C'est un garçon bien… même s'il pense le contraire.

— Oui, il est génial.

Je souris en me retournant pour le regarder parler avec un détenu.

— Je suis content de voir que vous réussissez à communiquer finalement. Il t'a parlé de sa vie ?

— Un peu. Il m'a raconté son enfance avec sa mère et son beau-père jusqu'à ce qu'il parte de chez lui.

Le visage grave, mon père hoche la tête.

— En tout cas, tu as l'air d'avoir une bonne influence sur lui. Il paraît plus serein, plus ouvert aux autres.

Je sens mes joues rosir tandis que je me mords la lèvre inférieure. Si mon père savait à quel point son ami s'est ouvert à moi.

— Tu tiens à lui, hein ?

Son sourire complice me donne confiance pour lui avouer la vérité.

— Oui, beaucoup. Mais c'est… compliqué.

Mon père lève le bras pour rappeler Jared à la table.

— Papa, ne lui dis rien, maugréé-je tout bas.

— Ne t'en fais pas, ma chérie. Mais j'aimerais lui parler de ce qu'il compte faire contre ces abrutis qui te harcèlent. Pourrais-tu nous laisser seuls quelques minutes ?

Je ne suis pas franchement ravie de me voir ainsi exclue mais je n'ai pas la force de batailler pour m'imposer, aussi, à mon tour, je vais me chercher un café.

Chapitre 17

Jared

Earl m'étudie avec attention alors que je reprends ma place.

— Qu'est-ce que tu comptes faire ?

Sa question ne me surprend pas.

— Tous les jours, j'emmène Ady à l'université et vais la rechercher. Je t'assure que s'ils essaient de la toucher, je la défendrai. Malheureusement je ne peux pas rester avec elle dans l'établissement toute la journée, mais j'ai un pote qui connaît ce Tyler, si je peux le choper, sans me faire prendre, je te promets qu'il passera un sale quart d'heure. Le fait qu'il soit le fils d'un sénateur n'arrange pas mes affaires. Si je vais le trouver directement pour que nous nous expliquions, il y a de fortes chances que je vienne bientôt partager à nouveau ta cellule. Cela laisserait à Tyler le chemin libre pour s'en prendre à Ady, ce qui est inenvisageable. Il faut qu'on la joue fine mais je peux te jurer qu'il finira par payer pour ce qu'il lui a fait. Je ne baisserai pas ma garde tant que cette histoire ne sera pas définitivement réglée et Adalynn en sécurité.

Earl hoche la tête d'un air entendu.

— Je te fais confiance, Jared. Toutefois je ne te parlais pas que de ça.

Je le dévisage sans comprendre.

— Je voulais aussi parler de ce qui se passe entre ma fille et toi.

— Il n'y a rien entre nous.

Je réponds bien trop vite pour être convaincant à en croire l'expression dubitative de mon pote.

— Écoute gamin, je t'ai côtoyé pendant huit mois, presque 24h/24, je te connais bien. Dieu sait que les jours ici ressemblent à des années qui s'éternisent. Tu peux prétendre ce que tu veux, je ne suis pas dupe, ton regard ne ment pas. Et depuis quand es-tu devenu tactile ?

Il hausse un sourcil et je ne nie pas. C'est vrai qu'en présence d'Ady j'ai un mal fou à retenir mes gestes. J'ai l'impression que mon corps agit indépendamment de mon cerveau.

— Je ne la toucherai pas, tu n'as pas à t'inquiéter, je marmonne, mal à l'aise.

— Ce qui compte plus que tout pour moi, c'est le bonheur de ma fille. Tu lui fais du bien, elle est beaucoup plus heureuse que ces derniers mois et c'est grâce à toi. Quand je t'ai demandé d'aller vivre chez elle, j'espérais, qu'à son contact, tu apprendrais ce qu'est vraiment la vie, la chaleur d'une maison et les sentiments que les humains ressentent. Et, je peux me tromper, mais je crois que c'est ce que tu découvres en ce moment, non ?

Je ferme les yeux un instant et acquiesce.

— Je suis complètement paumé.

— Je comprends. Je pensais qu'Adalynn t'aiderait à réaliser que toutes les femmes ne sont pas cruelles, mais je n'avais pas imaginé que tu pourrais t'attacher à elle de cette façon, ni que cela serait réciproque d'ailleurs.

— J'ai fait la connaissance de ta connasse d'ex-femme, il y a quelques jours, elle voulait me foutre dehors. Adada est arrivée et m'a défendu. Elle a mis sa mère à la porte pour éviter que je ne parte. Jamais personne n'avait ainsi pris ma défense… de toute ma vie. Ce jour-là, j'ai compris que j'étais important pour quelqu'un. Mais maintenant que j'ai cette info, je ne sais pas quoi en faire. Je ne mérite pas l'attention qu'elle me porte…

— Bien sûr que si, fiston, dit-il d'une sa voix ferme et convaincante. Je connais ton histoire, je ne vais pas me répéter, tu sais ce que j'en pense. Tu devrais tout dire à Ady, fais-lui confiance. Tu tiens ta seconde chance dans la main, ne la laisse pas filer.

Je hausse un sourcil incrédule et fais un sourire ironique.

— Tu es en train de me dire que tu me donnes ton feu vert pour baiser avec Adalynn ?

Earl grimace, complètement dégoûté.

— Par pitié, utilise d'autres mots ! C'est de ma fille dont tu parles, merde !

Il ferme les yeux et secoue la tête comme pour chasser une horrible vision de son esprit alors que je retiens un sourire.

— Pas pour coucher avec elle, non. Elle n'est pas comme ces filles dont tu m'as parlé et j'espère que nous sommes d'accord là-dessus ?

— Complètement d'accord, j'acquiesce avec sérieux, mon regard rivé au sien.

— Bien. Cependant je te donne ma bénédiction pour t'ouvrir à elle, en tomber vraiment amoureux, pour l'aimer comme elle le mérite. Et j'ai la certitude qu'elle comblera tout ce vide qu'il y a dans ton cœur.

Je suis totalement ébahi. Je n'aurais jamais cru qu'Earl serait d'accord pour que je sorte avec sa fille. *Oh là, stop ! Depuis quand j'envisage de sortir avec elle ? Je n'ai pas de copines, juste des plans culs.* Pourtant, quand je pense à Adalynn, j'ai envie de l'embrasser, de la tenir dans mes bras, comme elle m'a appris à le faire, et surtout je ne veux pas qu'un autre mec le fasse à ma place.

— Mais attention, je me dois de te prévenir, comme tous pères le feraient, si tu lui fais du mal, je te botterais le cul !

— Tu sais aussi bien que moi que s'il se passe quelque chose entre nous, mon passé détruira notre histoire.

— Peut-être, peut-être pas. C'est un risque à prendre. À toi de savoir qui compte le plus : Ady ou l'autre ?

— Qu'est-ce que tu regardes ? demandé-je en rejoignant Adalynn dans le salon.

Elle est allongée sur le canapé, la télécommande de la télévision en main et le regard fixé sur l'écran.

— Dawson.

J'esquisse un sourire moqueur.

— Pardon ?

— Ils font une soirée spéciale : les meilleurs épisodes, ajoute-t-elle en levant les yeux vers moi. Arrête de te foutre de moi et viens t'asseoir ! Est-ce qu'avant de critiquer, tu as déjà regardé ?

Je secoue la tête. *Comme si j'avais une tronche à regarder une série pour adolescentes !* Ady replie ses jambes pour me laisser de la place à côté d'elle. Profitant de la coupure publicitaire, elle me fait un résumé de l'histoire de la série et du nom des personnages principaux ; cette série a l'air de la passionner. Lorsque le programme reprend, elle se replonge totalement dedans. Sur mes genoux, j'allonge ses jambes telles qu'elles étaient avant mon arrivée tout en observant, je crois, Pacey qui se tape une femme plus âgée. Je dois reconnaître que les dialogues ne sont pas mal pour une série d'ados, mais rapidement mon esprit s'évade.

— Je ne veux pas que tu me fasses ça !

Je proteste mais sa main ne me lâche pas.

— Bien sûr que si, regarde comme tu réagis déjà.

Son haleine chargée d'alcool me parvient et je grimace. Je vais m'occuper de toi, maintenant que tu es un homme.

Je suis debout au milieu de la cuisine. J'aimerais la repousser, pourtant elle a raison si ma conscience déteste cela, mon corps, ce traître, apprécie et cela me rend malade. Je ferme les yeux en crispant les mâchoires, je ne veux pas qu'elle me touche. Soudain je sens quelque chose d'humide se refermer sur mon sexe, j'ouvre brusquement les paupières, elle est à genoux devant moi et me fait une fellation. J'aimerais disparaître sous terre, me fondre dans le sol jusqu'à ne faire plus qu'un avec lui mais je suis incapable d'esquisser le moindre mouvement. Elle finit par relever la tête et m'observer en se léchant les lèvres.

— Je savais que tu aimerais. Tout comme j'adore que tu me le fasses.

À cette évocation, je grimace de dégoût. Elle se redresse, remonte sa courte jupe jusqu'à sa taille. Puis elle sort un préservatif qu'elle déroule sur mon pénis. Lorsqu'elle s'assied sur la table, elle plie son index pour me faire signe d'approcher. Je secoue la tête, partagé entre le désir qu'elle a fait naître en moi et la répulsion qu'elle m'insuffle. Je commence à remonter mon jean et soudain elle est devant moi et m'agrippe fermement le bras.

— Pas question, Jared ! Tu es à moi !

D'un geste, mon pantalon est sur mes chevilles et mon sexe dans sa main qu'elle dirige vers le sien.

— Pas comme ça, je marmonne.

Je sais ce qu'elle attend depuis des mois, elle ne me laissera pas me dérober. Je suis foutu mais peut-être puis-je dicter les conditions. Je ne peux pas la regarder, si je ne la vois pas, je pourrais imaginer n'importe quelle fille à sa place.

— Ah, tu veux ta revanche, minaude-t-elle, d'accord.

Sans parlementer, elle se retourne, se penche au-dessus de la table, les cuisses écartées. Mon regard passe de son corps à la porte, mentalement je calcule le temps que cela me prendrait de me rajuster avant de piquer un sprint.

— Si tu pars, tu sais ce qui se passera ? Je raconterai partout que tu es un pervers qui a essayé à de nombreuses reprises de baiser une brave mère de famille.

— C'est toi qui veux tout ça, pas moi !

— Voyons, une femme face à un ado de 14 ans, qui va-t-on croire ? Tout le monde saura ce que tu as fait, le plaisir que je t'ai encore donné il y a quelques minutes. C'est de ta faute Jared, pas de la mienne.

Je me sens pâlir. Elle a raison, je suis un ado dont tout le monde se fout, personne ne me croira et puis lorsqu'elle me touche, certaines fois, j'aime ça.

— Allez viens me baiser.

Son sourire est enjôleur alors qu'elle fixe mon pénis.

Je m'approche…

— Jared ! Jared !

Une main sur mon épaule me secoue doucement. Revenant à la réalité du présent, je tourne la tête m'attendant à me trouver face à elle. Mais il n'y a qu'Adalynn.

— Jared, ça va ? Tu es livide.

Je pousse un soupir de soulagement.

— Ouais, ça va.

D'un signe de la tête, elle désigne mes doigts qui sont crispés sur ses genoux.

— Oh, je suis désolé Tagada, ça va ? Je t'ai fait mal ?

Je frotte son pantalon comme si je pouvais faire disparaître des traces.

— Je vais bien, tu ne m'as pas fait mal mais je m'inquiétais, tu avais l'air totalement ailleurs.

— C'était le cas.

— Tu veux en parler ?

Je secoue la tête en appuyant les paumes de mes mains sur mes yeux. J'ai besoin d'oublier, à défaut de pouvoir recommencer ma vie à zéro. Brusquement je sens Ady s'asseoir à califourchon sur mes genoux, je rouvre les paupières, étonné. Une de ses mains caresse mes cheveux.

— Qu'est-ce que tu fais ?

— J'essaie de t'extirper tes souvenirs. J'ai horreur de te voir si malheureux, si torturé.

Elle passe ses bras autour de mon cou, se collant à mon torse, pour me faire un de ses câlins qui a le don de guérir mes blessures les plus secrètes.

— Je serai toujours là pour toi, Jared.

Sa promesse sonne comme un rayon de soleil au cœur de la grisaille de ma vie.

Deux jours se sont passés depuis ma conversation avec Earl, deux jours et je me sens toujours autant perdu. Ady et moi continuons à parler, parfois nous nous touchons subtilement, comme ce matin où elle a posé sa main sur mon épaule avant de sortir de la voiture, quand je l'ai déposée devant l'université. Je dois l'avouer, je pense beaucoup à elle, tout le temps en fait. Hier, j'ai perçu ma première paie et en quittant le travail aujourd'hui, je suis allé lui acheter un petit cadeau pour son anniversaire. J'espère que cela lui plaira. C'est la première fois que je fais un cadeau à une fille et cela me stresse. J'ai hâte d'être à ce soir pour le lui offrir pendant notre conversation quotidienne. Mais en attendant, je suis sur le parking du campus où j'attends qu'elle me rejoigne. Elle est en retard. Inquiet, je prends mon téléphone et lui envoie un message :

– **Tout va bien ?**

Sa réponse me parvient quelques secondes plus tard.

– **Oui, excuse-moi. J'ai dû rester pour voir mon prof de philo qui s'était trompé sur ma copie. J'arrive tout de suite.**

Chapitre 18

Adalynn

J'appuie sur la touche « envoyer » de mon téléphone et le range dans mon sac avant de quitter l'amphithéâtre. Jared prend vraiment son rôle de garde du corps très au sérieux. Il n'est jamais en retard pour venir me chercher et s'inquiète dès que je ne suis pas à l'heure. Certaines trouveraient peut-être ça saoulant, mais moi j'adore son attitude protectrice.

Je longe le long couloir qui mène vers la sortie la plus proche lorsque la porte s'ouvre devant moi. Quand je vois Tyler entrer, suivi de ses deux acolytes, mon cœur s'emballe. J'essaie de profiter de la sortie d'une autre fille pour me glisser dehors, mais Mitch enroule ses bras puissants autour de ma taille et me soulève sans effort. Je me débats en criant, mon sac tombe sur le sol tandis qu'il m'entraîne dans une petite pièce sur la droite où l'on range du matériel d'entretien. Tyler s'avance vers moi alors que son copain me maintient toujours fermement.

— Alors, salope, comme on se retrouve ! Je t'ai déjà dit mille fois que cela ne servait à rien de nous éviter, on te retrouve à chaque fois.

— Foutez-moi la paix !

Tyler fait un signe de tête à Byron qui vient aussitôt se placer sur ma gauche et s'empare de mon bras alors que Mitch me maintient du côté droit. Ils ont des poignes d'acier contre lesquelles je ne suis vraiment pas de taille. Ils les plaquent sur le mur à hauteur de mon visage.

— Tu te refuses à moi depuis des mois mais tu te fais sauter par ce connard qui te conduit chaque jour ici.

L'expression insolente sur le visage de Tyler me donne envie de lui gerber dessus.

— Jared est un ami, marmonné-je pour tenter de le calmer.

— Parfait ! Comme ça tu pourras lui dire que je t'ai eue avant lui !

Mes yeux s'écarquillent face à ses propos, je ne comprends que trop bien ce qu'il insinue et lorsque je vois ses mains se faufiler sous mon débardeur, je crie et me débats de plus belle. En prenant appui sur ses deux potes, je parviens à me soulever assez pour lui décocher un coup de pied dans le ventre. Il recule en grognant.

— T'es une vraie tigresse, tant mieux, j'aime ça. Retournez-la !

Mon visage se retrouve plaqué sans ménagement contre le mur blanc et rapidement les mains de Tyler retrouvent leur place sur ma poitrine. Il soulève mon soutien-gorge et m'écrase les seins dans ses paumes tout en me léchant le cou. Je ne cesse de les supplier de me laisser tranquille mais rien n'y fait. Ses doigts abandonnent ma poitrine pour descendre sur mon ventre qu'il pince à de nombreuses reprises, sur mes hanches qu'il enserre le plus fortement possible et lorsque je le sens s'attaquer à la ceinture de mon pantalon, je hurle.

— Ferme ta gueule ou je t'assomme ! Crache-t-il dans mon cou avant de me mordre l'épaule.

De ses deux mains, il baisse mon jean sur mes cuisses avant de glisser ses doigts dans ma culotte…

Chapitre 19

Jared

Adalynn m'a dit qu'elle arrivait tout de suite mais cela fait plus de cinq minutes et je ne la vois toujours pas. Je l'appelle, sans réponse. Ce n'est pas normal. Je sors précipitamment de la voiture et cours vers l'établissement.

— Où est l'amphi de philo des premières années ? je demande au premier élève que je croise.

— Rez-de-chaussée, au fond du couloir de gauche.

J'ouvre la porte avec rage et accélère ma course. Cet endroit est un labyrinthe. Le couloir qui m'a été indiqué est désert, exception faite d'un sac à dos noir qui traîne dans un coin. Pas de doute, c'est celui d'Ady. Mon sang se fige dans mes veines. Je suis certain qu'ils sont avec elle, mais où ? En avançant dans le corridor, j'avise une porte sur la droite d'où me parviennent des voix, je l'ouvre aussi discrètement que possible.

— Putain, la sale pute, elle ne mouille même pas ! ricane un mec dans le dos d'Adalynn alors que deux autres mecs balèzes la maintiennent contre le mur. Après moi, ça sera encore pire, je vais te briser !

Il a une de ses mains plongée dans sa culotte alors que de

l'autre, il ouvre sa propre braguette. Elle crie et tente de s'échapper mais ils la retiennent fermement. Mon sang ne fait qu'un tour, je sens une fureur sans pareille m'envahir.

— Je vais te prendre par derrière salope et après ça sera le tour de mes potes.

— Lâchez-moi ! hurle Ady alors que le mec se rapproche de ses fesses.

Il est prêt à baisser son sous-vêtement lorsque je lui balance mon poing dans sa sale gueule. Emportés par mon poids, nous roulons sur le sol. Je prends le dessus et multiplie les coups. Je ne vois plus rien d'autre que ce type. Ma vision se colore de rouge sang, je ne sais pas si c'est à cause de son visage qui saigne ou d'un voile rouge de colère qui obscurcit mon regard et je m'en fous. Tout ce que je souhaite c'est le frapper encore et encore.

— Jared ! crie Adalynn.

Je relève la tête et m'aperçois que les deux autres brutes l'ont lâchée et qu'ils avancent vers moi pour défendre la larve qui gît au sol. Je me relève, prêt à en découdre. Cela fait des mois que je n'ai pas eu une bonne bagarre pour me défouler, mon adrénaline a atteint son sommet. L'un des mecs se jette sur moi, je le fais reculer d'un coup de pied dans l'estomac. L'autre semble hésiter jusqu'à ce que je sente le trouduc tomber au sol, me saisir par les chevilles pour m'immobiliser. À ce moment le troisième vient me coller son poing sur ma pommette, ça fait mal, je lui accorde cela mais de là où je viens, on ne s'effondre pas après un seul coup. Je lui rends son crochet en le doublant, il tombe sur le sol avant que je me retourne vers le principal instigateur.

— Elle est à moi, tu m'entends ! martelé-je tout en le cognant à nouveau. Je vais te tuer !

Je jette un rapide regard derrière moi, les deux autres me

dévisagent hésitant vraisemblablement à intervenir après les coups qu'ils ont déjà reçus.

— Jared !

La petite voix d'Adalynn fait éclater la bulle de sang qui entoure mon esprit.

— Jared, s'il te plaît, arrête !

Elle a remonté son pantalon, baissé son débardeur et s'est assise à même le sol où elle sanglote.

— Elle vient de te sauver la vie, ordure, je murmure à l'oreille de cette enflure avant de le laisser retomber lourdement sur le sol.

Il est à peine conscient mais il survivra, malheureusement. Je m'avance vers Ady lorsque la porte s'ouvre avec fracas.

— Qu'est-ce qui se passe ici ? crie un officier de sécurité.

— Ce type, fait un des deux mecs en me désignant, il essayait de violer la fille quand on est arrivés pour l'aider.

Je lève les yeux au ciel, bien évidemment, c'était couru d'avance avec ces fils de pute.

Chapitre 20

Adalynn

Terrifiée, je crois que je suis sous le choc. Depuis que Jared est entré dans la pièce, je suis incapable de réagir normalement. Je me suis rhabillée comme je le pouvais avant que le mur derrière moi ne lâche et que je ne me retrouve assise sur le carrelage. Je suis recroquevillée sur moi-même, j'ai froid, mes yeux sont perdus dans le vague, j'ai l'impression de me noyer sans parvenir à remonter à la surface pour prendre une bouffée d'air. J'ignore combien de temps s'est écoulé, peut-être trente secondes ou quinze minutes ? Des gens bougent devant moi mais je ne sais pas ce qu'ils font là, je ne comprends pas ce qu'ils disent. J'ai la sensation d'être ailleurs, que tout ce qui s'est passé est arrivé à quelqu'un d'autre qu'à moi. Je ne suis qu'une simple spectatrice de ma vie.

— Ady ? Tu m'entends Tagada ?

La voix de Jared me parvient au milieu du tumulte de mon esprit embrouillé et me fait rejoindre doucement sa dimension.

— Ady ? C'est moi, c'est Jared.

— Je sais que c'est toi, murmuré-je alors que ma vision se stabilise sur lui.

Son regard est apeuré, son visage abîmé par une ecchymose qui apparaît au niveau de sa pommette. Il est à genoux devant moi, ses bras sont étrangement retenus en arrière et un officier de police est posté à côté de lui.

— Est-ce que ça va? me demande-t-il.

— Tu es blessé, dis-je en caressant délicatement sa joue.

— Ce n'est rien, ne t'en fais pas. Toi, tu vas bien?

— Oui, grâce à toi. Ils allaient…

J'éclate en sanglots en réalisant à quoi j'ai échappé.

Jared lève un sourcil vers l'officier de police.

— Ce n'est pas très clair, tout ça. Miller, on t'embarque le temps de découvrir la vérité. Mademoiselle, les secours vont arriver pour vous conduire à l'hôpital.

Malgré mes jambes tremblantes, je me relève et alors seulement je me rends compte que les poignets de Jared sont retenus dans son dos par des menottes.

— Quoi? Qu'est-ce que vous faites? m'écrié-je. Il n'a rien fait! Ce sont les autres qui ont essayé de… Pas Jared!

Je suis à deux doigts de donner des coups de poings sur le torse du policier pour qu'il laisse mon sauveur tranquille quand celui-ci m'interrompt.

— Ady, ils embarquent tout le monde pour confronter nos versions. Ce n'est rien, j'ai l'habitude. Je te retrouve plus tard, OK? Ne t'en fais pas, ça va aller. Va à l'hosto, ils vont te donner quelque chose pour te calmer. Fais-le pour moi, d'accord? ajoute-t-il alors que je m'apprête à protester.

Je n'ai aucune envie d'aller aux urgences, je veux rentrer chez moi avec Jared. Cependant son regard inquiet me fait capituler.

Chapitre 21

Jared

Cela fait des heures que je suis au commissariat. J'ai répété ma version des faits un nombre incalculable de fois à l'inspecteur Steward que j'ai la malchance de connaître depuis des années. Après que je l'ai tabassé, Tyler a été conduit à l'hosto où les médecins ont constaté qu'en plus de belles ecchymoses, je lui ai cassé trois côtes. J'aurais dû lui piétiner les couilles, cela lui aurait peut-être fait passer l'envie d'agresser des femmes.

— Tu maintiens ce que tu m'as raconté ? me demande Steward en jouant avec son stylo.

— Je vous ai dit la vérité.

Je suis assis face à lui dans son bureau, il a ôté mes menottes et m'a même offert un café. J'ai l'impression d'être un client VIP à force de côtoyer ce bâtiment. Sauf que cette fois, je n'ai rien fait qui mérite une inculpation, enfin selon moi.

— Les trois mecs persistent à dire que c'est toi qui as agressé la fille.

Je roule les yeux.

— Inspecteur, vous connaissez mon casier sûrement mieux

que moi, est-ce que vous m'avez déjà vu faire preuve de violence envers une femme ?

Steward secoue la tête et pose son stylo devant moi.

— Non, je le reconnais, ce n'est pas ton genre. De toute façon, la fille affirme que ce sont eux qui l'ont agressée et que tu es intervenu pour l'aider.

— Ils vont être poursuivis ?

— Oui, il n'y aucun doute. Leurs relations ne les sauveront pas.

— Alors je peux partir ?

— Oui, lis et signe ta déclaration, après tu seras libre.

Ce que je fais tout en demandant :

— Où est Ady ?

— Toujours à l'hôpital. Apparemment elle est assez choquée. Je dois m'y rendre, tu veux venir avec moi ?

Et c'est ainsi que je fais le trajet dans une voiture de flics banalisée. Il ne faut pas trop que j'y pense sinon je vais gerber. Seule l'envie de retrouver rapidement Adalynn m'a fait accepter. *Putain qu'est-ce que je ne ferais pas pour m'assurer qu'elle va bien.* En chemin, je téléphone à Eddy pour savoir s'il peut s'arranger pour que ma voiture me soit amenée à l'hosto. Après l'avoir entendu maugréer en découvrant ce que ces branleurs ont fait à Ady, il accepte sans discuter.

— Ta copine a la chambre au fond du couloir, m'indique Steward en repérant une de ses collègues qui attend devant la porte.

— Ce n'est pas ma copine, murmuré-je.

Le policier me fait un sourire narquois.

— Comment va-t-elle ? demandé-je au médecin qui sort de sa chambre.

— Vous êtes ?

Bonne question !

— Je suis la personne à prévenir en cas d'urgence.

Ady a bien fait de donner mon nom en cas de problème.

— C'est son mec, ajoute Steward.

— Ce n'est pas ma… Laissez tomber !

Le médecin baisse les yeux sur ses notes et soupire.

— Physiquement, elle a des hématomes un peu partout sur le corps ainsi qu'une morsure assez sévère à l'épaule, mais elle s'en remettra. Psychiquement, c'est une autre histoire, je lui ai donné un calmant. Si vous voyez que dans les prochains jours elle ne va pas mieux, appelez-moi.

Je tressaille, ces pourris ne l'ont vraiment pas ratée. Mes poings se contractent à nouveau en songeant à quel point j'aimerais reprendre cette bagarre.

— Merci docteur.

— Jared !

La voix brisée d'Adalynn me fait aussitôt tourner la tête vers elle. Elle est assise au bord du lit, simplement vêtue d'une blouse d'hosto ; elle est tellement petite que ses jambes pendent dans le vide. Elle a l'air si fragile que je sens mon cœur se serrer dangereusement.

Je me précipite vers elle alors qu'elle vient se jeter dans mes bras en pleurant.

— Je suis là, Tagada, c'est fini. Je suis là.

Je murmure à son oreille tout en lui caressant les cheveux.

— J'ai eu tellement peur qu'ils te renvoient en prison.

Ses larmes coulent dans mon cou mais je m'en fiche.

— Non, ne t'inquiète pas.

— Merci Jared, merci de m'avoir sauvée.

L'émotion me comprime la cage thoracique, m'empêchant de

prononcer un mot. Je resserre mon étreinte autour de son corps en espérant qu'elle comprenne que je serais prêt à tout pour qu'elle soit en sécurité.

— Tu es sûr qu'elle ne l'est pas ? questionne Steward en me faisant un clin d'œil.

Et soudainement je ne sais plus quoi répondre car, même si officiellement nous ne sommes qu'amis, je réalise que j'ai vraiment envie qu'elle soit bien plus que ça.

— Reste en dehors des embrouilles, Jared, lance le flic avant de sortir.

— J'en ai bien l'intention, j'affirme.

Chapitre 22

Jared

Cela fait quatre jours que cette putain d'agression a eu lieu. Il m'a fallu avertir Earl lorsqu'il a téléphoné. Pour la première fois depuis des années, Ady n'est pas allée lui rendre visite samedi, cela l'a inquiété et il a appelé l'après-midi même. J'aurais pu aller à la prison, tout lui raconter de vive voix seulement voilà, je ne veux pas la laisser seule trop longtemps. Elle a séché ses cours pendant le reste de la semaine, je n'ai pas insisté pour qu'elle retourne à la fac, je comprends son besoin de solitude. Heather est venue lui apporter certains cours et lui assurer que Tyler et les autres nazes n'ont plus le droit d'accéder au campus tant que l'enquête est en cours. Steward m'a téléphoné pour m'informer qu'ils avaient été remis en liberté en attendant la fin de la procédure judiciaire. Ils auraient dû être virés directement de l'université, mais en tant que fils de sénateur cela devait la foutre mal pour la réputation du doyen. Ady n'a que très peu parlé à sa meilleure amie. Elle fuit le monde entier, elle me fuit, moi. Depuis que nous sommes revenus de l'hôpital, elle ne sort de sa chambre que pour aller se doucher une dizaine de fois par jour. Cette situation est en train de me rendre dingue. Elle refuse de manger, ne me parle presque plus, ne dort que quelques heures par nuit et pleure beaucoup trop. Elle a refusé de revenir dormir avec moi lorsque je lui ai proposé, pensant que cela l'aiderait à s'extirper de ses angoisses. Jusqu'à présent, j'ai respecté sa volonté en la laissant broyer du noir mais là, je n'en peux plus. J'ai besoin de la retrouver comme elle a toujours été.

Nous sommes dimanche soir, je frappe doucement à la porte de sa chambre. En temps normal, elle vient entrouvrir la porte et refuse tout ce que je lui propose, mais là elle ne me répond même pas. Qu'à cela ne tienne, je tourne doucement la poignée et entre. Ady est allongée sur le côté, me tournant le dos, elle ne dort pas, je vois son corps être secoué par des sanglots silencieux. Elle porte un vieux pantalon de jogging gris et un T-shirt assorti, beaucoup trop grand pour elle.

— Adada, tu ne veux pas venir manger quelque chose ?

Elle ne bouge pas lorsqu'elle me répond.

— Je n'ai pas faim.

Je soupire et fais le tour de sa chambre. C'est la première fois que j'y entre. Les murs mauve et rose ne sont pas mon style mais je dois admettre que cela correspond bien à sa personnalité joyeuse. Les stores sont entrouverts projetant des rayons de lumière sur les photos exposées dans des cadres sur son bureau. Je souris en reconnaissant Earl avec Adalynn alors qu'elle devait avoir environ 8 ans.

— Tu étais déjà super mignonne.

Merde, je viens vraiment de dire ça à voix haute ?

Elle me regarde mais ne dit toujours rien.

— Je sais que ma bouffe n'est pas aussi bonne que la tienne mais il faut que tu avales un truc alors…

Je lui montre ma boîte de bonbons. Cela a au moins le mérite de lui faire esquisser un petit sourire.

— Ils sont à toi.

Je hausse les épaules en faisant le tour de son lit pour m'asseoir derrière elle. Elle se tourne vers moi. Ses yeux sont cernés, les faisant paraître encore plus clairs dans son visage blafard.

— C'est un bon réconfort quand tout va mal.

Je lui tends la boîte et après une ultime hésitation, elle en prend un.

— Tu dois me trouver pathétique, murmure-t-elle en s'appuyant contre la tête du lit.

— Pas du tout. Tu as toutes les raisons du monde de rester cloîtrée ici mais… je m'inquiète pour toi. J'aimerais que tu me parles, que tu me dises ce que je peux faire pour t'aider.

— Je ne sais pas, sanglote-t-elle. Je n'arrête pas de revoir la scène en boucle dans ma tête. Je sens sans arrêt ses mains, sa bouche, sur moi. J'entends ce qu'il a dit. Je me sens sale tout le temps, j'ai beau prendre des douches, je ne parviens pas à chasser la sensation de ses doigts sur ma peau.

Je comprends ce qu'elle ressent. Je suis passé par là. J'ai noyé mon impression de salissure en baisant des filles sans intérêt, qui finalement ne m'ont jamais rendu plus propre.

— Tu étais là Jared, tu as vu ce qu'ils m'ont fait. Tu as entendu ce que Tyler a dit. Et s'il avait raison ? Si à cause d'eux j'étais à présent brisée pour les autres mecs ? Si je n'étais jamais capable de laisser un autre homme poser ses mains sur moi ? Si j'étais incapable de ressentir quoi que ce soit ? J'ai peur que ma vie ne soit foutue.

Je passe mon bras autour de son cou et l'attire contre moi. Je suis étonné de ne pas la sentir résister. Elle pose sa tête dans le creux de mon épaule et se détend.

— Tu vois qu'on peut toujours te toucher, je souligne en

embrassant ses cheveux. Tu as toute ta vie devant toi, ne laisse pas ces salauds gagner. Tu es forte Adada, bien plus forte qu'eux.

Elle relève la tête et rive son regard au mien alors que sa main remonte le long de ma joue.

— Quand Tyler me touchait, je ne pensais qu'à une chose : comme j'aurais voulu que ce soit toi et non lui qui pose ses mains sur moi. Je voulais que tu sois le premier à découvrir mon corps.

Ma respiration se bloque sous l'effet de ses mots. Parce que si je suis honnête envers moi-même, je dois admettre que moi aussi j'aurais aimé partager avec elle cette découverte des sensations que l'on doit ressentir en parcourant langoureusement la peau de l'autre. Je n'ai jamais vécu une relation où le temps ne comptait pas, où l'attachement à l'autre était présent. Oui, j'aurais voulu que nous partagions cette première fois ensemble. À la place de cela, elle a découvert la violence d'un sale type qui ne pense qu'à baiser une fille sans défense.

Je penche la tête et embrasse lentement ses lèvres pour ne pas la brusquer. Adalynn me rend mon baiser. J'en profite pour déposer une multitude de petits baisers sur sa bouche et à chaque fois, ses lèvres se tendent vers les miennes pour y répondre. Je m'écarte et ramène une mèche de ses cheveux derrière son oreille.

— Tu me manques, Tagada. T'embrasser m'a manqué.

Je ponctue ma phrase d'un nouveau bisou.

Soudain elle s'éloigne de moi et me fixe.

— Je ne veux pas que tu aies pitié de moi.

Je pose mes mains sur sa taille et l'oblige à venir s'asseoir à califourchon sur mes cuisses.

— Ce n'est pas du tout le cas, Adada. J'ai juste… besoin d'être avec toi.

Ses yeux s'embuent de nouveau alors qu'elle pose ses mains sur mes épaules.

— Je m'en veux, je murmure. Si j'avais été moins lâche, je t'aurais dit depuis un moment à quel point tu me plais et alors les choses auraient été différentes. Il n'aurait pas été le premier à te toucher à certains endroits. J'aurais eu ce privilège et, à cette heure-ci, tu ne vivrais peut-être pas dans la crainte que tous les hommes soient comme lui.

Avec mes pouces, j'essuie les larmes qui roulent sur ses joues.

— Jared, s'il te plaît, chasse ses doigts de mon corps, je ne veux plus les sentir. S'il te plaît, efface ce qu'il m'a fait.

Je passe mes mains dans son dos et l'attire contre mon torse. Je ne supporte pas de la voir si bouleversée.

— Tu es sûre que c'est ce que tu veux, Adada ?

— Oui, je te veux, toi.

— D'accord.

Doucement je la renverse sur son lit tout en l'embrassant et m'allonge à côté d'elle. Mon Dieu comme cela est bon de retrouver le goût sucré de sa bouche. Ma langue caresse la sienne, se délectant de chaque millimètre, ce qui la fait gémir doucement. Je me redresse légèrement et pose une main sur le bas de son T-shirt.

— Si tu veux arrêter, tu me le dis, OK? À n'importe quel moment.

Elle hoche la tête.

— Je peux, demandé-je en désignant son vêtement.

Elle déglutit.

— Oui, vas-y.

Plutôt que de l'ôter tout de suite, je glisse ma main sur son ventre pour la caresser sans la brusquer.

— Tu es si douce, Ady, je murmure contre ses lèvres.

Elle frémit lorsque mes doigts rencontrent son soutien-gorge. Comprenant ce que j'essaie de faire, elle se redresse afin que je passe son T-shirt par-dessus sa tête. Ce que je découvre me coupe le souffle, le haut de son corps est couvert d'hématomes violacés. Elle a des marques sur ses bras, son ventre et même ses seins paraissent marbrés sous son soutif. Des traces de morsure sont clairement visibles sur son épaule, ce salaud a carrément planté ses dents dans sa chair afin de l'affecter profondément.

— Je vais les tuer, je marmonne, mâchoires serrées.

Ady rattrape son haut, qu'elle plaque contre elle.

— Je suis désolé, Adada. C'est juste que voir ce qu'ils t'ont fait… je ne les ai pas assez amochés.

J'écarte son vêtement de sa poitrine tout en reprenant possession de ses lèvres.

— Détends-toi, ma puce. Tu es magnifique.

Je laisse ma bouche descendre dans son cou, j'embrasse et suce chaque parcelle de sa peau où ce connard l'a marquée avec l'espoir que cela atténue sa douleur. Lorsque j'atteins son soutien-gorge, d'un regard je lui demande l'autorisation et elle hoche la tête. Il n'a pas encore touché le sol que ma bouche est déjà posée sur sa poitrine. Depuis quand est-ce si bon de donner du plaisir à une femme ? Adalynn gémit lorsque je lèche ses tétons qui se dressent sous mes coups de langue ; lorsque j'en prends un dans ma bouche pour le sucer, elle pousse un petit cri qui envoie une décharge électrique directement entre mes jambes. Mon sexe est en érection depuis que nous avons commencé à nous embrasser et quelque chose me dit que cela va être difficile de le calmer. Ses mains se promènent dans mes cheveux et j'aime la sensation de douceur que cela me procure. Avec elle, je me sens apaisé. Ma bouche retrouve ses lèvres pour un nouveau baiser passionné.

— Je vais te caresser, si c'est trop pour toi tu me le dis, d'accord ?

Cela me tue de devoir lui demander la permission pour tout mais je ne veux surtout pas la blesser, elle a déjà trop souffert. Je veux qu'elle comprenne qu'elle a le choix, avec moi elle l'aura toujours. Un seul mot et j'arrêterais tout même si cela me faisait enchaîner les douches glacées toute la nuit. Doucement je glisse ma main sous son pantalon, à l'intérieur de sa culotte. Elle prend une brusque inspiration et je me fige, guettant un signe qui me ferait tout stopper mais son souffle s'accélère.

— Ça va, continue.

Ses mains se referment sur ma nuque tandis qu'elle dépose un baiser sur mes lèvres. Je glisse mes doigts plus loin et commence à la caresser.

— J'ai une bonne nouvelle, lui dis-je en souriant. Tu n'es pas cassée, Ady. Tu es mouillée pour moi.

Ses joues deviennent aussi roses que la peinture de sa chambre et elle détourne le regard.

— Ne sois pas gênée. J'aime savoir que c'est moi qui te procure cet effet.

Je l'embrasse dans le cou et je la sens se détendre. Son bassin suit les mouvements de mon pouce sur son clitoris, je me risque à entrer un index dans son vagin, son corps se soulève pour venir à ma rencontre. Elle gémit de plaisir en se mordant la lèvre inférieure. Je n'ai jamais rien vu d'aussi érotique.

— Je vais t'enlever le reste de tes vêtements.

Elle desserre son emprise autour de mon cou et me laisse faire. Bientôt je suis à genoux entre ses cuisses ouvertes, admirant son corps complètement nu. Sur ses hanches, je peux voir les traces de doigts de l'autre salaud mais cela n'enlève rien à sa magnificence.

— Putain, ce que t'es belle !

Elle me sourit mais je sais qu'elle n'est pas à l'aise. Aussi je m'allonge sur elle, et mes doigts retrouvent son intimité en même temps que ma bouche dévore la sienne.

— Jared, chuchote-t-elle la voix rauque, les paupières mi-closes de désir.

— Tu me fais confiance, Tagada?

Sans hésiter, elle hoche la tête.

Je dépose un rapide baiser sur ses lèvres avant de descendre sur ses seins, puis son ventre pour terminer ma course entre ses cuisses. Elle relève soudainement la tête, je lis l'anxiété dans ses yeux lorsqu'elle comprend ce que je m'apprête à faire, mais je souffle sur son sexe et elle soupire en se laissant retomber sur le lit. Lorsque ma bouche se pose sur son clitoris, elle pousse un petit cri qui me fait durcir davantage. Et quand ma langue glisse le long de sa fente, son dos s'arque pour venir à ma rencontre.

— Tu es sucrée partout, je grogne avant de glisser ma langue dans son vagin.

À partir de là, Adalynn est incapable de prononcer une parole intelligible, elle n'est plus que souffles saccadés et gémissements. Je pourrais passer des heures à lui donner du plaisir, sans jamais me rassasier de son corps. Quand je la sens commencer à trembler, se rapprochant de l'orgasme, ma bouche s'empare de son clitoris pendant que deux de mes doigts font des va-et-vient en elle.

— Regarde-moi Ady, je veux que tu réalises que c'est bien moi qui te fait ça et personne d'autre.

Elle m'obéit, prenant appui sur les coudes, elle m'observe. Sa bouche entrouverte laisse filtrer des halètements de plus en plus forts.

J'accélère les mouvements de ma main tandis que je prends son clitoris entre mes lèvres pour l'aspirer. Son corps se raidit brusquement.

— Oh mon Dieu! crie-t-elle en jouissant.

Incapable de tenir plus longtemps, elle retombe sur le lit, le souffle court et les yeux fermés. J'embrasse son ventre, puis son cou en remontant lentement vers son visage. Mon corps est calé contre le sien, mon érection se presse directement sur son intimité où je rêve de m'enfouir. *Heureusement que je suis habillé sinon cela serait mission impossible de lui résister.*

— Fais-moi l'amour, Jared, murmure-t-elle comme si elle lisait mes pensées.

Pour appuyer sa demande, elle frotte légèrement son bassin contre le mien, ce qui me fait gémir. *Cette fille veut ma mort!* Et comme s'il était doté de sa propre volonté, mon sexe lui répond de la même manière.

— Je ne peux pas, je marmonne en serrant les dents pour me retenir.

Elle prend mon visage entre ses mains et hausse un sourcil ironique en direction de l'endroit où nos deux corps se frottent sensuellement.

— Je sens pourtant la preuve du contraire, sourit-elle en arquant son dos.

Mon gémissement rauque la fait sourire de plus belle.

— Ce n'est pas ce que je voulais dire, Tagada. Seulement, je ne fais pas l'amour, jamais. Je baise!

Elle pousse un petit cri lorsque mon jean râpe un peu plus fortement l'intérieur de ses cuisses.

— Alors bai…

— Non, tu mérites mieux que ce que je fais habituellement aux filles.

Je ne sais pas si elle a compris un foutu mot de ce que je viens de dire, j'ai l'impression d'avoir davantage grogné qu'articulé. L'avoir sous moi, ses jambes remontées autour de mes hanches et son sexe qui vient à la rencontre du mien, me fait perdre tous mes moyens. Comme si nous étions incapables de nous arrêter, nos mouvements de frottements s'accélèrent. Alors que ma queue est toujours prisonnière de mon pantalon, je me surprends à donner des coups de reins qui font crier de plaisir Adalynn à chaque fois que les boutons de mon jean appuient contre son clitoris.

— Jared, je vais…

Ses bras se referment sur ma nuque tandis que mon visage se perd dans son cou. Quelques secondes plus tard, je comprends qu'elle a joui une nouvelle fois. Nous ne faisons que nous frotter l'un à l'autre et pourtant c'est la meilleure baise de ma vie, celle qui me rend dingue de plaisir. Un cri guttural m'échappe alors que je me raidis. Pendant de longues secondes, mon corps n'est plus que soubresauts. À bout de souffle, je me laisse retomber sur Ady qui me serre dans ses bras.

— Je ne pensais pas qu'un jean pouvait procurer de telles sensations, glousse-t-elle à mon oreille.

Je me redresse légèrement et l'embrasse avant de grimacer, ce qui l'inquiète aussitôt.

— Quoi ? Qu'est-ce qu'il y a ?

Je lui caresse la joue en la fixant, bon sang qu'elle est merveilleuse.

— Tu m'as fait jouir dans mon froc !

Elle éclate de rire.

— T'es fière de toi, hein ?

Je lui fais un clin d'œil.

— Ça dépend, ça t'arrive souvent ?

— Non, c'est la première fois.

— Alors, oui, je suis super fière ! dit-elle en riant.

Je m'écarte et me lève.

— Où vas-tu ?

— J'ai besoin de prendre une douche et de me changer.

Je grimace en voyant mon jean trempé.

— Mais… tu reviens après ? Je veux dire… tu restes dormir avec moi, cette nuit ?

Avant de pouvoir réfléchir et me mettre à paniquer sur sa demande, je réponds.

— Bien sûr, j'en ai pour cinq minutes.

Je l'embrasse une dernière fois avant de quitter sa chambre.

Ce soir, je ne veux pas penser, je veux juste profiter d'avoir une personne importante pour moi qui m'attend dans un lit chaud et douillé. Avant de la rejoindre, je passe par ma chambre et revêts un pantalon de survêtement mais reste torse nu. De toute façon, elle m'a déjà vu juste vêtu d'un boxer. Quand je la rejoins, elle est assise sur le lit, elle a remis son grand T-shirt et dévore un pot de glace à la vanille. Ses cheveux sont en bataille, son teint a rosi, elle a tout d'une fille qui vient de s'éclater au lit. Mon ego de mâle se réjouit aussitôt d'être l'auteur de sa jouissance.

— J'ai faim, sourit-elle en réponse à mon regard surpris.

Je suis heureux de voir qu'elle a l'air d'aller mieux. Je reprends ma place à son côté.

— Tiens, c'est pour toi. Avec du retard, joyeux anniversaire !

Je lui tends un carton de taille moyenne emballé dans un papier bleu.

— Je me suis payé la honte en allant l'acheter alors j'espère que ça va te plaire.

Elle reste tellement ébahie que ça me fait rire.

— Merci beaucoup mais je t'avais dit de laisser tomber.

Toutefois elle défait le papier cadeau et sa mâchoire semble sur le point de se décrocher quand elle découvre la boîte à musique.

— C'est exactement la même que j'avais. Comment as-tu su laquelle prendre ?

— Ah non, je t'interdis de pleurer, je grommelle en voyant ses yeux s'humidifier. J'ai été voir Earl, il me l'a décrite et j'ai rapporté ses indications à la jeune vendeuse qui affichait ce foutu sourire en coin pour se foutre clairement de ma gueule.

Rien que d'y repenser, je lève les yeux au ciel.

Ady remonte la clef et pose la boîte ouverte sur sa table de nuit. Aussitôt une danseuse étoile commence à tourner sur elle-même au son d'une musique ringarde.

— Merci, merci mille fois.

Elle passe ses bras autour de mon cou et m'embrasse jusqu'à ce que je n'aie plus de souffle.

Nous passons le reste de la soirée à parler et à nous embrasser tout en finissant la glace. Quand vient le moment où la fatigue se fait ressentir, je m'allonge et Adalynn vient se blottir dans mes bras, une main posée sur mon ventre. Je n'ai jamais été aussi heureux.

Je suis debout devant la table, elle est dans mon dos.

— Mets tes mains devant toi et penche-toi, minaude-t-elle d'une voix doucereuse.

— Non, s'il te plaît, non ! Je ne veux pas !

J'essaie de bouger, de m'enfuir mais son corps se plaque contre mon dos, me retenant prisonnier. Je serre les dents pour ne pas pleurer, je ne dois pas lui montrer à quel point je suis faible et apeuré.

— Allons mon mignon, tu te plains alors que tu aimes ça !

— Non, c'est faux ! J'ai horreur que tu me fasses ça. Ça me fait trop mal !

Elle allonge le bras pour que je voie la longue cuillère en bois qu'elle tient.

— Tant que tu seras incapable de me donner du plaisir, c'est moi qui prendrai les choses en main, susurre-t-elle en se penchant contre moi.

Sa bouche est collée à mon oreille, un long frisson de dégoût me parcourt l'échine. Elle passe sa main sur le devant de mon corps.

— J'attends que tu te décides à devenir un homme, affirme-t-elle en resserrant ses doigts sur mon sexe qu'elle commence à caresser.

J'ai envie de lui répondre que du haut de mes 13 ans je suis loin d'être un adulte, mais je me tais parce que je sais que cela ne changerait rien à ses plans.

Voyant que je reste sans réaction, elle arrête de me toucher et fait tourner mon visage vers elle.

— Embrasse-moi, murmure-t-elle.

Je n'ai pas le temps de prendre une inspiration qu'elle écrase ses lèvres sur les miennes, sa langue fouille ma bouche avec violence. Je déteste l'embrasser. Son odeur d'alcool me donne des hauts-le-cœur. Je déteste tout chez cette femme, de ses ongles manucurés, aux parties de son corps qu'elle m'oblige à caresser, à ses mains qui ne cessent de revenir se poser sur moi. Elle m'embrasse toujours quand je la sens écarter mes fesses, aussitôt je cherche à m'enfuir mais elle me retient facilement.

— Sois sage, ordonne-t-elle en plaquant sans ménagement mon buste contre le bois de la table.

D'une main elle me maintient le dos alors que brutalement elle entre le manche de la cuillère dans mon anus.

— Non ! je crie, tandis qu'elle rit.

Elle effectue de longs et puissants va-et-vient qui me donne l'impression que mon corps se déchire de l'intérieur.

Je hais cette femme. Je hais toutes les femmes. Jamais, je n'en aimerai une.

Je me réveille en sursaut et regarde autour de moi, totalement paniqué. Mon cœur bat à un rythme endiablé, j'ai l'impression que les murs se referment sur moi, me privant d'oxygène. Je pose mon regard sur la fenêtre, les lumières de la rue m'apaisent. *Tout va bien, je ne suis plus ce gamin.* Le corps menu d'Adalynn est toujours pressé contre le mien, son visage est posé sur mon torse où ses cheveux blonds s'étalent. Je l'observe longuement. Cette fille me donne autant envie de rester avec elle que de m'enfuir en courant. Elle me fait ressentir de merveilleux sentiments et me terrifie à la fois. Je ne sais vraiment pas quoi faire de cette alchimie entre nous.

Chapitre 23

Adalynn

J'ai merveilleusement bien dormi. Cela ne m'était pas arrivé depuis… je préfère ne plus y penser. Il faut que j'aille de l'avant, je m'interdis de laisser Tyler gagner, je suis plus forte que lui et ses potes. Ces derniers jours je les ai laissés prendre trop d'importance dans mon existence. Il faut que je surmonte ma peur d'être seule dans ma propre maison ainsi que mon angoisse de retourner sur le campus. Je tends la main mais la place de Jared est vide. Cependant j'entends du bruit dans la cuisine, la cafetière est en marche. C'est idiot mais cela suffit à me faire sourire. Je me sens si bien avec lui, j'ai l'impression que tout est naturel entre nous. Jamais je n'aurais pensé pouvoir m'abandonner entre les bras de quelqu'un, mais avec lui je n'ai pas eu peur. Il est une évidence au centre de ma vie. Je me lève rapidement et vais le rejoindre. Il est assis au bar, me tournant le dos lorsque j'entre. Je glisse mes bras autour de sa taille et pose mon front sur son épaule, m'imprégnant de son odeur. Aussitôt je le sens se raidir.

— Salut.

— Salut, répond-il d'une voix neutre sans esquisser le moindre geste.

Je fronce les sourcils en me détachant de lui.

— Il y a un problème ?

— Aucun.

Il boit une gorgée de café en regardant partout sauf vers moi.

— Jared ? Dis-moi ce qui se passe.

Il soupire profondément en évitant toujours soigneusement mon regard.

— Écoute Ady…

Je le vois déglutir comme s'il cherchait ses mots.

— Hier soir, c'était sympa mais les câlins, les bisous et tous ces machins, c'est pas mon truc.

Je le fixe sans comprendre. Comment peut-il me dire ça après la soirée que nous avons passée ? Après m'avoir avoué que je lui manquais, que m'embrasser lui manquait, après avoir pris son temps pour parcourir langoureusement chaque parcelle de ma peau ? Je n'y comprends rien.

— Qu'est-ce qui s'est passé ? Il s'est produit quelque chose durant la nuit ?

J'essaie de maîtriser mon émotion pour ne pas laisser ma colère ni ma tristesse prendre le dessus. Il se lève et baisse les yeux.

— Non, rien. Je dois aller au boulot. À plus tard.

Il quitte la pièce rapidement. Je vais me mettre à la fenêtre, retenant les larmes qui me brûlent les yeux. Est-ce qu'un jour je cesserai de pleurer ? Il ouvre sa portière mais avant de s'installer derrière le volant, il regarde vers moi en pinçant ses lèvres. J'ai l'impression qu'il est en colère mais je ne conçois pas du tout ce que j'ai pu faire pour l'énerver.

J'ai envie de m'effondrer. Les chuchotements et les regards en biais me suivent partout depuis que je suis arrivée à la fac ce matin. Je fais un effort pour ne pas marcher le dos voûté, après tout ce n'est pas moi la coupable, je n'ai rien à me reprocher. Cependant c'est plus facile de m'en vouloir que d'admettre que trois joueurs vedettes de l'équipe de foot ont voulu me violer.

— Tiens voilà la traînée, lance Lisa lorsque je la croise au détour d'un couloir.

Évidemment, comme à son habitude, la reine des *pom-pom girls* est accompagnée par sa cour royale qui glousse à mon encontre. Lisa est le pire cliché pour son sport : elle est grande, a un corps magnifiquement élancé, son visage a des traits délicats, elle est juste splendide. Quel dommage que sa beauté n'aie d'égale que sa méchanceté. Elle est surtout connue pour être une peste vindicative. Elle et sa suite de dindes se déhanchent sur le campus en rabaissant ceux qui n'ont pas leurs statuts ou qui osent se mettre sur leur route. Avec un père en prison, vous comprendrez que je sois une cible de choix. Cependant cela m'importe peu, je peux gérer les attaques verbales. Ce n'est pas le même genre de harcèlement que me faisait endurer Tyler, et justement ce dernier est le point faible de Lisa. Elle lui tourne autour depuis le lycée et la rumeur qu'ils auraient concrétisé un soir de fête après un match est persistante. Vraie ou fausse, toujours est-il que dès le lendemain Tyler était redevenu distant et Lisa a recommencé à se pavaner devant lui dans l'espoir d'une relation sérieuse. Espoir que je partageais étrangement. Si Tyler avait été en couple, peut-être aurais-je eu la paix ? Malheureusement cela ne s'est pas passé comme je le souhaitais et le résultat est celui que vous connaissez.

— Venant d'une pétasse, tes paroles me laissent de marbre, répliqué-je en poursuivant mon chemin.

— Par ta faute, Tyler a été suspendu et risque d'être jeté en prison. Tu es fière de toi ?

Je me retourne pour lui faire face, écœurée par sa réaction.

— Très. Si je peux mettre un violeur à l'ombre alors je suis contente.

— Tu n'es qu'une pauvre fille qui l'a dragué pendant des mois et quand il a enfin cédé à tes avances, tu l'as accusé injustement ! crache-t-elle avec dégoût.

Je sais que je ne devrais pas la laisser m'atteindre pourtant mes yeux me piquent et je dois prendre sur moi pour ravaler mes larmes, convaincue que cela lui ferait trop plaisir.

— Si dire à un mec que je ne veux pas sortir avec lui, lui répéter de me laisser tranquille et lui crier d'aller se faire foutre, c'est ta définition de draguer, alors oui, tu as raison, je l'ai branché à mort.

— Tu l'admets ? demande-t-elle en souriant.

— Mon Dieu, tu dois être la pire cruche que cette terre n'ait jamais portée !

Autour de moi, j'entends des rires ainsi que des exclamations choquées qui me font détourner mon attention de Lisa. Des dizaines d'étudiants curieux se sont regroupés autour de nous. Cependant je décide de ne pas m'en soucier. À la place, je soulève mon haut noir pour montrer les ecchymoses qui me recouvrent le corps.

— Voilà ce que ton chéri m'a fait. Tu crois qu'un homme bien ferait ça à une femme ?

Cette fois il n'y a plus que des exclamations choquées qui résonnent autour de nous. Plusieurs garçons sont présents mais gardent le silence tout en approuvant mes paroles d'un hochement de tête. Je remets rapidement mon vêtement en place, gênée par les regards qui s'attardent sur mes formes. Même Lisa pâlit. Elle jette un regard perdu à ses amies avant de me refaire face en essayant de paraître assurée mais sa voix tremble lorsqu'elle affirme :

— C'est le type qui les a tabassés qui t'a fait ça !

— Jared ne me ferait jamais de mal. S'il n'était pas arrivé Tyler, Mitch et Byron auraient abusé de moi !

— Menteuse ! s'écrie Lisa.

Mais les larmes qui menacent de ruiner son maquillage ne me mentent pas. Elle sait que j'ai raison même si elle ne veut pas l'admettre. Prestement elle tourne les talons et s'éloigne avec son troupeau. Avant de la suivre, certaines d'entre elles me lancent des regards d'excuse et, intérieurement, je me réjouis de voir la situation s'inverser pour une fois. Les étudiants se dispersent, le spectacle est terminé, je peux reprendre mon souffle.

Je suis en cours de littérature lorsque mon téléphone vibre dans ma poche. Discrètement je regarde qui m'envoie un message et mon cœur s'emballe.

— `Je suis chez toi, t'es où ?`

Le portable dissimulé sous ma table, je réponds :

— `Je suis à l'université.`

Quelques secondes plus tard, mon téléphone vibre de nouveau.

— `Putain Ady, pourquoi tu ne me l'as pas dit ? Je t'aurais accompagné !`

Même si Jared ne peut pas me voir, je lève les yeux au ciel. *Ce n'est vraiment pas ma journée !*

— `Vu comment tu étais pressé de partir ce matin, je ne voulais pas te retenir avec un de ces machins que tu n'aimes pas !`

Prends ça dans les dents !

Il doit être en train de réfléchir car sa réponse met plusieurs minutes avant d'arriver. Et quand je la lis, je reste perplexe.

— Je dois aller voir Eddy, tu viens me retrouver au studio après tes cours ?

Je me mords la lèvre inférieure. Le cours se poursuit mais je n'écoute plus, totalement absorbée par ma conversation. Le prof pourrait nous annoncer une invasion d'extraterrestres que je n'y prêterais même pas attention.

— Je ne peux pas, j'ai des leçons à rattraper.

— Tu pourras bosser au studio. Il y a un canapé, une table, tu peux même utiliser ton ordi.

Purée, pour un mec qui était si distant ce matin, il est tenace.

— Pourquoi veux-tu que je vienne ?

— Je dois faire lire de nouveaux textes à Eddy, j'aimerais également avoir ton avis.

C'est très loin de la réponse romantique que j'espérais. Pourquoi ne peut-il pas dire tout simplement : j'ai envie de te voir, d'être avec toi. Mais non ! Des paroles de chansons pff !

— S'il te plaît, ajoute-t-il en me donnant l'adresse. Je prends ton ordinateur avec moi ?

— D'accord.

Je me gare sur un petit parking situé devant une bâtisse de deux étages qui paraît délabrée. La façade est fissurée et la peinture grise a connu des jours meilleurs. Plutôt que de prévenir Jared, je téléphone à Eddy. Deux minutes plus tard, la porte s'ouvre sur le beau métis souriant.

— Hello beauté, s'exclame-t-il en me faisant une accolade. Je suis désolé pour ce que ces pourris t'ont fait. Tu te sens mieux ?

— Oui, merci. Ça va.

Sa sollicitude me touche vraiment. Sous ses airs insouciants, Eddy est un garçon en or. Je suis contente de pouvoir le compter parmi mes rares amis.

— Jared est là, m'informe-t-il en me faisant entrer.

— Ah bon ?

Mon étonnement sonne totalement faux. Comme si j'avais pu rater son pick-up garé juste devant.

Eddy éclate de rire en me guidant dans un long couloir sombre.

— Vu qu'il fait la gueule, je me doute qu'il y a un problème. Qu'est-ce qu'il t'a fait ?

Je ne sais pas ce qui me gêne le plus, qu'Eddy puisse lire en nous si facilement ou qu'il rejette immédiatement la faute sur son pote.

— Qu'est-ce qui te fait croire que ça vient de lui ? demandé-je plus froidement que je ne l'aurais voulu.

Il s'immobilise devant une porte noire et m'observe avec attention.

— Toi, tu es sacrément mordue.

Avant que je n'aie le temps de répondre, il ouvre le battant et me fait entrer dans une grande pièce qui est séparée en deux par une cloison en verre. Jared est assis devant une console remplie de boutons divers qui prend presque toute la largeur de la salle. À mon approche, il relève la tête et je reste médusée par son regard empreint de colère, de passion et d'autre chose… de la culpabilité ?

— Salut, marmonne-t-il.

— Salut.

Je dois avoir l'air complètement idiote, plantée au milieu de la pièce à ne pas savoir comment me comporter avec lui.

— Je t'ai installé ton ordi.

D'un mouvement du menton, il me montre la table basse devant le canapé juste derrière lui.

— Merci.

Cela se confirme, il m'a réellement demandé de venir pour que j'étudie tandis qu'il montre ses textes à son meilleur ami. C'est bête mais je suis déçue. J'avais espéré qu'il avait revu sa position depuis ce matin et qu'il viendrait me prendre dans ses bras, me demanderait si j'ai passé une bonne journée, mais non il se retourne vers la console sans ajouter ni un mot ni un regard. Eddy s'installe dans le fauteuil en cuir voisin et parcourt les feuilles que Jared lui tend.

J'essaie de me concentrer sur les cours que je dois absolument rattraper mais je ne parviens pas à faire abstraction de sa présence.

— C'est celle que j'avais aimée l'autre jour ?

— Ouais, je l'ai retravaillée et terminée.

La voix rauque de Jared suffit à me donner la chair la poule.

Je relève la tête et rive mon regard sur son dos. Mes yeux se posent sur ses cheveux et aussitôt je me souviens d'avoir éprouvé leur douceur hier soir, puis je descends sur ses épaules musclées auxquelles je me suis accrochée alors que mon second orgasme me faisait quitter terre. À ce souvenir, je me mords la lèvre inférieure et dans un effort surhumain, je tais le soupir qui se bat pour s'extraire de ma bouche. Le reste de son corps est dissimulé par le dossier du fauteuil. *Dommage !*

Lorsque je relève les yeux, je me rends compte que Jared me fixe dans le reflet de la vitre et son petit sourire narquois me fait comprendre qu'il n'a pas raté une miette de mes pensées. Je replonge immédiatement le nez dans mon clavier, bien décidé à ne plus bouger. Même lorsque, un long moment plus tard, le téléphone d'Eddy sonne et qu'il s'excuse pour aller répondre dans une autre pièce, je reste sans réaction.

— Alors ? fait Jared.

— Alors quoi ?

— Parce que je t'ai grillée en train de me mater, tu ne veux plus jamais me regarder? questionne-t-il, amusé.

Je me redresse, il a pivoté son fauteuil vers moi, ses coudes sont appuyés sur ses genoux.

— Toi aussi, tu me matais, répliqué-je sèchement. Pourtant cela ne doit pas être ton truc!

Un tic nerveux agite sa joue et il baisse les yeux.

— Ouais, je l'ai mérité, soupire-t-il en passant une main dans ses cheveux. Tu ne veux pas lire ma dernière composition?

La curiosité est l'un de mes pires défauts, aussi même si je suis en colère et que j'ai toutes les raisons de l'être, je me lève pour le rejoindre. Les feuilles sont posées sur la console entre les deux sièges.

J'ai toujours pensé que je n'avais pas de destin
Je n'existais que dans le but d'atteindre la fin
Je ne compte plus le nombre de jours où j'ai erré dans les rues
Sans maison, sans famille, j'empoignais la vie à mains nues
Je ne recherchais qu'un peu de chaleur
Quelque chose qui me prouverait que j'ai un cœur
Je n'attendais rien de demain
Je n'attendais rien de rien
D'errances en sales coups, je trompais l'ennui
D'histoires sans lendemain en bagarres, je n'avais rien compris
La rue était mon foyer, bien plus que mon terrain
Je n'avais pas conscience que sans toi, je ne valais rien
Avant que tu n'entres dans ma vie
Mon âme était noyée dans le bruit
Je ne pensais qu'au jour suivant
Je ne faisais ni rêves, ni projets
Rien n'était sacré

Rien n'était important
Mais c'était avant…

Refrain :
Avant que tu n'ouvres ta porte
Pour me laisser entrer dans ton univers
Avant que mon âme ne m'emporte
À la limite de ta frontière
Depuis toi, je construis mon avenir
À chacun de tes éclats de rire
Je me perds dans le vert de tes yeux
En espérant y mourir et y ressusciter
Avant toi, il n'y avait pas de jours heureux
Il n'y avait rien qui me faisait respirer

Aujourd'hui un seul de tes sourires
Suffit à faire battre mon cœur
J'aimerais pouvoir te dire que tout ira bien
Que cela ne pourra jamais finir
Que je crois en nous, en un lendemain
Et que ton éclat chasse mes peurs
Mais je me sens mal dans cette histoire
Parce que malgré tout ce que je peux vouloir
Il y aura toujours une ombre entre nous
Le poids d'un secret, inavoué
Une torture qui me rend fou
Des souvenirs d'un autre temps
Car si tu savais…
Si tu savais comment j'étais avant…

Refrain :
Avant que tu n'ouvres ta porte

Pour me laisser entrer dans ton univers
Avant que mon âme ne m'emporte
À la limite de ta frontière
Depuis toi, je construis mon avenir
À chacun de tes éclats de rire
Je me perds dans le vert de tes yeux
En espérant y mourir et y ressusciter
Avant toi, il n'y avait pas de jours heureux
Il n'y avait rien qui me faisait vibrer

Je voudrais mettre un nom sur ce que tu me fais ressentir
Créer un mot pour te désigner dans mon avenir
Les émotions me submergent et je reste planté là
À redouter le néant lorsque tu partiras
Je ne veux plus de faux-semblants
Comme je les vivais avant…
Avant que tu n'ouvres ta porte
Pour me laisser entrer dans ton univers
Avant que mon âme ne m'emporte
À la limite de ta frontière
Depuis toi, je construis mon avenir
À chacun de tes éclats de rire
Je me perds dans le vert de tes yeux
En espérant y mourir et y ressusciter
Avant toi, il n'y avait pas de jours heureux
Il n'y avait rien qui me faisait exister

Je sens ma bouche s'entrouvrir alors que je lis et relis ces paroles.

— Ça te plaît ? demande timidement Jared.

Si je ne me trompe pas et que ce texte parle de moi, alors

comment peut-il ressentir tout cela et se comporter comme un abruti en même temps ?

Je pivote vers lui.

— C'est de… moi… dont tu parles ?

— Je croyais que c'était évident.

Son haussement d'épaules m'agace.

— Putain mais à quoi tu joues ? Je veux dire hier… j'ai passé la meilleure soirée de ma vie et pas seulement à cause de ce que nous avons fait mais parce que je n'avais jamais été aussi proche de quelqu'un, mais apparemment pour toi, ça n'avait rien de spécial. Et maintenant tu me fais lire ce superbe texte, et quoi ? Tu veux que je te réinvite dans mon lit ce soir pour mieux m'ignorer demain matin ?

Il me regarde stupéfait. Manifestement il ne s'attendait pas à ce que je sois autant en rogne.

— Je suis désolé pour ce que je t'ai dit ce matin. Je ne le pensais pas. C'est juste que…

Il laisse sa phrase en suspens, je me rapproche de lui, bien décidée à savoir.

— Que quoi ?

— J'ai peur, marmonne-t-il entre ses dents en fixant le sol.

Je reste stupéfaite quelques secondes, je ne m'attendais pas à ce qu'il me réponde et encore moins à cet aveu. Cela a le don d'apaiser ma colère.

— Tu as peur de quoi ? De moi ?

— Oui ! Non !

Nerveusement, il se passe les mains sur le visage.

— J'ai ressenti la même chose que toi hier soir. Cette nuit, tu as dormi blottie contre moi et…

— C'est mal ? demandé-je d'une petite voix.

Il prend ma main dans la sienne et la serre doucement.

— Non, c'était génial. Je n'avais jamais été aussi heureux de toute ma vie.

— Tu n'avais jamais dormi avec une fille dans tes bras avant ?

Je me doute de la réponse mais lorsqu'il secoue la tête, je sens mon cœur se réchauffer.

— Tu es le seul mec avec qui j'ai dormi aussi.

— Viens-là.

Il m'attire à lui pour que je m'asseye sur sa cuisse. Je te dis la vérité, même si c'est tordu ?

— Raconte-moi tout.

— Cette nuit, j'ai fait un cauchemar. En fait c'était plus un souvenir qu'un mauvais rêve et lorsque je me suis réveillé, j'ai paniqué. T'avoir comme ça, dans mes bras, je ne savais plus quoi faire car ce rappel de mon passé m'a fait ressentir à nouveau toutes mes incertitudes. Après ça, je n'ai pas réussi à me rendormir, je t'ai regardée un long moment puis je me suis levé et j'ai terminé cette chanson. Alors oui, je suis mort de peur parce que le bonheur que tu me fais ressentir, je ne le mérite pas, Ady.

— Que tu prétendes le mériter ou pas, je suis quand même là. Tu crois que je n'ai pas peur moi aussi ?

— C'est le cas ?

— Évidemment. Surtout quand tu me parles de la manière dont tu l'as fait ce matin.

— Je suis désolé, répète-t-il.

Cependant cela ne me suffit pas, je veux savoir où nous allons, quelle attitude adopter.

— Qu'est-ce que tu veux que nous fassions alors ? On reprend nos vies comme si hier n'avait jamais existé ? On s'ignore ?

— Je ne peux pas t'ignorer, Tagada. Je ne peux même pas rester loin de toi plus de quelques heures. J'ai cru devenir dingue en rentrant chez toi tout à l'heure et en voyant que tu n'étais pas là. J'ai pensé que tu me fuyais.

— Jared, je tiens à toi, vraiment, mais c'est à toi de savoir si tu veux me laisser entrer dans ta vie ou si tu préfères fuir devant tes angoisses.

Il serre les mâchoires et souffle profondément.

— Je ne veux plus laisser mes peurs gagner. Cependant je crois que j'ai besoin que nous avancions lentement toi et moi. Je suis en territoire complètement inconnu et je ne sais pas du tout comment je dois me comporter.

— Tu dois juste être honnête avec moi, je chuchote en lui caressant la joue. J'aimerais que tu me racontes ton passé. Il faut que je sache ce que tu as fait de si monstrueux pour culpabiliser à ce point.

Il baisse le visage et fixe le sol.

— Je t'en parlerai… mais je ne suis pas prêt pour le moment, tu veux bien me laisser avancer à mon rythme ?

— D'accord, mais je peux tout entendre. Même si tu as tué quelqu'un…

Parmi tout ce qu'il aurait pu faire, ceci me paraît le pire. Il relève les yeux et sourit en posant sa main sur ma cuisse.

— Non, je n'ai ôté la vie à personne, promis.

— Juste une question : mon père est au courant de ton passé ?

L'air grave, il hoche la tête.

— Alors tu n'as rien fait de terrible, sinon il ne t'aurait jamais envoyé vers moi.

Il me dévisage longuement comme s'il voulait me dire quelque chose, avant d'y renoncer et de fixer ma bouche.

— J'aimerais que tu m'embrasses, s'il te plaît.

J'esquisse un petit sourire.

— Je ne peux pas, tu te souviens, tu n'aimes pas les bisous, les câlins et compagnie.

Il se penche jusqu'à n'être plus qu'à quelques millimètres de mon visage, je sens son souffle chaud sur ma peau.

— J'ai un peu menti, murmure-t-il contre mes lèvres. Avant, je n'aimais pas ça mais avec toi, je ne peux plus m'en passer.

Je ne réfléchis plus lorsque sa bouche se presse sur la mienne, j'enroule mes bras autour de son cou et lui rends son baiser avec une passion égale. Moi, c'est de lui dont je ne peux plus me passer. Plus je le découvre et plus il devient mon oxygène, mon élément vital.

— Tu m'as manqué aujourd'hui, susurre-t-il en posant son front contre le mien.

— C'est entièrement ta faute, je te rappelle.

Du bout de son index, il tapote mon nez.

— Tu as un sacré tempérament. Dire qu'au début je te prenais pour une gentille fille qui n'oserait jamais élever la voix contre moi.

Je me recule légèrement et hausse un sourcil.

— Ah ouais ?

— Oui, mais je reconnais que je me suis trompé. Et à l'avenir, j'essaierai de ne plus flipper comme ce matin.

— Très bien. Nous allons avancer doucement mais qu'est-ce que cela fait de nous ? Je suis quoi pour toi ?

Ses yeux bleu ciel se rivent aux miens alors que son pouce effleure ma joue, envoyant une décharge électrique tout le long de ma colonne vertébrale.

— Tu as raison, il faut qu'on définisse les bases de notre… relation, dit-il, tandis qu'il déglutit sur le dernier mot.

Je ne sais si je dois être en colère ou rire devant son expression.

— C'est si dur que ça, pour toi, d'être avec moi ?

— Non ! Non, je t'assure ce n'est pas toi, c'est le côté engagement qui me fait peur.

— Pourquoi ?

— Qu'est-ce qui se passera si je suis nul dans le rôle du petit copain ? Que je ne fais pas ce qu'il faut ? Quand tu me laisseras tomber, je me retrouverai seul et…

Les yeux dans le vague, il fixe un point derrière moi. C'est bien la première fois qu'il se montre si fragile et cela me noue l'estomac. Je prends son visage entre mes mains et son attention revient sur moi.

— Déjà, pour le moment, si je fais exception de ce matin, tu es génial comme petit ami. Tu sais trouver les mots pour me réconforter, me rassurer. Nous avons une réelle complicité tous les deux que je n'arrive pas à expliquer.

Il hoche la tête mais garde le silence, je reprends :

— Ensuite, il est sûr que tu feras des erreurs, de même que j'en ferai aussi, c'est normal, mais tant que nous parvenons à nous expliquer calmement et honnêtement, cela s'arrangera. Et dernièrement, pourquoi veux-tu que je te laisse tomber ?

Il hausse les épaules et regarde vers la cabine d'enregistrement, derrière la vitre.

— Personne n'a jamais vraiment voulu de moi alors pourquoi est-ce que ça changerait ? Et les rares fois où cela est arrivé, c'étaient des relations malsaines, où les filles voulaient plus mon corps que moi, comme celle du bar l'autre jour.

Je me renfrogne au souvenir de cette… pétasse qui a posé les mains sur lui.

— Je ne l'ai pas touchée, murmure-t-il en devinant mes pensées.

— Moi, je te veux tout entier, avec tes qualités, tes défauts, tes erreurs, ton passé, je prends tout. Mais je veux que ce soit exclusif entre nous, je ne supporterais pas que tu me trompes.

Son sourire soulagé me fait vraiment plaisir.

— Aucune autre fille ne me plaît, il n'y a que toi. Et je ne veux pas qu'un autre mec te touche. Jamais plus.

J'embrasse doucement ses lèvres. Il vient de dire exactement ce que je rêvais d'entendre.

— Alors c'est officiel, on est ensemble ? demandé-je prudemment.

En réponse, il m'attire à lui et sa bouche dévore la mienne, me donnant l'impression d'être une oasis au milieu de son désert. Nos deux langues se rencontrent et ne se lâchent plus, me faisant gémir tout bas, ce qui lui fait resserrer son étreinte autour de mon corps.

— Oh merde, pardon !

La voix d'Eddy résonne dans mon dos.

Je me détache de Jared mais reste assise sur sa cuisse. Quand je me retourne, son meilleur ami est ressorti mais, deux secondes plus tard, il rouvre la porte.

— Non mais j'ai dû rêver ! s'exclame-t-il, surpris. Vous vous embrassiez ? Pour de vrai ? Jared, tu refuses depuis toujours de poser ta bouche sur celle de n'importe qui et là vous, dit-il en nous désignant d'un doigt tout en donnant des coups de langue dans le vide.

Je me tourne vers Jared qui lève les yeux au ciel en souriant et j'éclate de rire. *Quel numéro !*

— Eddy, je dois te présenter Adalynn, ma petite amie.

Son bras s'enroule autour de ma taille et je me blottis contre lui.

— Eh oui, on s'embrassait. D'ailleurs je t'ai menti l'autre jour, la dernière fille que j'ai embrassée c'était Ady quand on s'est éclipsés aux toilettes du bar.

Eddy a les yeux écarquillés et la bouche si grande ouverte que j'aperçois ses amygdales, ce qui fait redoubler nos rires.

— Vous me faites une blague ? C'est ça, hein ?

Jared secoue la tête.

— Non, nous sommes réellement ensemble.

— Mais depuis quand ? Mon pote, tu n'as jamais voulu sortir avec une fille !

— C'est parce que je n'avais pas encore rencontré celle qui me donnerait envie de changer d'avis.

— Et on s'est embrassés pour la première fois, il y a plusieurs jours maintenant, je renchéris.

Mon petit ami dépose un bisou sur ma tempe.

— Tu m'as embrassé.

— Oui, je le reconnais. Je t'ai sauté dessus.

— D'ailleurs depuis ce fameux soir je ne cesse de me demander si c'est l'alcool qui t'a fait agir ?

— J'en avais envie depuis un petit moment mais je ne savais pas comment faire pour que tu fasses le premier pas. L'alcool m'a désinhibée, cependant contrairement à ce que tu m'as dit ce soir-là, je savais parfaitement ce que je faisais.

— OK, on peut en revenir au choc que vous venez de me causer ? demande Eddy en venant s'asseoir dans le fauteuil à côté de nous. Il va me falloir un peu de temps mais je vais réussir à m'y faire, marmonne-t-il en nous observant.

— Arrête, ce n'est pas une énorme surprise, réplique Jared. Tu as vu toi-même qu'on se rapprochait et tu as lu mon texte. Combien de fois m'as-tu demandé ce qui se passait entre nous ?

— Ouais mais je n'imaginais pas qu'Ady te convertirait à la vraie relation de couple, sans vouloir te blesser, ajoute précipitamment Eddy en me regardant. Je croyais que tu ferais comme d'habitude : un coup rapide et que tu tournerais la page.

Je grimace. Pourquoi les discussions entre hommes sont-elles toujours aussi crues ? Franchement je n'ai pas envie d'entendre ce genre de chose sur mon copain. Rien qu'à l'imaginer touchant une autre fille, j'ai la nausée.

— Je devrais t'arracher la langue pour t'empêcher de déblatérer toutes ces conneries, maugrée Jared.

— Désolé mec, mais c'est la vérité, tu ne peux pas le nier.

— Je ne le nie pas, d'ailleurs Ady le sait, mais ce n'est pas une raison pour le lui rappeler.

Posant ses mains sur ma taille, mon petit ami me fait lever avant de m'imiter.

— Ça te dit qu'on aille faire un tour ?

J'acquiesce vivement, trop contente de me retrouver seule avec lui. Je rassemble mes affaires alors qu'Eddy retient Jared par le bras.

— Avant que vous ne partiez faire des galipettes, j'ai des choses à vous demander. J'étais au téléphone avec un mec qui cherche des auteurs-compositeurs pour enregistrer un album. Je lui ai parlé de tes textes, Jared, il voudrait les lire. T'es d'accord si je les garde pendant quelques jours ?

— C'est qui ce mec ?

— Mark Duncen.

Sous le choc, mon sac me glisse entre les doigts alors que Jared fronce les sourcils. J'adore Mark Duncen. J'ai plusieurs de ses albums et je suis même allée le voir en concert l'année dernière. Physiquement ce n'est pas mon genre d'homme même si je dois reconnaître qu'il est mignon avec ses cheveux blonds qui lui tombent sur les épaules, une particularité qui attire bon nombre de groupies.

— Il fait du rock. J'écris du rap, je te rappelle, souligne Jared.

— Tu écris des textes. Le rythme que tu as dans la tête peut très bien être modifié. Jared, le dernier album de ce mec a fait un carton dans tout le pays. S'il aime ce que tu écris, ça pourrait t'aider à percer dans ce milieu.

Son regard se pose sur moi, semblant me demander mon avis.

— Tu peux toujours tenter.

— OK, très bien, soupire mon petit ami après quelques secondes de réflexion. Fais-lui lire, après tout je n'ai rien à perdre. Merci d'avoir pensé à moi, mon pote.

— De rien, sourit Eddy. Quant à toi, Ady, as-tu réfléchi à ma proposition de faire la choriste sur quelques morceaux ?

Honnêtement, je n'y ai pas vraiment repensé. Il s'est passé tellement d'événements ces derniers temps.

— Je t'avoue que cela me rendrait service si tu acceptais. Le groupe n'arrive pas à trouver une fille motivée pour le faire et cela bloque la fin de leur enregistrement.

Je me tourne vers Jared pour avoir son sentiment mais il hausse les épaules.

— Fais comme tu veux.

J'aime l'impartialité dont il fait souvent preuve, il ne m'oblige jamais à rien, me laissant ma totale liberté, c'est très agréable.

— D'accord. Je suppose que c'est une expérience à tenter au moins une fois dans sa vie.

— Génial ! Merci ! Je vois ça avec eux et je te tiens au courant.

Le sourire éblouissant d'Eddy ne me fait pas regretter ma décision.

Avant que nous ne quittions le studio, Jared donne une tape sur l'arrière de la tête d'Eddy tout en marmonnant :

— Ça, c'est pour avoir voulu te taper Ady !

Son meilleur ami part d'un grand rire alors que je reste dubitative.

Lorsque nous atteignons le parking, Jared me guide vers son pick-up.

— Je voudrais te montrer quelque chose. On reviendra chercher ta voiture plus tard.

Je m'installe sur le siège passager tandis qu'il se glisse derrière le volant. Alors que nous roulons, il allume la radio et pose sa main sur la mienne tout en fredonnant. Plus les routes nous éloignent du studio, plus le décor s'obscurcit. Les quartiers se succèdent au rythme de vieux murs tous plus grisâtres les uns que les autres. Les maisons sont mal entretenues, pour ne pas dire délabrées et les hommes qui traînent dans les rues m'ont l'air tout droit sortis d'un film qui aurait pour toile de fond les gangs de la ville. Tout cela n'a rien de rassurant.

— Où est-ce que tu m'emmènes ?

Jared prend une profonde inspiration et en le regardant, je me rends compte que son corps est tendu, comme en alerte alors qu'il observe attentivement les alentours.

— J'ai pensé que si tu veux vraiment savoir qui je suis, il fallait que tu voies d'où je viens. J'ai grandi dans ce quartier.

La voiture passe sous un vieux pont de chemin de fer, abandonné depuis longtemps à en juger par les herbes sauvages qui y poussent, puis elle tourne dans une rue à droite avant de s'immobiliser. Nous sommes face à plusieurs maisons en bois, toutes plus vétustes les unes que les autres.

— Ne t'en fais pas, il ne t'arrivera rien, me rassure Jared en me serrant la main alors qu'un groupe de jeunes passent sur le trottoir en nous jetant des regards assassins. Ils vérifient que nous ne sommes pas des flics.

Je hausse les sourcils, étonnée. Jared ouvre sa portière et sort, je l'imite.

— Hé, Stan !

Un grand type au crâne rasé se retourne, il est couvert de tatouages et a un regard acier qui me cloue sur place.

— Jared !

Il s'avance vers mon petit ami et lui donne une brève accolade.

— Ça faisait longtemps, vieux ! On ne te voit plus dans le coin.

— Non, j'habite ailleurs maintenant. Je suis juste de passage pour montrer à ma copine où j'ai grandi.

Tout en parlant Jared est venu me prendre par la taille pour me coller à lui.

Même s'il n'a rien dit de spécial, le regard qu'il lance à ce mec, ainsi qu'à ceux qui l'attendent plus loin, est très clair : « Vous ne la touchez pas ! »

— Salut, je suis Stan, se présente-t-il en me tendant une main pleine de cambouis séché que je serre brièvement.

— Adalynn.

— Stan est un super mécano, si tu as un problème avec ta voiture, c'est lui qu'il faut appeler. À ce propos, merci d'avoir révisé la mienne avant ma sortie.

— Pas de problème, mon pote.

Les deux hommes échangent quelques banalités supplémentaires avant que sa bande n'appelle Stan.

— Désolé, faut que j'y aille. Ça m'a fait plaisir de te revoir mon vieux. Adalynn, ravi de te connaître. Ne le laisse plus merder maintenant.

Je souris et Jared rigole alors que son copain s'éloigne.

— Il est très sympa. Il a un physique impressionnant mais finalement il est gentil.

— Il a fait un an de taule pour avoir tabassé un mec avec un démonte-pneu. Si un de ses potes n'était pas intervenu, il l'aurait sûrement tué.

Je regarde Jared, stupéfaite. Il sourit et hausse les épaules l'air de dire « c'est comme ça ici ».

— Viens, retournons à l'intérieur.

Nous nous installons à nouveau, il ne démarre pas mais fixe la maison à la peinture blanche écaillée de l'autre côté de la rue. D'un mouvement du menton, il désigne la femme qui en sort, cigarette aux lèvres.

— C'est ma mère.

Aucune émotion ne filtre dans sa voix, il en parle comme d'une étrangère. J'observe la femme, dont les cheveux bruns sont retenus en une queue de cheval lâche, marcher dans la pelouse, tête baissée comme si elle cherchait un trésor au milieu des hautes herbes.

— Tu veux aller la voir ?

— Certainement pas !

Ses doigts se posent sur la clef , prêts à démarrer, au moment où j'ouvre ma portière.

— Je reviens tout de suite.

C'est plus fort que moi, j'ai besoin de voir le visage de cette femme qui ne s'est pratiquement jamais occupée de son enfant, qui n'a même pas été capable de l'aimer. Une force inconnue me pousse à aller lui parler malgré les cris furieux de Jared qui retentissent dans mon dos. Je traverse la rue et m'approche d'elle.

— Bonjour madame, je fais un signe de la main lorsqu'elle relève la tête.

Elle fait environ ma taille, son corps est maigre, je vois ses os ressortir sous son fin chemisier à fleurs qui est déchiré au niveau de la clavicule. Je ne sais pas quel est son âge mais elle paraît beaucoup plus âgée que ma mère. Elle rive ses yeux noisette sur moi mais j'ai l'impression étrange qu'elle ne me voit pas réellement. Une cigarette, dont je ne jurerais pas qu'elle est constituée uniquement de tabac, est collée à sa lèvre inférieure lorsque marmonne :

— Salut gamine. Qu'est-ce tu veux ?

Sa voix pâteuse me confirme qu'elle plane.

— Je suis l'amie de Jared. Je peux vous parler deux minutes ? Je voudrais vous poser une question.

La première chose que je vois en ressortant de la maison, c'est Jared en train de faire les cent pas devant sa voiture, il est visiblement énervé comme l'atteste la cigarette qu'il porte à sa bouche. En m'apercevant il s'immobilise, les yeux écarquillés, et jette son mégot. Sa mère claque la porte derrière moi sans même lui jeter un regard et j'en suis soulagée. Cette femme est horrible. Heureusement pour lui, il n'aura jamais à la revoir. Je m'éloigne rapidement et Jared s'élance vers moi pour me prendre le carton que j'ai dans les bras.

— Ce sont tes affaires, je précise même si cela semble inutile.

Il pose le carton à l'arrière de son pick-up avant de placer ses mains sur mes épaules.

— Ne refais jamais ça ! m'ordonne-t-il sèchement en me secouant légèrement. Son connard de mec aurait pu être là, complètement défoncé et te blesser, merde !

— Elle m'avait dit qu'elle était seule, chuchoté-je.

J'ai laissé mon instinct me porter sans même penser aux conséquences, je le reconnais. J'aurais dû me montrer plus prudente surtout après tout ce qu'il m'a raconté sur ces gens.

— Il aurait pu se pointer et cela aurait très mal fini. Je l'aurais tué, s'il t'avait touchée, grogne-t-il entres ses dents.

Il souffle un grand coup en regardant au-dessus de ma tête, essayant visiblement de se calmer. Je me blottis contre lui et ses bras se referment aussitôt sur moi tel un cocon protecteur.

— Je suis désolée, je n'ai pas réfléchi. Ne sois pas fâché, s'il te plaît.

— Tu es inconsciente, Ady. Cet endroit est loin d'être le pays des bisounours !

Même s'il est toujours en colère, sa voix est plus sereine.

— Alors pourquoi m'y as-tu amenée ?

Je dois lever le menton pour voir son visage renfrogné, je me sens minuscule à côté de lui mais tellement en sécurité. Il rive son regard au mien et soupire.

— Je voulais que tu saches d'où je viens avant de décider si tu veux vraiment être avec moi. Je ne voudrais pas qu'un jour tu te réveilles en réalisant que je ne suis qu'un looser.

— Tu es loin d'être un paumé. D'accord, tu as grandi en ce lieu malfamé mais chaque jour tu avances vers une vie meilleure. Tu es un battant Jared eh oui, je veux toujours être avec toi, plus que jamais.

Chapitre 24

Jared

Nous passons le reste de la journée à discuter sans jamais évoquer ma mère. Je n'ai pas le cœur à parler d'elle et Adalynn semble le comprendre. En fait depuis qu'elle est allée la voir, je dois me forcer pour alimenter la conversation, pour ne pas me renfermer sur moi-même comme j'ai l'habitude de le faire. Le film d'aventure que nous regardons ce soir, une sorte d'Indiana Jones des temps modernes, me permet de me vider la tête. La curiosité me dévore, j'ai envie de savoir ce que ma génitrice a pu raconter à Ady mais je redoute la réponse. La connaissant cela ne doit pas être agréable à entendre.

Je suis installé à l'angle du canapé, ma petite amie affalée sur moi a les yeux qui se ferment tout seuls. *Putain, j'ai une petite amie ! Je n'en reviens toujours pas !*

— Tu devrais aller te coucher, souligné-je, amusé.

Elle relève la tête.

— Je sais que nous avions convenu d'avancer lentement mais… j'aimerais dormir avec toi.

— Juste dormir ?

C'est idiot mais tant que je ne lui aurais pas raconté mon

passé, je ne pourrais pas coucher avec elle. Je ne me vois pas lui prendre sa virginité pour ensuite tout lui avouer, cela serait la trahir, la salir par omission. Pourtant je rêve de me fondre en elle… Non, j'ai de l'honneur à défaut d'avoir d'autres qualités.

Ady devient rouge comme une pivoine et se mord la lèvre.

— Ouais, j'aime être dans tes bras. Enfin si tu veux plus…

Je l'embrasse avant que ses mots ne me tentent trop.

— Je suis d'accord. Ta chambre ou la mienne ?

Avec un sourire sexy, elle m'attrape par la main et nous remontons le couloir.

— La mienne.

— J'arrive.

Je passe par la salle de bains avant de la rejoindre. Elle est assise sur son lit quand j'entre simplement vêtu de mon bas de jogging. Ses yeux dévorent mon torse me donnant l'impression de m'enflammer. Dormir avec elle risque d'être plus compliqué que je ne le pensais.

— Je ne sais toujours pas où est ton quatrième tatouage.

J'esquisse un sourire. C'est vrai que la veille, contrairement à elle, j'avais gardé mes vêtements. Sans un mot, je me retourne et j'entends aussitôt un petit cri.

— Oh putain que c'est beau !

Debout, sur le lit derrière moi, ses doigts caressent ma peau suivant les lignes qui représentent Jésus sur sa croix, tatoué sur toute la largeur de mon dos à la hauteur de mes omoplates. Le dessin est délicat, les traits du visage du Christ sont détaillés avec minutie ainsi que les gouttes de sang qui s'écoulent à travers la couronne d'épines pour retomber sur le haut de son torse juste avant que le tatouage ne prenne fin. Le tout est réalisé en noir et gris, faisant ressortir des ombres profondes.

— Ça te plaît ?

— Je ne comprends même pas que tu mettes un T-shirt ! s'exclame-t-elle, me faisant rire.

Ses bras se referment autour de mon cou et elle dépose un baiser sur ma joue avant de retourner à sa place.

Je m'allonge et elle vient se blottir contre moi en soupirant de bien-être.

— Je ne savais pas que tu étais croyant.

— Ce n'est pas tout à fait le cas. Disons que je crois qu'il y a une puissance supérieure que l'on appelle Dieu, mais il est hors de question que je me tape la messe tous les dimanches !

Ady rigole dans mon cou, son souffle me chatouille.

— J'aime bien Jésus. C'est un personnage historique majeur que j'admire pour sa force de caractère et son courage face aux épreuves.

— Tu as étudié le catéchisme ?

Je grimace en secouant la tête.

— Non. Jésus et moi, nous nous sommes rencontrés d'une drôle de manière un soir de Noël.

Elle se redresse, sourcils froncés. Elle n'a pas besoin d'ouvrir la bouche pour que j'entende les questions qui se bousculent dans sa jolie tête.

— L'année de mes 16 ans, le 24 décembre, je déambulais dans les rues sans savoir où aller. C'était une de ces soirées où je me sentais vraiment seul et triste. La plupart de mes potes étaient en famille à festoyer, sauf que moi je marchais en tapant dans un caillou sans vraiment regarder où j'allais quand j'ai entendu des chants de Noël. J'ai relevé la tête, j'étais devant une église. Bon, honnêtement, j'hésitais entre la curiosité et une envie de gerber. Ma mère m'avait toujours dit que la religion et tout ça c'étaient des conneries et je n'avais jamais eu l'occasion de me faire ma propre idée. Des gens se pressaient pour entrer dans la bâtisse saluant un prêtre qui se tenait sur le perron tandis que je restais planté comme un con à les regarder. Avant de refermer les portes, le curé m'a vu et m'a invité à me joindre à eux. Je n'avais nulle part où aller, alors pourquoi pas ? Je me suis installé sur un banc dans le fond, à l'écart des habitués, et pendant plus d'une heure j'ai écouté le récit de la vie de Jésus. À la fin de la messe, alors que tout le monde quittait l'église, le prêtre m'a retenu. Il avait deviné le genre de vie que je menais. Cette année-là j'ai passé mon plus beau Noël. Père James m'a invité à me joindre à lui et sa famille pour le repas, sa sœur a proposé de m'héberger pour la nuit. Durant des heures je l'ai interrogé sur la vie de Jésus, il m'a répondu sans jamais me laisser entrevoir que je le saoulais et pourtant cela devait être le cas.

À ce souvenir, je pouffe de rire.

— Le lendemain je suis reparti avec des vêtements neufs et un sac de nourriture sur l'épaule.

La main d'Adalynn me caresse la joue et mon attention se focalise sur elle. Je ne suis pas surpris de voir ses yeux briller de larmes qu'elle s'efforce de retenir.

— Tu ne revivras jamais ce genre de situation, Jared.

Sa voix est assurée, elle le pense vraiment, je n'ai aucun doute. Mais qu'en sera-t-il lorsque je me dévoilerai à elle ?

— Et ce prêtre, tu l'as revu ?

Je laisse échapper un long soupir.

— Il est mort trois semaines après.

Ady pousse un cri étouffé alors que je poursuis :

— Père James était un mec bien, un pacificateur qui se rendait dans les quartiers pas très recommandables pour offrir une alternative aux mioches. Une fusillade entre deux gangs a éclaté, il s'est retrouvé au milieu.

— Mon Dieu, c'est horrible ! murmure-t-elle, choquée.

Je porte une main devant mes yeux pour en chasser cette tristesse qui m'envahit.

— Mon tatouage est un rappel de ce Noël mais surtout du père James. Cette nuit-là, il m'a répété que je n'étais pas seul et que tôt ou tard ma vie changerait si je savais faire les bons choix et m'y accrocher, comme Jésus l'a fait jadis. Lorsqu'Earl m'a proposé de venir habiter chez toi, j'ai su que j'étais à cette croisée des chemins. Continuer mes conneries ou essayer de devenir un mec respectable.

Mon bras autour de sa taille, j'attire Adalynn à moi pour l'embrasser sur le front. Elle se love tendrement contre mon torse.

— Je ne regrette pas une seule seconde la décision que j'ai prise. Je ne la regretterai jamais.

Nous restons un long moment silencieux mais c'est une quiétude agréable où nous savourons la joie d'être ensemble.

— Tu ne me l'as pas demandé, mais tu veux que je te raconte ma discussion avec ta mère ?

Je grimace, incertain.

— C'est comme tu veux, je ne te force à rien. De toute façon, cela ne changera pas les choses, ajoute-t-elle.

— Elle a été sympa avec toi ?

C'est la question primordiale à mes yeux.

— Je pense qu'elle l'a été autant qu'il lui est possible de l'être.

Cela serait une bonne épitaphe pour résumer la vie de ma génitrice : elle a tout fait autant qu'elle en était capable.

— Ouais, raconte-moi.

Je suis persuadé que si je dissimule la vérité, cette histoire va me tourmenter longtemps, alors autant souffrir une bonne fois pour toute. Pour moi, il ne fait aucun doute qu'elle a dû dire des choses horribles à mon encontre.

— J'ai commencé par me présenter et lui demander si je

pouvais lui parler. Autant te le dire tout de suite, elle a fait une drôle de tête quand je lui ai appris qu'on sortait ensemble.

— Cela ne me surprend pas.

— Ensuite je lui ai demandé si elle avait toujours tes affaires. Elle m'a dit que oui, qu'elle voulait les jeter mais qu'elle avait été trop occupée pour s'en charger.

— Tu m'étonnes, cela prend du temps de se défoncer 24h/24, je marmonne.

— C'est aussi ce que j'ai pensé.

Du bout des doigts, Ady caresse mon torse comme pour m'efforcer à demeurer calme.

— Je lui ai alors demandé si je pouvais les avoir. Elle m'a conduite dans la maison, j'ai vu ta chambre…

— Je ne voulais pas que tu voies ça !

Je porte une main à mon front, imaginant ce qu'elle doit penser de moi maintenant qu'elle a vu dans quel taudis j'ai jadis vécu et dormi. Immédiatement elle me saisit la main et entrelace ses doigts aux miens.

— Ce n'est pas grave. Tu n'as pas à te sentir coupable parce que ta mère ne sait pas entretenir son logement. En plus, c'est comme tu me l'avais décrit donc je n'ai pas été surprise. La suite ne va pas te plaire…

— Qu'est-ce qu'elle a fait ?

Je me redresse vivement pour scruter Adalynn.

— Elle m'a indiqué le carton, je l'ai ouvert pour vérifier qu'il contenait des affaires t'appartenant et non pas des objets quelconques. Et alors que j'allais le prendre, ta mère m'a demandé combien je lui en donnais.

— Quoi ? Elle t'a fait payer pour que tu puisses le récupérer ?

Elle hoche timidement la tête.

— Combien ? demandé-je, les mâchoires contractées.

— Je n'avais que deux billets sur moi, un de 10 et un de 50.

— 60 dollars ? Tu as racheté ce vieux carton 60 billets ?

Je suis horrifié et en colère en même temps. Si j'avais su ça, je serais allé la chercher de force pour ramener son beau petit cul dans la voiture. Cependant elle sourit, amusée.

— J'ai arnaqué ta mère, je lui ai dit que je n'avais que 10 dollars et elle a les a pris sans rechigner, trop contente de pouvoir s'acheter sa prochaine dose.

— Tu as bien fait, j'approuve d'un hochement de tête en souriant. Je te les rends demain.

— Pas beso…

— Si, je tiens à te rembourser.

— Comme tu veux, concède-t-elle en levant les yeux au ciel.

— Et c'est tout ? Elle ne t'a rien dit avant que tu partes ?

Cela m'étonne, ma mère a toujours eu le chic pour balancer quelque chose de blessant juste avant que son interlocuteur ne tourne le dos. Et vu la façon dont Adada baisse les yeux, je sens qu'elle n'a pas dérogé à sa règle.

— Elle m'a dit : « Je ne comprends pas ce qu'une belle poupée comme toi fait avec un bon à rien tel que Jared. Avant même sa naissance, ce gamin ne m'a causé que des emmerdes. Son père m'a quittée parce qu'il ne supportait pas l'idée de le voir vivre. Jared peut dire ce qu'il veut mais c'est à cause de lui que j'ai plongé dans l'alcool et la drogue. S'il n'était pas né, j'aurais pu être heureuse. Il a tout gâché, il fout toujours tout en l'air. Si tu veux un conseil, petite, casse-toi pendant que tu le peux encore ! »

J'aimerais avoir quelque chose à dire pour me défendre, sauf que ma mère a probablement raison. Si ce qu'elle a dit sur mon père est vrai alors j'ai gâché toute sa vie et je risque de faire de même avec Ady. Allongé sur le dos, je fixe le plafond, cherchant déjà un moyen de la délivrer de ma présence. Mais je n'avais pas pensé qu'elle se pencherait au-dessus de moi et qu'elle prendrait mon visage entre ses mains avec douceur pour que je n'aie d'autres choix que d'ancrer mon regard au sien.

— J'ai répondu à ta mère qu'elle est une toxico doublée d'une salope. Que lorsqu'on a un enfant, on se doit d'assumer son rôle de parent quelles que soient les circonstances. Que tu étais innocent dans toute cette histoire et qu'elle a fait de toi son bouc émissaire pour sombrer, au lieu de relever la tête et de se battre comme tant d'autres le font chaque jour pour continuer à vivre. Je lui ai affirmé que tu es un homme merveilleux malgré tout ce qu'elle et son connard de mec t'ont fait subir, et que je suis très fière d'être ta petite amie, que je n'échangerais ma place contre celle de personne. Avant qu'elle ne claque la porte derrière moi, je lui ai dit que je la plaignais parce qu'elle a un fils génial que les drogues ne lui ont jamais permis de découvrir.

Je reste ébahi, totalement. Adalynn m'observe toujours, guettant ma réaction mais je suis incapable de bouger ne serait-ce qu'un cil. Personne n'a jamais tenu tête à ma mère pour me défendre. Depuis que je la connais, c'est la seconde fois qu'Ady tient ce rôle de protectrice envers moi. Je sens une chaleur se propager dans ma poitrine jusqu'à mon cœur qui se met à battre seulement pour cette fille qui est allongée sur moi. Je ne sais pas ce qui m'arrive, ce n'est pas la première fois qu'Ady me bouleverse, c'est déjà arrivé par des petites touches qui me faisaient penser à elle, qui me donnaient envie de la voir, de la toucher, de plus en plus fréquemment. Mais cette fois, j'ai l'impression que son prénom vient de s'inscrire à tout jamais dans mes veines. Elle ne s'en doute pas, mais à partir de cette seconde je lui appartiens de tout mon être, de toute mon âme.

Comme elle constate que je ne bouge toujours pas, elle se penche et pose un délicat baiser sur mes lèvres.

— Ça va, bébé ? chuchote-t-elle, inquiète.

Bébé ? Elle est bien la première à m'appeler ainsi et je dois reconnaître que j'aime ça, même si j'admets volontiers que je suis loin de posséder le gabarit d'un nouveau-né.

— Putain, mais qu'est-ce que j'ai fait pour avoir la chance de te rencontrer ?

— Tu as été en prison, sourit-elle.

Je rigole et la serre dans mes bras.

— Merci, Adada. Merci non seulement de prendre toujours ma défense mais aussi pour tout ce que tu m'apprends, tout ce que tu m'apportes.

— C'est peu de chose.

— Tu plaisantes ? Avant de te connaître, je ne savais même pas comment faire un câlin !

— Tes talents étaient cachés, je n'ai fait que les exploiter, rit-elle. Et j'ai bien fait puisque maintenant je suis la seule à en profiter.

Je ne sais pendant combien de temps nous nous embrassons mais lorsque je libère sa bouche, nous sommes tous deux à bout de souffle. Ady se blottit à nouveau contre moi, sa main sur mon ventre alors que mon bras entoure ses épaules.

— Tu veux ouvrir ton carton ? me demande-t-elle avant de bâiller.

— Non, pas maintenant. Je crois que nous avons eu assez d'émotions pour la journée. On verra ça demain. Ce soir, je veux juste m'endormir avec toi serrée contre moi.

— Jared ?

— Oui ?

— Si demain matin tu m'envoies bouler à nouveau, je te donnerai un coup de pied dans tes bijoux de famille.

J'éclate de rire et resserre mon étreinte.

— Je ne le ferai pas, promis.

— Tant mieux, parce que cela m'ennuierait que tu ne puisses jamais te reproduire à cause de moi.

— Ne t'inquiète pas, Tagada. Bonne nuit.

Avant d'éteindre la lampe de chevet, nous échangeons un petit baiser chaste. Quelques minutes plus tard, alors que la maison est plongée dans le silence, d'une voix endormie, Adalynn murmure en posant sa tête sur mon torse :

— Je suis dingue de toi, bébé.

Je demeure longtemps à regarder les ombres qui dansent au plafond, savourant ma joie d'avoir une telle fille dans ma vie. J'espère juste que je ne serai pas assez con pour tout foutre en l'air.

Le lendemain matin, je me réveille allongé contre le dos d'Ady, un de mes bras enserre sa taille, la retenant contre mon torse. Elle dort profondément quand je me lève sans faire de bruit. Je prépare le café lorsque je l'entends entrer dans la cuisine. Elle s'est arrêtée à l'entrée de la pièce et m'observe avec crainte. Je lui souris et elle s'avance pour venir se pendre à mon cou. Son pantalon de pyjama gris avec son haut rose bonbon serait quelconque sur une autre nana mais, sur elle, c'est vraiment sexy.

— Bonjour, chuchote-t-elle dans mon cou.

— Salut Adada. Bien dormi ?

Je passe mes mains sous ses fesses et la soulève pour l'asseoir sur le comptoir devant moi.

— Qu'est-ce que tu fais ? hoquette-t-elle, surprise.

Ainsi placée, elle me dépasse de quelques centimètres. Je me glisse entre ses jambes écartées et la contemple. Même au réveil, elle est magnifique.

— Je veux te voir sans risquer un torticolis.

Je rigole et elle me tape l'épaule.

— À la place de te moquer de ma taille, tu ferais mieux de m'embrasser.

Je ne me fais pas prier pour m'exécuter. Ady gémit faiblement tandis que nos deux corps se pressent l'un contre l'autre avec passion. À la fin de notre baiser, je l'embrasse sur le nez et elle soupire de bonheur.

— Il n'y a pas à dire, pour quelqu'un qui n'embrassait jamais, tu es hyper doué.

— Parce que c'est avec toi.

— Pourtant à t'écouter j'étais trop jeune pour toi.

— Il y a longtemps que notre différence d'âge ne me gêne plus, en fait c'était une excuse que je rabâchais pour éviter de céder à la tentation.

Elle prend mon visage entre ses mains avec un sourire malicieux.

— J'hésite vraiment, souffle-t-elle. Je ne sais pas si je dois aller à la fac ou bien te demander de retourner au lit avec moi.

— Étant donné que je dois aller bosser, je te propose l'université aujourd'hui et ma chambre ce soir.

— Pourquoi pas la mienne ?

— Parce que si je dors encore au milieu de tes couleurs de filles, je vais finir par perdre mes couilles.

Elle éclate de rire.

— Marché conclu, acquiesce-t-elle. Tu m'aides à descendre ?

Je la soulève par la taille et nos lèvres se rencontrent à nouveau alors qu'elle glisse lentement contre mon corps, réveillant chaque parcelle de mon être.

— Je vous dérange ?

La voix ferme de Carmen nous surprend, nos visages se tournent vers elle en un même mouvement.

— Bonjour Carmen, sourit Adalynn. Non, il faut que j'aille me préparer.

— Je te conduis !

Elle quitte déjà la pièce, me laissant seul avec son ancienne nounou qui m'observe comme si je m'apprêtais à lui planter un couteau dans le dos.

— Elle est jeune et immature, commente celle-ci.

Je ne peux la contredire, c'est vrai que parfois Ady est inconsciente, comme hier quand elle est entrée dans la maison de ma mère sans penser ne serait-ce qu'une seconde aux risques qu'elle encourait. À d'autres moments par contre, je la trouve très réfléchie. Elle se trouve à la frontière entre l'adolescence et l'âge adulte, le moment où la vraie personnalité prend le pas sur les restes d'enfance qui s'étiolent.

Comme je ne réponds pas, Carmen va poser son sac tout en poursuivant :

— Je sais que tu l'apprécies. Je ne te remercierais jamais assez pour ton intervention la semaine dernière, mais si tu n'es pas sérieux avec elle, si tout cela n'est qu'un jeu pour toi, laisse-la tomber maintenant. C'est une fille bien, elle ne mérite pas qu'on lui fasse du mal.

Je sais que je n'ai pas le portrait du gendre idéal mais pourquoi est-ce que les gens me cataloguent aussitôt comme un mec qui ne pense qu'à se servir d'une pauvre fille innocente pour la larguer lorsqu'il aura obtenu ce qu'il désire ? Nous ne pourrons jamais arrêter les préjugés, et parfois cela est vraiment lassant.

— C'est justement parce que c'est une fille bien que je tiens à elle.

— Très bien, c'est ce que j'espérais entendre.

Les commissures des lèvres de Carmen s'incurvent légèrement. *Mon Dieu, serait-ce un sourire ?*

— Earl est d'accord pour que tu fricotes avec sa fille ?

J'acquiesce d'un hochement de tête et le sourire de Carmen se fait plus franc. J'ai peut-être réussi à la convaincre de mon honnêteté finalement.

Après avoir accompagné Adalynn jusqu'à la porte de son amphi, je me rends au travail. M'occuper de tous ces chiens abandonnés est gratifiant, même si aux yeux de beaucoup c'est peu de chose ; en les aidant j'ai trouvé une raison de vivre. Ils sont tous adorables, bien que chacun ait son caractère. La dizaine de personnes avec qui je bosse est géniale, nous nous entendons tous bien. L'ambiance est sérieuse et détendue à la fois, nous œuvrons tous dans le même but : offrir à ces pauvres animaux une seconde chance. À midi je déjeune sur le pouce avec les autres avant de laver les chiens qui sont réservés pour l'adoption et qui vont rejoindre leurs nouvelles familles dans la journée. Je suis toujours heureux de les voir quitter le refuge, même si cet endroit est parfait, rien ne vaut la chaleur d'un foyer où ils seront aimés comme un membre de la famille à part entière. Avant de partir, comme chaque jour, je vais dire au revoir à ma petite princesse Missy qui attend toujours de goûter à ce bonheur. Elle a grandi depuis que je l'ai trouvée dans la rue, mais elle restera de taille moyenne lorsqu'elle aura atteint l'âge adulte.

— À demain, ma belle.

Je lui fais une dernière caresse et la quitte le cœur lourd devant son regard triste.

J'arrive sur le parking du campus un peu en avance, toutefois je ne suis pas le seul. Le lieu, déjà occupé, se remplit à une vitesse impressionnante. Je regarde mon téléphone, Ady m'a envoyé un message :

— Il y a un match de basket, j'avais complètement oublié que j'ai promis à Heather d'y aller avec elle. Tu viens m'y rejoindre?

— J'arrive.

Ma réponse envoyée, je n'ai qu'à suivre la foule qui se presse sur le chemin pour trouver l'entrée du gymnase. Lorsque je rejoins la salle pleine à craquer, j'aperçois Adalynn qui m'attend, assise à côté d'Heather au second rang. Le sourire qu'elle m'adresse suffit à faire battre mon cœur plus fort.

— Est-ce que ça va? lui chuchoté-je en l'embrassant sur la tempe.

— Oui, je ne laisserai pas Tyler et sa clique foutre en l'air mes études. Nous t'avons réservé une place.

— Bonjour Heather.

— Salut, beau gosse. Alors toujours célibataire?

D'un petit air moqueur, elle me dévisage.

— Non, et c'est très bien comme ça.

Je prends place et j'entrelace mes doigts à ceux de ma petite amie.

Elle me désigne quelques personnes en me racontant une anecdote sur chacune. Quand elle me montre une fille brune assise un peu plus loin devant nous, en tenue de *pom-pom girl*, sa voix devient plus grave.

— C'est Lisa, elle est amoureuse de Tyler mais il n'a jamais voulu d'elle. Je me suis pris la tête avec elle en début de semaine. Elle croit que j'ai tout inventé.

J'observe la fille en question, certes elle est jolie, il faudrait être aveugle pour le nier, cependant son profil hautain me dérange. Elle est entourée d'autres filles portant le même costume, mais Lisa donne l'impression de se comporter en reine du monde, les snobant avec prétention.

Lorsque le match commence, les cris et les sifflets retentissent partout dans le gymnase. Heather qui ne ressemble pas à une passionnée de sport, s'occupe en papotant avec un garçon assis à côté d'elle, tandis qu'Ady regarde le ballon passer de mains en mains tout en étant perdue dans ses pensées.

En baissant les yeux, je croise le regard de Lisa qui est posé sur nos mains jointes. Elle me scrute un moment avec dégoût avant de lancer :

— Les filles, vous ne sentez pas une odeur de chien sale ?

Je comprends immédiatement que cette pique m'est destinée.

— Voilà que la reine des pétasses reprend du service !

Je me tourne vers ma petite amie qui fusille la *pom-pom girl* du regard.

— Ce n'est pas moi qui sors avec un délinquant !

— C'est vrai, je réplique calmement, toi, tu veux juste te faire baiser par un violeur !

Les visages livides du groupe se posent sur moi.

— Franchement, tu ne dois pas avoir beaucoup de respect envers toi-même pour en être réduite à désirer un tel mec, ainsi que pour créer des embrouilles au milieu d'une compétition sportive, dis-je en me tournant vers Adalynn qui affiche un grand sourire. Tu l'as appelé comment ? Reine des pétasses ? Je dirais plutôt que c'est une sale garce.

— Tu… tu devrais être en prison après les avoir battus comme tu l'as fait, souffle Lisa d'une voix tremblante.

— Tu sais, si tu aimes tant que ça les pervers, je pourrais te présenter quelques détenus. Ils n'ont pas côtoyé de femmes depuis longtemps, je pense qu'ils pourraient se satisfaire de toi.

Pour ponctuer ma phrase je lui adresse un clin d'œil prometteur.

— Moi au moins, je ne sens pas les vieux chiens abandonnés.

— Bon, ça suffit, j'en ai ma claque, je me tire !

Mettant mes paroles en pratique, je me lève d'un bond. J'ai passé l'âge des règlements de compte dignes du jardin d'enfants, tout cela me renvoie vers un passé auquel je ne veux plus penser. Il est loin le temps où les autres gosses se foutaient de moi.

— Tu rentreras avec Heather ? demandé-je à Ady qui est déjà debout.

— Non, je t'accompagne.

Je marche le long de notre rangée, les mains de ma petite amie attrapent les miennes, je la sens me suivre telle une ombre protectrice.

— Ces animaux que tu sembles mépriser ont bien plus de dignité que toi, pauvre fille ! sifflé-je à Lisa en passant derrière elle.

Elle me regarde bouche bée alors que je m'éloigne déjà.

— Ça va ? demande Ady lorsque nous atteignons l'air libre.

— Ouais, je suis désolé d'avoir pété un plomb. C'est juste que…

— Ne t'en fais pas, je comprends, dit-elle en enroulant ses bras autour de ma taille. Je suis fière de toi, la façon dont tu l'as remise à sa place, c'était du grand art.

J'esquisse un sourire et dépose un bisou sur son nez.

— Cela a confirmé ce que je pensais, poursuit-elle. Lisa est en contact avec Tyler, c'est comme ça qu'elle a eu toutes ces infos sur toi.

— Tant qu'il reste loin de toi, ça me convient.

Ady se met sur la pointe des pieds et me prend dans ses bras. Lorsque je la serre contre moi, je sens toute la tension des dernières minutes me quitter.

— Tu sens bon, murmure-t-elle à mon oreille, me faisant sourire.

— Tu n'as pas à me remonter le moral, je vais bien et puis

j'ai lavé des chiens une partie de la journée donc je doute que tu me dises la vérité.

— Et pourtant… j'adore le parfum musqué de ton after-shave.

Adalynn est comme cela, contrairement à d'autres, elle ne juge pas les gens sur leur apparence ou d'après les dires d'autres personnes. Elle ne critique pas sans raison valable. Cela fait peut-être partie de son innocence mais j'aime cet aspect de sa personnalité.

— Que veux- tu faire ? Nous rentrons ?

— Pas tout de suite. J'aimerais que tu me présentes à ta chérie.

Chapitre 25

Adalynn

Le refuge pour chiens abandonnés se situe à quelques kilomètres de distance de la fac. Plusieurs véhicules sont stationnés sur le parking visiteur lorsque Jared s'y gare. Sans hésitation, il me prend la main et me guide vers le bureau d'accueil où un jeune homme parcourt un registre.

— Salut Jake.

L'homme lève la tête et esquisse un sourire en nous saluant d'un signe de la main.

— Je croyais que tu avais terminé ta journée.

— C'est le cas, sourit Jared. Je peux faire visiter les lieux à ma copine ?

— Bien sûr, allez-y.

Nous empruntons une porte qui nous mène dans une immense salle où des dizaines de boxes sont alignés. Les aboiements de tous ces chiens de toutes tailles, toutes races ponctuent notre passage. Jared caresse chacun d'entre eux à travers le grillage tout en m'indiquant le nom et l'âge de l'animal. Il a un réel contact avec eux, une empathie naturelle, évidente. J'ai le cœur qui déborde devant tout cet amour qui émane de ces animaux innocents, si je le pouvais, je les adopterais tous. Lorsque nous sommes parvenus à la fin de la première rangée, il s'accroupit devant un petit chien à poils mi-longs qui remue frénétiquement la queue. Il est difficile de savoir à quelle race elle appartient, mais Missy est encore plus mignonne qu'en photo et leur attachement mutuel me fait fondre. Elle gémit alors que Jared lui parle et ses yeux semblent l'implorer de l'emmener. Quand je me porte à sa hauteur, elle me lèche les doigts et sautille de joie.

— Adopte-la.

Mes mots font brusquement tourner la tête de mon petit ami vers moi.

— J'aimerais mais… C'est chez toi Ady. Qu'est-ce qui se passera quand je partirai ?

Mon cœur manque un battement.

— Tu comptes toujours te trouver un appart ?

L'étonnement est perceptible dans ma voix. Il hausse les épaules mais garde le silence.

— Je pensais que maintenant que nous sommes ensemble, tu resterais, marmonné-je.

— À vrai dire, je n'y ai pas vraiment songé. Entre nous… on a tout fait à l'envers. Nous avons habité ensemble avant de nous connaître, on sort ensemble sans même avoir eu un rencard. Je n'y connais pas grand-chose mais ce n'est pas ce que font les gens habituellement : se rencontrer, avoir des rendez-vous avant de se mettre en couple.

— Si. Cela dit, je ne vois pas pourquoi on devrait faire comme tout le monde.

— Ce que je veux dire, c'est qu'à ce rythme tu risques de rapidement te lasser de moi.

Je lève les yeux au ciel, est-ce qu'un jour je parviendrai à faire taire ses angoisses ?

— Bébé, ce n'est pas parce que tu n'as jamais connu la stabilité d'un foyer que cela va continuer. Et même si notre relation ne fonctionnait plus, tu crois que je te jetterais à la rue du jour au lendemain ?

Ses yeux rivés aux miens, il secoue lentement la tête.

— Je ne ferai jamais ça, je confirme. Tu peux l'adopter sans crainte, le temps où tu n'avais pas de domicile fixe est terminé. Tu as une maison où tu seras toujours le bienvenu dorénavant. Et si tu ne prends pas Missy, tu le regretteras. Elle a besoin de toi.

La petite chienne continue de geindre comme pour appuyer mes paroles.

— Alors Jared, tu fais des heures sup' ?

Je sursaute en me retournant vers une femme qui se tient à côté de moi. Avec tous ces aboiements je ne l'avais pas entendue approcher.

— Kristina, je te présente Adalynn. Ady voici Kristina, ma patronne.

Je tente de faire abstraction de la peine qui me comprime la poitrine en réalisant qu'il ne m'a pas présentée comme sa petite amie mais comme une fille quelconque.

— Bonjour. J'essaie de lui faire comprendre qu'il devrait écouter son cœur et adopter cette petite merveille.

Elle me fait un grand sourire soulagé.

— C'est ce que je pense aussi et je ne dis pas ça parce que je veux placer mes chiens mais tous les deux, ils ont une connexion.

— À toi de voir.

Je hausse les épaules devant l'interrogation qui brille dans le regard de Jared.

Puis me tournant vers Kristina, j'ajoute :

— Est-ce que vous avez des chiens qui sont ici depuis des années et dont personne ne veut ?

— Malheureusement, oui. Généralement nous parvenons à les faire adopter en quelques mois mais il y en a qui sont avec nous depuis longtemps. C'est le cas d'Horus par exemple. Il est arrivé ici alors qu'il était encore un chiot, un de mes bénévoles l'avait trouvé dans une benne à ordures. Nous supposons que ses maîtres l'y ont jeté lorsqu'il a commencé à grandir. C'est un dogue allemand mâle, il est magnifique mais imposant, ce qui rebute les adoptants.

— Je peux le voir ?

— Bien sûr, suivez-moi.

Du coin de l'œil, j'aperçois Jared qui rit sous cape en nous accompagnant dans les couloirs.

— Pourquoi tu rigoles ?

— Horus est plus grand et plus gros que toi ! lance-t-il en éclatant de rire.

— Quand arrêteras-tu de te moquer de mon gabarit ?

— Je ne me moque pas, je raffole de ton corps mais je t'imagine essayant de le tenir en laisse, tu volerais derrière lui.

Kristina s'arrête devant un box où un gros chien est allongé. Il est d'un joli bleu-gris. Horus relève les paupières et me fixe en soupirant. L'éclat qui brille dans ses yeux semble dénué d'espoir. Il donne l'impression d'attendre que sa vie passe, comme s'il savait que personne ne voudra jamais de lui. Je sens mon cœur se serrer dangereusement.

— Voulez-vous que je le fasse sortir ?

J'acquiesce vivement en remerciant la responsable.

Elle entre, lui passe une laisse autour du cou et quand il se lève, je réalise que Jared a raison, si ce chien se met debout sur ses pattes arrière, il me dépassera largement.

— Il a 5 ans dont un peu plus de quatre passés ici, il pèse environ 80 kilos et a un tempérament très doux.

Le chien s'approche de moi, me renifle tandis que je le caresse. À chaque fois que j'ôte ma main de sa tête, à l'aide de son museau il me la soulève afin que je recommence à m'occuper de lui. Son manque d'affection me bouleverse.

— Tu es beau, tu sais.

Il remue la queue comme pour acquiescer.

— Quelles sont les modalités pour adopter?

Pendant les minutes qui suivent, Kristina m'informe qu'il me faudra débourser un peu plus de 150 dollars, que je devrais remplir des papiers afin d'être reconnue comme sa propriétaire et qu'elle pourra venir à l'improviste chez moi afin de s'assurer que je m'en occupe correctement. Durant tout le temps où elle me parle, Horus reste assis à côté de moi, attendant patiemment mon verdict.

— J'aimerais l'avoir si vous êtes d'accord.

Kristina m'observe, incrédule, alors qu'une once de tristesse passe dans les yeux de Jared. J'étais pourtant certaine qu'il aurait été ravi que je prenne un chien.

— Vous êtes sûre? me demande la responsable. Horus est un grand chien.

— Justement, c'est ce qu'il me faut. J'adore les animaux et j'ai toujours voulu avoir un chien. Je me suis fait agresser la semaine dernière et depuis j'avoue que j'ai un peu peur de rester seule à la maison. Avec lui, je me sentirai en sécurité.

Jared vient se placer derrière moi et je sens ses bras se refermer autour de ma taille.

— Je ne savais pas que tu avais peur, tu aurais dû me le dire. Je peux rester avec toi, murmure-t-il à mon oreille.

— C'est gentil mais tu ne vas pas passer le reste de ta vie à me surveiller. Un coup d'œil d'Horus suffirait pour que Tyler parte en courant. Et puis regarde-le, il est tellement beau et gentil. Je craque complètement.

— Alors vous prenez Horus ? questionne Kristina qui ne semble toujours pas y croire.

— Oui, Horus et Missy, si Jared veut bien enfin se décider.

Je lève la tête vers lui, il est ébahi.

— Quoi ?

— Je pensais que comme tu adoptes Horus, je ne pouvais plus avoir Missy.

— Bien sûr que si !

— Je suis un peu perdue là, intervient Kristina. Jared, je croyais que tu vivais chez une amie ? Elle voudra bien que tu l'amènes chez elle ?

Je vois un index pointer sous mon nez pour me désigner.

— Je vis chez Ady et on est un peu plus qu'amis à présent.

Bouche bée, la responsable nous regarde à tour de rôle tandis que ma crainte de le voir à nouveau s'éloigner s'évanouit.

— OK. Adalynn, tu es propriétaire de ton logement ?

J'acquiesce.

— D'accord. Ce n'est pas simple tout ça, dit Kristina en soufflant un grand coup, ce qui fit se soulever sa frange. Jared, tu adoptes Missy ou pas ?

Nous échangeons un regard dans lequel je l'encourage à surmonter ses peurs de l'abandon.

— Oui, je la prends.

Je me retiens de sauter de joie.

— Parfait, alors nous allons les garder quelques jours supplémentaires afin de les habituer ensemble. Normalement Horus aime bien ses congénères mais comme Missy est encore un chiot, nous allons nous assurer qu'il a suffisamment de patience pour supporter sa vitalité débordante. Nous allons également les conduire chez le vétérinaire afin de confirmer qu'ils sont en parfaite santé. Après cela, nous rendrons l'adoption définitive.

J'attrape la grosse tête d'Horus.

— Tu entends ça mon beau, bientôt tu auras une vraie maison !

Je lui claque un bisou sonore sur le crâne et il me donne sa patte.

— Au moins si ta voiture te lâche, tu pourras toujours aller à la fac sur son dos, dit Jared en rigolant.

Kristina, qui est un peu plus grande que moi, éclate de rire à son tour.

— Où est-ce que tu m'emmènes ?

Nous avons quitté le refuge il y a environ une demi-heure. Je pensais que nous allions retourner à la maison mais non, au lieu de cela, Jared a pris la direction de la côte.

— J'ai bien réfléchi. Pour une fois dans ma vie, je ne veux pas tout foutre en l'air. Alors je vais agir correctement.

Je fronce les sourcils en observant son profil soudainement sérieux. Le vent qui entre par nos fenêtres ouvertes ébouriffe ses cheveux, lui donnant un air négligé que je juge super- sexy.

— Ce qui signifie ?

— Nous allons avoir un vrai rencard.

Je pince mes lèvres pour retenir le rire qui menace de gâcher ses efforts.

— Normalement le garçon est censé demander à la fille si elle accepte un rendez-vous.

Il se tourne rapidement vers moi et soupire en agrippant plus fermement le volant.

— Je suis vraiment nul !

Je pose ma main sur son genou.

— Pas du tout. J'adore l'idée.

— Alors tu es partante ?

— Évidemment. Qu'est-ce que tu as prévu ?

Il grimace légèrement.

— J'ai le droit de ne rien te dire ?

— Bien sûr, j'adore les surprises.

Nous roulons encore pendant plusieurs minutes jusqu'à ce qu'il se gare à proximité de la plage de Santa Monica. Il prend ma main dans la sienne tandis que nous marchons dans la rue parmi la foule, ce qui fait redoubler les battements de mon cœur. Lui qui n'a jamais été habitué aux gestes tendres, les multiplie avec moi sans vraiment paraître s'en rendre compte. Je suis perdue dans mes pensées lorsqu'il nous arrête devant un bâtiment. Je lève les yeux sur la façade : un cinéma.

— Cela te convient ?

L'angoisse est perceptible dans sa voix. Ravie, j'acquiesce.

Nous nous mettons d'accord sur une comédie humoristique et Jared insiste pour payer aussi bien les places que le pop-corn et les boissons. Durant toute la durée du film, sa main reste posée sur moi, que ce soit sur la mienne ou sur ma cuisse.

Deux heures plus tard, lorsque nous ressortons de la salle, la nuit est tombée. En entrelaçant nos doigts, il me guide vers un stand de hot-dogs. Encore une fois il ne me laisse pas le choix, payant pour moi avant que je n'aie le temps de réagir. Nous allons nous asseoir à califourchon sur un muret qui borde la plage et regardons l'océan dont les vagues viennent se briser sur le sable tout juste éclairé par les lampadaires qui bordent la jetée. Nous mangeons tout en parlant du film.

— Tu es sûr que tu n'as jamais eu de rencard avant ?

demandé-je en froissant le papier de mon hot-dog, après en avoir avalé la dernière bouchée.

— Certain. Pourquoi ?

Je me rapproche jusqu'à ce que nos genoux se touchent, bien décidée à effacer son froncement de sourcil inquiet.

— C'était le meilleur de ma vie. Merci.

Je me penche vers lui mais au dernier moment, il se recule.

— Je croyais qu'il fallait attendre le troisième rendez-vous avant de s'embrasser ?

J'attrape le devant de son T-shirt pour l'attirer à moi.

— Je me fiche de la bienséance, maugrée-je.

Il sourit avant de poser enfin ses lèvres sur les miennes. Ses mains caressent mes hanches et descendent sur mes cuisses en des mouvements qui m'électrisent.

— Je suis sérieuse. Merci pour cette superbe soirée mais tu n'as pas besoin de tout ça pour me faire craquer.

Il hausse un sourcil amusé.

— Ah non ?

— Non. Tu as juste à rester toi-même.

— Tant mieux parce que la nuit n'est pas terminée.

— Qu'as-tu prévu pour la suite ?

Il se penche pour me susurrer à l'oreille :

— J'ai très envie de te caresser comme l'autre soir.

J'ai un mal fou à déglutir, en quelques secondes mon corps vient de prendre feu.

— Tu rougis, Tagada, se moque-t-il.

— Cela ne se fait pas au premier rencard.

Il pouffe avant de me murmurer avec le plus grand sérieux :

— Moi aussi, je me fous des convenances. Tu me rends dingue.

Sa bouche reprend possession de la mienne avec tant de

passion que si nous n'étions pas au milieu d'une rue emplie de gens, je lui arracherais ses vêtements sur le champ.

— On rentre ?

J'acquiesce et me lève vivement. Nos sourires sont éloquents lorsque nous rejoignons son pick-up.

— Qu'est-ce que tu as pensé de moi la première fois que tu m'as vu ?

Sa question rompt le silence dans lequel nous roulons. Je me mords les lèvres alors que je sens mes joues s'enflammer.

— Tu m'as détesté, soupire-t-il avec tristesse.

— Quoi ? Non ! Bien sûr que non ! En fait, je t'ai trouvé trop beau pour être en prison, je me suis demandé ce que tu avais bien pu faire pour arriver dans cet endroit. Tu affichais un petit côté « J'emmerde tout le monde », et je dois avouer que j'ai adoré ça.

Cela le fait sourire

— Et quand j'ai débarqué chez toi ?

— Oh mon Dieu, j'ai halluciné ! Je ne m'attendais pas à toi. Je croyais que mon père m'avait envoyé un vieux grincheux.

— Je me souviens, tu as rougi.

— Ce n'est pas tous les jours qu'un beau mec vient sonner à ma porte pour habiter avec moi. À ton tour, qu'as-tu pensé de moi ?

Son expression devient indéchiffrable alors qu'il garde les yeux rivés sur la route.

— Je t'avais vue plusieurs fois avant que tu ne me remarques. Ton père m'avait montré des photos. Sur l'une d'entre elles, tu étais avec lui devant une fontaine, tu devais avoir dans les 12 ans.

J'acquiesce, je me souviens de la journée où nous l'avons prise. Moins d'une semaine plus tard, mon père était condamné.

— J'étais avec lui lorsqu'il a reçu la dernière, tu sais celle où tu es accoudée au comptoir de la cuisine, ton menton dans ta main et le regard rêveur.

Je n'en reviens pas.

— Ce n'est pas vrai ! J'avais interdit à Carmen de lui envoyer, je n'aime pas cette photo.

— Eh bien moi, je l'adore. J'ai craqué quand je l'ai vue.

— Comment ça craqué ?

Jared prend un air embarrassé qui est loin de me rassurer.

— Earl planque tes photos pour éviter que les autres détenus ne fantasment dessus. Cependant comme nous partagions la même cellule, il me les montrait et… disons que huit mois de taule, c'est long pour un mec.

— Oh Seigneur ! murmuré-je en plaquant mes mains sur mon visage cramoisi. Tu veux dire que lorsque je t'ai surpris sous la douche, ce n'était pas la première fois que tu… en pensant à moi ?

Il secoue la tête en pinçant ses lèvres, plus mal à l'aise que jamais.

— Je ne sais pas si je dois me sentir flattée ou être en rogne. Et dire que tu as osé prétendre qu'il fallait que tu te comportes comme mon frère !

Je lui donne une petite tape rageuse sur le bras.

— J'essayais de maintenir des limites, Tagada, sourit-il visiblement plus détendu. Mais si cela peut te rassurer, je ne fantasmais pas que sur toi quand j'étais au pénitencier.

Bouche bée, je me tourne vers lui. *C'est censé me soulager ?*

— Tu peux me rappeler à partir de quel moment ce rendez-vous est devenu merdique ?

Il immobilise la voiture à un feu rouge et prend ma main dans la sienne.

— Je ne suis vraiment pas doué pour tout ça. Mais ce que je voulais te dire c'est que je t'avais remarquée bien avant de me retrouver dans la même pièce que toi. Souvent j'étais dans la cour lorsque tu venais voir ton père et je te voyais passer derrière les grillages. Bon, comme j'étais en manque, je matais surtout tes formes…

J'ai l'impression que je m'enfonce dans un puits sans fond. Alors, pour lui, je ne suis que cela : un corps bien foutu sur lequel il peut baver.

— J'ai encore merdé, ajoute-t-il devant mon expression choquée.

Un véhicule arrêté derrière nous klaxonne. Le feu est repassé au vert.

— Ouais ça va, minute ! crie Jared, même si l'autre conducteur ne peut l'entendre.

Il redémarre tout en me jetant des coups d'œil inquiets. Soudainement, il se gare sur le côté de la route, devant un bureau de tabac ouvert toute la nuit. Me doutant qu'il ne doit plus avoir de cigarettes, je ne réagis pas.

— Adada, je suis désolé. Ce n'est pas ce que je voulais dire. Putain, comment t'expliquer ça !

Bras croisés sur ma poitrine, je n'esquisse aucun mouvement.

— Quand on s'est retrouvés au parloir ensemble, je suis resté accroché à ton regard. J'avais l'impression que tu essayais de lire dans mon âme, et évidemment je t'ai trouvée encore plus belle alors que je te voyais de près.

Je lui jette un rapide coup d'œil, il est tourné vers moi et guette ma réaction.

— Lorsque je suis arrivé chez toi, tu m'as surpris. Je ne pensais même pas que des filles comme toi pouvaient exister. Tu as tout fait pour que je me sente chez moi alors que tu ne me connaissais même pas, tu m'as manifesté plus d'intérêt que je n'en avais reçu de toute ma vie. Alors oui, tu m'as attiré dès que je t'ai vue en photo et encore plus lorsque je t'ai rencontrée mais c'est ta façon d'être, de te comporter, qui me plaît le plus. Je ne sais pas comment qualifier ce que tu me fais ressentir parce que cela m'est inconnu, tout ce dont je suis certain c'est que je veux passer du temps avec toi. Quand tu n'es pas auprès de moi, je ne cesse de penser à toi. Je veux pouvoir te toucher, t'embrasser, que tu te blottisses dans mes bras…

Tout en parlant, il pose sa main sur la mienne que je décroise pour entrelacer nos doigts.

— Et je ne comprends pas pourquoi mais je n'ai jamais eu envie de toutes ces choses avant de te connaître. Je n'avais même jamais tenu la main d'une fille avant de m'emparer de la tienne. Ady, s'il te plaît, regarde-moi, dis quelque chose.

De ma main libre, j'efface les larmes qui roulent sur mon visage et me tourne vers lui.

— J'ai encore tout foiré, hein ?

Je secoue la tête en esquissant un timide sourire. Timide parce que ce que je m'apprête à lui dire maintenant risque de signer la fin de notre histoire. Il se rapproche de moi et je passe mes bras autour de son cou avant d'y enfouir mon visage. Ses mains se referment sur mon dos et il me presse contre son torse.

— Je suis amoureuse de toi, Jared.

Je le sens se raidir légèrement puis il resserre son étreinte autour de moi.

— Adada, tu sais que…

Il n'a pas besoin de terminer sa phrase. Il ne ressent pas la même chose pour moi, il est même probable que jamais il n'éprouvera des sentiments identiques aux miens. Pourtant un espoir incongru me force à croire qu'au fond de lui il les ressent déjà sans encore savoir comment les nommer.

— Je sais. Je ne te demande rien, cela ne va pas changer notre relation. Je voulais juste que tu le saches. Ne te mets pas à flipper, d'accord ?

Chapitre 26

Jared

— Surtout ne flippe pas, répète-t-elle à mon oreille.

Ne pas avoir peur, elle en a de bonne ! Je n'ai jamais inspiré ce genre de sentiment à une fille et celle que je tiens dans mes bras vient de me lâcher cette bombe alors que je croyais qu'elle allait m'envoyer bouler. Entre les deux mesures, je me demande quelle est la pire. Les mots restent bloqués dans ma gorge. Ne sachant quoi lui répondre, je me contente de presser plus fortement son corps frêle contre le mien comme si elle pouvait se fondre en moi et analyser toutes les émotions qui s'y cachent.

— Bébé, si tu continues à me serrer comme ça, tu vas m'étouffer, hoquette-t-elle à bout de souffle.

Merde !

Je la relâche immédiatement.

— Désolé. Je te promets que l'homicide ne fait pas partie de mes projets.

Ce qui la fait rigoler.

J'aimerais pouvoir lui dire que moi aussi, je suis amoureux d'elle mais j'ignore même ce que signifie ce mot. Comment sait-on quand on aime quelqu'un ? Tout ce que je ressens concernant

Adalynn est perturbant, bouleversant et merveilleusement douloureux. Je vis avec la peur panique de la perdre à tout moment. Je suis en permanence tiraillé entre mon envie de fuir le plus loin possible et mon désir insensé de ne jamais la quitter. Comment lui expliquer ces sensations alors, qu'il y a encore peu de temps, j'ignorais que je pouvais ressentir des émotions autres que la colère, la haine et le dégoût ?

Chaque jour, je la découvre davantage. Chaque jour, la place qu'elle occupe dans ma vie prend de l'ampleur. De cela je suis conscient mais quelle place occupe-t-elle au juste ? Je suis dans l'ignorance la plus totale.

J'essaie de ravaler la culpabilité qui me ronge à ne pouvoir m'ouvrir à elle et forçant mon sourire, je reprends la route.

À peine a-t-elle refermé la porte de la maison derrière nous, que je la plaque contre le bois. Mes lèvres se collent aux siennes alors que je la soulève. Aussitôt ses jambes s'enroulent autour de ma taille. Je gémis faiblement lorsqu'elle se frotte contre mon entrejambe qui ne demande que ça. Je remonte le couloir jusqu'à ma chambre, sans jamais quitter sa bouche. Lorsque mes genoux heurtent mon lit, je la dépose délicatement et m'étends sur son corps qui me paraît plus chaud que la braise. Je m'écarte légèrement. Ses yeux brillent de désir, ses lèvres sont gonflées et ses joues en feu.

— Tu es toujours d'accord ?

C'est idiot mais je ne peux pas m'empêcher de lui demander confirmation avant de la toucher. Ses mains se perdent dans mes cheveux, elle soulève son visage et la pointe de sa langue vient lécher mes lèvres.

— Arrête de me poser la question !

Son empressement me fait sourire. Je dépose des baisers sur sa mâchoire en descendant sur son cou tout en défaisant les boutons de son pantalon noir. Quand je glisse ma main dans sa culotte, son corps se tend vers moi.

— Oh oui, gémit-elle.

Je m'écarte le temps de la débarrasser de ses vêtements avant que ma main ne revienne sur son intimité. Ady halète en se mordillant la lèvre inférieure. J'entre un doigt en elle, lui arrachant un petit cri dans lequel se mêle surprise et plaisir tandis que mon pouce titille son clitoris. Alors que je la sens se contracter autour de moi, elle pose ses doigts sur les miens comme pour suivre mes mouvements puis sa main dérive vers mon jean. Je la sens s'activer sur ma braguette et soudain ses doigts se retrouvent à l'intérieur de mon boxer.

— Tagada ? soufflé-je, haletant.

Sa main va et vient sur toute la longueur de mon pénis.

— Je veux te procurer autant de sensation que tu m'en donnes, murmure-t-elle.

Et bon sang, elle réussit ! Rien n'est comparable à ses doigts qui s'agitent sur moi en des gestes parfois maladroits, mais qui me provoque un plaisir qui m'était jusqu'alors inconnu.

— Déshabille-toi, grogne-t-elle. Le tissu entrave mes mouvements.

Je ne me fais pas prier pour m'exécuter. Les yeux écarquillés d'Ady se posent sur mon sexe en érection et elle chuchote un timide :

— Ah ouais, quand même…

Cela me fait sourire. Je dois être le premier mec qu'elle voit à poil.

Je m'allonge sur elle avec l'idée de reprendre là où je m'étais arrêté.

— Si tu n'es pas prête, je ne te force pas à me toucher, je

susurre dans son cou en glissant ma main entre ses cuisses humides.

Elle prend une brusque inspiration. Un de ses bras s'enroule autour de ma nuque alors que l'autre retrouve le chemin de mon désir.

— Cela ne me fait pas peur. Dis-moi seulement si je m'y prends mal.

Elle enroule ses doigts autour de moi et recommence à me caresser.

— C'est parfait, je souffle en serrant les mâchoires. Je croyais que tu n'avais aucune expérience.

— Je suis vierge, pas prude ! J'ai fait certaines choses avec mon ex.

Je me redresse pour la toiser, soudainement contrarié.

— Vous avez été jusqu'où ?

— Moi pas plus loin que ce que je suis en train de te faire.

— Et lui ? Il t'a touchée comme moi ?

Mes doigts immobilisés sur son intimité semblent être un véritable supplice vu la façon dont elle essaie de se tortiller pour que je recommence à les bouger.

— Non, je l'ai juste laissé me peloter les seins par-dessus mon soutif.

Je pouffe, profondément soulagé. Cela m'aurait vraiment emmerdé qu'un autre ait pu lui faire cet effet avant moi. Je recommence à la pénétrer de deux doigts alors que mon pouce tourmente son petit bouton avec délice. Son corps se soulève pour venir à ma rencontre alors que ses doigts accélèrent leur cadence autour de mon sexe. Mon regard se rive sur celui d'Ady et pendant de longues minutes la jouissance monte crescendo entre nous. Je suis incapable de parler, seuls des râles franchissent mes lèvres. Ma petite amie s'agite sous moi, incapable de résister à l'effet de la délicieuse torture que je lui inflige.

— Jared, bébé…

Sa tête bascule en arrière alors qu'un puissant orgasme secoue son corps entier. Ses doigts se crispent autour de moi et, ne pouvant me retenir davantage, un cri guttural m'échappe tandis que je jouis à mon tour avant de me laisser retomber sur elle.

Lorsque nous revenons sur terre, je ne ressens aucune peur face au futur. Les mauvais souvenirs sont loin, ne compte plus que le corps nu d'Adalynn pressé contre le mien et pour la première fois naît dans mon esprit la possibilité de me débarrasser enfin de mon passé pour me construire un avenir serein.

Deux jours plus tard, je vois les yeux d'Earl se poser directement sur nos mains enlacées lorsque nous entrons dans le parloir. J'avais conseillé à Adalynn de venir rendre visite seule à son père, mais elle a insisté pour que je l'accompagne. Comprenant qu'elle appréhende de lui raconter son agression, j'ai fini par céder. De toute façon, cette fille parviendrait à me faire lui décrocher la lune. Elle exerce un pouvoir sur mon âme que je suis loin de comprendre. Le regard d'Earl est indéchiffrable lorsqu'il rencontre le mien. J'espère qu'il n'a pas changé d'avis sur ma relation avec sa fille. Alors que nous approchons de sa table, celle-ci lâche ma main et va se jeter dans les bras de son père. Pendant un long moment, il la serre contre lui en lui murmurant des paroles que je ne comprends pas. Même Luke n'intervient pas pour les séparer, ce qui est exceptionnel dans ce lieu. Quand ils se détachent l'un de l'autre, Ady essuie ses joues baignées de larmes et se retourne pour me faire un petit sourire rassurant.

— Je vais bien, papa.

— Tu t'es enfin décidé, marmonne Earl en me donnant une tape dans le dos.

Pris au dépourvu, j'acquiesce d'un signe de tête. D'où me vient la soudaine timidité que je ressens face à mon ami?

— Merci pour ton intervention, gamin. Je savais que j'avais raison de te faire confiance.

L'estime que je vois briller dans ses yeux me met mal à l'aise, je n'ai rien fait d'exceptionnel. Je prends place à côté d'Adalynn en me raclant la gorge.

— Tout le monde aurait agi comme moi.

— Non, pas tout le monde et tu le sais parfaitement.

Je sais exactement à quoi il pense lorsque son regard appuyé me fait détourner le mien.

— Alors les enfants, je vois qu'il y a eu des changements depuis quinze jours que l'on ne s'est pas vus, reprend-il gaiement.

— Euh… oui, marmonne Ady dont le visage s'empourpre.

Nous échangeons un coup d'œil gêné. Si Earl savait ce que nous faisons toutes les nuits, il ne serait peut-être pas aussi ravi. Pas une seule soirée ne se passe sans que nous puissions retenir nos mains et nos lèvres d'explorer le corps de l'autre. Rien qu'en repensant à ce qu'Ady m'a fait hier soir avec sa bouche, sa langue, je me sens à l'étroit dans mon jean. Depuis mes 14 ans, je n'avais pas laissé une femme me satisfaire de cette façon et bon sang, je ne le regrette pas, c'était tout simplement merveilleux et le fait de savoir que c'était une première pour elle n'a en rien atténué mon plaisir. Cependant me retrouver aujourd'hui devant son père qui me fixe comme s'il pouvait lire mes pensées, me fait déglutir difficilement.

— Ady et moi sortons ensemble.

— Une vraie relation? questionne Earl dont un sourcil se hausse d'étonnement.

Il pense aux coucheries d'un soir dont j'étais un habitué et cela me met encore plus mal à l'aise. Si j'avais su ce que me réservait l'avenir, je me serais abstenu de me confier à lui.

— Tout ce qu'il y a d'officiel.

— Et d'exclusif, renchérit ma petite amie.

Earl m'étudie un instant avant de se tourner vers sa fille qui rayonne.

— Tant mieux, sourit-il. Mais Jared, n'oublie pas ce que je t'ai dit.

Je hoche la tête. Oui, je sais que je dois lui raconter mon passé, comment pourrais-je l'oublier ?

— Je vais vous laisser discuter un moment tous les deux, proposé-je en me levant.

— Merci, acquiesce Ady en me touchant la main avant que je ne m'éloigne.

Le café que distribue cette machine est le plus dégueulasse qu'il m'ait été donné de boire.

— Comment ça se passe pour toi ?

Luke me sonde de la tête aux pieds comme s'il n'en revenait pas de me voir habillé autrement qu'en combinaison orange.

— Bien. J'essaie de rester dans le droit chemin.

— Tant mieux. Je préfère te voir de ce côté-ci des barreaux.

— Moi aussi.

Je bois une gorgée et grimace.

— Vous êtes sûr que c'est du café ? Ça a un goût de pisse chaude.

Luke esquisse un sourire.

— Content de constater que tu n'as pas perdu ta verve en retrouvant la civilité. Tu as un travail ?

Pendant les minutes qui suivent, je lui fais un résumé de ma nouvelle vie tout en jetant des coups d'œil à Ady et son père. J'ai pu deviner qu'elle lui racontait son agression à la façon dont il baissait et secouait la tête, les poings serrés comme pour se retenir de frapper tout ce qui l'entoure. À présent, il la regarde avec des yeux pétillants de malice. Et lorsqu'elle se retourne vers moi, j'ai la certitude que je suis au centre de leur conversation.

— Earl est devenu fou quand il a su ce qui était arrivé à sa fille. Pour la première fois on a dû intervenir pour le calmer, reprend Luke en suivant mon regard. Il voulait sortir pour aller éclater la gueule de ces petits cons.

— Je le comprends, marmonné-je en voyant ma copine approcher.

— Bonjour, lance-t-elle à l'adresse du surveillant. Bébé, tu as les photos des chiens ?

Regardant sur le côté, je vois Luke pouffer avant qu'il ne s'éloigne vers un autre endroit de la pièce. C'est vrai que je ne ressemble pas à un bébé et alors ? Si cela fait plaisir à ma petite amie de m'appeler comme ça, je ne vais pas m'en offusquer. Je sors une enveloppe de la poche arrière de mon jean et la lui tends.

— Tu reviens t'asseoir avec nous ?

— Je ne veux pas vous déranger. Et puis, je me sens mal à l'aise face à Earl maintenant que toi et moi, on fait tous ces trucs.

Sa main glisse sur ma nuque alors qu'elle lève le visage vers moi, en souriant.

— Tu ne me dérangeras jamais. Et ne t'inquiète pas pour mon père, je lui ai parlé de nous et tout va bien. Allez, viens. Je n'aime pas te sentir à l'écart.

De retour à la table, Ady montre la photo de Missy à son père puis celle de Horus.

— Euh… Chérie, ce chien est énorme !

L'expression ébahie d'Earl me fait éclater de rire. Ma copine me donne un petit coup de coude dans les côtes avant de se tourner vers son père.

— Il est adorable. Je le veux, papa. Je saurai m'en occuper.

Il nous observe à tour de rôle et finit par sourire.

— Je me demande bien lequel de vous deux aura le plus l'air con quand vous les sortirez. Le grand mec avec la petite chienne ou la fille menue avec son immense molosse.

Nous rions tous ensemble. Ady passe un bras autour de mon cou avec un naturel qui me désarme, je souris et l'embrasse sur la tempe.

Earl s'éclaircit la gorge et nous nous séparons, un peu gênés.

— Adalynn, je voudrais parler quelques minutes avec ton petit ami.

Il appui sur les derniers mots comme s'il voulait tester leur résistance dans le temps. Sans protester, elle se lève et va se chercher une friandise à l'autre distributeur.

— Je sais ce que tu vas me dire, soufflé-je. Non, je ne lui ai toujours rien expliqué mais je le ferai. J'attends juste le bon moment.

— Tu ne lui fais pas confiance ?

— Ce n'est pas ça. Mais pour la première fois de ma vie, tout va vraiment bien, je ne veux pas tout foutre en l'air.

— C'est bien ce que je dis, tu ne crois pas en elle sinon tu lui en parlerais.

Ne sachant quoi répondre, je garde le silence. Je me suis davantage ouvert à Ady qu'à n'importe qui d'autre mais la peur qu'elle me quitte lorsqu'elle saura la vérité me paralyse.

— Tu es amoureux d'elle ?

Je baisse la tête en serrant les mâchoires.

— Je l'ignore. Je ne sais pas ce que signifie ce mot.

— Gamin, aimer quelqu'un c'est vouloir être à longueur

de temps avec cette personne, penser à elle, tout faire pour la protéger, pour la rendre heureuse, ne vivre que pour la toucher même si ce n'est qu'un effleurement. En un mot ne plus pouvoir se passer d'elle.

Je relève les yeux, étonné.

— Je… je c…

— Ça y est, vous avez fini ?

L'interruption d'Ady me coupe dans mes réflexions. Earl soupire, l'air agacé de ne pas avoir obtenu sa réponse.

— Merci de ne pas t'opposer à notre relation, je reprends en essayant de camoufler le bouleversement qui m'a envahi devant sa définition.

— Comme je te l'ai rappelé tout à l'heure, Jared, n'oublie pas que si tu blesses ma fille, je te botterai le cul.

Ah c'était de cela dont il me parlait et non pas de…

J'esquisse un sourire, soulagé.

— Pourquoi est-ce que tout le monde pense toujours que tu vas me faire du mal ? Et si c'est moi qui t'en faisais ? réplique Adalynn.

Je me penche vers elle pour lui murmurer à l'oreille :

— Il n'y a que deux choses que tu pourrais faire pour me blesser : me tromper et me quitter.

Elle se recule légèrement et plante ses yeux verts dans les miens, le monde autour de nous disparaît comme chaque fois où cela se produit.

— Je ne te ferai pas ça. Tu peux me faire confiance.

Sans même m'en rendre compte mes lèvres sont sur les siennes que je goûte lentement. Sa main sur mon torse me fait soudainement revenir à la réalité. Nous sommes toujours dans la salle réservée aux parloirs, avec son père comme principal public. *Eh merde !*

— Désolé, je grogne en me sentant rougir.

— Ne t'inquiète pas, gamin. J'ai eu la réponse à ma question.

Lorsque je croise à nouveau son regard, je réalise qu'il est espiègle et dénué de toute négativité. Earl est réellement content que je sois avec Ady. Il doit être tombé sur la tête ! Quel homme serait assez fou pour avoir foi en moi alors que je partage toutes mes nuits avec sa fille ?

— Je peux voir ? me demande Adalynn depuis l'embrasure de la porte du living.

— Évidemment !

Je me suis souvenu du carton qu'elle a racheté à ma mère et me suis enfin décidé à sortir ce qu'il contient comme souvenirs. Ady vient se placer à côté de moi et m'observe alors que je m'empare d'un cahier usé. Je le parcours rapidement, retrouvant mon écriture enfantine avec une grimace face aux images passées qui m'assaillent. Ma petite amie sourit en sortant un camion bleu.

— C'était un de mes rares jouets. Un des anciens mecs de ma mère me l'avait offert. Avec le recul je pense que c'était sa façon de m'occuper pendant que lui… s'occupait de ma mère.

Cela nous fait sourire. Je m'empare de trois autres cahiers, c'est fou ce que j'écrivais déjà pendant mon enfance. Au milieu des pages, il y a quelques rares photos de moi enfant.

— Oh Seigneur ! marmonne Adalynn d'une voix attendrie.

Elle a dans les mains celle où je pose à distance de ma mère devant notre maison. Je porte un jean usé et un T-shirt troué, je ne souris pas. À cette époque je ne souriais pratiquement jamais. Ma mère regarde l'objectif comme si elle le défiait, elle devait être encore totalement stone. C'est dommage, elle aurait pu être jolie si elle avait pris soin d'elle au lieu de se détruire.

— Ce que tu étais mignon !

Encore un peu et je pourrais voir des cœurs battre dans ses pupilles, à la manière d'un personnage de dessin animé.

— Ce dont je me souviens surtout c'est que j'étais sale, que je puais et des coups que je me prenais, di-je en serrant les mâchoires.

D'une main, Ady s'accroche à mon bras.

— Je suis désolée que tu aies dû endurer tout ça. Mais cela n'enlève rien au fait que tu étais trop craquant !

Elle a réussi, je souris devant son enthousiasme débordant. Puis mon regard se porte sur la dernière chose que contient le carton et je me sens repartir en arrière.

— *Tu n'es qu'un sale gosse ! Hurle ma mère.*

Du haut de mes 6 ans, je tremble de tout mon corps dans mon pyjama. J'ai fait un cauchemar et tout naturellement suis venu voir ma maman. Sauf qu'elle s'adonnait à sa passion pour une ligne de poudre blanche qu'elle inhalait avec ferveur. Je l'ai dérangée. Furieuse, elle se rapproche de moi, je me recroqueville en serrant contre moi mon ours en peluche, Bob, comme s'il pouvait me protéger.

— *Qui m'a donné une pauvre mauviette telle que toi ? Ton père savait ce qu'il faisait en se tirant !*

J'ai tellement peur d'elle que je ne parviens plus à contrôler ma vessie.

— *Et en plus tu pisses devant moi, accroupie comme une fille ! rage-t-elle en emprisonnant mon bras dans sa poigne et en me secouant avec force. Tu vas rester comme ça, je t'interdis de te changer ! Demain tu iras à l'école en pyjama, que tout le monde voie quel maudit gamin tu es ! En attendant nettoie-moi ça ! Tu ne crois tout de même pas que c'est moi qui vais réparer tes conneries !*

— Qu'est-ce qui s'est passé ensuite ? questionne timidement Ady.

— J'ai passé plusieurs minutes à frotter le sol, puis je suis retourné me coucher avec mon pantalon trempé et le lendemain tout le monde à l'école s'est moqué de moi et de l'odeur que je dégageais.

J'ai dans les mains mon pauvre ours. Je ne compte plus le nombre de souvenirs que j'ai avec lui. Il est vieux, décousu par endroits, sa couleur marron n'a plus d'éclat mais il reste mon ami, comme il l'était à cette triste période de ma vie. Je crois que si Adalynn n'était pas là, je serais capable de le serrer contre moi tellement je suis content de le retrouver.

— C'est lui que je voulais surtout revoir, j'avoue, pas très à l'aise.

— Je m'en doutais, c'est la dernière chose dans cette boîte, ce qui signifie que tu l'y avais mis en premier, sourit-elle en déposant un baiser sur mon épaule.

— Quand j'étais petit, Bob était mon meilleur ami. Il était mon seul ami.

— Et aujourd'hui il a toujours sa place dans ta vie. Ne renie pas ce que tu as vécu, Jared. Tu es devenu celui que tu es aujourd'hui grâce à lui aussi. Tu n'as pas à avoir honte de tenir à une peluche. Tu as vu ma chambre ? J'en ai assez pour ouvrir une boutique !

Je ne sais pas ce qui se brise en moi mais soudain je me retrouve avec Bob serré contre mon cœur, comme lorsque j'étais enfant et cela me fait un bien fou de retrouver cette sensation de tendresse. J'ai peut-être l'air d'un con du haut de mes 25 ans mais je m'en moque. Je sais qu'Adalynn ne me jugera pas pour cela, qu'avec elle je peux être moi-même… enfin presque.

Au cours de la semaine suivante, Kristina vient chez Adalynn pour nous amener les deux chiens qui s'entendent à merveille. Il ne leur faut pas longtemps pour trouver leurs marques. La nuit, tandis qu'Ady partage mon lit, les deux loulous s'endorment sur le sien et dans la journée il n'est pas rare de les retrouver sur le canapé. D'accord, ce ne sont peut-être pas les bases d'une éducation stricte mais après ce qu'ils ont enduré, nous n'allons pas les priver des petits plaisirs de la vie quotidienne. Et puis nous sommes tous les quatre heureux ainsi.

Deux semaines plus tard, je conduis Adalynn au studio d'enregistrement. Elle y a rendez-vous pour poser sa voix sur plusieurs titres du groupe dont Eddy nous rabâche les oreilles. Je pose ma main sur la sienne qui tremble légèrement.

— Ne stresse pas, tout va bien se passer.

— Tu crois ?

— Bien sûr. Je resterai avec toi et Eddy sera là également. Tu n'as pas à t'inquiéter.

— Merci.

Elle se penche et dépose un baiser sur ma joue.

Ma peau me brûle à l'emplacement de ses lèvres, réveillant un désir que nous tentons de maîtriser. Chaque nuit devient plus torride que la précédente. J'ai un mal fou à tenir ma parole de ne pas me perdre en elle tant qu'elle ne saura pas toute la vérité sur moi. Ses mains, sa bouche sur mon corps m'oblige de plus en plus fréquemment à faire des pauses au cœur de la tendresse que nous partageons afin de courir sous l'eau glacée de la douche. Le seul fait de dormir avec Ady me donne une érection quasi permanente. Elle ne comprend pas mon attitude qui, si au début la faisait rire, a dorénavant tendance à la frustrer autant que moi.

Lorsque je me gare sur le parking devant le studio, la voiture d'Eddy n'est pas présente. Nous allons tout de même nous assurer de son absence, la porte est fermée.

— Il ne devrait pas tarder à arriver, dis-je en guise de réponse au regard anxieux de ma petite amie.

— Et si le groupe n'aime pas ma voix? Ou si je demeure muette comme une carpe au moment de chanter?

Je hausse les épaules et pose mes mains sur ses hanches.

— Cela n'arrivera pas mais même si cela venait à se produire, ça ne changerait rien. Ça ne serait pas la fin du monde.

— Tu tiendras toujours à moi si je me plante?

Je sais pertinemment qu'elle aimerait que je dévoile mes sentiments cependant, même si je suis de plus en plus confiant sur ce que je ressens, je ne parviens toujours pas à le concrétiser par des mots. Aussi, plutôt que de lui répondre, je la serre dans mes bras et l'embrasse comme si ma vie en dépendait, et quelque part je crois que c'est le cas. Elle soupire langoureusement lorsque je m'écarte.

— Je tiendrai perpétuellement à toi.

Elle sourit et repose ses lèvres sur les miennes en nouant ses bras autour de mon cou. Je ne sais pendant combien de temps nous nous embrassons au milieu du parking, oubliant la vie qui continue autour de nous.

— Vous ne voulez pas vous prendre une chambre d'hôtel? crie Eddy en se garant.

Le sourire qui flotte sur la bouche d'Ady ne la quitte plus, tout comme le mien. D'ailleurs j'ai l'impression de sourire, de rire, d'être tout simplement heureux depuis que nous nous sommes rapprochés.

— Un dernier pour me donner du courage, murmure-t-elle en m'embrassant chastement cette fois.

— Ça va mon pote? demandé-je lorsque mon meilleur ami s'approche.

Il regarde mon bras qui enlace la taille d'Ady, et se moque en secouant la tête.

— Pas aussi bien que vous apparemment.

— Mon Dieu mais qu'est-ce que t'as fait à tes cheveux?!

Mes sourcils se froncent en réalisant la source de l'exclamation d'Adalynn. Eddy a troqué ses dreadlocks contre une coupe spéciale. Les deux côtés de son crane sont rasés, au centre il arbore une crête noire haute de plusieurs centimètres. Je suis partagé entre l'admiration d'oser porter une telle coiffure et une envie de rire à gorge déployée.

— J'avais envie de changer de look.

— Eh bien c'est réussi! marmonné-je en me retenant de pouffer.

Ady me jette un coup d'œil qui me laisse présager qu'une fois seuls chez elle, nous serons hilares.

— Les choses changent. Certains se mettent en couple et d'autres optent pour un changement de style.

— Mais à la fin on en revient toujours au point de départ, là où tout a commencé, proclame une voix féminine sur ma gauche.

Je tourne aussitôt la tête même si je n'ai pas besoin d'une confirmation pour savoir que c'est elle. *Qu'est-ce qu'elle fout là, bordel!* Mes épaules se crispent, mes poings se serrent alors que mes mâchoires se contractent. Mon corps entier se tend sous la pression de sa présence.

— Salut Jared, ça me fait plaisir de te revoir, cela faisait longtemps, minaude-t-elle en se plantant devant moi.

Je ne réponds pas, j'en suis incapable. Elle me fixe un instant qui semble ne jamais finir avant de glisser son regard sur Adalynn. Je resserre mon étreinte autour de sa taille, la collant à moi comme si elle pouvait me protéger.

— Bonjour, je suis Marietta, la maman d'Eddy.

Elle l'observe comme si elle n'était qu'un sale insecte qu'elle pouvait écraser d'un simple coup de talon.

— Enchantée, je m'appelle Adalynn.

Contrairement à d'habitude, Ady ne sourit pas. Ses yeux passent de Marietta à moi et je peux entendre le flot de questions qui envahit son esprit perspicace. La poignée de main que les deux femmes échangent me donne la nausée. J'aimerais avoir une bouteille d'alcool sous la main pour désinfecter celle d'Adada.

— Ady est ma copine, j'affirme en rivant mon regard antipathique à celui de Marietta.

Ma petite amie pose une main sur mon torse qu'elle caresse du bout des doigts en des gestes apaisants.

— Il faut que je te parle, Jared.

Le ton de Marietta est cinglant. Je sais ce qu'elle fera si je refuse aussi, même si cela m'écœure, d'un signe du menton j'acquiesce.

— Attends-moi, j'arrive, je murmure à l'oreille d'Ady.

J'ai besoin qu'elle reste dans mon champ de vision, elle est la béquille qui empêchera peut-être Marietta de me manipuler.

— Ne sois pas long, bébé, répond-elle à voix haute en jetant un regard noir à la mère de famille.

Avant de m'éloigner, je l'embrasse sur le front.

Je suis Marietta jusqu'à la hauteur de la voiture d'Eddy. C'est l'endroit idéal pour que notre conversation reste discrète sans pour autant m'isoler de ma copine et de mon pote qui nous attendent devant la porte du studio.

— Quoi ? demandé-je en laissant enfin sortir ma mauvaise humeur.

Elle plante ses hauts talons dans le sol et mains sur les hanches, fronce les sourcils.

— Qu'est-ce que ça veut dire ? Quand Eddy m'a parlé de ta copine, je n'y ai pas cru. C'est quoi ce délire ?

Cette femme ne crie pas, elle persifle telle la vipère qu'elle est. Je hausse les épaules et glisse mes mains dans mes poches, geste illusoire pour m'empêcher de lui arracher la tête.

— Simplement la vérité. Adalynn est ma petite amie, point.

— Ce n'est qu'une gamine ! Tu l'as vue ? Tu l'as comparée à moi ? Comment peux-tu te contenter d'elle alors que tu peux m'avoir ?

— Ma relation avec elle ne te regarde absolument pas !

Cette fois j'ai crié. Je jette un œil vers Ady qui s'est retournée vers moi.

— Eddy m'a dit que tu vivais chez elle. Tu lui paies un loyer en nature, comme tu le faisais avec moi ?

Je serre tellement les poings que mes articulations deviennent douloureuses. Si je ne me retenais pas, je serais capable d'étrangler cette femme de mes propres mains.

— Allons Jared, minaude Marietta en se rapprochant de moi. Tu sors avec cette enfant pour te venger de moi ? Tu sais que tu n'as qu'à passer à la maison, je ne te fermerai jamais la porte au nez.

Son ongle rouge vif se pose sur mon T-shirt, me donnant envie de hurler.

— Viens me voir tout à l'heure et nous reprendrons les choses là où nous les avons laissées. Tu m'appartiens Jared, aujourd'hui et pour toujours, tu seras à moi.

— Ce n'est pas vrai, dis-je, dents serrées.

Lorsque mes yeux croisent à nouveau ceux inquiets d'Adalynn, j'ai envie de lui hurler de m'emmener loin d'ici, n'importe où, je m'en moque, je veux juste être avec elle, loin de cette garce qui m'aguiche sans retenue.

— Bien sûr que si, dit-elle en jetant un regard vers ma petite amie et en souriant d'un air narquois. Elle est au courant de ce que tu m'as fait ? Je parierais qu'elle ignore cette page sombre de ta vie, tu sais aussi bien que moi que si elle en avait connaissance, cette petite oie blanche ne voudrait jamais plus te revoir. Viens me voir ce soir et cela restera notre secret.

Chapitre 27

Adalynn

J'observe Jared et cette Marietta avec inquiétude. Dès qu'elle est apparue, j'ai senti mon petit ami se refermer sur lui-même telle une huître. Il tremblait sous mes doigts et le haussement de sa voix qui vient de résonner dans le parking est loin d'être un signe de bonne entente. Cette femme ne m'inspire aucune confiance. Je n'ai pas pour habitude de juger les gens au premier regard cependant avec elle, cela me vient naturellement : je ne l'aime pas.

— Eddy, qu'est-ce qui se passe ?

Le beau métis suit mon regard et secoue la tête. À bien l'observer, il n'a pas l'air beaucoup plus à l'aise que son ami.

— Quand Jared est parti de chez lui, il est venu vivre à la maison. Ma mère a essayé de remplacer la sienne sauf que Jared n'a jamais supporté l'autorité, ils ont souvent eu des rapports conflictuels. Et puis un jour, Jared est parti. Lorsqu'il ne savait pas où dormir, il revenait mais jamais plus de quelques jours. Je suppose que ma mère lui tapait sur le système.

Cette pétasse a un doigt posé sur le torse de mon mec ! J'ai une folle envie de me ruer vers eux pour lui en foutre une. Jared tourne son visage vers moi, il est livide, ses yeux semblent paniqués. *Putain, mais qu'est-ce qui ne va pas?* Je sens que l'on me cache quelque chose et je donnerais cher pour tout découvrir.

— Alors, ma nouvelle coupe te plaît ? questionne Eddy avec hésitation.

Il passe une main sur le côté rasé de son crâne me donnant l'impression de vouloir changer de sujet avant que je ne le questionne davantage.

— Ce n'est pas mal. Tu dois mettre une tonne de gel pour faire tenir cette crête ?

— Ouais, mais j'aime bien.

— Je peux toucher ?

Il part d'un éclat de rire avant de s'écrier :

— Eh Jared, ta copine veut me tripoter !

Je lui donne une petite tape sur le bras et m'éloigne retrouver mon petit ami. Eddy vient juste de me fournir l'excuse dont j'avais besoin pour intervenir.

— Je voulais juste toucher ses cheveux, rien d'autre, dis-je doucement en me collant à lui.

Aussitôt ses bras se referment autour de moi et je l'entends soupirer de soulagement dans mon cou.

— Nous n'avions pas terminé notre discussion, maugrée Marietta.

— Au contraire, nous nous sommes tout dit, affirme Jared.

Sans attendre sa réplique, il me prend par la main et m'entraîne vers le studio, la laissant repartir sans un au revoir.

— Eddy, ça serait bien qu'Adalynn puisse s'exercer avant que le groupe n'arrive, marmonne-t-il avec raideur.

Je ne sais pas ce qui s'est passé entre eux mais l'humeur de Jared a indubitablement changé. Un peu plus tôt, il était heureux, alors qu'à présent il est maussade, agacé et semble sur le point d'exploser à tout moment. Il serre ma main avec force, ses mouvements sont brusques. Eddy pénètre le premier dans le bâtiment.

— Est-ce que tu vas bien ?

— Oui. Très bien, grogne-t-il en avançant à grandes enjambées.

Eddy me guide dans la partie enregistrement et règle le micro à ma hauteur puis il m'explique comment cela fonctionne, mais je ne l'écoute que d'une oreille distraite, mon attention focalisée sur Jared qui, assis dans le fauteuil derrière la vitre, paraît plus énervé que jamais.

Dans les minutes qui suivent, je m'entraîne à chanter les chœurs d'une chanson et le pouce levé d'Eddy me fait comprendre que je m'en sors honorablement. Jared se contente de me faire un petit sourire crispé. Lorsque la porte du studio s'ouvre et que quatre garçons entrent, je fais le tour de la pièce pour aller rejoindre tout le monde. Eddy nous présente rapidement aux membres de Fourfree.

— Les mecs, voici Adalynn dont je vous ai parlé et Jared, mon meilleur pote. Ady, Jared, je vous présente Steven, Rick, Matt et Louis.

Steven, le chanteur principal a environ 28 ans et un look de surfer avec ses cheveux mi-longs blond clair. Rick semble être le plus âgé et aussi le plus réservé, il cache son regard sous une mèche brune. Matt et Louis sont les jumeaux du groupe, grands, bruns, leur charme doit faire craquer toutes les filles pendant leurs concerts.

— Alors c'est toi la nana sensas qui va nous dépanner ? lance Steven en me déshabillant du regard.

— Sensas, je ne sais pas mais oui, c'est moi.

— On a bien fait d'attendre de trouver la perle rare, ça valait le coup.

Le bras possessif de Jared vient brusquement m'entourer la taille. Geste pour dissuader Steven de me draguer. Cela me fait plaisir, même s'il est grognon, il est toujours jaloux. Eddy leur fait écouter ce que j'ai fait jusqu'à présent, je suis soulagée de constater que le groupe apprécie ma voix.

Puis nous allons dans la salle d'enregistrement, les mecs se mettent à jouer de leurs instruments et à chanter tandis que je m'adapte à leur rythme rapide. Deux heures passent ainsi. Je jette fréquemment des regards inquiets à Jared qui ne bouge pas de son fauteuil.

— Ady, c'était génial! me félicite Eddy lorsque nous les rejoignons.

— Merci.

Je souris, contente de moi.

Jared m'attire à lui pour que je m'asseye sur ses genoux.

— Je t'avais dit que tu n'avais aucune raison d'avoir peur, murmure-t-il dans mon cou. Tu étais parfaite.

En réponse, je pose rapidement ma bouche sur la sienne. Lorsque je relève la tête, je vois Steven nous scruter avec un petit sourire railleur.

— Je ne savais pas que vous étiez ensemble. Dommage.

— Qu'est-ce que ça veut dire? s'énerve aussitôt mon petit ami.

Steven hausse les épaules en buvant une gorgée de la bière que vient de lui donner Eddy.

— Juste qu'Adalynn est canon, je n'aurais pas été contre le fait de l'inviter à sortir.

Je sens le cœur de Jared s'emballer sous mes doigts, cela n'augure rien de bon.

— Tu n'es pas mon genre Steven, j'annonce pour tenter de dissiper la tension entre les deux hommes.

— Une nuit avec moi, chérie, et je peux t'assurer que tu aurais revu ton jugement.

Sans comprendre comment, je me retrouve debout, poussée contre la console alors que mon petit ami est devant Steven, se mesurant à lui avec un regard assassin. Jared le dépasse d'une tête mais l'autre est plus baraqué.

— Calme-toi, mec, intervient Rick. Steven plaisantait. Il ne touchera pas à ta copine.

— Il ferait mieux de ne pas essayer s'il ne veut pas bouffer de la soupe jusqu'à la fin de sa vie, rage Jared.

— Bébé, s'il te plaît, laisse tomber, je souffle en le tirant par le bras afin de le faire reculer.

— Tu devrais l'écouter, affirme Steven.

— Mec, va prendre un peu l'air, ça va te calmer, propose Eddy.

Jared acquiesce d'un signe de tête et se dirige vers la sortie, je le suis.

— Eh Ady ! Si un jour tu en as marre de ce connard, appelle-moi, dit Steven en riant.

Avant que je n'aie eu le temps de réaliser, il se retrouve au sol à se tenir la mâchoire. Jared penché sur lui est à deux doigts de le frapper à nouveau. Eddy le ceinture pour l'éloigner avant que la situation ne dégénère en bagarre générale.

— Pas ici, mon pote, j'ai trop de matos. Si vous voulez régler vos comptes, allez dehors.

Jared pivote et sort sans un mot, sans un regard pour personne.

— Il faut vraiment qu'il apprenne la plaisanterie, estime Steven en se remettant debout.

— Parce qu'insulter les gens, c'est drôle ? Tu devrais réfléchir avant de parler !

Je quitte la pièce et cours après mon copain. Je le retrouve sur le parking. Il fait les cent pas en s'allumant une cigarette. Je sais qu'il ne fume que lorsqu'il est en colère ou angoissé et à cet instant je ne sais laquelle de ces deux émotions prédomine.

— Ça va ? questionné-je en m'approchant doucement.

— Ouais, marmonne-t-il, les dents serrées.

— Tu m'expliques pourquoi tu as pété un câble comme ça ?

— Tu me le demandes ! Tu as entendu ce qu'a dit cet enfoiré ?

— Oui, j'ai entendu, mais ce mec essaie de se rendre intéressant en provoquant les autres. Je ne serais jamais sortie avec lui que tu sois présent ou pas.

Jared lève les yeux au ciel et souffle.

— Ce que tu peux être immature par moments. Ce type te draguait devant moi, tu pensais franchement que j'allais continuer à le regarder faire sans intervenir ?

— Il n'y a pas que ça. Tu agis étrangement depuis que la mère d'Eddy est venue.

Son corps est tellement tendu que ses doigts se referment convulsivement autour du mégot. Lorsqu'il pose ses yeux sur moi, je me rends compte que leur couleur a viré au bleu foncé. *Putain mais qu'est-ce qui se passe ?*

— Jared, qu'est-ce que tu me caches ?

— Je… Je… J'ai besoin d'être seul.

De sa poche, il sort les clefs du pick-up et me les donne.

— Comment vas-tu rentrer ?

Mais la vraie question que je voudrais lui poser est : « Est-ce que tu vas revenir à la maison ? » Toutefois, je redoute tant la réponse que je renonce à la prononcer.

— Je me débrouillerai.

Il me tourne le dos et s'éloigne rapidement. Je sens mon cœur se déchirer devant la distance qui se creuse entre nous.

— Il est parti ?

Je me retourne, Rick est à côté de la porte.

— Oui, il avait besoin de se calmer.

Il secoue la tête d'un air désolé.

— Steven peut être un vrai con par moments. Je suis navré qu'il ait mis la pagaille dans votre couple.

— Ce n'est pas le cas.

Mon ton est assuré contrairement à mon cerveau. Une petite voix s'infiltre insidieusement pour me dire que Jared va me quitter. Je la repousse le plus loin possible.

— Tant mieux. Je sais que ce n'est pas une excuse mais Steven n'est pas dans son état normal aujourd'hui. Il s'est sniffé un rail avant de venir, ajoute-t-il devant mon haussement de sourcil.

— Tu as raison, ce n'est pas une excuse, répliqué-je froidement. Chanter ne m'a jamais vraiment intéressée et après cette expérience, le groupe devra se trouver une autre fille. Pour ma part, j'abandonne.

Chapitre 28

Jared

Il fait nuit depuis longtemps quand je reviens chez Adalynn. La maison, plongée dans les ténèbres est en accord parfait avec mes pensées. Depuis que je l'ai abandonnée sur le parking, j'ai passé mon temps à marcher au hasard des rues sans faire attention où me guidaient mes pas. Quand j'ai commencé à avoir mal aux jambes, j'ai pris un bus, puis un autre pour me perdre dans la ville. Je voulais oublier ce que Marietta m'avait dit, oublier qu'elle a raison et que je suis prisonnier de son horrible, pathétique chantage. Si je ne veux pas qu'Ady apprenne mes erreurs par elle, je vais devoir me confesser et rapidement. Lorsque j'ai compris que je n'avais plus le choix, j'ai réalisé que j'avais atteint l'autre côté de la ville. Les bus se sont enchaînés pour me permettre de rejoindre ce quartier, mais à présent que je suis dehors, à observer la maison, je ne suis plus très sûr d'être prêt à ouvrir la porte. *Putain, c'est le moment d'avoir des couilles !*

Le clic de la serrure résonne comme un coup de canon dans le silence. Me guidant avec la lampe de mon téléphone, je remonte le couloir jusqu'à ma chambre. Si Ady dort, je ne veux pas la réveiller, je lui en ai assez fait subir aujourd'hui.

Malheureusement mon lit est vide. J'ai vraiment dû l'énerver pour qu'elle reparte dormir dans sa chambre, loin de moi. Même si c'est égoïste, j'ai besoin de dormir contre elle, de sentir la chaleur de son corps réchauffer mon âme meurtrie. Cependant je ne m'étais pas du tout préparé à trouver sa chambre déserte également, même les chiens ont quitté les lieux.

— Putain, c'est pas vrai ! m'écrié-je, en rage contre moi-même d'avoir été si con.

Adalynn m'a quitté. Elle a fui son propre domicile pour ne plus avoir à me regarder. Je la comprends, j'ai vraiment agi stupidement en foutant mon poing dans la gueule de ce minable alors qu'elle travaillait avec lui, mais devant ses insinuations je n'ai pas pu me retenir. Parce que dans le fond, lui aussi a raison. Adada est trop bien pour moi, je l'ai toujours su.

— Bordel, fait chier !

Sans réfléchir, je balance mon poing dans la porte. Ma main s'enfonce dans le bois fin. La douleur que je ressens m'apaise étrangement. Je regarde mes doigts égratignés sans réaliser que la lumière du couloir s'est allumée.

— Jared ? Qu'est-ce que tu fais ?

La petite voix ensommeillée d'Ady filtre à travers les brumes de ma colère. Je relève les yeux, elle est debout au centre du corridor, un chien de chaque côté de son corps toujours habillé.

— J'ai cru que t'étais partie, marmonné-je.

Elle lève les yeux au ciel en esquissant un sourire.

— Et du coup, tu casses ma porte ?

Je hausse les épaules.

— Ben ouais.

— T'es impossible, sourit-elle en s'approchant.

Je franchis les derniers pas qui nous séparent et la prends dans mes bras. Je respire son odeur sucrée en essayant de maîtriser les battements de mon cœur qui s'étaient emballés devant son absence.

— Je t'ai attendu toute la soirée, j'ai fini par m'endormir sur le canapé avec les loulous.

— Tu parles des chiens de garde ? Ils n'ont même pas réagi lorsque je suis entré.

Ady se détache de moi, me prend la main et grimace en la voyant saigner.

— Viens, je vais te nettoyer ça.

Je la suis dans la salle de bains. Rapidement, elle s'empare de coton et de désinfectant qu'elle applique avec précaution sur les plaies.

— Ce ne sont que des égratignures. Ce n'est pas bien méchant.

Elle jette le coton dans la poubelle et rive ses yeux sur les miens.

— Où étais-tu ?

Je déglutis, mal à l'aise.

— J'avais besoin de réfléchir.

Elle se recule et croise les bras sous sa poitrine.

— J'en ai marre, Jared. Depuis bientôt un mois que nous sommes ensemble, une part de toi demeure inaccessible. Un instant tu es présent, et la seconde suivante tu es perdu dans tes pensées. Sans oublier que tu refuses de coucher avec moi. Par moments, je me demande vraiment où cela nous mène. Si je ne te plais pas assez, il est inutile de te forcer. Autant me le dire et on arrête notre relation.

Je suis étonné qu'elle puisse autant douter d'elle, de nous. Quel homme ne la désirerait pas ? Elle ne comprend donc pas qu'en agissant ainsi, je souhaite par-dessus tout la préserver des merdes qui ont meublées ma vie jusqu'à notre rencontre ?

— Tu ne penses pas vraiment ce que tu viens de dire ?

Elle baisse le visage, d'un doigt sous son menton je la force à le relever. Sa vision est brouillée par des larmes qu'elle tente de refouler.

— Que veux-tu que je pense d'autre ? Tu es parfois tellement renfermé, tellement secret. Je sais que tu me caches des choses et ce qui s'est passé aujourd'hui me l'a encore confirmé. Je n'arrête pas d'imaginer mille scénarios, tous plus délirants les uns que les autres. Je ne sais plus ce que je dois croire !

Je prends une profonde inspiration et la relâche lentement.

— Il faut que je te parle. Il est temps que tu saches tout de moi.

Chapitre 29

Adalynn

Je suis Jared dans sa chambre. Nous prenons place sur son lit, le dos appuyé contre la tête de lit. Il m'a dit vouloir parler mais depuis il garde le silence, il ne fait que souffler et se passer les doigts dans les cheveux. Je triture mes mains nerveusement. Ce qu'il va me dire risque de changer à jamais mon regard sur lui. Je ne peux prétendre ne pas avoir peur, cela serait le plus gros mensonge de ma vie, pourtant je ne peux demeurer dans l'ignorance plus longtemps.

— Je ne sais pas par où commencer.

— Peu importe, je veux savoir.

— Je sais, je te le dois.

Il se tourne vers moi, sa main agrippe ma nuque, faisant se rapprocher nos visages.

— Embrasse-moi, s'il te plaît.

— Pourquoi ?

— Parce que ça sera peut-être la dernière fois.

Qu'a-t-il bien pu commettre de si atroce pour être à ce point persuadé que je le quitterais dès que je saurais la vérité ? Il pose ses lèvres sur les miennes doucement, me laissant le choix d'accepter ou de refuser son baiser. Ma bouche réagit d'elle-même. Je prends tout ce qu'il a à me donner et je lui offre mon cœur sans retenue, même s'il risque de le briser au cours des prochaines minutes.

Lorsque le manque d'oxygène se fait ressentir, nous nous séparons, haletants. Je lui caresse la joue et murmure :

— Dis-moi tout. Fais-moi confiance.

Il acquiesce et recommence à respirer profondément, cherchant à se donner du courage.

— Je… je…

Son regard se pose partout sauf sur moi alors que ses épaules se contractent.

— Tu n'y arrives pas ?

Il secoue négativement la tête et se frotte le visage.

— Je ne suis qu'un lâche, dit-il si bas que je l'entends à peine.

Je me lève et avance vers la sortie.

— Où vas-tu ?

— Dans ma chambre. Ce sera peut-être plus facile si tu ne me vois pas.

Je hausse les épaules avant de quitter la pièce. En refermant la porte, je me demande si j'aurais la force de la rouvrir un jour.

Chapitre 30

Jared

Ady me laisse seul dans ma chambre. Peut-être a-t-elle raison, les mots sortiront sans doute plus facilement si je ne vois pas son regard dégoûté lorsqu'elle découvrira le salaud qui est en moi.

Je l'entends prendre place sur son lit. Je m'allonge et ferme les yeux, revivant ce passé que je souhaiterais effacer à jamais.

— Quand je suis parti de chez moi, le soir de mes 13 ans, je me suis rendu chez Eddy. Déjà à cette époque, il vivait seul avec sa mère. J'enviais la relation qu'ils partageaient tous les deux, il avait de la chance d'avoir une vraie maman qui s'occupait de lui convenablement. Ils m'ont tout de suite accepté comme un membre de leur famille. Pour la première fois de ma vie, je découvrais ce qu'était la stabilité mais cela n'a duré que quelques jours. J'habitais chez eux depuis environ deux semaines lorsqu'un soir, Marietta a envoyé Eddy se coucher de bonne heure. Je ne sais plus quelle connerie il avait faite, faut dire qu'à l'époque il en faisait pas mal, mais il l'avait énervée. Je suis donc resté seul à regarder la télé avec elle. Nous étions assis sur le canapé depuis pratiquement une heure quand elle a posé sa main sur mon épaule en me disant qu'elle avait froid. Je lui ai proposé d'aller lui chercher une couverture, elle a refusé et s'est collée à moi pour avoir chaud. Je sentais son haleine alcoolisée sur mon visage et cela me rendait malade, mais bien sûr je ne laissais rien paraître pour ne pas la vexer. Puis elle m'a forcé à la regarder et m'a demandé de l'embrasser pour la réchauffer. Je n'ai pas eu le temps de vraiment réfléchir à ce que cela impliquait que sa langue était déjà dans ma bouche. C'était mon premier baiser et j'ai détesté ça.

Je prends une profonde inspiration et déglutis péniblement avant de poursuivre :

— En même temps qu'elle m'embrassait, elle a glissé sa main sur ma cuisse puis un peu plus haut pour toucher mon entre-jambe. Je me suis levé d'un bond et suis parti m'enfermer dans ma chambre. Le lendemain, Marietta agissait comme d'habitude, comme si la veille n'avait jamais existé alors j'en ai fait autant. Cependant moins d'une semaine plus tard, le même scénario s'est reproduit. À chaque fois, elle trouvait une excuse pour envoyer Eddy au lit de bonne heure afin de rester seule avec moi. Et chaque fois ses gestes devenaient plus explicites. Je finissais toujours par me sauver jusqu'au jour où elle m'a rattrapé et…

Une remontée acide me coupe la respiration. Si je continue de visualiser mes souvenirs, je vais gerber dans mon lit.

— Continue, m'encourage Ady d'une petite voix qui ne laisse rien filtrer de ses émotions.

— Et… elle m'a plaqué contre le dossier du canapé. Elle a baissé mon pantalon et m'a touché à des endroits où personne n'avait eu accès jusque-là. Quand elle s'est rendu compte que j'étais trop jeune pour réagir à ses gestes, elle m'a écarté les fesses et a glissé son doigt dans mon anus en faisant des mouvements de va-et-vient. Elle me disait que je deviendrais un homme plus rapidement. Au cours des semaines suivantes, son doigt a été remplacé par divers objets. Un manche de cuillère, un sextoy, une bougie, des fruits et légumes, bref tout ce qui avait une forme phallique, elle me l'enfonçait tout en continuant à me masturber régulièrement. Au fil du temps j'ai refusé ses baisers, je ne pouvais plus supporter ce contact intime. Contrairement à mes autres tentatives pour faire cesser tout cela, elle a fini par céder sur ce point. Sa seule concession.

Venant de l'autre côté du mur, je crois percevoir un sanglot vite étouffé. J'en étais certain, je suis en train de perdre Ady et cela va être pire avec ce que je vais lui raconter maintenant.

— Cela a duré un peu plus d'un an. J'aurais aimé partir mais je ne savais pas où aller. Il m'était impossible de retourner chez moi et si j'étais resté dans la rue, il aurait pu m'arriver n'importe quoi. Marietta me le répétait sans cesse. Quand mon corps s'est développé et que j'ai été capable de bander, elle a laissé tomber les pénétrations anales. Depuis le début, elle attendait que je sois capable de la combler et c'est ce que j'ai fait… à de nombreuses reprises.

Je plaque une main sur mes yeux en gardant le silence.

— Est-ce que… est-ce que tu l'aimais ?

La voix tremblotante d'Adalynn trahit ses pleurs.

— Non ! Elle me dégoûtait, je la haïssais.

— Et aujourd'hui, tu es amoureux d'elle ?

— Bien sûr que non. Je ressens toujours la même chose à son égard, rien n'a changé.

— Est-ce que tu appréciais ce qu'elle te faisait ?

Sa voix tremble, trahissant son horreur.

— Au début, je détestais ça. Quand elle me… sodomisait, cela me faisait atrocement mal. Je la suppliais d'arrêter mais elle ne m'écoutait pas. Quand j'ai grandi et que je l'ai…, je marque un silence, trop écœuré pour prononcer le mot, il m'arrivait d'oublier pendant quelques secondes avec qui je le faisais et mon corps prenait du plaisir, mais ensuite je réalisais que c'était Marietta et j'avais envie de vomir. Par la suite, j'ai baisé des filles que je connaissais à peine dans le seul but de ne plus ressentir cet écœurement de moi-même. Je me disais que peut-être elles pouvaient me débarrasser de mes fautes. Je me perdais en elles en espérant me sentir mieux mais ça n'a jamais été le cas. Je ne supportais même pas de voir leurs visages tandis que je les sautais, tant elles me faisaient penser à Marietta et à nos actes passés. Que je le veuille ou non, elle a toujours eu une emprise sur moi.

— Quand cette autorité a-t-elle cessé ?

Nous y voilà, l'instant que je redoute le plus.

— Cela ne s'est jamais arrêté, Ady.

Le petit cri d'effroi qui me parvient me brise le cœur.

— Alors tu continues de coucher avec elle ? Oh mon Dieu, même depuis que nous sommes ensemble ? Cet après-midi, tu m'as laissée pour aller la rejoindre ?

Elle ne fait plus aucun effort pour camoufler ses pleurs et sa stupeur. Je ne suis vraiment qu'une ordure de lui infliger cela.

— Tout à l'heure, elle m'a dit que je lui appartiendrais toujours. Que si je n'allais pas la retrouver, elle te raconterait tout.

Je me tourne sur le côté, et me recroqueville comme la merde que je suis.

— Mais je n'y suis pas allé. Je t'ai dit la vérité, j'ai préféré marcher pour mettre mes pensées en ordre.

— Quand as-tu baisé avec elle pour la dernière fois ?

La dureté de son ton ainsi que ce mot dans sa bouche me font frémir, en temps normal elle ne me parle jamais comme ça. Mais là je suis en train de la briser, elle doute de moi, de ma fidélité, et je ne peux l'en blâmer.

— Le jour de ma sortie de prison… avant d'arriver chez toi.

Je ne suis qu'un lâche, incapable de lui résister. Il suffit qu'elle commence à me toucher pour que mon corps réagisse. Cela sera toujours le cas et je me déteste tellement pour ça.

De l'autre côté du mur, j'entends Adalynn bouger au milieu de ses sanglots.

Voilà, c'est fait, elle sait tout.

— Dès demain, je chercherai un autre logement.

Elle ne répond pas, confirmant mes craintes.

Je l'ai perdue. Définitivement.

Chapitre 31

Adalynn

Je suis incapable de contenir mes larmes. Ce que Jared m'a raconté est tellement horrible. Je me doutais qu'il y avait une histoire tordue après avoir vu le regard malsain que Marietta posait sur lui, cependant cela est encore pire que ce que j'avais imaginé. Abandonnant les deux chiens qui dorment paisiblement sur mon lit, indifférents au tumulte qui m'agite, je me lève. Doucement, j'ouvre la porte de sa chambre. Jared est couché en position fœtale, les yeux clos, les bras repliés sur son torse comme pour se protéger du monde extérieur. Délicatement, je me glisse derrière lui et passe mes bras autour de sa taille. Il prend une brusque inspiration, il ne m'avait entendue approcher. Et là, un barrage semble soudainement se rompre. Il se met à pleurer, son corps entier est secoué par des sanglots incontrôlables.

— Ne me déteste pas, s'il te plaît, gémit-il faiblement.

— Ce n'est pas le cas.

Je ne suis pas certaine qu'il m'entende puisqu'il se tourne vers moi, le visage ravagé par un mélange de peur, de culpabilité et de désespoir. Il garde ses mains autour de lui comme s'il craignait que je le blesse.

— Je peux comprendre que tu ne veuilles plus de moi, mais je ne pourrais pas supporter que tu me détestes. S'il te plaît, ne me hais pas.

Je ne l'ai jamais vu dans un tel état de détresse. Il m'a confié n'avoir pas pleuré depuis ses 10 ans et pourtant cette nuit, il ne maîtrise plus ses émotions. Mes larmes coulent autant que les siennes lorsque je prends son visage entre mes mains.

— Je t'aime, Jared.

— Ne me déteste pas, répète-t-il tout bas.

— Je t'aime, bébé. Je t'aime tellement.

Il entrouvre la bouche et je me doute qu'il va répéter les mêmes mots. Je l'interromps en déposant un petit baiser sur ses lèvres.

— Je t'aime, je confirme alors que son regard incrédule se rive au mien.

— Même après ce que je t'ai dit ? Après ce que j'ai fait ? Comment peux-tu…

Il baisse les yeux et déglutit. De mes pouces, j'efface l'eau salée qui roule sur ses joues.

— Tu n'as rien fait de mal, dis-je en chuchotant.

— J'ai baisé avec la mère de mon meilleur ami, sanglote-t-il.

Je ne sais pas comment s'y est pris cette femme, mais elle a réussi à le convaincre que tout était de sa faute. À chaque phrase qui est sortie de sa bouche, j'ai compris que derrière la culpabilité qu'il affichait, se cachait une terrible douleur.

— Jared, tu n'étais qu'un enfant !

— Non, je…

— Tu avais 13 ans ! Tu peux me dire quel genre de mère de famille a des rapports sexuels avec un enfant ?

Il me fixe, les yeux noyés de larmes qui ne semblent plus vouloir se tarir.

— Est-ce que tu souhaitais qu'elle te touche ? Qu'elle t'introduise tous ces trucs ? le questionné-je en tentant de camoufler la colère viscérale que j'éprouve en imaginant son calvaire. C'est toi qui lui as demandé de faire ça ?

Il secoue négativement la tête.

— Non mais je l'ai laissée faire.

— Tu m'as dit que tu l'avais suppliée d'arrêter.

Il acquiesce. Mais je remarque qu'il ne comprend pas mon raisonnement, aussi je tente une autre approche.

— Bébé, ce que Tyler m'a fait, tu penses que c'était de ma faute ? Que je le voulais ?

— Non, bien sûr que non, réplique-t-il aussitôt. Tu lui as dit non.

Soudain, je vois ses yeux s'écarquiller, il commence à comprendre.

— Toi aussi, tu as dit non à Marietta.

— Ce n'est pas pareil, je suis un homme, souffle-t-il.

— Tu n'étais qu'un gosse. Elle n'avait pas le droit de te faire subir ça. Tu étais contre.

— Oui mais je l'ai quand même baisée.

Je ne peux plus soutenir son regard, je pose mon front contre le sien et demande, en redoutant la réponse :

— C'est toi qui allais la chercher pour avoir des rapports ? Tu l'allumais ?

Le silence qui suit est pesant, je n'entends plus que le martèlement de mon cœur qui bat à un rythme effréné. Je sens de nouvelles larmes rouler sur ses joues entre mes doigts qui renferment toujours son visage. Alors que je crois qu'il ne me répondra pas, il murmure :

— Elle parvenait à me coincer seul dans une pièce afin que

je la satisfasse à chaque fois qu'elle le désirait. Elle prétendait que c'était moi qui le voulais.

Je rouvre les yeux et me détache légèrement de lui.

— Tu n'as rien fait de mal, je répète.

Il ne me contredit pas, n'acquiesce pas non plus. Il se contente de me regarder en continuant de pleurer. Tel un gourou qui endoctrine un public, elle l'a influencé afin qu'il cède à ses volontés tout en le faisant culpabiliser pour s'assurer son silence.

— Cette femme est une perverse qui a abusé d'un enfant, dis-je en ravalant difficilement ma salive avant de lui dire la vérité qu'il a absolument besoin d'entendre. Jared, Marietta t'a violé.

Il demeure impassible pendant quelques secondes. Puis son visage se déforme en une grimace de répulsion qu'il cache derrière ses mains. Un son qui ressemble à un cri d'horreur lui échappe, il est en train de craquer peut-être pour la première fois de sa vie. Je l'attire à moi, le sentant sangloter dans mon cou pendant de longues minutes alors que ses bras se referment autour de mon corps avec force. Au milieu de la tempête qui l'agite, je suis le rocher auquel il peut s'agripper.

— Je suis là, bébé. Je t'aime, lui dis-je encore et encore afin qu'il réalise qu'il n'est plus seul dorénavant.

Mes larmes se mêlent aux siennes. Comment une femme peut-elle faire endurer ça à un petit être fragile ? Comment une personne peut infliger cela à une autre ?

Peu à peu il retrouve une respiration normale et se détache de moi. J'efface les dernières larmes qui s'attardent aux coins de ses yeux et lui fais un petit sourire réconfortant.

— Je suis désolé, murmure-t-il. Je ne voulais pas que tu me voies dans cet état, que tu aies pitié de moi.

— Je ne ressens aucune pitié, seulement de l'amour.

Ses yeux posés sur moi se brouillent de larmes à nouveau.

— Personne ne m'a jamais aimé.

Il l'a chuchoté si bas que j'ai du mal à l'entendre.

— Moi je t'aime. Plus que tout, j'affirme avant de déposer un léger baiser sur ses lèvres.

— Je ne veux pas te perdre, dit-il d'une petite voix étranglée par l'émotion en me serrant contre lui.

— Tu ne me perdras pas.

Nous restons blottis l'un contre l'autre un long moment, nous délectant de cette promesse d'éternité qui flotte entre nous.

— Non mais regarde-moi. Je n'ai jamais autant chialé de ma vie ! Une vraie gonzesse ! lance-t-il lorsque nous trouvons enfin la force de nous séparer.

Le petit sourire qu'il affiche me redonne espoir, il surmontera cette épreuve comme il en a vaincu tant d'autres. Même si cela est difficile, il est temps qu'il se libère de cette influence, qu'il brise les chaînes qui le retiennent encore à cette maudite femme et cela doit passer par l'acceptation de la vérité. Je me doute qu'il lui faudra certainement du temps pour admettre qu'elle l'a réellement violé, pourtant cela est bien le cas, ça ne fait aucun doute.

— Ne critique pas les filles qui pleurent !

Je rigole alors que ses traits se tendent à nouveau.

— Tagada, tu penses vraiment ce que tu as dit ? Tu sais que Marietta m'a...

— Oui, répondis-je m'emparant de sa main. J'ignore quel pouvoir elle exerce sur ton esprit mais elle a réussi à manipuler l'enfant que tu étais pour lui faire croire que tu étais coupable. Tu n'as rien à te reprocher. Cette foutue bonne femme est une grande malade !

Il demeure un long moment perdu dans ses pensées, à fixer le plafond. Quand enfin il tourne le visage vers moi, il est toujours contrarié.

— J'aimerais pouvoir affirmer qu'elle n'a plus aucune emprise sur moi mais c'est faux, elle parvient encore à me faire agir comme elle le souhaite.

Je secoue la tête.

— Aujourd'hui tu n'es pas allé la voir alors qu'elle t'avait dit de le faire. Tu lui as résisté. J'ai vu ton regard lorsque tu lui parlais ainsi que ton soulagement lorsque je t'ai rejoint. Elle ne te contrôle plus, Jared. Tu ne lui appartiens pas.

— Tandis que j'errais dans les rues, je ne pensais qu'à toi. Avant de te connaître, j'avais la conviction que toutes les femmes étaient comme elle. Je crois d'ailleurs que c'est pour ça qu'Earl a voulu que je vienne vivre chez toi, il voulait me démontrer que j'avais tort. Il avait raison, tu es tellement différente d'elle.

Ses doigts effleurent ma joue ce qui provoque un frisson tout le long de ma colonne vertébrale.

— Je voulais tout te dire depuis des semaines mais j'avais peur de ta réaction.

Je me rapproche de lui jusqu'à poser ma tête sur son torse.

— Quelle est l'opinion de mon père ?

— Je ne lui ai pas tout raconté dans les détails, comme je l'ai fait avec toi, je lui ai seulement relaté les grandes lignes. Tu es la seule à connaître toute la vérité. Il m'a dit que je n'avais rien à me reprocher et que le mieux était d'éviter Marietta. Il a essayé d'approfondir la discussion mais j'avoue que je me suis dérobé. Je ne voulais pas me confier davantage ni entendre ce qu'il tentait de me faire comprendre.

— Est-ce que tu en as parlé à d'autres personnes ?

Il laisse échapper un soupir à m'en fendre l'âme.

— Non. À quoi bon ?

J'aimerais lui dire que cette malade risque de faire subir la même chose à d'autres enfants, mais je ne pense pas que ce soit le bon moment pour poursuivre cette conversation. Jared est encore à fleur de peau et je ne veux pas le faire culpabiliser en lui signifiant son manque d'action. Aussi je me cale davantage contre lui, ma main reposant sur son ventre ferme.

— Merci, Ady, souffle-t-il en déposant un bisou sur le sommet de mon crâne. C'est grâce à toi que j'ai été capable de lui résister aujourd'hui. Je sais que je merde souvent dans notre relation mais je ne veux pas te blesser, jamais.

— Tu n'es plus seul Jared, je suis là. Je ne la laisserai plus t'approcher, je te le promets.

Qu'elle essaie ne serait-ce que lui parler et elle aura affaire à moi. Je n'ai jamais ressenti une telle rage de ma vie. Je serais capable de l'écharper si elle reposait un de ses ongles, manucurés comme une pute, sur lui.

Les bras de Jared me serrent davantage contre lui et après quelques minutes d'un silence apaisant, je comprends que, trop fatigué par la détresse qu'il a enfin laissée sortir après toutes ces années, il a sombré dans le sommeil. Mon fier guerrier a rendu les armes pour cette nuit. J'aimerais être capable d'en faire autant mais, alors que j'oscille entre éveil et inconscience, je sens la culpabilité resserrer ses griffes autour de moi jusqu'à m'en couper le souffle.

Chapitre 32

Jared

Lorsque j'ouvre lentement les yeux, j'ai l'impression de sortir d'un immense tunnel sombre. Il me faut plusieurs secondes pour identifier ma chambre tant mon esprit est confus. La seconde chose que je remarque est l'absence d'Adalynn à mes côtés. Je tourne le regard vers le radio-réveil, qui affiche à peine 6 heures du matin, tout en me remémorant les événements de la nuit passée. Me confesser a été la chose la plus difficile que je n'aie jamais faite. Lorsqu'Ady m'a tenu dans ses bras, j'ai senti un mur de protection s'écrouler, rompant toutes les barrières, que j'avais érigées, les unes derrière les autres. *Je t'aime*, sa voix résonne à nouveau dans mon esprit avec une lucidité qui me fait sourire comme un idiot. Aucun être humain ne m'avait jamais dit ces simples mots qui sont si agréables à entendre, et dont personne ne devrait être privé. Il n'y a qu'Adalynn, il n'y a toujours qu'elle qui me bouleverse à ce point. Putain que j'ai eu peur de la perdre ! J'ai cru qu'elle m'avait abandonné, que dorénavant elle me rayait de sa vie et cela a été la pire sensation que je n'aie jamais éprouvée. De désespoir, je me suis brisé en mille morceaux avant que ses bras, ses mots ne me reconstruisent avec patience et amour.

Je ne suis pas fier d'avoir pleuré comme je l'ai fait. Merde, je suis un mec ! Les hommes ne sont pas censés pleurnicher sur des actes passés auxquels personne ne peut rien changer. Les paroles de ma petite amie tournent en boucle dans ma tête, j'ai du mal à me convaincre qu'elle puisse avoir raison, que j'aie été la victime de Marietta pendant toutes ces années. Est-ce seulement possible ?

Je me lève, traînant mes pieds nus sur le carrelage jusqu'à la cuisine où Adalynn est assise devant un mug assez grand pour qu'elle puisse s'y noyer.

— Ça va, Adada ? demandé-je en déposant un bisou sur sa tempe.

— Ouais, soupire-t-elle en gardant les yeux rivés sur sa tasse fumante.

— Pourquoi es-tu déjà levée ? Il est encore tôt et c'est samedi.

Elle hausse les épaules. Je contourne le bar pour aller me servir à mon tour et ce n'est que lorsque je lui refais face que je remarque les cernes autour de ses yeux rougis. À n'en pas douter, elle a pleuré. Pas besoin d'être un génie pour comprendre que bien qu'elle m'ait réconforté hier soir, ce matin son opinion est tout autre. Elle a réalisé quel genre d'homme je suis réellement et regrette les « je t'aime » qu'elle m'a longuement murmurés en me tenant serré contre son cœur. Je ne peux lui en vouloir. Je me dégoûte moi-même alors comment lui reprocher ce que je lui inspire ?

— Je n'arrivais plus à dormir, dit-elle d'une voix presque inaudible.

Elle porte toujours les mêmes vêtements que la veille et semble si fragile que j'ai une folle envie de la prendre dans mes bras, pourtant j'y renonce, me doutant que mon geste serait mal reçu.

— Ouais, grommelé-je.

Je bois rapidement mon café, mauvaise idée, cette saloperie me brûle la gorge. Puis je ressors de la pièce, souhaitant mettre le plus de distance physique possible entre nous. Il ne me faut que quelques minutes pour prendre une douche et m'habiller. Lorsque je suis prêt, je retourne dans la cuisine. Adalynn n'a toujours pas esquissé un mouvement.

— Je sors. Ne m'attends pas ! je lance en m'emparant de mes clefs de voiture.

— OK, murmure-t-elle sans relever la tête.

Son manque de réaction me fait plus mal que si elle m'avait giflé.

En lui révélant la vérité, j'ai perdu la seule personne qui ait réellement compté dans ma vie. Après avoir goûté au bonheur, comment suis-je censé continuer à vivre ?

Chapitre 33

Adalynn

— Oh papa !

Sans réfléchir, je me jette, en pleurs, dans ses bras. Il m'étreint fortement et si le surveillant nous scrute d'un œil critique, il n'intervient pas pour nous séparer.

— Qu'est-ce qui se passe, ma chérie ?

Les doigts de mon père glissent dans mes cheveux en un geste réconfortant qui m'a toujours apaisé. Doucement il m'écarte de lui et rive son regard inquiet sur le mien, larmoyant.

— Dis-moi ce qui s'est passé.

— C'est Jared.

— Il t'a raconté ?

Incapable de prononcer une parole intelligible, je hoche la tête pour acquiescer.

Mon père soupire en se laissant tomber sur sa chaise, je prends place face à lui et ses mains recouvrent immédiatement les miennes.

— Qu'est-ce qu'il t'a dit au juste ?

Durant de longues minutes, je lui rapporte les grandes lignes de ses propos.

— Je suis content qu'il ait enfin eu le courage de tout t'avouer. Ady, tu ne peux pas lui tenir rigueur de ce qui lui est arrivé.

Je secoue vigoureusement la tête.

— Je ne lui en veux pas, papa. Je suis malheureuse qu'il ait dû subir cela mais rien n'était de sa faute. C'est cette femme qui l'a…

Je me couvre le visage des deux mains en éclatant en sanglots.

— Elle a abusé de lui, oui, confirme-t-il. Tu comprends maintenant, pourquoi je préférais qu'il vienne vivre avec toi plutôt qu'il ne se risque à retourner dormir chez Eddy ? Elle aurait continué à le harceler jusqu'à ce qu'il…

— Il a couché avec elle lorsqu'il est sorti d'ici, lui dis-je tout bas.

Rien que de prononcer ces mots, j'ai envie de vomir. *Dire que j'ai serré la main de cette malade !* Mon père grimace légèrement.

— Ouais, je m'en suis douté quand tu m'as expliqué comment il se comportait à son arrivée. Mais tu ne peux pas lui en vouloir pour ça non plus. Il ne te connaissait pas encore à ce moment-là.

Je fixe mon regard sur la table et gratte du bout de mon ongle une éraflure imprimée depuis longtemps dans le métal.

— Je ne suis pas en colère contre lui. Je l'aime, papa. Je l'aime vraiment.

Lorsque, de longues secondes plus tard, j'ose enfin affronter le regard de mon père, je n'y lis que de la bienveillance.

— Ça aussi, je m'en doutais. Et lui ?

Je hausse les épaules avec nonchalance. La vérité est que je rêve qu'un jour Jared me dise enfin qu'il est amoureux de moi. Toutefois, comme il se prétend incapable de ressentir des sentiments, je sais que cela est loin d'arriver. Et puis il y a…

— Je ne sais pas.

Des larmes débordent à nouveau de mes yeux alors que je murmure :

— Comment pourrait-il m'aimer après ce que j'ai fait ?

— Qu'est-ce que t'as fait ? s'inquiète-t-il immédiatement.

— Je ne vaux pas mieux que Marietta...

Lorsque je ressors de la prison, je me sens un peu mieux de m'être confiée à mon père. Chaque jour passé sans lui est une journée que nous ne pourrons jamais rattraper et cela me rend dingue de comptabiliser tout ce temps perdu. Comme toujours, il a su trouver les mots pour me rassurer, me conseiller. À présent, je sais que je dois parler ouvertement à Jared de ce qui me ronge. Cela m'angoisse. Et c'est encore pire lorsqu'en arrivant à la maison, je remarque sa voiture garée devant.

Les chiens viennent m'accueillir en jappant joyeusement, dès que je franchis le seuil. Quand Horus pose ses pattes avant sur mes épaules, je recule sous son poids jusqu'à me retrouver acculée le long de la porte, ce qui me fait rire pour la première fois de la journée. Pourquoi mes parents m'ont faite si petite ? Même mon chien est plus grand que moi !

— Mais oui, t'es beau.

En réponse, j'ai droit à un énorme coup de langue qui me lave la figure en quelques secondes.

— Allez Horus, descends, tu vas me faire tomber, je supplie en sentant mes genoux lâcher sous son poids.

— Horus, viens !

La voix de Jared fait aussitôt obéir le chien.

Éducation canine : Jared 1 ; Adalynn 0.

Nos regards se croisent pendant quelques secondes et tout semble à nouveau normal entre nous. Plus de non-dits, plus de regrets de m'être comportée comme une idiote ce matin, plus de culpabilité… mais lorsqu'il détourne le sien et repart dans le living, toutes mes craintes reviennent en force.

Je le rejoins sur le canapé où, assis devant la table basse, il regarde les petites annonces dans un journal.

— Tu cherches un autre emploi ? demandé-je, innocemment.

— Non, un appart.

Mon cœur manque de s'arrêter lorsque je constate combien il est sérieux.

— Quoi ? Pourquoi ?

— Écoute Ady, il soupire avant de river ses yeux bleu océan sur les miens. Maintenant que tu sais tout, ce n'est pas une bonne idée que nous continuions à partager cette maison. Je ne t'en veux pas, je comprends ta réaction.

Il y a tant de souffrance qui se dégage de sa voix que je sens mes émotions exploser. Il n'est pas en colère, il paraît seulement lucide, déçu, profondément blessé.

— Je ne veux pas que tu partes, chuchoté-je d'une voix brisée.

— Cela vaut mieux. La situation deviendrait rapidement irrespirable si je restais.

— Mais… mais je t'aime.

Il prend une brusque inspiration, comme s'il était resté sans oxygène depuis des heures.

— Non, ce que tu aimes, c'est l'image que tu avais de moi avant de connaître le mec que je suis vraiment.

Mes mains tremblent, je me lève sans jamais le quitter du regard afin de m'assurer qu'il me croit.

— Non ! Je t'aime, toi, entier, imparfait, avec tout ce que cela implique. Je suis dingue du petit garçon qui mangeait ses friandises pour oublier la noirceur de son monde. De l'adolescent qui a souffert et qui est devenu si fort que je me sens protégée à son contact. Je suis amoureuse de l'homme que tu es aujourd'hui, qui travaille pour aider ceux qui n'ont pas eu la chance de s'en sortir. Qui sait se montrer vulnérable, tellement attachant, romantique et passionné. J'aime tout de toi, de ton obscurité à tes aspects les plus lumineux. Je te l'ai dit cette nuit, tu n'as rien fait de mal.

— Mais ce matin, tu…

— Ce n'est pas toi, c'est moi.

De nouvelles larmes roulent sur mes joues que j'essuie d'un geste rageur. Pourquoi suis-je incapable de maîtriser mes émotions ? Cela m'agace !

— Jared, j'ai l'impression d'être comme cette salope.

Il se lève brusquement et pose ses mains sur mes épaules.

— De quoi tu parles ?

Il est intimidant lorsqu'il se tient ainsi, me dominant avec colère, à quelques centimètres de mon corps tremblant.

— Regarde notre histoire. Je t'ai embrassé de force la première fois, ensuite je t'ai pratiquement supplié de me toucher… comme elle.

Les doigts de Jared se crispent et il me secoue brièvement.

— Non, pas comme elle. Jamais comme elle. Tu m'entends ? Tu n'es en rien comparable à Marietta !

Il me lâche et se met à marcher devant moi. Ses poings se contractent, trahissant sa contrariété.

— Putain Ady, je ne comprends même pas comment tu peux penser une seule seconde que tu m'as forcé à quoi que ce soit ! Merde ! s'écrie-t-il avec rage.

Je presse mes mains tremblotantes l'une contre l'autre en espérant les calmer mais cela ne fonctionne pas. Je n'ai presque pas dormi la nuit dernière et rien avalé de la journée, j'ai l'impression que mon corps va me lâcher d'un instant à l'autre, je me sens vaciller. Jared me jette un coup d'œil et voyant que je suis sur le point de m'effondrer, vient me serrer contre son torse solide.

— T'es toute pâle, ça va ? Je suis désolé, je ne voulais pas crier.

— Ce n'est pas de ta faute. Je suis juste crevée et j'ai faim.

— Pourquoi ne me l'as-tu pas dit ? Assieds-toi.

Je m'installe sur le canapé tandis qu'il sort son téléphone et compose le numéro de la pizzeria. Je souris lorsqu'il commande ma pizza préférée sans me le demander et qu'il paie pour le tout en affichant un petit rictus de fierté.

— Voilà.

Il s'assied à côté de moi en me tendant un jus de fruits et prend ma main libre dans la sienne.

— Tu te sens mieux ?

— Oui, merci, je réponds après avoir bu plusieurs gorgées.

— Parfait, dit-il en redevenant soudainement sérieux. Alors à propos des conneries que tu m'as racontées : déjà tu ne m'as pas forcé à t'embrasser, tu as posé tes lèvres une fois sur les miennes avant que je ne réagisse, la belle affaire ! Comme si je n'en avais jamais eu envie ! Et après, ah oui tu m'as demandé de te faire oublier ce que ces fumiers t'avaient fait subir alors que, quelques jours plus tôt, tu m'avais surpris en train de te baiser en pensée dans la douche. Mais c'est vrai, tu m'as obligé !

Il lève les yeux au ciel et souffle, exaspéré.

— Tôt ou tard, j'aurais posé mes mains sur toi parce que j'en mourais d'envie. À présent, je suis un grand garçon, je sais dire non et envoyer se faire foutre les femmes quand je ne suis pas intéressé. Va demander à l'autre sangsue du bar !

J'esquisse un timide sourire.

— Tagada, si j'ai répondu à ton baiser, si je t'ai caressée ce soir-là et des dizaines de fois depuis, ce n'est pas parce que tu m'as manipulé mais parce que je le voulais. Je te veux tellement.

Il prend mon visage entre ses mains et pose son front contre le mien.

— J'ignore ce que je ressens pour toi, susurre-t-il. Mais j'ai cru te perdre hier puis aujourd'hui et j'ai détesté cette sensation de vide, de désespoir, qui m'a submergé. Je ne veux plus éprouver ça, jamais plus.

— Je suis désolée, bébé. Cette nuit quand tu dormais, j'ai commencé à cogiter et j'ai trouvé des similitudes entre Marietta et moi.

— Tu n'as rien en commun avec elle. Crois-moi, je la connais très bien, tu es tout son contraire. Sors-toi ça de la tête, ma puce.

Il est rare que Jared m'appelle ainsi, cependant cela a le don de me faire fondre à chaque fois.

— D'accord, chuchoté-je contre ses lèvres. S'il te plaît, embrasse-moi.

— Enfin tu te décides à me le demander, dit-il en souriant, avant de poser délicatement sa bouche sur la mienne.

Ma main se faufile sur sa nuque afin de le rapprocher de moi et d'intensifier notre baiser.

— Humm, gémit-il avant de s'emparer de mes lèvres à nouveau.

Doucement il nous fait nous allonger sur le canapé. Mon cœur bat à une vitesse affolante, j'ai chaud sous son corps qui recouvre le mien. J'écarte les cuisses et il se glisse en leur centre, pressant la preuve de son désir contre ma féminité, ce qui m'arrache un soupir de plaisir. Soudain on sonne à la porte. Jared s'écarte. Je râle, car nous avons été interrompus, ce qui le fait rire.

— Tu as besoin de manger et de dormir, dit-il quelques minutes plus tard en revenant avec les pizzas.

Aussitôt leur parfum embaume la pièce et réveille mon estomac qui se met à geindre fortement. J'allume la télévision pour essayer d'en masquer les bruits, mais le sourire moqueur de mon petit ami me prouve que j'ai lamentablement échoué.

— Combien de café as-tu bus aujourd'hui ? Tu trembles comme une feuille.

— Quatre grands, je marmonne en mâchant un morceau de saumon.

Jared émet un sifflement choqué.

— Tu n'es pas près de t'endormir.

— Alors il va falloir que tu me fatigues, répliqué-je avant de pouvoir m'en empêcher.

Aussitôt mes joues me brûlent, je dois être aussi rouge qu'une écrevisse. Il me lance un regard satisfait avec un petit sourire en coin qui me fait immédiatement craquer.

— J'y compte bien !

Chapitre 34

Jared

— Quand je t'ai suggéré de me fatiguer, je ne songeais pas du tout à ça !

J'adore voir Adalynn bouder, cela la fait ressembler à une petite fille à la fois innocente et furieuse prête à me briser le cœur ou une autre partie de mon anatomie. Souvent lorsque je l'observe, je vois l'adolescente et la femme qu'elle devient se disputer ses réactions. Cela a quelque chose de fascinant, et penser que je l'aide à devenir plus adulte flatte mon égo en manque de reconnaissance.

Après le dîner, elle se sentait mieux et n'était plus du tout épuisée, alors j'ai pensé qu'une longue promenade au soleil couchant nous changerait de nos soirées télé habituelles.

Elle marche ou plutôt trottine, deux pas devant moi. Je me porte à sa hauteur et m'empare de sa main libre afin d'entrecroiser nos doigts. Elle est encore essoufflée d'avoir couru une bonne distance avant que je ne la rattrape.

— On échange ? lui proposé-je pour la seconde fois.

— Non, c'est mon chien, ma responsabilité, réplique-t-elle fermement.

Horus est plus qu'heureux de vivre avec nous et lui a fait savoir en s'élançant à toute vitesse dans la rue dès qu'elle a ouvert la porte de la maison. Ma pauvre Ady s'est quasiment envolée derrière lui alors que j'attrapais l'un de mes plus gros fous rires. À côté de lui, Missy est une crème qui marche au pas sans tirer sur sa laisse.

— Plus têtue que toi, on meurt !

Au même moment, Horus aperçoit un écureuil un peu plus loin et s'élance à nouveau. Adalynn est projetée en avant, heureusement que je la tiens, cela freine sa course.

— Allez Tagada, c'est ridicule ! Donne-moi la laisse d'Horus avant que tes pieds ne quittent le sol encore une fois.

— Ce n'est pas drôle, fulmine-t-elle.

J'abandonne tout effort de contenir mon rire et me plie en deux au milieu du trottoir. Elle me tape le bras mais cela ne suffit pas à me calmer.

— Horus, attaque Jared !

Sans que je ne m'y attende, son chien pose ses pattes sur moi avec une telle force que je me retrouve les fesses au sol. Ady éclate de rire à son tour alors que Missy vient me lécher la tronche comme pour s'assurer que je vais bien.

— Ça, tu vas me le payer, dis-je avec mauvaise foi.

— Vous ne me faites pas peur monsieur Miller, j'ai une arme contre vous désormais, sourit-elle en flattant son molosse.

Je me relève en me frottant le postérieur. Ma fierté d'homme en a un pris un sacré coup alors qu'Adalynn est contente d'elle. Je me rapproche d'elle, passe un bras autour de sa taille et la presse contre mon corps en me penchant assez pour lui mordiller le lobe de l'oreille.

— Qu'est-ce que tu fais ? gémit-elle plus qu'elle ne parle.

Je laisse ma bouche courir le long de sa joue, lorsque j'atteins ses lèvres, elle a le souffle court et les yeux brûlants de désir. C'est alors que je m'écarte brusquement.

— On poursuit notre balade ?

— Hein ?

Elle cligne des yeux plusieurs fois, n'en revenant pas de la façon dont je l'ai allumée.

— Alors ça, c'est sadique ! m'accuse-t-elle en pointant un index sous mon nez.

— Je le reconnais, avoué-je en souriant. Allez Adada, on fait la paix ?

Elle acquiesce d'un mouvement de tête. Nous concluons notre trêve par un petit baiser et elle me tend enfin la laisse d'Horus.

— Je crois que tu auras davantage de force que moi pour le retenir, dit-elle d'une petite voix.

— Tu penses ? dis-je l'air étonnée.

— Tu n'arrêteras jamais de te moquer de moi ?

— Non, ça sera mon plaisir éternel !

De retour à la maison, nous nous blottissons l'un contre l'autre sur le canapé devant la télévision. En zappant, je tombe sur un film de science-fiction datant des années 80, j'aime bien ce genre de navet qui me fait rire à intervalles réguliers alors que ma compagne s'est endormie dans mes bras. Avant, quand certains de mes potes me parlaient des soirées pantouflardes qu'ils passaient chez eux avec leur femme, j'avais pour habitude de me foutre d'eux. Alors qu'au fond je les enviais. Ils avaient un foyer, une personne qui les aimait assez pour les supporter au quotidien, ils semblaient heureux, cela me rendait profondément jaloux. Maintenant je comprends ce qu'ils ressentaient. Avoir Adalynn dans ma vie m'a apporté une sérénité que je n'aurais jamais imaginée. Cela ne me tente plus de sortir dans les bars avec Eddy alors que je sais qu'elle m'attend dans mon lit. Pourtant je dois admettre que ses mots continuent de me troubler, j'essaie de rester zen, de ne pas stresser et d'assimiler ce qu'elle pense de ma relation avec Marietta, mais j'ai beaucoup de mal à me faire à l'idée que, peut-être, elle a raison. Et lorsque je pense à la facilité avec laquelle elle me dévoile ses sentiments, mes mains deviennent moites tandis que mon cœur s'emballe. Comment une fille comme elle peut ressentir cela pour moi ? Ça me dépasse. Le film s'est terminé sans même que je m'en rende compte, tellement j'étais absorbé par mes pensées. Doucement je décale Ady afin de me lever sans la réveiller, j'emmène les chiens dans le jardin pour leur dernière sortie avant de revenir prendre ma copine dans mes bras. Elle dort toujours profondément lorsque je la dépose sur mon lit. Je lui ôte ses tennis et, précautionneusement, je commence à lui retirer son jean.

— Qu'est-ce que tu fais ?

Concentré sur ma tâche, je n'avais pas remarqué qu'elle avait ouvert les yeux.

— Je ne voulais pas te réveiller.

— T'es trop mignon, dit-elle avec un grand sourire.

Comme elle en est à présent tout à fait capable, je la laisse continuer de se déshabiller et j'en fais autant. Lorsque nous nous glissons sous la couette, elle vient se blottir contre moi, comme chaque soir, et du bout de l'index trace des formes géométriques sur mon torse.

— Est-ce qu'Eddy est au courant ? demande-t-elle timidement en rompant le silence apaisant dans lequel nous étions plongés.

Je n'ai pas besoin de poser la question, je sais exactement à quoi elle pense.

— Non, il ne sait rien. Ce n'est pas vraiment le genre de chose dont on discute avec son pote.

— Si tu n'as pas envie d'en parler, je comprends.

— Ce n'est pas que je ne veuille pas en discuter avec toi, c'est juste que...

Comment lui expliquer que je ne veux surtout pas la heurter ?

— C'est délicat, finis-je par admettre.

— Eddy m'a dit que tu étais parti vivre ailleurs au bout d'un certain temps.

— Oui, vers l'âge de 15 ans je ne pouvais plus supporter Marietta. Je me savais assez grand pour survivre seul, aussi, sans rien leur dire, j'ai fait mon baluchon et je suis parti. J'ai dormi sur le canapé de Stan, dans son garage, pendant quelques mois, jusqu'à ce qu'il soit mis en taule. Puis Eddy a insisté pour que je revienne chez lui. Marietta m'avait promis que tout ce qui s'était passé entre nous n'était plus d'actualité et je l'ai crue. Pendant quelque temps elle m'a foutu la paix, le temps de me faire baisser ma garde et un soir, tout a recommencé. Alors dès le lendemain, je suis reparti.

— Où es-tu allé ? demande Adalynn en me scrutant.

— Il y a un parc dans le quartier où les bancs ne sont pas très confortables. Ensuite je suis passé de l'appart d'un pote à un autre, retour au parc lorsque je ne trouvais personne pour m'héberger. J'ai vécu ainsi jusqu'à ce que Stan ressorte de prison. Je suis alors retourné dormir dans son garage et c'est là que j'ai été enfermé à mon tour en cambriolant ma mère.

— Tu arrivais à vivre comme ça ?

— J'ai arrêté mes études à 18 ans, faute de pouvoir me payer l'université. Ensuite j'ai enchaîné les petits boulots, souvent avec Stan qui m'apprenait la mécanique.

— Et si mon père ne t'avait pas offert de venir ici, où serais-tu allé ?

Je souffle en me passant une main sur le visage.

— Je pense que je serais sûrement encore en train de jongler entre les apparts de mes copains qui pouvaient m'héberger en évitant Marietta le plus possible même si cela était compliqué, car comment éviter sa mère sans éviter Eddy ? Par le passé, quand vraiment je ne savais plus où aller, parfois je prenais sur moi et admettais que je n'avais pas vraiment le choix, alors j'y retournais le temps de trouver un autre pote chez qui déposer mes affaires et dormir quelques nuits en sécurité. Stan a dû fermer son garage pendant mon incarcération. Le quartier est devenu trop dangereux pour que ses clients s'y risquent à présent.

Le bras d'Ady resserre son étreinte autour de ma taille alors qu'elle cale sa tête dans le creux de mon épaule.

— Quand j'ai accepté que tu viennes, j'étais loin de me douter de quelle galère je te sortais.

Je me redresse légèrement afin de voir son expression.

— Tagada, je ne veux pas que tu croies que je profite de toi, parce que je te jure que ce n'est pas le cas.

— Je ne pense rien de tel.

— Tant mieux parce que je t'assure qu'en arrivant chez toi, j'étais à mille lieues de me douter que nos rapports évolueraient de cette façon. Tu étais censée rester un fantasme inassouvi.

Je souris.

Elle croise les mains sur mon torse nu et y pose son menton, l'air soudain très sérieux.

— Je le suis toujours, je te rappelle.

J'ai soudainement du mal à ravaler ma salive.

— Nous avons quand même fait pas mal de trucs.

Elle lève un sourcil ironique en changeant de position. Bientôt je sens sa main descendre sur mon entrejambe qu'elle caresse lentement par-dessus mon boxer.

— Comme ça tu veux dire ?

Mes paupières se ferment d'elles-mêmes sous sa douce torture avant qu'elle ne retire subitement ses doigts. Je rouvre les yeux pour les river sur les siens qui semblent paniqués.

— Je suis désolée, je ne t'ai pas demandé si je pouvais te toucher, murmure-t-elle, mal à l'aise.

Je prends son visage en coupe dans mes mains. Il faut que je la rassure sur le fait que tout est différent avec elle.

— Tu n'as pas à me poser la question. Tu peux me toucher où et quand tu veux, Tagada.

— Oui mais…

— Nous sommes ensemble. Ce n'est pas comparable, ça ne le sera jamais.

— Je t'aime, chuchote-t-elle.

La sincérité qui brille dans son regard ne laisse aucune place au doute. Je rapproche son visage du mien et l'embrasse langoureusement avec une passion que j'aimerais laisser exploser. Chaque cellule de mon corps hurle, me réclamant cette fille.

— Jared, est-ce que tu me caches encore quelque chose ? me demande-t-elle à bout de souffle.

— Non, plus rien. Promis.

Elle mordille doucement ma lèvre inférieure, envoyant des ondes électriques qui se répercutent dans tout mon être.

— Alors maintenant qu'il n'y a plus de secrets entre nous, fais-moi l'amour.

Elle ne me supplie pas, elle n'ordonne pas non plus. Elle en parle juste comme d'une évidence que nous n'avons pas voulu accepter.

— Tu es sûre ?

Ses mains s'agitent autour de mon boxer, je soulève les hanches pour lui permettre de me l'enlever. Rapidement mon unique vêtement se retrouve au sol. Ses doigts me caressent à nouveau avec un mélange de douceur et d'avidité qui me fait dériver vers un monde merveilleux. Bientôt je sens sa langue lécher mon gland avant d'en faire autant sur toute la longueur de ma verge. Lorsqu'elle me prend dans sa bouche, je ne retiens plus mes râles de plaisir qui déferlent comme les vagues sur la grève. Quand Marietta me faisait la même chose, je ressentais un plaisir passager mais cela n'a jamais atteint l'extase qui me guette dès qu'Adalynn me touche. Sans que je ne comprenne comment, cette fille brise toutes les murailles de protection que je m'étais forgées, les unes à la suite des autres, pour me reconstruire en un homme meilleur. Mes hanches se soulèvent du matelas pour venir à sa rencontre en des mouvements qui se dérobent totalement à ma volonté.

— Ady… je vais…

J'espère qu'elle a compris que je ne vais plus tenir longtemps et qu'elle devrait s'écarter. Pourtant elle n'en fait rien, au contraire, elle accélère le rythme et lorsqu'elle passe sa langue sur mon gland, je me sens éjaculer sans retenue alors qu'un long râle de plaisir sort de ma gorge, échappant comme le reste à mon contrôle.

— Cela t'a plu ? me demande-t-elle timidement quelques minutes plus tard en revenant s'allonger contre moi.

— C'était le plus bel orgasme de ma vie, dis-je sincèrement. Et toi ça va ? J'ai essayé de te prévenir…

— Je sais mais je voulais connaître la sensation que cela me procurerait de te goûter.

Bien que les lumières de la chambre soient tamisées, ses joues rosies par la gêne se voient comme un phare au cœur de la nuit. J'aime ce paradoxe qui la fait agir librement tout en étant intimidée par les mots descriptifs. Derrière son innocence se cache une passion qui ne demande qu'à s'exprimer pleinement.

— Tu es encore plus belle lorsque tu rougis.

Je ramène une de ses mèches derrière son oreille et doucement la fait s'allonger sur le dos. Mes lèvres sont sur les siennes avant qu'elle ne puisse reprendre sa respiration tandis que je lui ôte son soutien-gorge. Elle ouvre les cuisses et je me cale en leur centre, mon sexe reprenant déjà de la vigueur.

— À mon tour de te faire perdre le contrôle.

Ma langue trace un sillon entre ses seins avant de lécher ses mamelons à tour de rôle. Entre deux doigts, j'en triture un tandis que je tire légèrement sur le second entre mes dents. Ady se cambre violemment, m'offrant inconsciemment une meilleure position. Je prends mon temps pour parcourir chaque parcelle de sa poitrine puis de son ventre. Lorsque je lui retire sa culotte, son souffle saccadé me prouve son excitation.

Chapitre 35

Adalynn

Je quitte un peu plus la terre à chaque seconde qui s'écoule. La langue, la bouche de Jared qui s'activent sans relâche sur les points les plus sensibles de mon anatomie m'envoient dans une galaxie qu'il m'a fait découvrir et que j'aime retrouver avec délice. Mes poings se referment convulsivement sur le drap alors que mon corps s'arque sans que j'aie le moindre contrôle sur lui.

— Oh Seigneur !

Je crie sans pudeur alors qu'un puissant orgasme me transporte dans un autre monde.

Des étoiles dansent devant mes yeux, je tente de reprendre ma respiration mais mon palpitant bat trop vite pour me le permettre. J'affiche un sourire niais quand, au travers des points lumineux, je distingue le visage de Jared penché au-dessus du mien.

— Est-ce que ça va ? demande-t-il en replaçant mes cheveux moites de sueur en arrière.

Son corps me recouvre, j'ai chaud mais pour rien au monde je ne souhaite qu'il s'écarte. Son sexe en érection presse sur l'intérieur de ma cuisse. Cette nuit, je veux que nous allions jusqu'au bout. Je le désire comme je n'ai jamais désiré quelqu'un de toute ma vie.

— Je vais très bien, affirmé-je en enroulant mes bras autour de ses larges épaules.

— Tu veux toujours ?

Une nuance de crainte que je ne parviens pas à identifier brille dans son regard.

— Oui. Pas toi ?

— Si mais...

Il se mord la lèvre inférieure en plantant ses yeux bleus dans les miens.

— Mais quoi ?

— J'ai peur de te faire mal, souffle-t-il tout bas.

Loin de me gêner, sa confession me confirme que je veux donner ma virginité à nul autre que lui.

— Alors qu'est-ce que tu proposes ? demandé-je, malicieusement. On continue de vivre ensemble, de dormir dans le même lit jusqu'à la fin de nos vies sans jamais dépasser le stade des caresses ?

Il pose ses lèvres sur les miennes en un bref baiser puis sourit.

— Arrête de te moquer de moi !

— Et toi, arrête de flipper. Je te veux Jared... entièrement. Alors agis comme tu le faisais avec les autres filles.

Son regard devient glacial. Je ne sais pas ce que j'ai dit pour l'énerver à ce point.

— Tu n'es pas comme elles ! Toutes les autres sans exception, je les prenais par-derrière pour ne pas avoir à les regarder, ce n'était que du sexe. Elles n'ont jamais compté. Toi... toi, je veux te voir. Je veux te faire l'amour pour la première fois.

Son aveu me rassure. Finalement nous serons deux à découvrir le véritable amour physique cette nuit.

— Je t'aime tellement, susurré-je contre sa bouche.

Sans rien dire, il se redresse et prend un carré argenté dans le tiroir de la table de nuit, qu'il ouvre entre ses dents. Il enfile le préservatif avant de revenir se placer entre mes cuisses ouvertes, en prenant appui sur ses mains placées de chaque côté de ma tête comme s'il faisait des pompes.

— Je vais y aller doucement, murmure-t-il en me scrutant.

Je sais qu'il cherche sur mon visage une émotion qui lui ferait comprendre que j'ai changé d'avis, sauf qu'il ne trouve rien. Je suis sûre de moi et même si je me pose des questions, je ne ressens aucune peur.

— J'ai confiance en toi.

Sous le poids de mes mots, il ferme les yeux et pose son front contre le mien. Je sens son sexe à l'entrée de mon vagin. Lentement il s'introduit en moi, ma respiration se bloque lorsqu'un pincement, puis une sensation de déchirure me font grimacer de douleur. Je rouvre les yeux pour plonger directement dans le regard océan de Jared. Ce que j'y lis me bouleverse, jamais encore je n'y avais vu autant de passion, teintée d'une nuance de crainte et… de l'amour. À cet instant, je sais sans l'ombre d'un doute que même s'il est incapable de me dire les mots, Jared a des sentiments pour moi. Cela fait un petit moment que je le pressens mais en cette minute j'en ai la conviction. Cette certitude a pour effet de détendre mes muscles qui s'étaient crispés sous sa pénétration. Doucement, il effectue un long va-et-vient puis s'immobilise, me remplissant entièrement. Le pincement est toujours présent mais la douleur s'est atténuée, mon corps prend aussi vite possession de cet homme que mon cœur.

— Comment tu te sens ? me questionne-t-il en effaçant une larme solitaire sur ma tempe.

— Bien. Tu peux continuer à bouger.

Il secoue négativement la tête.

— Je ne peux pas.

Mon cœur s'emballe. Je sais que je n'ai aucune expérience et que par conséquent, notre première fois ne doit pas être merveilleuse pour lui, mais de là à tout stopper... Je ne croyais pas que je serais nulle à ce point. Désespérée, je me sens sur le point d'éclater en sanglots lorsqu'il marmonne des phrases qui me laissent pantoise :

— Qu'est-ce que tu as fait aujourd'hui ? Tu as vu ton père ?

Je ne suis pas une pro des relations sexuelles, cependant je doute fortement que deux personnes fassent ainsi la conversation lorsqu'elles sont toujours emboîtées l'une dans l'autre, si ?

— Quoi ?

Ses mâchoires se contractent davantage, il souffle un grand coup comme s'il souffrait.

— J'ai besoin que tu me parles, Ady.

Alors là je n'y comprends rien. L'incrédulité doit se lire sur mes traits car sans me quitter des yeux, il ajoute :

— C'est tellement bon d'être en toi que je suis déjà sur le point de jouir. S'il te plaît, parle-moi de ta visite à la prison. Fais-moi penser à autre chose qu'à ce que je ressens actuellement.

J'esquisse un sourire, rassurée, et lui caresse les cheveux.

— Oui, j'ai vu mon père. Je lui ai dit que tu m'avais tout raconté et aussi ce qui me tracassait.

— Attends, tu as discuté de nos rapports avec Earl ?

— Oui, je lui ai expliqué comment je t'ai embrassé et aussi insisté pour que tu me touches la première fois.

Son ahurissement me fait rire, il me fixe, bouché bée. Il souhaitait que je le fasse penser à autre chose, je crois que j'ai réussi ma mission haut la main.

— Sérieux ?

— Relax, je ne suis pas entrée dans les détails. Es-tu moins tendu maintenant ?

Pour appuyer mes paroles, je bouge légèrement le bassin ce qui a pour effet immédiat de le faire grogner.

— Oui, susurre-t-il contre ma bouche.

Tout en m'embrassant passionnément, il recommence à se mouvoir en moi en des va-et-vient, lents et profonds. Plus il bouge et moins la douleur est présente, elle est peu à peu remplacée par une sensation étrange qui prend naissance dans mon ventre pour enflammer mon corps entier. Mes hanches se soulèvent naturellement pour venir à la rencontre de ses mouvements.

— Oui, ma puce, c'est ça, grommelle-t-il les dents serrées. C'est si bon. Je vais accélérer un peu, d'accord ?

Ses yeux ne quittent pas mon visage, incapable de parler, j'acquiesce d'un hochement de tête. Je le sens lutter pour retenir ses gestes afin de ne pas me brusquer.

— Noue tes jambes autour de moi et essaie de suivre mon rythme.

Je fais ce qu'il me demande sans me faire prier et aussitôt je le sens s'enfoncer en moi encore plus profondément. Un gémissement de plaisir filtre à travers mes lèvres pour atteindre sa peau en sueur. Il augmente la cadence, nos deux corps moites se frottent l'un contre l'autre. Il pose son front contre le mien tandis que mes doigts entrelacent les siens, nous unissant encore plus puissamment. Je ne sais combien de temps dure cette escalade vers un plaisir encore plus saisissant que tout ce qu'il m'a déjà fait découvrir. Je suis incapable de lâcher son regard dans lequel je me noie sans regret. Je sens mes parois intimes se resserrer autour de son sexe à chacune de ses actions, nous faisant haleter de plus en plus fortement.

— Je n'en peux plus, Ady. Jouis avec moi.

Ses mots pénètrent mon esprit de la même façon que Jared s'enfonce en moi. Cette prise de conscience de son corps qui possède le mien, de ce lien qui nous unit, déclenche mon orgasme.

— Jared !

Je me contracte autour de son pénis alors qu'il crie :

— Oh oui ! Bon sang !

Nos corps sont secoués de soubresauts durant de longues secondes, puis Jared s'effondre sur moi. Son cœur bat à tout rompre contre ma poitrine qui se soulève à un rythme affolant. Nos deux corps sont en sueur, nos souffles courts et pourtant je ne me suis jamais sentie aussi bien de toute ma vie. Je viens de faire l'amour pour la première fois avec l'homme que je suis sûre d'aimer jusqu'à la fin de mon existence.

Je le serre fortement dans mes bras alors que nous remontons lentement vers la réalité. Jared relève le visage et m'embrasse comme s'il ne voulait plus jamais se détacher de ma bouche. Puis il se décale pour retomber allongé à côté de moi, il ôte le préservatif et le jette dans la poubelle après l'avoir noué. Il revient me prendre dans ses bras avec un sourire radieux que je ne lui connaissais pas. Je me blottis contre lui en soupirant de bonheur.

— T'as encore mal ? me demande-t-il en déposant un baiser sur mon front.

— Non. Tu m'as rapidement fait oublier la douleur.

Après quelques minutes à savourer ce moment post-extase, je tâtonne le sol à la recherche d'un vêtement à enfiler.

— Qu'est-ce que tu fabriques ? me demande-t-il lorsqu'il me voit passer son T-shirt.

Vu la taille de Jared, il est assez grand pour me couvrir presque jusqu'aux genoux.

— Il faut que j'aille aux toilettes.

— Avec mon T-shirt ? Je connais chaque parcelle de ton corps au cas où tu l'aurais oublié.

Je rougis, je sais c'est stupide mais je suis trop gênée pour me balader à poil devant lui, aussi je lance la première excuse qui me passe par la tête :

— Je ne veux pas que les chiens me voient toute nue !

J'ai dit ça en quittant sa chambre et à présent que je suis aux toilettes, j'entends toujours le rire incontrôlable de Jared résonner dans toute la maison. *Il se fout clairement de ma gueule ! Bon, OK il a raison.*

Je ris aussi en pénétrant de nouveau dans la chambre. Je découvre mon petit ami debout à côté de la porte, bras croisés, il arbore un sourire narquois au coin des lèvres.

— Tu pouvais bien te moquer de moi.

D'un doigt, je désigne le boxer qu'il a renfilé. Avec un regard vorace, il vient m'enlacer.

— Je ne voulais pas t'effrayer, susurre-t-il à mon oreille tandis que je sens sa virilité se réveiller et se presser contre mon ventre.

— Encore ? dis-je en me mordant la lèvre.

— Avec toi, je suis insatiable.

Mes joues sont en feu et cela ne s'arrange pas lorsqu'il penche la tête pour m'embrasser dans le cou. Je le serre contre moi. Je sens ses mains relever l'arrière du T-shirt et bientôt ses doigts se posent sur mes fesses nues qu'il masse comme si elles lui appartenaient. Je ferme les yeux et me laisse dériver entre ses bras durant quelques secondes. Nous venons de faire l'amour, pourtant il parvient à embraser mon corps une nouvelle fois. Je rouvre les yeux pour immédiatement me figer d'effroi.

— Qu'est-ce que tu as ? questionne Jared tout en continuant à me dévorer le cou.

Je me concentre de toutes mes forces, je ne dois surtout pas crier. Aussi paisiblement que me le permettent mes nerfs à vif, je lui dis :

— La fenêtre… le voyeur est là !

Immédiatement mon petit ami tourne la tête vers la source de mon angoisse. C'est une ombre humaine noire qui se détache dans la pénombre et nous scrute sans scrupule. J'ai l'impression qu'il a un bonnet ou une capuche sur le crâne vu la forme étrange que forme le sommet de sa tête. L'individu se rend compte qu'il est repéré et part en courant. Jared me bouscule en sortant précipitamment de la pièce pour s'élancer à sa poursuite. Comme pour appuyer cette vision d'horreur, les chiens se mettent à grogner et à aboyer de toutes leurs forces depuis ma chambre avant que leurs pattes ne résonnent dans le couloir.

Je tremble de manière incontrôlée, me demandant comment nous avons pu passer d'un moment magique à cet instant terrifiant.

Chapitre 36

Jared

Je plaque Adalynn contre le mur avant de m'élancer à la poursuite de ce salaud qui nous épiait. Je cours aussi vite que je le peux dans le couloir avant d'ouvrir la porte d'entrée à la volée et de me précipiter dans la rue. Putain, je n'y crois pas, il n'y a personne ! Comment est-ce possible ? *Ce mec a une fusée dans le cul ou quoi !* Je suis juste vêtu d'un boxer mais je m'en fous, j'arpente le proche voisinage, n'osant trop m'éloigner au cas où ce cinglé ferait demi-tour pour venir s'en prendre à Ady, restée seule à la maison. J'examine les jardins des voisins environnants depuis la rue. Toujours rien. Agacé, je me décide à rentrer. Adalynn m'attend dans le couloir en compagnie des chiens, sa batte de baseball dans sa main tremblante. Apparemment c'est son arme de défense préférée, je n'ai pas intérêt à trop l'énerver si je ne veux pas qu'un jour elle tape dans mes balles.

— Je n'ai pas réussi à le choper, j'annonce en fermant la porte à double tour derrière moi.

Je ne suis pas fier de ne pas avoir été à la hauteur. J'aurais tellement voulu attraper ce mec et lui faire passer un sale quart d'heure. Cela lui aurait appris à mater ma copine.

Soudain Ady est contre moi, me serrant dans ses bras de toutes ses forces.

— J'ai eu tellement peur qu'il t'ait fait du mal, souffle-t-elle.

— Si je l'avais coincé, je ne lui aurais pas laissé le temps de me toucher.

— Qu'est-ce qu'on fait ? On appelle les flics ?

Elle s'écarte, son regard est perdu, apeuré. Mon cerveau tourne à plein régime à la recherche d'une solution pouvant la rassurer.

— Non, nous n'avons aucune preuve. Je crois que le mieux serait que dès demain tu téléphones à ton avocat pour lui demander d'envoyer quelqu'un pour installer des caméras vidéo de surveillance ainsi qu'un système d'alarme. Il faut que l'on sache qui est ce fils de pute.

— Je ne vois que Tyler ou un de sa bande.

— Ça pourrait aussi être l'autre peste du gymnase…

— Lisa.

— Ouais, ou le connard du groupe à qui j'ai foutu mon poing dans la gueule.

Ady secoue négativement la tête.

— Nous ne le connaissions pas encore la première fois que j'ai vu ce type derrière la fenêtre.

— C'est vrai, je souffle en l'entraînant dans le living.

Nous nous asseyons sur le canapé, tous deux perdus dans nos pensées, pendant un long moment.

Soudain Adada relève un visage livide vers moi.

— Oh mon Dieu, si ça se trouve il était déjà là pendant que…

De sa main elle fait des mouvements qui vont d'elle à moi.

— … Qu'on couchait ensemble, je termine à sa place. Non, je ne crois pas. Il n'y avait personne quand tu es partie aux chiottes et que je me suis levé.

— T'es sûr ?

Sa voix tremble autant que ses doigts.

— Oui, j'ai regardé vers la fenêtre en remettant mon boxer, je l'aurais vu. Il devait être là depuis peu de temps.

Elle laisse échapper un léger soupir de soulagement.

— Jared, pourquoi tout est toujours si compliqué ?

Bienvenue dans ma putain de vie !

La culpabilité me ronge à nouveau, sa vie serait plus simple si elle n'avait pas à gérer mon passé avec Marietta ainsi que mes sautes d'humeur qui en résultent.

— Je suis désolé, Tagada.

Ses bras entourent mon cou alors qu'elle laisse sa tête reposer sur mon épaule.

— Tu n'as pas à l'être. C'est moi qui suis désolée de t'entraîner dans cette histoire avec Tyler.

— Tout finira par s'arranger. Nous allons faire ce qu'il faut pour ça. Allez, viens, allons nous coucher.

Je m'empare de sa main et nous retournons dans ma chambre, accompagnés des chiens, mais aucun de nous ne peut s'empêcher de jeter des regards inquiets vers cette maudite fenêtre.

— On peut fermer les stores ?

À contrecœur, j'acquiesce. Je déteste me réveiller dans le noir après les cauchemars dont je suis coutumier, j'ai alors la sensation d'étouffer, tous mes mauvais souvenirs remontant à la surface avec force. J'ai donc pris l'habitude de dormir avec une source de lumière, comme un gamin peureux. Mais après ce qui vient de se produire, comment pourrais-je refuser cette sécurité à Tagada ?

— Tu peux laisser la lampe de chevet allumée, ça ne me dérange pas, me dit-elle comme si elle lisait le fil de mes angoisses.

— D'accord, je sais que c'est con mais…

Je règle la luminosité de la lampe sur la position la plus basse afin de ne pas la gêner.

— Je comprends, me coupe-t-elle en allant baisser le store. Tu n'as pas à te justifier.

— Merci, je murmure, ému. Je n'aime pas penser à ça, mais le voyeur pourrait également être un de mes potes de mon ancien quartier qui viendrait en repérage en vue d'un cambriolage. Et la dernière personne que je vois c'est…

— Marietta, termine-t-elle à ma place.

J'acquiesce d'un hochement de tête.

— Je ne pense pas qu'elle serait capable de faire ça mais je ne peux pas l'exclure non plus.

Adalynn part d'un éclat de rire sans joie en se glissant sous la couette.

— Oh je t'en prie, elle en serait parfaitement capable ! J'ai vu la façon dont elle te regardait, dont elle me scrutait. Elle me déteste autant qu'elle te veut Jared, il n'y a aucun doute là-dessus.

Je me rapproche d'elle et pose ma main sur sa taille. Elle reste allongée sur le dos sans esquisser le moindre geste.

— Je sais mais tu oublies une chose importante, dis-je alors qu'elle tourne son visage angoissé vers moi. Je me fous de Marietta, tu es la seule que je veux. Il n'y a que toi qui comptes.

Ses traits se détendent et elle me fait un sourire qui ravive mon bonheur malgré la situation.

Sa main se pose sur ma joue alors que son pouce parcourt ma lèvre inférieure.

— Je t'aime.

Je l'attire à moi et l'embrasse tendrement, délicatement, en faisant sensuellement danser ma langue contre la sienne. Par ce baiser, j'essaie de lui démontrer à quel point elle est importante à mes yeux. Tout ce que je ne parviens pas à lui dire par des mots, je tente de l'exprimer par des gestes. Lorsque nous nous séparons, elle pose son front contre le mien.

— J'ai peur de m'endormir en sachant que ce malade peut revenir n'importe quand.

— Je ne pense pas qu'il reviendra cette nuit, j'ai dû lui foutre une sacrée trouille. Et puis on a Tic et Tac pour nous avertir en cas de problème, je souligne en regardant les chiens couchés chacun d'un côté du lit, Horus vers la fenêtre comme s'il voulait protéger Ady contre cet intrus.

— C'est peu probable en effet, mais je me sentirai mieux lorsque le jour se lèvera, bâille-t-elle.

Je la cale davantage contre mon torse et passe ma jambe par-dessus les siennes pour les recouvrir.

— Dors ma puce, tu es en sécurité.

Le regard qu'elle pose sur moi est désarmant d'amour. Je sens mon cœur s'emballer sur sa paume lorsqu'elle m'embrasse dans le cou. Ce n'est qu'un petit baiser de quelques secondes et pourtant je me sens fondre.

— Bonne nuit, bébé.

Je me suis endormi sans m'en rendre compte, blotti contre Adalynn, respirant son parfum sucré, touchant sa peau douce. Quand je la tiens ainsi dans mes bras, j'ai l'impression d'être un autre homme. Le passé disparaît pour laisser place à un avenir que je rêve annonciateur de bonheur. Je ne suis pas encore le petit ami parfait mais j'y travaille en me montrant le plus honnête possible. C'est la seule chose qu'elle a exigée de moi, petit prix à payer par rapport à mes emmerdes passées. Seulement l'honnêteté, il faut savoir la gérer et je reconnais que je ne suis pas toujours très doué. Lorsque dans un demi-sommeil, je sens les doigts fins d'Ady se promener sur mes pectoraux, j'ai du mal à réprimer l'excitation qui m'envahit.

— Ça te plaît ? dis-je en gardant les yeux fermés.

Elle sursaute légèrement et suspend son geste. J'ouvre doucement les yeux afin de les habituer à la lumière du jour qui s'infiltre dans la pièce. Adalynn m'observe avec un petit sourire mais ses joues rosies trahissent sa gêne d'avoir été surprise en pleine séance de tripotage.

— En fait, non.

J'arque un sourcil ébahi.

— De tous tes tatouages, celui-ci est celui que j'aime le moins.

Je baisse les yeux sur le dessin de ma cage thoracique.

— Tu as un cœur Jared. Il devrait y être représenté.

Peut-être en ai-je effectivement un ? C'est la question récurrente qui m'obsède depuis que je la connais.

— Je sais pas...

— Tu ressens quelque chose lorsque je fais ça ?

Sans me laisser le temps d'anticiper, elle pose sa bouche sur la mienne. Mes lèvres s'entrouvrent, elle en profite pour venir à la rencontre de ma langue qu'elle entraîne dans une valse langoureuse, pendant de longues et merveilleuses secondes. Un souffle de bonheur remonte le long de ma gorge pour venir mourir sur ses lèvres avant qu'elle ne se détache lentement.

— Alors ?

En un baiser, elle vient de me chambouler complètement. Qu'a donc cette fille de si particulier qui me fait réagir là où les autres me laissaient indifférent ? Rien qu'en la respirant, je sens mon cœur s'emballer.

— Tagada, n'importe quel mec ressentirait quelque chose après la façon dont tu viens de m'embrasser.

Si ses joues étaient roses auparavant, son visage entier vient dorénavant de prendre feu.

— Tu vois ! Contrairement à ce que tu prétends dans le seul but de te protéger, tu es capable d'éprouver des sentiments. Tu as un cœur, bébé, et il serait temps qu'il retrouve enfin sa place, dit-elle en posant le bout de son index sur mon tatouage.

J'ouvre la bouche pour répliquer, sauf que je ne sais absolument pas quoi dire, aussi je la referme.

— Tu aimes m'analyser, hein ?

— Je pense bien te connaître, c'est tout, souffle-t-elle, mal à l'aise.

Elle craint que je me mette en colère, je peux le lire dans son regard tandis qu'elle m'observe. Je ramène une mèche de cheveux derrière son oreille puis attire son visage vers moi pour renouveler notre précédent baiser.

— J'ai très envie d'analyser une émotion en ce moment, sussuré-je dans son cou avant de l'embrasser.

Ady penche la tête sur le côté pour m'offrir un meilleur accès.

— Quel genre d'émotion ?

Sa voix est presque inaudible.

— Ce que je ressens lorsque je suis en toi, dis-je en atteignant sa clavicule.

Un hoquet de surprise s'échappe de ses lèvres entrouvertes.

— Justement…

Son hésitation me fait relever le visage afin de croiser son regard inquiet.

— Tu… Tu as aimé la nuit dernière ? s'inquiète-t-elle en se donnant une tape sur le front et en se mordant la lèvre. Je veux dire… Oh purée ce que c'est gênant… Comparée aux autres filles que tu as connues… je n'étais pas… trop nulle ?

À peine a-t-elle terminé de balbutier qu'elle cache son visage cramoisi dans l'oreiller. Devant son angoisse, je me retiens de rire de son attitude trop mignonne.

Je pose ma main sur sa nuque que je caresse doucement en cherchant mes mots.

— Dans mes rapports précédents, ce n'était que du sexe. Je te l'ai dit hier, je ne voulais pas les voir pendant que je les baisais car elles ne représentaient rien de plus qu'une façon de me vider la tête et... le reste. À travers elles, j'essayais d'oublier mon passé. Cela n'a jamais fonctionné, je me sentais toujours aussi sale lorsque c'était fini. Avec toi, tout est différent...

Ady relève la tête, ses yeux verts si expressifs se rivent aux miens, cependant je ne parviens pas à déchiffrer les ombres qui y dansent.

— Avec toi... mon univers entier est chamboulé. Chacun de tes gestes, chacune de tes paroles, tout est merveilleusement important. Viens-là.

Je la saisis par la taille afin de la rapprocher de moi, elle croise les mains sur mon torse avant de poser son menton dessus.

— Cette nuit était absolument magnifique. Je n'avais jamais rien connu d'aussi fort. Je pourrais te dire que cela m'a surpris sauf que ce n'est pas le cas, parce qu'avec toi j'ai l'impression de redevenir un ado qui découvre le monde. Tu te souviens quand je disais que tu étais trop jeune pour moi ?

— Comment oublier, soupire-t-elle en levant les yeux au ciel.

— J'avais tort. Par certains côtés, tu es bien plus expérimentée que moi. Bien que tu sois plus jeune, c'est toi qui m'enseignes la vie. Et cette nuit, tu m'as appris ce que c'est que de faire l'amour.

— Nous nous sommes initiés mutuellement, rectifie-t-elle en déposant un bisou sur mon menton.

— C'était comment pour toi ?

Cette question me trotte dans la tête depuis plusieurs heures.

J'aurais aimé qu'on puisse en discuter tout de suite après, histoire de chasser mes doutes sur le fait de ne pas avoir été à la hauteur, malheureusement l'intrusion de notre pervers à perturber mes plans.

Elle plisse le front en regardant partout autour d'elle, mon cœur s'emballe devant sa mine hésitante.

— Euh…, ses yeux se reposent sur moi et elle sourit franchement. C'était génial. Bien mieux que ce que m'avait raconté Heather.

Mes deux mains sur ses joues l'attirent vers moi pour un baiser passionné. Lorsqu'elle gémit doucement dans ma bouche, je plaque mes doigts sur ses reins afin de remonter le T-shirt avec lequel elle a dormi. Je me délecte du tracé de ses courbes mais le tissu me gêne. Nous mettons fin à notre baiser, j'en profite pour éjecter hors du lit le vêtement devenu encombrant avant de reposer mes mains sur son corps qui se tend vers le mien.

— Viens sur moi, ma puce.

Elle hésite quelques secondes avant de s'installer à califourchon sur mes cuisses. Mes pupilles doivent être dilatées au maximum lorsqu'elles se posent sur son corps entièrement nu. Elle se penche pour déposer une série de baisers d'une clavicule à l'autre avant de remonter vers mon cou où elle aspire ma peau entre ses dents. Si elle souhaite me marquer comme sa possession, je n'ai rien contre. Ma main caresse sa poitrine tandis que je glisse l'autre entre ses cuisses. Mon geste est accueilli par un soupir de bien-être.

— Jared… j'ai envie…, balbutie-t-elle d'une voix troublée par le désir.

Mes doigts la délaissent le temps d'ouvrir le tiroir de ma table de nuit pour y prendre un préservatif. Pendant ce temps, Ady me débarrasse de mon boxer. Lorsque je lève les yeux vers elle, les siens sont braqués sur mon érection qui enflamme son visage. Une fois la capote en place, elle se mord la lèvre.

— Je ne sais pas comment m'y prendre, souffle-t-elle d'une voix presque inaudible.

Délicatement, je la fais se soulever jusqu'à ce qu'elle soit alignée avec mon sexe que je frotte à plusieurs reprises contre sa fente humide. Je serre les dents tandis qu'un long gémissement s'échappe de ses lèvres entrouvertes.

— Prête ?

Elle acquiesce d'un signe de tête en se laissant descendre lentement.

— Oh putain !

Mon exclamation étouffée résume le bonheur que je ressens à me retrouver en elle à nouveau. Elle grimace légèrement de douleur en expirant profondément.

— Ça va ?

— Oui, il faut juste que je m'habitue à cette nouvelle position.

Mes mains sur ses hanches, je la guide pour qu'elle se soulève et redescende lentement jusqu'à ce qu'elle trouve son propre rythme. Je serre les dents, j'aimerais la posséder davantage mais je ne veux pas la brusquer. Son inconfort semble s'être dissipé comme me le font remarquer ses petits soupirs. Bientôt elle accélère ses mouvements en posant ses deux mains sur mon ventre, je n'y tiens plus et lève les hanches à sa rencontre afin de m'enfoncer aussi loin que possible. Elle pose immédiatement des yeux voilés de désir sur les miens.

— C'est pas trop fort ?

Elle se penche vers moi pour m'embrasser, sans cesser de bouger.

— C'est si bon. Arrête de retenir tes gestes.

Le fait qu'elle ait remarqué ma retenue brise mes derniers

scrupules. Je soulève les reins tandis qu'elle se baisse vers moi. Nos mouvements sont synchronisés comme si nos corps avaient l'habitude de s'unir depuis toujours. Ady se redresse, la tête en arrière tandis que des râles de plaisir s'élèvent dans la chambre. Je ne quitte pas une seconde son visage, j'ai besoin de la voir, de remplacer mon passé par son image. Je sens ses parois intimes se resserrer autour de mon sexe, ce qui m'arrache un grognement. Je me redresse, collant mon torse à sa poitrine, mes mains sur ses fesses, je la serre contre moi et nous accélérons davantage le rythme.

— Je… t'aime, hoquette-t-elle entre deux cris.

Ses jambes se mettent à trembler, elle me serre dans ses bras, sa tête dans mon cou. J'ai vaguement conscience de ses dents qui s'enfoncent dans mon épaule tandis qu'elle jouit.

— Tu es à moi, Ady. Rien qu'à moi !

Mes paroles hachurées sont accompagnées d'un dernier coup de reins qui me projette dans un orgasme phénoménal. J'ai vaguement notion du râle guttural qui roule dans ma gorge avant d'en sortir puissamment, en même temps que mes derniers soubresauts remplissent le préservatif. Je me laisse retomber sur le lit, emportant Adalynn avec moi.

— Tu m'as tué, soufflé-je dans ses cheveux.

Elle roule sur le côté en pouffant. Je retire le préservatif et la reprend dans mes bras. Est-il possible de se sentir aussi bien ? Aussi heureux ?

— J'en mets autant à ton service, sourit-elle. Tu m'as épuisée.

Elle cale sa tête dans mon cou, je l'embrasse sur le front.

— Dors, ma puce.

Chapitre 37

Adalynn

Je m'étire en bâillant, j'ai merveilleusement bien dormi. J'écarte la couette de mon épaule afin de me retourner plus facilement vers mon petit ami, seulement sa place est vide et froide.

— Bébé ? di-je en me redressant.

Pas de réponse. Je me lève et me rend dans le living, aussitôt j'aperçois un mot sur le comptoir.

Coucou la belle au bois dormant,

Je suis sorti régler quelques petites choses. Je n'en ai pas pour très longtemps. Si tu es réveillée avant mon retour, prépare-toi, lorsque je reviens, on fait ce que tu veux du reste de la journée et si tu dors toujours alors je viendrai vite te rejoindre dans le lit…

Jared

C'est plus fort que moi, je souris comme une idiote en levant les yeux au ciel devant son sous-entendu, pas du tout subtile.

Une heure plus tard, j'ai téléphoné à l'avocat de mon père qui va nous envoyer quelqu'un rapidement afin d'installer un système de sécurité complet, cela me rassure. Je suis maintenant prête à sortir, ne manque plus que mon copain toujours aux abonnés absents. Cela commence à m'inquiéter et comme toujours dans ces cas-là, mes pensées se mettent à construire des scénarios improbables. Le pire étant que Jared soupçonnant Marietta de venir jouer aux intruses la nuit, est allé la trouver pour avoir une franche explication. Vu le pouvoir de persuasion qu'elle exerce sur lui, à cette heure-ci elle fait tout pour parvenir à ses fins. Je déglutis péniblement en imaginant la scène.

— Non, il ne me ferait pas ça, je murmure en sentant la nausée me gagner.

Il faut que je m'occupe avant de ne plus pouvoir contenir mon envie de lui téléphoner. Je retourne dans la salle de bains et entreprends de me faire une tresse, toujours avec les chiens sur les talons. Je ne sais s'ils sentent mon inquiétude mais, depuis la veille, ils sont encore plus collants que d'habitude. J'ai presque terminé ma coiffure lorsque j'entends la porte d'entrée s'ouvrir. Immédiatement Missy et Horus m'abandonnent.

— Oui, c'est moi les chiens, la voix joyeuse de Jared me rassure aussitôt. Ady ?

— Salle de bains !

— Zut, t'es réveillée ! Soupire-t-il en me rejoignant.

Ses mains enlacent ma taille tandis que nos regards se rencontrent dans le miroir. Il est tellement grand qu'il parvient sans problème à poser son menton sur mon crâne.

— Tu ne pensais tout de même pas que je serais encore au lit ?

Il hausse les épaules et sourit malicieusement.

— Je pouvais rêver. Très joli tes cheveux.

— Merci. Où étais-tu ?

C'est le genre de question que je n'aime pas poser, cela fait vraiment la fille jalouse qui surveille son copain. Cependant l'air coupable qu'il affiche dorénavant m'ôte mes scrupules. Il se détache de moi et baisse les yeux.

— T'es allé la voir ?

Il hausse un sourcil en me dévisageant. Je n'ai pas besoin de mentionner son nom pour qu'il comprenne de qui je parle.

— Non ! s'écrie-t-il. Pourquoi est-ce que j'aurais été la trouver ?

— Pour t'assurer qu'elle n'est en rien mêlée à nos soucis nocturnes.

— Adada, je n'ai aucune intention de la revoir. Jamais.

Là, je me sens mal.

— Je suis désolée, je ne voulais pas…

— Être jalouse ?

Son sourire en coin me fait lever les yeux au ciel.

— Oui, je l'admets. T'es content ?

Il hoche la tête, visiblement satisfait de mon aveu.

— Pour en revenir à ta question, je suis allé voir Earl pour lui parler de notre rôdeur. C'est marrant, il avait les sourcils interrogateurs tout comme toi en ce moment, se moque-t-il.

— L'avocat nous envoie un technicien demain matin. Que t'a dit mon père ?

Jared hausse une épaule, désinvolte.

— Nous avons exploré quelques pistes ensemble qui se sont résumées à celles que nous avons évoquées cette nuit. Après j'ai rendu visite à l'un de mes potes, et j'ai deux petits cadeaux pour toi. Je te préviens, c'est loin d'être romantique, ajoute-t-il devant mon air réjoui.

Il me tend un sac en papier, j'y plonge la main et en retire un spray au poivre.

— C'est une arme de défense pour ton sac à main.

Délicatement, je sors un autre objet que j'observe sous toutes les coutures.

Qu'est-ce que c'est que ce truc ?

— C'est un taser, m'explique mon petit ami. Tu le tiens bien et si quelqu'un t'attaque tu appuies sur ce bouton, l'individu recevra une décharge électrique qui le paralysera durant quelques minutes.

D'accord ce n'est pas un bouquet de fleurs mais les précautions qu'il prend afin d'assurer ma sécurité me touchent profondément.

Je fais le pas qui nous sépare afin de le prendre dans mes bras mais il me stoppe dans mon élan.

— Peux-tu poser ton joujou avant ?

Son regard inquiet est posé sur ma nouvelle arme que j'aime déjà. Je m'exécute et me serre enfin contre lui.

— Merci, bébé.

— Tu aurais certainement préféré un autre cadeau ?

— Non. J'aime que tu prennes soin de moi.

Il se penche et m'embrasse tendrement.

— Qu'est-ce que tu veux faire aujourd'hui ?

Mon sourire malicieux lui arrache une petite grimace.

— Je m'attends au pire, marmonne-t-il.

— Shopping ! Pour nous deux !

Il souffle de dépit mais je vois bien qu'il le fait exprès pour me faire enrager.

— Franchement Jared, j'adore ton look mais tes fringues ont besoin d'être renouvelées.

Tout en parlant, je glisse mon doigt dans un trou de son T-shirt.

Ses vêtements sont pour la plupart usés, élimés, cela ne me dérange pas, mais après ce qu'il m'a raconté sur son passé, il est grand temps qu'il ait enfin des habits neufs dans lesquels il se sentira un homme plus heureux.

— Je suppose que je n'ai pas le choix puisque je t'ai dit que je ferai ce que tu souhaites.

— À nous les boutiques ! lancé-je joyeusement en quittant la pièce.

Après avoir passé un après-midi merveilleux, nous sommes de retour à la maison en début de soirée, les bras chargés de sacs. Cela faisait une éternité que je n'avais pas fait les magasins. Me promener main dans la main avec mon petit ami peut sembler dérisoire à certains mais pour moi cela n'a pas de prix, je suis si fière de l'homme qu'il est devenu malgré ses épreuves passées. Jared s'est montré patient alors que je passais des heures dans les boutiques. Il s'est aussi acheté quelques vêtements et j'ai râlé lorsque, discrètement, il a payé un pull que je m'étais choisi. Pour faire diversion, il m'a longuement embrassée devant la caissière et les autres clients. À la fin de notre baiser, je ne savais même plus pourquoi j'étais censée lui en vouloir. Suite à cela je lui ai à mon tour offert un petit cadeau, puis nous avons été dîner et encore une fois, Jared ne m'a pas laissée payer.

Nous déposons tous nos achats sur le canapé et je me pends à son cou.

— Merci pour le resto.

Il pose ses mains sur ma taille et me serre contre lui.

— Merci à toi de m'avoir acheté ce T-shirt, je l'adore. Par contre je ne comprends pas pourquoi tu t'es acheté ces chaussures, dit-il en faisant référence aux sandales noires munies d'un talon de 10 cm que j'arbore depuis notre sortie du centre commercial.

— Je suis plus grande !

— Justement, je ne peux plus te taquiner quand tu portes ça !

— Alors je ne vais plus les enlever, dis-je en riant.

Jared hausse un sourcil taquin et me susurre à l'oreille :

— Dans certaines circonstances, ça serait hyper sexy si tu ne portais rien d'autre que ça !

J'éclate de rire.

— Tu es un obsédé !

Il plonge son visage soudainement soucieux dans mon cou.

Les paroles que Marietta lui a répétées pendant des années me reviennent en mémoire et je me mords la lèvre. Cette folle prétendait toujours qu'il était un pervers.

— Excuse-moi, Jared, ce n'est pas ce que je voulais dire… ne le prends pas mal, s'il te plaît.

— Non, tu as raison. Avant je me tapais une fille quand vraiment j'étais en manque, mais avec toi…

Il se redresse, hausse les épaules et je comprends qu'il ne trouve pas les mots pour expliquer ce que je lui fais ressentir.

— En l'espace de quelques semaines, tu es devenue la personne la plus importante de ma vie.

Ses yeux plongent dans les miens avec une sincérité qui me serre le cœur.

— J'ai une totale confiance en toi.

Lui, qui ne fait jamais entièrement confiance à personne, vient de commencer à partager ses sentiments, et même si c'est peu de chose cela m'emplit de bonheur.

Je prends son visage entre mes mains.

— Moi aussi, j'ai foi en toi. Je t'aime.

Il me serre dans ses bras, je sens le rythme endiablé des battements de son cœur. Il y a des phrases comme celle-ci qui ont le don de lui faire plaisir mais de le terroriser en même temps. Je comprends qu'il ait du mal à s'exprimer, pourtant je dois admettre que j'aimerais qu'il s'ouvre davantage à moi. Je rêve de l'entendre me dire qu'il est amoureux de moi, cependant je suis assez lucide pour savoir qu'il faudra beaucoup de temps avant que cela n'arrive, enfin si toutefois il éprouve ces sentiments. Il y a des jours où, comme hier soir, je discerne dans son regard quelques bribes d'émotions et à d'autres moments je me dis que je fabule complètement. Je ne possède pas la clef de son âme et encore moins celle de son cœur, et en cet instant où je côtoie sa peur face à mes sentiments, je me demande si un jour il m'en donnera l'accès.

J'ai passé la nuit à me réveiller régulièrement. Au départ c'était pour inspecter les ombres qui s'infiltraient par le store entrouvert de la chambre. Cependant cela a rapidement dérapé, il a suffi que je me rapproche de Jared pour qu'il se réveille à son tour et qu'il commence à m'embrasser. Parfois c'est lui qui me touchait alors que je dormais et aussitôt mon corps en réclamait davantage. Je suis complètement accro à cet homme. Résultat, nous avons fait l'amour quatre fois durant la nuit, parfois tendrement, parfois passionnément mais à aucun moment les yeux de Jared n'ont quitté mon visage. J'ai l'impression qu'il veut être certain que c'est bien avec moi qu'il couche et pas avec *elle*.

D'un pas traînant, je me rends à la cuisine. Jared y est déjà. À mon approche il se retourne avec un mug de café qu'il me tend.

— Merci bébé, dis-je d'une voix encore ensommeillée avant de l'embrasser.

Contrairement à moi, il a l'air bien réveillé et arbore un petit sourire satisfait qui me renvoie immédiatement à nos ébats des heures précédentes. Sans me prévenir, il me soulève et m'assoit sur le bar. Heureusement que mes doigts sont crispés sur ma tasse, sinon j'aurais renversé du café partout.

— Ça va, ma puce ? demande-t-il en apposant son front contre le mien.

Je pose mon mug et lui caresse la joue, il ne s'est pas encore rasé, j'aime cette sensation sous mes doigts.

— Très bien mais je suis fatiguée.

Il rigole, visiblement fier de lui.

— Tu aurais dû rester au lit un peu plus longtemps.

— Je ne peux pas, j'ai cours tout à l'heure. Et avant ça, l'agent de sécurité va venir installer les caméras. J'avoue que cela me tranquillise, avec un peu de chance nous pourrons découvrir l'identité de notre pervers lors de sa prochaine visite. Et après nos nuits seront plus paisibles.

— Tu crois ?

Il hausse un sourcil en affichant un sourire moqueur. Cela suffit à enflammer mes joues.

— C'est peut-être pas le bon mot… disons qu'elles seront moins stressantes.

L'air grave, il hoche la tête et dépose un rapide baiser sur mes lèvres.

— Je vais prendre une douche.

Tandis qu'il s'éloigne, mon regard se pose sur le pantalon de jogging qu'il porte pour unique vêtement, il lui tombe bas sur les hanches et moule à la perfection ses jolies petites fesses. *Depuis quand j'ai des pensées aussi salaces ?*

Je bois rapidement mon café, tandis que j'entends l'eau couler dans la pièce voisine. J'imagine mon petit ami, nu sous le jet et je ne me contrôle plus. Avant que je n'aie réalisé, je suis déjà dans la salle de bains. J'ôte son T-shirt que je porte et ouvre le rideau de la douche.

L'étonnement se lit sur son visage avant d'être remplacé par le désir.

— Je crois que tu avais un fantasme dans cette cabine ? murmuré-je en me plaçant devant lui.

Hier soir, il m'a raconté à quoi il pensait lorsque je l'avais surpris.

— Tu n'es pas obligée.

— Je sais, dis-je simplement en me mettant sur la pointe des pieds pour l'embrasser.

Quelques minutes plus tard, après avoir réalisé la première partie de son fantasme, Jared me soulève avec une aisance qui me surprend toujours. Mon dos brûlant se plaque contre le carrelage froid, mes jambes entourent automatiquement son bassin tandis qu'il dépose une pluie de baisers de mon cou à ma clavicule.

— Tu me rends complètement dingue, susurre-t-il en me mordillant le lobe de l'oreille.

Je sens sa virilité se presser contre mon sexe. Brusquement il se redresse et me fixe, son expression est indéchiffrable. Aussitôt mon cœur s'emballe.

— Qu'est-ce que tu as ?

Il grimace et me repose au sol.

— Les préservatifs sont dans ma chambre, grogne-t-il en jetant un œil révolté à son érection.

J'ai envie d'éclater de rire, seule sa frustration me retient.

— On peut peut-être s'en passer ? proposé-je.

Il ferme les yeux et soupire :

— Ne me tente pas Ady.

— Je suis clean et je suis sous contraceptif, je lève mon bras gauche devant ses yeux écarquillés. Ma mère m'a fait mettre un implant lorsque j'avais 15 ans. Elle voulait être sûre de ne pas devenir grand-mère pendant qu'elle voyageait aux quatre coins du monde. Cela se remplace tous les trois ans, je l'ai fait renouveler l'an dernier.

Il garde le silence pendant de longues secondes, certainement le temps que l'info remonte jusqu'à son cerveau.

— Je n'ai jamais baisé sans capote. J'ai dû faire le test de dépistage du sida lorsque j'ai été incarcéré, il était négatif.

Il pose ses mains sur mes hanches et son front contre le mien.

— Ta mère est vraiment cinglée de ne pas t'avoir fait confiance. Cela dit, je n'aurais jamais cru dire ça un jour mais, en cet instant, je l'adore !

J'éclate de rire alors qu'il me soulève à nouveau.

— Merci Janet, gémit-il en me pénétrant d'un seul coup de reins.

Contrairement à ce que j'avais imaginé, il me fait l'amour lentement, en savourant chaque seconde, ses yeux rivés sur mon visage. Il m'embrasse régulièrement, en grommelant combien c'est bon d'être en moi. Ses mouvements associés à ses mots me projettent rapidement parmi les étoiles. Je m'accroche à ses épaules en redescendant sur terre alors qu'il crie en s'enfonçant une dernière fois profondément en moi. Il blottit son visage dans mon cou, je sens son souffle chaud sur ma peau humide. L'eau continue de nous ruisseler dessus mais aucun de nous n'y fait attention.

— C'était…, commence-t-il en me reposant au sol.

— Génial.

— Mieux que ça, sourit-il. Tu es la meilleure.

Je plisse les yeux, ne sachant pas comment prendre sa phrase. C'est un compliment de me comparer à celles qu'il s'est tapées avant ?

— J'ai encore merdé, souffle-t-il en m'observant. Tagada, ce n'est pas ce que je voulais dire… avec toi… tout est intense.

Rassurée, je pose ma main sur sa joue.

— Je sais, bébé.

Il attrape ma main et en embrasse la paume.

Même si la douche n'est pas très grande, nous nous lavons ensemble sans nous gêner. Puis je m'enroule dans une serviette pour aller m'habiller dans ma chambre tandis que Jared enfile un caleçon et se rase. Bientôt la sonnette retentit, faisant aboyer les chiens. Me doutant que cela doit être l'agent de sécurité, je les enferme dans le living et vais ouvrir la porte.

Je reste figée sur place en découvrant l'inspecteur Steward accompagné par deux agents.

— Bonjour mademoiselle Mc Douglas.

— Inspecteur, bredouillé-je en me sentant devenir livide.

— M. Miller est ici ?

— Qu'est-ce qui se passe ?

— Il est là ? répète Steward en ignorant ma question.

— Jared !

J'ai crié, paniquée. Immédiatement mon petit ami sort de la salle de bains, torse nu, son jean à la main. Je le fixe, bouche bée, son regard interrogateur reflète le mien. Lui aussi ignore ce que viennent faire les flics chez moi. L'inspecteur et les agents passent devant moi pour aller se planter devant lui.

— Monsieur Miller, vous êtes en état d'arrestation. Vous avez le droit de garder le silence…

— Quoi ? m'écrié-je en me précipitant vers eux.

— De quoi suis-je accusé cette fois ?

La voix de Jared est neutre, comme si tout ceci faisait partie intégrante de sa vie.

— Agression, coups et blessures.

— Rien que ça, grogne-t-il. Je peux mettre mes fringues ?

L'inspecteur y consent d'un hochement de tête alors qu'un des agents le surveille comme s'il allait s'évaporer à tout moment.

— Putain, mais qu'est-ce que c'est que ces conneries ?!

J'ai dû hurler car tous les regards se braquent sur moi. Cependant personne ne prend la peine de me répondre. D'un geste sec, l'un des flics ramène les bras de Jared dans son dos et lui passe les menottes en lui disant ses droits, puis il le fait avancer.

— Deux secondes, s'exclame mon petit ami en s'arrêtant devant moi.

Je vois l'inspecteur acquiescer. Jared rive ses yeux aux miens.

— Je n'ai rien fait, Ady. Je te le promets.

— Je sais, dis-je d'une voix pleine de sanglots.

— Ne t'en fais pas ma puce, ça va aller. Appelle Eddy, je ne veux pas que tu restes seule.

Il se penche, ses lèvres effleurent les miennes avant qu'il ne soit entraîné à l'extérieur.

— Appelle Eddy ! répète Jared en montant en voiture.

— Inspecteur, s'il vous plaît, dites-moi ce qui se passe, supplié-je, les larmes aux yeux.

Il m'observe, hésitant.

— Il est accusé d'avoir tabassé Tyler Lockdan, vers deux heures du matin cette nuit.

J'éclate d'un rire sans joie.

— C'est impossible.

— La victime l'a formellement identifié.

— Tyler n'est pas une victime !

— Je sais ce qu'il vous a fait mais dans cette histoire, il l'est.

— Jared n'a rien fait !

— Comment pouvez-vous en être certaine ?

Dans d'autres circonstances je rougirais de la tête aux pieds, cependant à cet instant, je m'en fous. Je veux juste innocenter mon amoureux.

— Il était avec moi toute la nuit.

— Vous en êtes bien certaine ? Il aurait pu sortir quelques heures pendant que vous dormiez.

Je secoue la tête.

— Il était là tout le temps. Nous n'avons pas beaucoup dormi.

— Qu'est-ce qui me démontre que vous dites la vérité ? Vous avez des preuves ?

Putain, il me gonfle celui-là !

— On a fait l'amour plusieurs fois pendant la nuit. Vous voulez les capotes qui sont dans la poubelle ?

Je croise les bras et hausse les sourcils. L'inspecteur grimace.

— Non, ça va aller. Par contre j'aurais besoin de votre déposition.

— Je vous rejoins le plus vite possible au poste de police. Vous n'allez pas le jeter en prison ?

— Il est juste en garde à vue le temps que je l'interroge. Il y a forcément quelqu'un qui ment dans cette histoire et je suis bien décidé à savoir qui.

Je laisse échapper un soupir de soulagement alors que la voiture banalisée de Steward s'engage dans la rue.

Je libère les chiens, m'empare de mon téléphone et appelle Eddy en lui demandant de me rejoindre chez les flics. Puis j'appelle mon avocat afin de lui demander de défendre Jared. Sa secrétaire m'informe qu'il est au tribunal pour la journée mais qu'elle lui transmet mon message. L'agent de sécurité arrive enfin, je lui laisse un double des clefs de la maison afin qu'il installe les caméras. De toute façon, vu qui me l'envoie, j'ai toute confiance. Il me promet de rendre les clefs à maître Stanford lorsqu'il ira déposer sa facture. Accomplir tout cela ne m'a pris que quelques minutes, pourtant j'ai l'impression d'avoir abandonné Jared depuis des heures.

Chapitre 38

Adalynn

Dès mon arrivée au poste de police, l'inspecteur m'a installée dans une salle d'interrogatoire. Depuis j'attends, assise sur cette chaise bien trop dure, en tapant du pied et en pianotant sur la table devant moi. J'ai aperçu Jared dans une salle semblable à la mienne à l'opposé de la pièce centrale qui nous sépare.

Steward entre enfin et me fait un petit sourire condescendant. Il pose un dossier contenant une vingtaine de pages devant moi et prend place de l'autre côté de la table.

— Qu'est-ce que c'est ?

— Ouvre, tu verras.

Entre le tutoiement et son ton dédaigneux, j'ai bien envie de lui balancer dans la tronche. Toutefois je m'exécute : le casier judiciaire de mon petit ami.

Jared apparaît en photo dès la première feuille. Il devait avoir environ 15 ans, je reconnais cette lueur de terreur dans son regard, la même qu'il affichait l'autre jour sur le parking lorsqu'il était en compagnie de Marietta. Je parcours quelques pages et le vois vieillir au fur et à mesure de ses délits, sur certaines photos il est salement amoché. J'abandonne rapidement ma lecture et repousse le dossier, je connais déjà son passé, je n'ai pas besoin de preuves.

— Je sais déjà ce qu'il y a là-dedans.

— Ton copain n'a pas le profil d'un enfant de chœur.

— Il s'est battu plusieurs fois et alors ? Il n'est plus comme ça.

— Il y a encore quelques semaines, il a envoyé trois mecs à l'hosto.

— Seulement parce qu'ils étaient en train de m'agresser ! m'écrié-je. Qu'est-ce que vous voulez à la fin ?

— Je ne veux pas que tu me dises n'importe quoi dans le seul but de le protéger !

— Je vous ai dit la vérité ! affirmé-je en soutenant son regard.

— Alors dans ce cas, pourquoi a-t-il des éraflures sur une main ?

Je lève les yeux au ciel.

— Nous avons eu un point de désaccord il y a quelques jours. Quand Jared est rentré à la maison, il a paniqué en imaginant que je l'avais quitté et il a donné un coup de poing dans une porte.

— Cela lui arrive souvent d'être violent ?

Je comprends immédiatement où il veut en venir. Pas question que je tombe dans le piège.

— Il ne me frappe pas ! Il est incapable d'un tel geste ! Il se contente de donner un coup dans les murs quand il est vraiment en colère, je ne vois pas où est le mal.

— Très bien, soupire l'inspecteur. Si tu maintiens tes propos…

— Le casier judiciaire de Jared ne m'a rien appris. J'ai connaissance de tout son passé. C'est un homme bien et je pense que vous en êtes également conscient.

— C'est vrai, admet-il après avoir pris le temps de la réflexion. Pour tout te dire, je te crois lorsque tu affirmes qu'il était avec toi.

Je connais Jared depuis des années, il n'a jamais été un mauvais mec mais il a le don de se fourrer dans le pétrin. Je n'ai jamais compris pourquoi il était autant paumé depuis tout ce temps. Cependant il a l'air d'avoir trouvé une stabilité à présent, et je pense que c'est à toi qu'il la doit.

Ne sachant que répondre, je me contente de hausser les épaules. L'inspecteur sort de la pièce et y revient quelques minutes plus tard avec une feuille et un stylo qu'il me tend.

— C'est ta déposition. Lis et signe-la.

— Vous l'aviez déjà préparée ? m'étonné-je en reconnaissant les paroles que je lui ai dites chez moi.

Il esquisse un sourire, chose inhabituelle chez cet homme à l'allure froide.

— Oui. Je voulais être certain que Jared n'avait pas joué au con pour une fois en te cachant ses actes de délinquance.

— Il ne m'a rien caché de sa vie.

Je signe et me lève.

— Combien de temps allez-vous encore le garder ?

J'aperçois mon petit ami derrière une vitre, de l'autre côté de la pièce principale dans laquelle les policiers vaquent à leurs occupations. Son regard inquiet est braqué sur moi.

— Je ne sais pas. Je vais confronter vos versions encore une fois…

— Vous l'avez déjà interrogé ?

— Oui, il m'a dit la même chose que toi pour cette nuit. Cependant Lockdan maintient ses propos. Jared va certainement rester en garde à vue cette nuit, le temps de vérifier les dires de chacun.

— Mon avocat va défendre Jared, il devrait arriver un peu plus tard. Je vais l'attendre.

Steward hoche la tête et m'ouvre la porte. Je suis incapable de rentrer sagement à la maison en laissant mon petit ami ici. Il me désigne des sièges alignés contre un mur à la teinte grise.

— Tu peux rester là, si tu veux.

— Merci.

Je relève les yeux et rencontre ceux bleu océan de Jared qui m'observent toujours depuis la salle d'interrogatoire où il est cloîtré. Je lui fais un sourire réconfortant, qu'il me retourne. Cet homme est un mystère pour mon cœur qui n'a jamais battu aussi vite que depuis que je le connais.

— S'il n'a rien fait, il ne craint rien.

— Je sais… sa présence ici est profondément injuste.

L'inspecteur se pince les lèvres et va le rejoindre, me laissant seule dans cette fourmilière de flics. Je les observe un long moment en m'étonnant de l'absence d'Eddy. Cela fait des heures que nous sommes ici et toujours aucune trace de lui. Je n'ai même pas un message sur mon téléphone. Soudain, comme sorti de mes pensées, il arrive d'une démarche tranquille.

— Ah te voilà, sourit-il en me faisant une accolade.

— Je me demandais ce qui te prenait tout ce temps.

Il me regarde et secoue la tête, je suis étonnée de voir sa crête rester parfaitement immobile.

— Je suis là depuis des heures mais comme vous étiez séquestrés, je suis sorti fumer une clope. Comment ça se présente ?

— Bien, je crois. Jared est innocent. Il était avec moi lorsque l'autre abruti se faisait défoncer la gueule.

— C'est bien la première fois que je suis ici alors qu'il n'a rien à se reprocher, sourit-il. Ça me fait bizarre.

Je n'ai pas le temps de méditer ses paroles que mon cœur explose de colère en voyant la seule personne au monde que je déteste plus que Tyler.

Chapitre 39

Jared

Je scrute Adalynn qui sort d'une salle d'interrogatoire. Elle a l'air tendue, normal vu le contexte. Elle lève les yeux vers moi et m'adresse un sourire crispé. Dans quelle merde l'ai-je encore entraînée malgré moi ? Je n'ai rien à me reprocher et j'espère qu'elle me croit. Peut-être devrais-je reprendre mes distances, la garder à l'écart de ma vie ? Seulement voilà, je ne veux pas la perdre et surtout pas pour une connerie que je n'ai pas commise. Pourtant cela m'aurait bien plu de défoncer la gueule de ce Tyler une fois de plus. Ça n'aurait pas été de trop après ce qu'il lui a fait vivre. Pour une fois j'ai envie d'être égoïste en gardant auprès de moi la seule personne qui a embelli ma vie.

L'inspecteur échange quelques paroles avec elle avant de venir me rejoindre tandis qu'elle s'assied. Putain mais pourquoi reste-t-elle là ?!

— Pourquoi vous ne la laissez pas partir ?

À peine Steward est-il entré dans la pièce que je le questionne.

— Adalynn est libre de rentrer chez elle, cependant elle s'y refuse tant que tu es ici.

Je la reconnais bien là, ma tête de mule.

— Et puis elle attend ton avocat.

J'écarquille les yeux. Je n'ai pas d'avocat… à moins que…

— Le sien ?

Le flic acquiesce en prenant place face à moi.

— Et maintenant, il se passe quoi ? Cela fait des heures que vous me retenez. Je vous ai répété maintes fois ce que j'ai fait depuis hier soir et vous avez déjà tout tapé sur votre ordinateur. Ce n'est pas que je sois maltraité entre le retrait des menottes et les cafés que vous m'avez servis, mais j'aimerais bien pouvoir retrouver ma petite amie, j'affirme en lui jetant un nouveau coup d'œil.

Je reconnais Eddy près d'elle qui secoue la tête.

— Qu'est-ce qui est arrivé à ta main droite ?

Je fixe les éraflures séchées sur mes jointures et lui raconte mon coup de poing dans la porte.

— Est-ce que tu cognes ta copine ?

Putain, je suis à deux doigts de le choper par le col de sa chemise blanche pour lui demander s'il ne se fout pas de ma gueule ! Je lui lance le regard le plus mauvais en ma possession.

— Quoi ? Ça va pas ? Vous êtes tarés ou quoi ! Jamais je ne ferais de mal à Ady !

— T'es vachement accro.

Il me fait un sourire narquois.

Le con ! Il se paie vraiment ma tronche ! Je me renfonce dans mon siège en croisant les bras.

— Relax Jared, je te connais depuis assez longtemps pour…

Je ne l'écoute plus. Mon attention est entièrement concentrée sur les cris qui me parviennent depuis la grande pièce centrale. Je fixe Adalynn qui, poings serrés le long du corps, hurle sur quelqu'un. Eddy se tient au milieu, me masquant l'identité de l'autre personne. Quand, après quelques secondes, il se décale enfin, je saute de ma chaise et me précipite vers ma copine.

— Jared, reviens ici ! crie l'inspecteur en se lançant à ma poursuite.

Mais je n'obéis pas. Je vois des flics avancer vers moi pour m'intercepter, mains sur leurs flingues.

— Non ! Laissez-le ! ordonne Steward dans mon dos. Je m'en occupe !

À l'occasion, il faudra que je le remercie de m'avoir évité de me faire tirer dessus comme un lapin.

Je me place derrière Adalynn et, les mains sur ses épaules, l'attire contre moi afin de l'éloigner de Marietta. Je voudrais me mettre devant elle pour faire barrage entre elles deux, cependant Ady demeure immobile et me jette un regard qui signifie clairement : « Ne compte pas me faire bouger ! »

— Regardez-moi ça. Comme c'est mignon !

La voix railleuse de Marietta me donne la nausée.

— Qu'est-ce que tu fous là ?

Mon ton est menaçant mais cela ne lui fait aucun effet.

— J'étais avec Eddy lorsque ta… connasse lui a téléphoné. Je m'inquiétais pour toi, Jared.

— N'insulte pas ma copine ! je crie en pointant un index rageur vers elle.

Je ne supporte pas qu'elle tente de rabaisser cette fille merveilleuse grâce à laquelle je parviens à respirer plus librement. En rencontrant Adalynn un poids énorme s'est ôté de mes épaules et cela n'a été que plus vrai lorsqu'elle a appris mon passé sans émettre le moindre jugement envers moi.

— Ben voyons, grommelle Ady, pauvre folle !

D'un petit regard en biais, je vois Steward à côté de moi surveiller mes gestes comme si j'allais étrangler Marietta à tout moment. S'il savait à quel point j'en ai envie… mais je ne lui ferai pas le plaisir de me séparer de ma petite amie à cause d'elle et de ses provocations, même si elle fait tout pour me pousser à bout.

— Enfin Jared, tu sais bien que je me suis toujours fait du souci pour toi. Nous avons un lien particulier toi et moi, que rien ni personne ne brisera jamais.

— Ferme ta gueule ! s'écrie Adalynn en tentant d'avancer vers elle, mais je la retiens fermement.

Eddy nous regarde à tour de rôle, complètement atterré par la scène qui se déroule sous ses yeux. S'il savait quelle femme est vraiment sa mère…

— Jared, voyons, tu ne vas pas laisser cette fille briser les rapports que nous avons toujours entretenus. Tu sais bien que tu ne peux pas m'ignorer. Souviens-toi de nos conversations passées. Il n'y a que moi qui sache tout de toi.

Je tremble, j'ai envie de prendre la main d'Ady et de me barrer d'ici, loin de Marietta. Et c'est certainement ce que je ferais si je n'étais pas dans un commissariat empli de flics.

— Tu te souviens comme on s'entendait bien avant que tu ne la rencontres, affirme mon ancienne maîtresse de sa voix mielleuse. Rappelle-toi ce que je t'ai toujours dit. Je connais ta vraie nature, pas elle.

Subitement des images s'imposent devant mes yeux : Marietta derrière moi me montrant les objets qu'elle va utiliser sur moi, m'attirant à elle afin que je la comble, sa bouche s'écrasant sur la mienne. Je revois tout comme si cela se produisait actuellement. Sous le poids de mes souvenirs, je me sens vaciller, j'ai vaguement conscience de reculer de deux pas. Je ressens une main se poser sur mon épaule pour me stabiliser, alors qu'une autre agrippe le devant de mon T-shirt et qu'une voix féminine rassurante s'infiltre parmi mon passé :

— Non, non ,non ! Jared, regarde-moi !

Je remonte peu à peu à la surface, attiré par la voix qui m'empêche de sombrer totalement. Cette voix est mon salut, ma raison de vivre. Deux mains se posent sur mes joues et inclinent mon visage vers le bas. Mon regard plonge dans une étendue d'un vert intense.

— C'est moi, je suis là, bébé. Ne lui permets pas d'avoir de l'influence sur toi. Tout cela est fini désormais. Je suis là. Je ne la laisserai plus t'approcher, je te le promets, chuchote la voix.

Ma vision se fait plus nette en revenant au présent.

— Tagada ?

— Oui, bébé, c'est moi, sourit-elle. Ça va ?

J'acquiesce d'un hochement de tête.

— Tu étais parti loin dans tes pensées, commente-t-elle, l'air grave.

— Je sais. Désolé.

Adalynn m'a déjà confié à quel point elle déteste me voir ainsi torturé et je pense que depuis qu'elle a connaissance de mes souvenirs, son appréhension doit être pire.

Je regarde brièvement autour de moi, des flics me surveillent avec curiosité alors que d'autres poursuivent leurs tâches sans se soucier de nous. Je note au passage la main de Steward sur mon épaule qui m'a aidé à me stabiliser. Il s'empresse de la retirer, visiblement soucieux.

— Merci d'être toujours là pour moi, je murmure en la serrant dans mes bras.

— Jared, tu peux m'expliquer ce qui vient de se passer ? demande l'inspecteur en tournant délibérément le dos à Marietta.

Je relève la tête, Eddy a l'air perdu, Steward affiche une mine soucieuse et Marietta un sourire satisfait. Elle a toujours de l'emprise sur moi et en est fière. Avec assurance, elle fait un pas dans notre direction, je me raidis aussitôt. Ady se retourne et plaque son corps au mien en tendant ses deux mains devant elle pour faire obstacle tel un bouclier protecteur.

— Tu restes à distance, ordonne-t-elle.

— Regardez-moi cette gamine qui joue à la grande fille, minaude Marietta en affichant un sourire moqueur alors que ses yeux brûlent de colère et de haine.

Je me sens pathétique de me cacher ainsi derrière ma petite amie. Quel homme agit comme ça ? *Un homme qui n'a pas de couilles !*

— Ça suffit ! Marietta dégage ! Je ne veux pas de toi ici !

— Jared, tu sais très bien que ce n'est pas ce que tu veux vraiment. Tu as toujours eu besoin de moi.

— Vous n'êtes assurément qu'une sale pute perverse et complètement tarée, crache Adalynn avec dégoût.

— C'est ce qu'il t'a dit ? Alors que j'ai pris soin de lui pendant des années. Mais qu'est-ce que tu crois, chérie ? Que Jared t'aime ? Qu'il est amoureux de toi ? Et qu'il a changé à ton contact ? Mais jamais il ne t'aimera ! Crois-moi, il en est incapable ! Est-ce qu'il a seulement une fois prononcé ces mots ? Bien sûr que non, raille-t-elle devant le silence d'Ady. Il ne fait que se servir de toi tout comme il l'a fait avec moi !

Les épaules d'Adalynn sont tellement crispées que je m'étonne de ne pas la voir trembler de rage. Elle se décolle de moi afin de se mesurer à Marietta. Elle a beau être plus petite, il se dégage d'elle une telle colère que mon ancienne maîtresse recule légèrement.

— Vous n'êtes bonne qu'à abuser des enfants ! Espèce de psychopathe !

Adalynn a hurlé. Les flics ont tous leurs regards braqués sur nous, Steward a la mâchoire qui paraît vouloir se décrocher. Eddy semble sur le point de défaillir, heureusement que le mur derrière lui le maintient debout. Je n'ose plus affronter son regard.

Je baisse les yeux sur ma petite amie qui me tourne toujours le dos et dont le corps entier tremble à présent. Sans réfléchir, je l'attrape et la retourne pour la serrer dans mes bras.

— Je suis désolée. Je ne voulais pas le dire devant tout le monde, sanglote-t-elle en enfouissant son visage contre mon torse.

Ne sachant quoi répondre, je lui caresse doucement le dos afin de l'apaiser, je déteste la voir pleurer. En relevant le visage, je croise le regard mauvais de Marietta qui recule vers la sortie. Soudain, elle me désigne de son index puis le pointe sur sa propre poitrine.

Le message est clair : je lui appartiens… pour toujours.

Chapitre 40

Jared

— Je suis désolée, répète inlassablement Ady.

Ses pleurs humidifient de plus en plus mon T-shirt. Je resserre mon étreinte autour de son corps tremblant.

— C'est rien. Elle est partie. Et Eddy aussi d'ailleurs…

Je n'ai pas vu mon meilleur ami quitter rapidement le commissariat après la révélation de ma copine. Je comprends qu'il soit parti. Je me demande même s'il ne s'est pas éloigné définitivement maintenant qu'il sait que j'ai couché avec sa mère. Suis-je encore digne du titre d'ami à ses yeux ? L'ai-je seulement déjà été ? Cette pensée me fait grogner. J'espère que toute cette histoire ne détruira pas tout ce que les années nous ont permis de construire. Marietta souhaite briser ma vie et force est de constater qu'elle y réussit jusqu'à présent. Lorsque je me retrouverai seul à nouveau, elle aura une emprise totale sur mon corps et elle en est parfaitement consciente. Seule Ady me donne la force de ne plus lui céder. Dorénavant j'ai une raison de vivre et cela change tout.

Je devrais sûrement être furieux contre elle mais comment lui en vouloir alors qu'elle fait inlassablement son possible pour prendre ma défense ?

Cette journée m'aura fait réaliser que Marietta a également de l'impact sur elle : elle parvient à lui faire péter les plombs aussi facilement qu'elle arrive à me faire succomber à ses caprices. Cette femme est une vraie manipulatrice.

— Euh… Jared, nous n'avons pas terminé, me rappelle l'inspecteur.

Je l'avais presque oublié celui-là ! Je croise son regard qui est autant hésitant que sa voix.

— Adalynn, viens avec nous, poursuit-il en nous désignant la salle d'où je suis sortie précédemment.

Il referme la porte derrière nous et baisse les stores, nous camouflant à la vue de ses collègues. Ady touche fébrilement ma main en me lançant un coup d'œil craintif. Je l'attrape et enlace mes doigts aux siens pour lui assurer que je ne suis pas en colère.

Après nous avoir indiqué les sièges d'un signe de tête, l'inspecteur contourne son bureau, et, appuyé sur ses deux poings, se penche vers nous.

— Putain mais c'était quoi ce bordel ? Qu'est-ce qui s'est passé ?

Il prend une profonde inspiration comme pour se calmer, alors qu'Adalynn essuie ses larmes.

— Qui était cette femme ? Et pourquoi tous ces hurlements ? Expliquez-moi !

Comme aucun de nous ne répond, l'inspecteur reprend calmement :

— OK, si vous voulez jouer à ça, cela ne me dérange pas. Jared, je vais te garder aussi longtemps que je le peux…

Je connais sa technique d'intimidation par cœur, il m'a fait le coup maintes fois lorsque je ne voulais pas balancer mes camarades de baston. Je n'ai jamais cédé mais là je sais qu'il va me menacer de mettre Adalynn au trou, juste pour me faire chier et m'inciter à cracher le morceau. Cependant je n'ai pas le temps de penser à la suite de cette entrevue car ma petite amie le prend de vitesse :

— Cette foutue traînée a abusé de Jared pendant des années, souffle-t-elle d'une petite voix en baissant la tête.

N'osant plus croiser le regard de quiconque, je grogne de mécontentement en libérant ma main. Purée cette fille est incapable de résister aux pressions. Elle ne pourra jamais faire carrière dans la malhonnêteté !

— Oui, c'est bien ce que j'avais cru comprendre, soupire le flic en s'asseyant. Quand cela a-t-il commencé ? Tu avais quel âge ?

Je me tais, tout ça me saoule ! Qu'il aille se faire foutre ! J'ai été arrêté alors que je n'ai rien fait et je n'ai surtout pas besoin que ce foutu flic joue au psy à la con !

Je sens les yeux de ma copine posés sur moi. Elle prend une inspiration mais avant qu'elle n'ait le temps d'ouvrir la bouche, je lui jette un regard de mise en garde.

— D'accord, puisque tu ne veux rien me dire, je vais te mettre en cellule et interroger Adalynn. Elle ne ressortira pas d'ici tant que je ne saurai pas tout. Cette nuit, je rentrerai chez moi tandis qu'elle sera derrière les barreaux, je suis certain qu'elle va apprécier la compagnie des prostituées et des dealeuses.

Et voilà, l'enfoiré ! J'étais sûr qu'il allait se servir d'elle pour me faire parler.

— C'est personnel, ça ne vous regarde pas !

Ma voix est basse, menaçante.

— On parle d'un crime, évidemment que cela me regarde !

Un nouveau coup d'œil à Ady me prouve qu'elle est anxieuse, elle se triture les mains, les larmes au bord des yeux.

— Laissez-la partir et je vous dirai tout.

— Non ! Je veux rester avec toi.

— D'accord.

Ils ont parlé tous les deux en même temps. Je suis d'accord avec l'inspecteur. Je pivote vers ma copine.

— Jared, non. Tu veux que je m'en aille parce que tu es en colère contre moi. Je suis désolée d'avoir trop parlé…

— Tagada, je souffle en levant les yeux au ciel.

Comment puis-je être en rogne contre elle alors que des larmes inondent ses joues, alors que son seul crime est de s'inquiéter pour moi ? Mon cœur s'apaise. Je me penche vers elle pour lui parler tout en caressant doucement sa joue humide.

— Tout va bien se passer. Tu vas rentrer chez toi et je viendrai t'y rejoindre dès qu'on me laissera enfin sortir.

— Tu rentreras à la maison ? Promis ?

— Je te le promets.

— Tu ne m'en veux pas ?

Je prends le temps de la réflexion, juste pour lui faire réaliser la portée de ses actes. Mais j'abandonne rapidement en voyant sa lèvre inférieure se remettre à trembler.

— Je sais que tu as parlé pour me protéger alors non, je ne vais pas te faire la gueule. Cependant n'envisage jamais de devenir une criminelle, tu serais une vraie balance !

Elle glousse en reniflant. Même avec les yeux rougis, son maquillage qui a coulé, elle reste la plus belle fille que j'aie vue.

— Mais j'ai besoin que tu partes d'ici. Je… je ne pourrai pas tout raconter devant toi.

Merde, rien que de repenser au soir où je lui ai tout avoué, mes yeux s'embuent. Elle le remarque aussitôt, passe ses bras autour de mon cou et me serre contre elle.

— Tu vois, juste pour cette raison, je suis incapable de rester énervé contre toi. Appelle Heather, ne reste pas toute seule. Allez, va-t'en d'ici, ce n'est pas ta place. Ça me fait flipper de te savoir chez les poulets.

Elle rigole dans mon cou alors que le flic se racle la gorge. S'il croyait que j'allais éviter cette pique parce qu'il est là, il s'est gouré.

— Je t'aime, chuchote-t-elle en me scrutant.

Je comprends qu'elle tente de me donner la force de ne pas flancher en me mettant à chialer comme un môme. J'hésite deux secondes et puis je pose mes lèvres sur les siennes avant qu'elle ne se lève et ne quitte la pièce.

Je n'ai plus la notion de l'heure, j'ai perdu le fil du temps en racontant mon histoire à Steward. J'ai dû faire de nombreuses pauses et boire plus de cafés encore pour me concentrer sur le goût amer plutôt que sur ma vie. Le flic n'a rien dit, pas un mot. Il m'a laissé terminer par ma rencontre avec Adalynn qui a, je l'espère, mis un terme à cette sordide période. Je suis plongé dans le silence depuis plusieurs minutes. Des bruits sourds me parviennent de la pièce principale, des policiers doivent s'activer. *Putain, j'en ai ma claque!* L'inspecteur se penche au-dessus de son bureau et me parle comme si j'étais soudainement devenu fragile. *C'est carrément flippant!*

— Jared, je te connais depuis 10 ans. Tu as été mon premier client quand je suis arrivé à L.A. Tu avais alors une quinzaine d'années et en voulais à la terre entière. Ce n'est pas faute de t'avoir demandé les raisons de ton comportement, mais tu n'as jamais rien voulu me dire et j'en ai déduit que tu étais juste un trou du cul. Mais putain, si tu m'avais dit tout ça à l'époque… j'aurais pu t'aider.

— M'aider? je répète incrédule. Vous avez entendu ce que je vous ai dit? J'ai baisé la mère de mon meilleur pote!

Steward souffle en secouant la tête.

— Adalynn a raison. Cette femme a abusé de toi.

Je déglutis péniblement. L'entendre dire par ma copine était déjà plus que surprenant mais par un officier, cela rend tout plus réel. Ce mec incarne la loi, il sait de quoi il parle. J'ai l'impression de me prendre une baffe tandis que la voix d'Adalynn résonne dans ma tête : *Tu n'as rien fait de mal !* L'idée que Marietta ait abusé de son autorité afin de me faire subir ses quatre volontés devient plus concrète. Avant je me refusais à ne serait-ce qu'envisager cette théorie, puis les paroles d'Ady m'ont fait comprendre que c'était possible. En cet instant, je franchis un nouveau stade où la certitude d'avoir été abusé fait son entrée.

— Porte plainte et je te promets que je ferai le nécessaire pour la faire coffrer très longtemps.

— Je ne peux pas faire ça, réponds-je faiblement alors que mille pensées se bousculent dans mon esprit. Je ne veux pas que cela se sache… et puis… je n'ai aucune preuve.

— Des preuves, ça se trouve. Laisse-moi faire mon boulot.

Sa voix me supplie de lui faire confiance sauf que la seule personne en qui j'ai totalement foi n'est pas dans cette pièce. Elle m'attend chez elle avec nos chiens.

— Ma réponse est non. Je veux laisser tout ça derrière moi et avancer.

— Tu oublies que cette femme n'a pas l'air décidée à te foutre la paix.

— C'est moi que ça regarde.

Soudainement la porte s'ouvre sur un homme dont la petite taille peut concurrencer Ady. Cette pensée m'arrache un sourire, si elle était là elle lèverait les yeux au ciel en soufflant de mécontentement. Il doit avoir dans la cinquantaine et ressemble au mec qui joue dans la série Les Soprano, avec le même côté mafia mais lorsqu'il pose ses yeux noirs sur moi, semblant me jauger, je lui trouve également une ressemblance avec Bilbon Sacquet. Je suis tenté de me pencher afin de regarder derrière lui pour vérifier que la communauté de l'anneau ne l'a pas suivi.

— Monsieur Miller, je suis Lance Stanford. Adalynn m'a demandé de vous représenter.

— Ench…

— Depuis combien de temps êtes-vous ici ?

Eh bien il est direct celui-là !

— Depuis ce matin.

Le petit homme rive son regard affûté sur l'inspecteur.

— Sous quel prétexte a-t-il été arrêté ?

— Coups et blessures sur la personne de M. Tyler Lockdan.

— Avez-vous des preuves le reliant physiquement à cette malencontreuse bagarre ? Des témoins ? Quoi que ce soit en dehors du témoignage du principal intéressé ?

— Non rien, soupire Steward.

— Comptez-vous le poursuivre ?

— Eh bien non mais nous discutions d…

— Parfait ! Dans ce cas l'affaire est réglée. Je vous contacterai après avoir discuté avec mon client afin que nous engagions des poursuites pour diffamations auprès de ce Lockdan. Ce n'est pas parce que nous connaissons tous son père, que ce type peut se croire au-dessus des lois. Monsieur Miller, suivez-moi.

Je salue le flic d'un hochement de tête.

— Jared… pense à ce que je t'ai dit, me lance-t-il avant que je ne quitte la pièce.

Je suis l'avocat à l'extérieur. La nuit est tombée, l'air est chaud et humide. J'inspire profondément, cela fait du bien de retrouver la liberté.

Malgré sa carrure de hobbit, Stanford m'impressionne. En

deux minutes chrono, il m'a fait sortir du poste de police en laissant l'inspecteur sur le carreau.

— Merci maître.

Il me détaille de la tête aux pieds d'un œil critique tout en s'allumant une cigarette.

— La prochaine fois qu'on vous embarque, vous m'appelez et vous gardez le silence jusqu'à mon arrivée. Désolé, j'étais au tribunal toute la journée pour une affaire d'homicide sinon je serais venu plus tôt.

Nous parvenons à sa voiture.

— Montez, je vous dépose chez vous.

Je me retiens de le reprendre : « C'est chez Ady, pas chez moi. »

Chapitre 41

Adalynn

Je suis sortie déboussolée du poste de police. Cela m'a brisé le cœur d'y abandonner Jared. J'ai téléphoné à Heather en lui demandant de me rejoindre chez moi, Eddy m'ayant lâchée, ce qui ne m'a pas surprise. Franchement quel mec resterait après mes propos sur sa mère ?

Le reste de la journée s'est déroulée dans une lenteur insensée malgré le bavardage incessant de ma meilleure amie. C'est bien simple, depuis son arrivée jusqu'à ce que je la pousse à partir à 23 heures, elle n'a pas fermé la bouche. Elle n'a cessé de se plaindre de son demi-frère, Chris, qui d'après elle, est un crétin fini. Je n'en pouvais plus ! Entre mon inquiétude et son jacassement, j'ai failli exploser. Il est presque minuit, je suis couchée dans le lit de Jared, un chien de chaque côté. Je fixe le plafond en patientant depuis plusieurs minutes, je me saisis de mon téléphone, toujours rien. Je me demande même ce que je surveille ainsi puisque mon petit ami n'a pas eu le temps de prendre son téléphone avant d'être embarqué ce matin. Cependant je pense que l'avocat me préviendra lorsque Jared sera libre. J'ose un regard vers la fenêtre dont j'ai laissé les stores entrouverts.

Maintenant que les caméras sont installées, j'en viens presque à espérer la visite de notre intrus afin de découvrir son identité.

Les paroles de Marietta tournent en boucle dans ma tête. A-t-elle raison ? Peut-être que je me leurre en imaginant que Jared a des sentiments pour moi ?

Brusquement un bruit dans l'entrée attire mon attention. Sans réfléchir, je me lève et m'empare du taser. Si c'était Jared, il m'aurait appelée en entrant, comme il le fait toujours. Je referme la porte derrière moi, ne voulant pas me faire remarquer en lâchant les chiens sur l'intrus. Je remonte précautionneusement le couloir, tout est sombre dans la maison. Un bruit de verre résonne dans le silence de la cuisine. Je m'arrête net dans l'encadrement de la porte alors qu'une ombre jaillit subitement devant moi. Mon cœur manque un battement tandis que mes doigts se crispent sur la gâchette du taser. Avant que je n'aie eu le temps de comprendre, un crépitement envoie mon rôdeur au sol.

— Oh putain ! Ça fait mal ! grogne une voix que je connais trop bien.

Horrifiée, j'allume le plafonnier et me précipite sur Jared. Il est allongé sur le carrelage et se tient l'entrejambe. Une grimace de douleur déforme son beau visage.

— Éloigne ce truc de moi, grommelle-t-il en jetant un regard mauvais à l'appareil qui vient de l'électrocuter.

Je vais le déposer sur le bar en me retenant de pouffer.

— Ça va aller ?

Il souffle plusieurs fois. Apparemment je ne l'ai pas raté. Soudainement il pousse un cri terrifié qui me fait sursauter.

— Je suis en feu ! Ma bite est en feu !

En effet, de la fumée s'élève d'entre ses cuisses où un point rouge est allumé. Je laisse éclater mon fou rire alors que Jared se débat en paniquant.

— Combien de fois t'ai-je dit de ne pas fumer dans la maison ?!

Ses traits se détendent en fixant le mégot que j'ai ramassé.

— Désolé, j'étais stressé. Il n'empêche que tu ne m'as pas manqué. Ça fait un mal de chien ce truc !

Il se relève doucement en se tenant toujours ses parties comme s'il craignait qu'elles se décrochent, ce qui provoque à nouveau mon hilarité.

— Si tu me l'as fait rétrécir, tu ne viendras pas te plaindre, marmonne-t-il.

Mais je vois la malice pétiller dans ses yeux.

Je me rapproche doucement en déglutissant. Le souvenir de nos dernières nuits fait battre mon cœur plus vite.

— Je suis désolée.

— Pas grave, ma puce. Ce n'est pas de ta faute si tu es si petite et que ta main s'est retrouvée au niveau de mon sexe.

Je lève les yeux au ciel tandis qu'il rigole en me serrant dans ses bras.

— Je croyais que l'avocat m'aurait appelée pour me prévenir de ton retour.

— Il n'a pas dû y penser. Je suis content d'être rentré. Quelle journée de dingue !

— Comment tu te sens ? Ça n'a pas été trop dur de tout relater à l'inspecteur ?

Sa petite grimace ne m'échappe pas.

— Un peu. Il veut que j'engage des poursuites contre Marietta.

— Oh…

— Ouais, mais je ne veux plus remuer tout ça. Je veux juste avancer.

— Tu crois que c'est la meilleure solution ? demandé-je timidement.

Il hausse les épaules en fixant un point au-dessus de ma tête.

— Je l'ignore mais c'est la mienne.

Je passe sous silence le battement manqué de mon cœur. Ignorer les choses ne les ont jamais arrangées, mais qui suis-je pour insister ? Une nouvelle fois les paroles de cette folle me reviennent à l'esprit. Suis-je vraiment importante pour lui ? En tant qu'amie je sais que oui, en tant que petite amie je n'en ai aucune idée. Je meurs d'envie de lui poser la question mais je redoute tant sa réponse que je m'en dissuade. *Est-ce que je ne viens pas de dire que l'ignorance ne résolvait jamais rien ?* Voilà le pouvoir que Jared possède sur mes émotions : il m'embrouille totalement.

Lorsqu'il vient me rejoindre au lit quelques minutes plus tard, je suis toujours confuse et son attitude ne m'aide pas à y voir plus clair. Il reste allongé sur le dos, les mains sous la tête, à fixer le plafond pendant un long moment. Lorsqu'il brise enfin le silence, je sursaute faiblement :

— J'espère que le fait que tu m'aies vu me faire arrêter n'a pas changé ce qu'il y a entre nous ?

— Pourquoi ça changerait quelque chose ?

— Je sais pas. Tu as passé la journée chez les flics, ça refroidirait n'importe qui. Et comme tu restes de ton côté du lit… Je me disais que cela t'avait peut-être fait réfléchir.

Je souris, c'est idiot mais plus fort que moi.

— C'est toi qui demeures dans ton coin.

Toutefois je me tourne sur le côté et me glisse au centre du lit, il en fait de même. Nos visages sont si proches qu'il suffirait que je tende les lèvres pour toucher les siennes. Lorsque ses bras s'enroulent enfin autour de moi, je me sens à ma place dans l'univers. Il dépose un baiser sur mon front avant d'éteindre la lumière. Cela ne fait pas taire la petite voix malveillante qui s'est nichée dans ma tête, mais pendant quelques heures, au chaud dans ses bras, je n'y prête plus attention.

Dès mon réveil le matin suivant, je ressens immédiatement une distance s'installer entre nous. Jared réagit à peine lorsque je dépose un baiser sur sa joue en le rejoignant dans la cuisine. Assis au bar, il a le regard perdu dans le vague et les traits tirés. Je sais à quoi il pense, ou plutôt à qui. J'ai conscience que cela est puéril mais une boule de jalousie remonte le long de mon œsophage pour me nouer la gorge. Ne cessera-t-il donc jamais de penser à elle ? Avoir conscience de la grande place qu'elle occupe dans sa vie, dans son âme, me rend malade !

Il ne t'aimera jamais ! Sa phrase revient me hanter plus fortement qu'auparavant.

— Je vais passer la journée avec Heather. Elle a des soucis avec Chris.

Je parle pour combler le silence, pourtant je suis convaincue qu'il m'écoute à peine. Lorsque je me tourne vers lui, il hoche faiblement la tête pour acquiescer avant de replonger dans ses pensées. Loin de moi, loin du *nous* que je m'efforce de construire.

Pendant quatre jours la situation reste la même. Jared est morose tandis que je rumine ma colère grandissante et mes peurs incontrôlées. Résultat, un fossé se creuse chaque jour un peu plus entre nous. Si l'on échange quelques paroles dans la journée, c'est un exploit. La plupart du temps il revient tard le soir et se met au lit tandis que je fais semblant d'être endormie. Cependant je dois admettre que cela me surprend toujours lorsqu'il se blottit contre moi avant de sombrer dans le sommeil. Dans ces moments-là, j'ai l'impression qu'une part de lui se bat pour me garder dans son univers. Mais quand je le revois distant dès le matin, tous mes espoirs s'effondrent à nouveau.

Comme je sais que Jared travaille au refuge, j'en profite pour rentrer plus tôt. Voilà où j'en suis, je l'évite au maximum non parce que je ne l'aime plus mais tant je sens l'ombre de Marietta rôder autour de lui. Je ressasse souvent nos moments partagés en me demandant ce qu'il peut bien ressentir pour moi. Comment savoir quels sentiments habitent le cœur de l'autre ? Je me suis livrée à lui comme jamais je ne l'avais fait mais lui se terre dans un silence qui est en train de me rendre dingue. Cela dit écouter les bavardages incessants de Heather sur son demi-frère n'est pas mieux. Elle met tant de hargne à parler de lui que j'en viens à me demander si finalement elle n'en est pas amoureuse.

— T'es déjà rentrée ?

La voix grave de Jared me fait sursauter. Je me retourne vers lui, il se tient dans l'encadrement de la porte du living et caresse nos chiens qui se sont rués sur lui.

— Ouais. J'avais besoin d'échapper à la colère de Heather, affirmé-je en forçant un petit sourire.

— C'est réconfortant de savoir que tu préfères fuir ta meilleure amie plutôt que moi pour une fois !

Sa réflexion me coupe la respiration. Je croise les bras en affrontant son regard d'acier.

— Qu'est-ce que ça signifie ?

— Oh s'il te plaît, Ady ! Cela fait des jours que tu m'évites !

— C'est toi qui me dis ça ! Tu ouvres à peine la bouche en ma présence ! J'ai l'impression d'être de nouveau en face du Jared renfermé qui a débarqué chez moi et qui ne faisait que grogner des réponses !

Ses yeux se plissent, me toisant avec colère.

— J'avais raison… me voir me faire arrêter a changé un truc entre nous, rage-t-il.

Incrédule, je secoue la tête.

— Tu n'y es pas du tout. Ce n'est pas ton arrestation qui bouleverse nos rapports.

— Alors c'est quoi ? s'écrie-t-il en levant les bras au ciel.

— Je ne supporte plus de faire ménage à trois !

Sous le poids de mes non-dits les mots sont sortis sans que je n'aie eu le temps de peser leur impact. Je regarde Jared chanceler en reculant d'un pas. Aussitôt je regrette mes paroles, j'aimerais aller le prendre dans mes bras pour le rassurer, néanmoins je n'esquisse pas un mouvement. Il faut que la vérité sorte, j'en ai assez des silences qui polluent notre histoire.

— Qu'est-ce que tu veux dire par là ? demande-t-il d'une voix tremblante.

Je souffle, en colère. *Comme s'il ne le savait pas !*

Afin de me calmer je prends de longues inspirations. M'énerver ne servira à rien, nous devons réussir à en parler calmement.

— Jared, je n'en peux plus de te voir penser à Marietta sans arrêt. J'ai l'impression qu'elle partage cette maison avec nous ! Tu prétends vouloir laisser ton passé derrière toi mais tu es tout le temps noyé dans tes pensées au lieu d'être avec moi.

Il baisse la tête mais j'ai le temps de le voir blêmir.

— C'est vraiment ce que tu penses ?

— Tu sais que j'ai raison, je murmure.

Ses deux mains se crispent de chaque côté du chambranle de la porte.

— Putain ! Fait chier !

Il se retourne brusquement et sort en claquant la porte derrière lui.

Chapitre 42

Jared

Je sors et descends l'allée à grand pas avant de m'enfermer dans ma voiture. Bientôt mon poing atterrit avec rage sur le volant. Puis je démarre et m'éloigne rapidement. La colère chevillée au corps. Je suis furieux, cependant ce n'est pas à Adalynn que j'en veux mais à moi-même. Depuis la dernière rencontre avec Marietta, je me suis renfermé dans mon monde, ressassant avec amertume ce qu'elle m'a fait subir. Je suis redevenu cet ours mal léché que j'ai jadis souvent été et que j'avais réussi à oublier pendant quelques semaines heureuses. Mon cœur bat à un rythme endiablé en écho à mes pensées troublées. Je suis en train de tout foutre en l'air en perdant la seule personne qui ait jamais réellement compté dans ma vie. J'ai déjà perdu Eddy dont je n'ai aucune nouvelle depuis sa sortie du poste de police, malgré mes appels et mes messages renouvelés. Toutefois, même si constater la fin de notre amitié m'a blessé, cela n'est en rien comparable à ce que je ressens à présent. Je roule longtemps au hasard des rues ne sachant où aller. J'esquisse un sourire âpre devant le comique de la situation : les seules personnes auprès desquelles j'ai envie d'être m'en veulent. Quand je parviens sur la côte, je réalise que je me trouve près de la plage de Santa Monica, où j'avais emmené Ady pour notre premier rendez-vous, notre seul rencard. Là aussi j'ai merdé, j'aurais dû l'inviter à sortir davantage au lieu de vivre confiné, à l'abri des regards, chez elle. Cette fille mérite le meilleur dont un mec qui marche à ses côtés en affichant sa fierté d'être si bien accompagné. Je me gare et vais m'asseoir sur le muret où nous avions dégusté nos hot-dogs. Je regarde longuement les vagues venir se briser un peu plus loin, totalement plongé dans mes souvenirs. Mais cette fois, ce n'est pas Marietta qui me hante mais l'image d'Ady. Je revois notre premier regard échangé à la prison, sa surprise en me découvrant sur le pas de sa porte, son air malicieux le premier soir quand j'ai réalisé qu'elle m'avait commandé la pizza que je souhaitais mais qui était trop chère pour mes minces économies… les souvenirs se mélangent dans ma tête : ses sourires, ses larmes, nos confidences derrière le mur, ses éclats de rire. Et soudain la réalité me frappe de plein fouet, me coupant la respiration : je suis totalement, profondément et irrémédiablement amoureux d'Adalynn. En y repensant, je comprends que ces sentiments, dont j'ignorais tout, soient apparus dès le premier soir que nous avons partagé et n'ont fait que s'insinuer un peu plus ardemment chaque jour. Comment ai-je pu être à ce point ignorant des réactions qu'elle provoque chez moi ? Mon cœur s'emballe dès que je la vois, j'ai tout le temps envie d'être avec elle, de la toucher, de prendre soin d'elle et lorsque je suis contraint de m'en séparer, elle occupe mon esprit comme en ce moment. Je n'ai jamais rien ressenti de tel que cette vague de chaleur qui m'envahit en admettant mes sentiments. J'ai envie de danser en pleine rue et de me cacher dans un trou en même temps, tant cela me rend euphorique et me terrifie à la fois. Surtout que le comportement récent de ma petite amie ne m'aide pas à savoir si ses sentiments sont restés les mêmes. Depuis plusieurs jours, elle me fuit sans cesse. Elle est déjà endormie lorsque je rentre le soir après avoir traîné dans la ville pour chasser mes idées moroses, en écrivant des textes tous plus déprimants les uns que les autres. Pourtant elle partage toujours mon lit mais n'esquisse plus un geste tendre envers moi.

Il est plus de minuit lorsque je me gare devant la maison. Je n'ai pas envie de rentrer et de lui imposer ma présence et puis j'ai besoin de temps pour assimiler ces nouvelles émotions qui me bouleversent. Le sommeil ne tarde pas à apparaître, m'entraînant avec lui dans un voyage en forme de montagnes russes où j'oscille entre conscience et rêves torturés. Finalement, vers 3 heures du matin, j'admets ma défaite : si je veux être apaisé, j'ai besoin de serrer Ady dans mes bras. Je rentre sans bruit dans la maison et me faufile dans ma chambre. Les chiens relèvent la tête à mon entrée avant de se rendormir sans me prêter davantage attention. Ils ont l'air d'avoir choisi leur camp en me snobant royalement. Cette réflexion me fait lever les yeux au ciel tandis que je me déshabille. Adalynn est allongée de son côté, me tournant le dos, conformément à ses récentes habitudes. Sitôt dans le lit, je me glisse derrière elle, jusqu'à plaquer mon torse contre son dos et passe une main autour de sa taille en respirant le parfum sucré de ses cheveux. Je soupire de plaisir avant de m'assoupir.

Ces derniers jours ont été chaotiques. Adalynn m'adresse à peine la parole et semble tout le temps inquiète. Les rares fois où nous nous retrouvons dans la même pièce, je la surprends à m'observer mais elle détourne les yeux dès qu'elle se rend compte que je l'ai remarquée. J'aimerais tant savoir à quoi elle pense et quelles sont les émotions qui la rendent à ce point fébrile. J'ai beau essayer de faire des efforts pour m'ouvrir davantage à elle, seul son silence me répond. Cela me fait comprendre que le problème ne vient pas seulement de mon attitude, il y a autre chose qui la perturbe, mais quoi ?

Cette question m'obsède à longueur de journée, résultat je ne suis pas concentré et j'ai multiplié les conneries au boulot. Je me suis fait sermonner par Kristina, j'ai fermé ma gueule, pas fier de ma conduite et me suis platement excusé. Ma patronne a bien essayé de savoir ce qui cloche, mais comment lui expliquer que depuis une semaine ma vie part en vrille ?

Je n'ai toujours aucune nouvelle d'Eddy, cependant je ne peux pas lui en vouloir après la révélation au commissariat. Le pauvre a dû tomber du haut d'un building.

Ajoutez à cela que l'inspecteur Steward me harcèle chaque jour pour que je porte plainte contre Marietta et vous comprendrez que je sois perturbé.

Lorsque je rentre chez elle, Ady est assise au bar, des documents sont étalés devant elle mais son regard est rivé sur son verre de lait.

— Salut, je grommelle.

— Salut. Tu rentres tard.

Voilà, le ton de la soirée est donné : elle n'a pas levé les yeux vers moi pour me parler. Je n'essaie même pas d'aller l'embrasser, tant je suis certain qu'elle se forcerait pour me répondre.

— Ouais, j'ai été voir de vieux potes.

Elle ne relève toujours pas la tête qui est désormais penchée sur un bouquin.

— Pit m'a invité à une fête chez lui ce soir, donc je suis juste passé prendre une douche et je file.

Je suis parvenu à capter son attention.

— Pit ? C'est le dealer ?

J'acquiesce d'un hochement de tête en m'ouvrant une bouteille d'eau.

— Je peux venir avec toi ?

Je manque m'étrangler en avalant de travers. J'ai une furieuse envie de lui dire de venir, car cela va peut-être nous aider à recoller les morceaux entre nous. Pourtant je ne peux pas céder. Je ne vais pas à cette soirée pour m'amuser. J'y vais parce que j'ai besoin de bouger, d'agir plutôt que de continuer à voir mon existence me filer entre les doigts et, accessoirement, si je peux me défouler en cognant un mec, je ne dirais pas non. La maison de Pit et les personnes qui y seront ne sont pas compatibles avec une fille douce comme Adalynn. D'ailleurs, je suis sûr qu'elle m'empêcherait d'y aller si elle avait connaissance de mon projet.

— Depuis que tu m'as dit ce qui clochait l'autre jour, j'ai fait des efforts pour être davantage présent mais dès que je m'approche de toi, tu te transformes en banquise. Alors je ne vois pas pour quelles raisons tu voudrais m'accompagner !

— Et c'est le mec qui est rentré à 3 heures du mat après notre dernière dispute qui me dit ça ?

Je hausse un sourcil. Je pensais qu'elle dormait.

— Tu veux savoir où j'étais ?

— Je ne crois pas, marmonne-t-elle en grimaçant.

— Ce soir-là, je suis allé à Santa Monica. Je suis resté devant l'océan un grand moment, réfléchissant à ce que tu m'avais dit puis je suis revenu mais comme je ne voulais pas t'imposer ma présence, je suis resté dans ma voiture, sauf que sans toi je n'arrivais pas à dormir.

Elle m'observe, les yeux écarquillés. Apparemment elle s'était imaginé que je l'avais trompée.

— Et je suis censée te croire ?

— Je t'ai dit la vérité, après que tu me crois ou pas, c'est toi que ça regarde !

Elle saute en bas de son tabouret, ses poings serrés attestent sa colère.

— En fait tu n'en as rien à foutre de moi ! Marietta avait raison ! Mais comment ai-je pu être aussi stupide ?!

D'un seul coup, je comprends toute cette situation. Adalynn est perturbée par ce que l'autre psychopathe lui a dit. Elle croit que je ne ressens aucun sentiment pour elle.

— C'est vraiment ce que tu penses ?

Ses yeux sont secs, ce qui m'étonne, lorsqu'elle réplique :

— Oui. Tu te sers de moi mais tu ne m'aimes pas.

Je n'arrive pas à y croire. Comment peut-elle me dire cela après tout ce que nous avons partagé ? Je me suis livré comme je ne l'avais jamais fait avec personne et tout ça ne signifie rien pour elle ?

Je suis furieux mais surtout contre moi-même qui demeure planté devant elle sans parvenir à prononcer ces trois simples mots alors que je les ressens de tout mon être. D'où me vient ce blocage qui m'empêche de lui avouer que je l'aime ? Vaincu par mon incapacité à m'exprimer, je choisis la fuite, encore une fois.

— Si cela te fait plaisir de la croire, je soupire, déçu, avant de quitter la pièce.

Je voulais prendre une douche mais finalement j'y renonce, de toute façon mes potes se foutent que je sente le chien. Une fois de plus, je sors de la maison en claquant la porte derrière moi.

Chapitre 43

Adalynn

— Et il est parti comme ça ? questionne Heather pour la cinquantième fois.

Je soupire bruyamment. J'ai un mal de tête qui bat à la hauteur de mes tempes comme si le claquement de la porte qui a signé la sortie de Jared résonnait à l'infini. Ma meilleure amie tapote sur ma main pour attirer mon attention.

— Vous aviez pourtant l'air de vivre le parfait amour ces dernières semaines et maintenant... Est-ce que tu vas enfin m'expliquer ce qui s'est passé ?

Je n'ai rien dévoilé du passé de Jared à Heather, aussi je hausse les épaules en cherchant à rester évasive. Malgré tout ce qui se passera dans ma vie, mon besoin de protéger Jared demeurera mon unique objectif.

— Je ne crois pas qu'il soit amoureux de moi.

Les yeux arrondis par la surprise, elle s'écrie :

— C'est la chose la plus idiote que je n'aie jamais entendue et crois-moi, ces derniers temps, j'en ai entendu beaucoup provenant de la bouche de Chris ! Jared t'aime, ça crève les yeux !

— Ça crève peut-être les tiens, mais pas les miens.

— OK, je vois le problème, dit-elle en me jaugeant du regard tout en ramenant ses cheveux bruns en arrière. Tu manques de confiance en toi ! Ady, tu es une fille merveilleuse, tu ne dois pas en douter. J'ai vu la façon dont ton chéri te regarde, il est évident qu'il est conscient de la chance qu'il a de t'avoir. Tu le fais complètement craquer !

— J'aimerais en être autant convaincue que toi. Je le soupçonne de m'avoir trompée. Il est rentré à 3 heures du mat l'autre nuit.

— Tu lui en as parlé ?

— Ouais, il m'a répondu que suite à notre dispute il est allé se balader avant d'essayer de dormir dans sa voiture.

— À part cet épisode, t'a-t-il donné d'autres raisons de douter de lui ?

Je soupire en cherchant dans ma mémoire.

— Non, il a toujours été honnête.

— Alors pourquoi ne lui fais-tu pas confiance ? Bon, prenons le problème sous un autre angle : est-ce que tu l'aimes ?

— Tu sais bien que oui.

— Oui, je le sais mais il est important que toi, tu en aies conscience. Est-ce que tu vas continuer à te conduire comme un glaçon et perdre ton mec ? Ou bien veux-tu te battre pour le garder ?

Heather arque un sourcil pour appuyer sa question. Je ne l'aurais pas crue si perspicace. Les battements de mon palpitant s'accélèrent. Ces derniers jours ont été un vrai cauchemar. Jared me manque atrocement. Nous avons beau partager le même lit, il ne m'approche que lorsqu'il me pense endormie, alors seulement il m'enserre la taille en se blottissant contre mon dos. Quant à nos journées, elles sont rythmées par ses absences et mes études qui me permettent de prendre de la distance afin de réfléchir aux paroles de Marietta. Jared semble, lui aussi, avoir besoin de prendre du recul. En temps normal, je l'aurais pris dans mes bras et cajolé jusqu'à ce qu'il m'avoue toutes ses angoisses, mais je n'en ai tout bonnement plus la force, je suis trop rongée par mes propres doutes. Pourtant je l'aime toujours de tout mon cœur, de toute mon âme.

— Je ne veux pas le perdre, j'affirme.

— Alors qu'est-ce que tu attends pour aller le rejoindre et arranger les choses ?

Je réponds à son sourire en coin et attrape mon téléphone.

— Tu me remercieras plus tard !

Heather se saisit de son sac en me faisant signe au revoir.

J'appelle Jared mais après avoir sonné dans le vide, j'arrive sur sa messagerie. Je raccroche et lui envoie un sms où je lui dis que je dois lui parler et lui demande l'adresse de ce fameux Pit. Puis je file me changer. Pour réussir à le reconquérir, je parie sur un pantalon en similicuir rouge, un haut en dentelle blanche, le tout rehaussé par mes chaussures à hauts talons. Mon œil critique me renvoie l'image d'une fille sexy sans paraître trop pétasse. Par contre, je n'ai toujours reçu aucune nouvelle de sa part. En désespoir de cause, je contacte la seule personne susceptible de me renseigner. À mon grand étonnement, il répond à la seconde sonnerie.

— Adalynn ?

— Bonsoir Eddy.

— Salut, tout va bien ?

— Ça va et toi ?

— Euh… Ouais, ça peut aller. Pourquoi… enfin… je peux faire quelque chose pour toi ?

Je déglutis, cette conversation est surréaliste.

— Tu as parlé à Jared récemment ?

Un long silence gênant suit ma question. Au moment où je m'apprête à m'excuser de l'avoir dérangé, Eddy émet un soupir à fendre l'âme.

— Je sais que j'aurais dû lui répondre mais… Écoute, dis-lui que je le contacterai bientôt. J'ai juste besoin d'un peu de temps pour réfléchir.

— Je lui dirai quand je l'aurai retrouvé.

Ma voix n'est qu'un murmure pour moi-même.

— Comment ça retrouvé ?

— Il est parti à une soirée chez Pit. Tu sais où ce mec habite ? Il faut vraiment que je parle à Jared.

— Bien sûr que je le sais, mais quelque chose me dit que ton copain préfère que tu attendes son retour plutôt que de te pointer là-bas.

— Le problème est que je ne sais pas s'il va rentrer, et encore moins quand.

— Vous vous êtes fâchés ?

— Ouais.

J'entends la respiration d'Eddy s'accélérer avant qu'il ne souffle longuement.

— Je passe te prendre. Je vais t'y conduire.

— Tu n'es pas obli…

— Si. J'arrive.

Il raccroche sans me laisser le temps de protester.

Moins de vingt minutes plus tard, je suis assise à côté d'un Eddy silencieux et visiblement mal à l'aise. Il n'arrête pas de se passer une main sur le haut de sa crête qui s'affaisse un peu plus à chaque kilomètre.

— Tu n'étais pas obligé de m'y conduire. Tu aurais juste pu me donner son adresse.

— Jared me tuerait si je te laissais traîner seule dans ce quartier.

— J'en doute, je murmure.

— C'est ma… mère qui a crée des embrouilles entre vous ?

Eddy me jette un rapide coup d'œil en déglutissant sur le mot « mère », comme si cela lui coûtait de la nommer ainsi.

— Oui… disons que Jared est distant et que, de mon côté, je ressasse ce qu'elle m'a dit.

Il grimace en passant une fois de plus la main sur sa crête.

— Tu ne dois pas l'écouter. Je connais mon pote. Il t'aime, j'en suis persuadé. Pourtant Dieu sait qu'au départ, je n'aurais pas parié une cacahuète sur ses sentiments tant je l'ai vu consommer les filles en quelques minutes. Je sais que ça ne te plaît pas quand je parle de sa vie passée, mais il faut que tu comprennes à quel point Jared se foutait de tout avant de te connaître. Quand on sortait, il se tapait une meuf dans un coin sombre et la larguait dans la foulée, sans aucun regret. Tout a changé depuis qu'il t'a rencontrée, il n'est même plus intéressé par les autres filles, il n'y a plus que toi. Crois-moi Marietta en est pleinement consciente, c'est pour ça qu'elle est à ce point jalouse.

Je lis un encouragement à arranger les choses dans le faible sourire qu'il m'adresse.

— Je l'aime et son passé n'y change rien. Et toi, où en es-tu ?

Il garde le silence pendant si longtemps que je devine que cela est difficile lorsqu'il ouvre enfin la bouche.

— Ady… il faut que je t'avoue un truc, il soupire tandis que mon corps se contracte sous l'appréhension. Si j'ai refusé de contacter Jared depuis ce qui s'est dit l'autre jour, c'est parce que tes paroles n'ont fait que confirmer ce que je soupçonnais déjà.

Un petit cri de stupeur m'échappe. *Il était au courant ?*

— Et la raison pour laquelle je le savais, c'est que Marietta n'a pas abusé que de Jared.

Je fixe le profil d'Eddy. Il a le menton qui tremble, ses mains serrent si fort le volant que ses jointures pâlissent sous la lumière du plafonnier. Manifestement, il se retient de craquer.

— Tu veux dire que…, commencé-je doucement.

— Ouais, elle m'a fait des trucs aussi.

Il ravale péniblement sa salive comme le fait mon petit ami quand ses souvenirs lui donnent la nausée.

— En fait, quand on était gosses, j'aimais bien que Jared soit à la maison parce que ces jours-là, ma mère ne s'intéressait plus à moi. Au début, je croyais qu'elle n'osait pas m'approcher vu qu'il était là mais, quand un soir j'ai entendu ses plaintes de douleurs, identiques aux miennes, j'ai compris.

Il se gare devant une maison à la façade grise, délabrée, d'où s'élève une musique qui me donne l'impression de s'infiltrer dans chaque cellule de mon corps. Cela pourrait peut-être expliquer pourquoi je tremble.

— Par la suite, alors que j'étais au courant de ce qu'elle lui faisait subir, j'ai souvent insisté pour qu'il revienne passer du temps à la maison, juste pour ne plus être son petit homme, comme elle m'appelait. J'ai sacrifié mon meilleur ami contre quelques jours de paix.

Les larmes me brûlent les yeux en pensant à la souffrance de ces gamins, à la culpabilité qui pèse sur leurs épaules. C'est tellement injuste qu'ils aient eu à vivre cela.

— Eddy, tu n'es pas responsable des agissements de ta mère.

Il relève la tête et fixe la maison.

— Tu es arrivée.

En suivant son regard, j'aperçois des jeunes derrière une fenêtre, certains boivent, d'autres dansent. Je soupire en songeant qu'il va falloir que j'entre dans cette maison pleine d'inconnus pour retrouver Jared.

Il ouvre sa portière, je l'imite et nous nous rejoignons sur le trottoir.

— Je reste jusqu'à ce que tu aies mis la main sur lui. Mais avant que tu entres, j'ai une chose à te demander…

Chapitre 44

Jared

Il y a longtemps que je n'étais pas venu à une soirée chez Pit, pourtant la même question hante toujours mes pensées : *Comment une si petite maison peut-elle contenir autant de monde ?* Je reviens de la cuisine avec une bière, j'ai salué mes vieux potes en arrivant mais d'autres les ont rejoints depuis. Je resserre quelques mains en grognant un bonsoir, avant de me laisser tomber sur le vieux canapé défoncé du salon. Pit m'imite en prenant place à côté de moi. D'une main, il repousse les cheveux bruns qui lui tombent sur le front et rive ses yeux marron sur moi. Ses pupilles sont anormalement dilatées : *génial, il plane déjà.*

— T'es sûr qu'il va se pointer ? Je suis presque obligé de crier pour me faire entendre par-dessus la musique.

— Ouaip. Il doit venir prendre sa dose pour la semaine.

— Parfait.

S'il y a une chose que ma mère m'a apprise, c'est qu'un toxico ne ratera jamais un rendez-vous avec son dealer.

— Je sais que tu veux t'expliquer avec ce mec mais pas de castagne chez moi. Sérieux Jared, je te connais, les embrouilles se règlent dehors. Je ne veux pas avoir les flics ici.

J'acquiesce d'un hochement de tête avant de boire une nouvelle gorgée de bière.

— Salut mec, ça va ?

Je tape dans la main de Stan en faisant un sourire forcé. Je ne suis vraiment pas d'humeur pour la camaraderie. Je n'ai pas le temps de répondre qu'il enchaîne :

— T'es seul ? T'as pas amené ta copine ?

Je grimace en regardant autour de moi alors que Stan prend la place que Pit vient de libérer.

— Regarde autour de toi, plus de la moitié des gens présents ce soir appartiennent au Feirdt. Tu vois Adalynn au milieu des membres d'un gang ? C'est pas du tout son décor. Trop dangereux.

— T'as pas tort mais elle ne craignait rien, on l'aurait protégée.

Comment ça on ? C'est ma petite amie, pas la sienne.

Un grognement précède la phrase qui meurt dans ma gorge lorsque Nat, un copain d'enfance, s'écrie :

— Putain ! C'est qui la meuf canon avec Eddy ?

Eddy est là ? Même si je ne laisse rien paraître, mon cœur s'emballe, oscillant entre peur et joie. Je tiens enfin ma chance de lui parler. Je me lève et vais rejoindre Nat et d'autres mecs à la fenêtre. Eddy descend de voiture, toutefois ce n'est pas lui qui capte mon attention. Mon regard est scotché sur la fille qui le rejoint devant la maison. *Qu'est-ce qu'elle fout ici ?* J'ai fait semblant d'ignorer son appel et son sms tout à l'heure. Je ne voulais pas d'elle dans mon ancien quartier. Eddy est dingue de l'amener dans ces rues où l'on risque sa vie à tout instant au milieu de la guerre des gangs.

— C'est pas vrai, je gronde

— Tu la connais ? Elle est bonne !

J'ai brusquement envie de foutre mon poing dans la gueule de Nat pour effacer son sourire d'obsédé sexuel.

— C'est ma copine !

Je le fixe durement jusqu'à ce qu'il baisse les yeux.

— D'accord, j'ai compris, murmure-t-il tout penaud. Pas touche.

— Exactement. Fais passer le message aux autres.

Je me faufile parmi les invités. Lorsque j'atteins le perron, un vent frais calme un peu mes angoisses. Cependant cela est de courte durée lorsque je vois Adalynn serrer Eddy dans ses bras. Celui-ci relève brièvement la tête mais je sais qu'il m'a vu. Chaque cellule de mon corps hurle qu'il n'a pas le droit de la toucher, qu'elle est à moi. Je descends les deux marches, ne sachant si je vais lui foncer dessus ou attendre qu'il vienne vers moi. J'entends ma petite amie lui dire des paroles que je ne comprends pas, puis ils se séparent. Eddy contourne sa voiture, ouvre sa portière avant de croiser une nouvelle fois mon regard. Je ne parviens pas à déchiffrer le sien. Il m'adresse un signe du menton, s'installe derrière le volant et démarre sans que je n'aie eu la possibilité de lui parler. Ady ne m'a toujours pas vu, me tournant le dos, j'en profite pour la mater. Le pantalon moulant qu'elle porte et qui met en évidence ses jambes galbées suffit à lui seul à réveiller ma virilité endormie. Elle se retourne vers la maison, se figeant en m'apercevant. J'avance à sa hauteur. J'ai envie de l'embrasser, il me semble que cela fait des siècles que je n'ai pas goûté à ses lèvres. J'aimerais effacer ces derniers jours et la retrouver comme avant, la presser contre moi afin de respirer son parfum sucré. *Putain, elle me manque !* Et le petit sourire timide qu'elle arbore me donne carrément envie de la croquer.

— Qu'est-ce que tu fais là ?

J'ai parlé plus sèchement que je ne le voulais, elle se renfrogne immédiatement. Son sourire disparaît, de même que l'éclat de désir que je pouvais jusqu'alors lire dans ses yeux, avant qu'elle croise les bras sous sa poitrine.

— Tu n'as pas eu mon message ?

Je souffle, agacé.

— Si je l'ai eu, mais je ne voulais pas de toi ici. Tu aurais pu attendre que je rentre pour me parler.

— Eh Ady ! Tu es venue finalement ! s'écrie Stan depuis la porte. Je suis content de te revoir, la belle !

— Ma venue fait au moins plaisir à quelqu'un ! lance-t-elle en passant à côté de moi pour aller rejoindre mon pote.

Celui-ci lui fait une accolade avant de l'entraîner à l'intérieur. Stan n'a vu ma copine qu'une fois et il l'a déjà adoptée, cette fille est vraiment sociable. Je m'allume une clope avant de la suivre, pas question que je la laisse sans surveillance au milieu de tous ces mecs qui ont un casier judiciaire souvent bien plus fourni que le mien. Je la repère dès mon entrée dans le salon. Stan est en train de la présenter à nos amis d'enfance. Je les vois tous la reluquer de la tête aux pieds sans retenue, alors que les filles la dévisagent avec dédain. Bientôt Stan lui glisse une bière dans la main avant de la conduire sur la petite piste de danse. Mon sang bout dans mes veines, je foudroie Adalynn du regard quand le bras de Stan s'enroule autour de sa taille. Ses yeux sont rivés sur moi, j'y lis de l'incompréhension. *Elle se fout de ma gueule ou quoi ?* Ça ne la dérange pas de se balancer lentement, au rythme de la musique, dans les bras de mon pote ?!

— Salut, Jared, ça faisait longtemps que je ne t'avais pas vu.

Tina me fait un sourire, qu'elle doit supposer charmeur mais qui, ce soir, me laisse totalement indifférent. Avant mon séjour en taule, il est arrivé que l'on se retire dans un coin pendant ce genre de soirée. Je relève les yeux et croisent ceux inquisiteurs de ma petite amie. Si elle veut jouer, on va être deux.

— Tu veux une bière, Tina ?

Comme elle acquiesce, je lui en attrape une sur la table. Elle se colle à moi afin de me parler sans avoir à hurler par-dessus la musique. Je jette un coup d'œil à Ady dont les yeux s'étrécissent.

— Tu la connais ? questionne Tina en surprenant mon regard.

Je tourne le dos à la piste de danse.

— C'est ma petite amie, enfin je crois. C'est un peu compliqué.

Ma compagne hausse les épaules.

— Je n'ai jamais été possessive. Par contre toi casé, ça fait bizarre.

J'esquisse un faible sourire qui se dissipe rapidement lorsqu'en me détournant je me rends compte qu'Ady a passé ses bras autour du cou de Stan. Mes mâchoires se contractent si fort que mes dents grincent.

— T'inquiète pas, elle essaie juste de te rendre jaloux, susurre Tina à mon oreille.

Elle en profite pour placer une main sur ma nuque alors que je me penche vers elle pour lui répondre.

— Je n'arrive plus à savoir si elle tient réellement à moi. Nous nous sommes éloignés depuis quelques jours.

— Vu la manière dont elle nous regardait, je peux t'assurer qu'elle est dingue de toi. Même si je ne devrais pas te le dire.

— Pourquoi ?

— Parce que j'ai l'impression que nos baises appartiennent désormais au passé.

Je ne trouve rien à répliquer. C'est vrai que je n'ai plus envie d'elle malgré son corps élancé et ses formes généreuses qui sont à peine recouvertes. Adalynn est la seule que je désire et je me demande si cet instinct qui me pousse vers elle disparaîtra un jour.

— Ne t'excuse pas de ne plus avoir envie, ni de te servir de moi ce soir pour tester sa réaction. Soyons honnêtes, on s'est amusés quelquefois mais on est juste potes, rien de plus. T'es trop compliqué pour moi !

Ne pouvant nier cette évidence, je souris. Puis je parcours la pièce des yeux, Stan discute avec deux mecs que je ne connais pas mais plus aucune trace de Tagada, ce qui me fait aussitôt froncer les sourcils.

— Elle doit être aux toilettes, affirme Tina qui devine mes pensées. Jared accro à une meuf, je ne l'aurais jamais cru. Tu devrais t'expliquer avec elle au lieu de jouer au con !

Sur ces derniers mots, Tina va s'asseoir à côté de Pit et, quelques secondes plus tard, il pose une main sur sa cuisse tandis que je pars à la recherche d'Ady. Après avoir vérifié la cuisine, je m'apprête à gravir l'escalier pour aller voir à l'étage lorsque j'entends sa voix en provenance de l'entrée, et la voix masculine qui lui répond me fait aussitôt sortir de mes gonds. Telle une fusée, je débarque dans le hall. Adalynn, bras croisés sur sa poitrine, est d'une pâleur à faire peur. Je me place devant elle, créant un barrage humain face à ce connard de Tyler.

— Tu tombes bien, j'avais deux mots à te dire !

— Tiens, voilà le caïd qui vole au secours de sa salope !

Je serre les poings et avance d'un pas. Je rêve de balancer mon poing dans sa sale gueule déjà bien amochée.

— Ça suffit Jared ! s'écrie Ady d'une voix froide, mais curieusement, sa main posée au creux de mes reins est d'une douceur contrastante. Laisse-moi régler ça pour une fois !

Sans attendre que je m'écarte, elle me contourne pour se mettre devant Tyler.

— Où en étions-nous ? Tu me demandais pourquoi je t'avais rejeté alors que je me tape Jared, si je ne me trompe.

Mon regard est attiré par une petite lumière rouge qui clignote, coincée dans la poche arrière de son pantalon. *C'est quoi ce bordel ?*

— Mais franchement Tyler, pourquoi larguerais-je mon copain alors qu'il sait si bien me défendre ? Il t'a explosé la gueule deux fois, non ?

Tyler pouffe d'un rire jaune alors que je me raidis davantage, elle ne me croit tout de même pas coupable de la seconde agression qu'il a subie et dont il porte encore les stigmates ?

— Une seule fois, et c'était par surprise.

— Ah non, apparemment il t'a renvoyé à l'hosto la semaine dernière. Il est trop fort, mon Jared, roucoule-t-elle en me lançant un regard glacial.

Mais à quoi elle joue ? Devant lui, elle a l'air fière de moi, amoureuse, alors que ses yeux expriment une envie de meurtre dès qu'ils se posent sur moi.

Tyler serre les dents et passe une main dans ses cheveux savamment décoiffés. Il a l'air d'hésiter sur la conduite à adopter.

— J'ai raconté que c'était lui afin qu'il retourne en taule. Je voulais me débarrasser de lui pour avoir le champ libre avec toi.

— Mais… qui t'a ainsi tabassé si ce n'est pas lui ?

La voix faussement innocente d'Ady m'arrache un petit sourire que je camoufle derrière ma main.

— J'ai demandé à Mitch et à Byron. Ils n'y sont pas allés de main morte, il fallait bien ça pour que les flics interviennent.

De l'index, il pointe les ecchymoses qui parsèment encore son visage.

Le pauvre, je vais le plaindre !

— Tu es pathétique Tyler, crache soudainement Adalynn avec toute la haine qu'elle est capable de ressentir.

— Mais… Quoi ? Tu avais dit…

— Ouais, que j'étais prête à rompre avec Jared… je me pose la question, c'est vrai…

Putain, je viens de me recevoir un uppercut en plein cœur sans m'y attendre. Je suis littéralement KO debout. Adalynn veut me larguer ? Il est vrai que ces derniers jours ont été tendus mais de là à rompre, faut pas pousser !

— Quant à le quitter pour me mettre avec toi ? Jamais ! Heureusement que tu es défoncé, en temps normal tu n'aurais jamais gobé ça !

Elle part d'un rire moqueur. Tyler lui jette un regard noir, je le sens mal, ça va déraper. J'ai à peine terminé ma pensée qu'il agrippe Ady par un bras et l'envoie contre le mur le plus proche. Il n'a pas le temps de reprendre sa respiration que je le tiens déjà par le col de sa chemise amidonnée. Je l'empoigne de toutes mes forces et parviens à le soulever du sol.

— Tu ne la touches pas, fils de pute ! grogné-je entre mes dents.

Soudainement, je sens des mains m'agripper les bras mais je ne relâche toujours pas ma prise. Pire, je répète mes paroles en plaquant cet idiot contre le mur, exactement là où il avait expédié Ady.

— Jared, qu'est-ce que je t'ai dit ?

C'est Pit qui crie dans mon dos en essayant de ramener mes bras en arrière.

— Lâche-le, putain !

J'ai envie de tuer ce connard. Vraiment. Son air narquois provoque en moi une haine qui grandit de seconde en seconde.

Je laisse mes mains courir sur son cou, je n'ai plus qu'à serrer un peu plus fort…

— Jared, lâche-le s'il te plaît.

Presque malgré moi, mon regard oblique vers Ady qui se tient à côté de moi. Elle tremble, ses yeux sont écarquillés par la peur. Une peur dont mon comportement est à l'origine.

— Pourquoi je ferais une telle connerie ? Je peux nous débarrasser de lui définitivement.

— Il ne nous ennuiera plus. S'il te plaît, ne frappe pas dans la merde, ça éclabousse, chuchote-t-elle en se penchant sur mon bras afin de me faire lâcher prise.

— Pit ?

— Je m'en occupe.

Je desserre les poings et recule à regret. Immédiatement, Pit entraîne son client, qui tente de reprendre sa respiration, à l'extérieur. Je suis sûr qu'il va lui vendre sa merde avant qu'il ne reparte. Je me tourne vers Adalynn qui s'éloigne rapidement. Ses mots me reviennent en mémoire : *Elle pense sérieusement à me quitter.*

Chapitre 45

Adalynn

Lorsqu'en ressortant des toilettes, je suis tombée sur Tyler, j'ai d'abord eu envie de crier à Jared de rappliquer. Cependant je me suis ravisée, y voyant une façon d'innocenter définitivement l'homme que je continue d'aimer malgré moi. Pourtant en le regardant flirter avec cette pétasse tout à l'heure, j'ai eu ma réponse : il ne ressent rien pour moi. J'ai littéralement senti mon cœur se briser en des milliers de petits morceaux alors qu'il était si proche d'elle.

Lorsque je le vois relâcher lentement ses mains du cou de cet abruti, je devine que ce geste lui coûte. Je m'éloigne. En le voyant avec cette fille, il a également brisé mon envie de lui parler, d'essayer d'arranger les choses. Je sais dorénavant où se situe ma place : je suis sa proprio. Je ne représente rien de plus à ses yeux, alors pourquoi batailler ? Je remets mon téléphone dans mon sac à main après avoir arrêté l'enregistreur vocal, tout en pénétrant dans le salon avec l'idée de demander à Stan s'il peut me reconduire chez moi. Quand soudain je sens une main se refermer sur mon bras. En moins de temps qu'il n'en faut pour le dire, il me fait pivoter et je me retrouve plaquée contre une cage thoracique qui se soulève à un rythme effréné. Des bras se referment autour de ma taille, me retenant prisonnière.

Toutefois, je suis loin de vouloir fuir loin de cette étreinte que je n'espérais plus et dont je redoute qu'elle soit la dernière. Le visage de Jared est logé dans mon cou où son souffle chaud fait se couvrir ma peau de chair de poule. Après quelques secondes sans réaction, je sors de mon hébétude pour le serrer dans mes bras. Son corps se détend sensiblement à mon contact.

— Est-ce qu'il t'a fait mal ?

— Non, je vais bien.

— Je ne veux pas te perdre, chuchote-t-il si bas que je ne suis pas certaine de bien avoir entendu.

Ma colère refait surface et mes mains s'immobilisent sur son dos.

— Il fallait y penser avant d'embrasser cette… fille, tout à l'heure.

Il se redresse et plante ses yeux clairs dans les miens. Si je ne l'avais pas vu en action, je pourrais croire en son air innocent.

— Quoi ?

— Oh je t'en prie ! Je t'ai vu te pencher sur cette pétasse pour lui rouler une pelle.

— Je ne l'ai pas embrassée ! Je me suis penché vers Tina pour lui parler par-dessus la musique, rien de plus.

Moue boudeuse sur les lèvres, bras croisés, je le défie.

— Ady, je te le jure. Réfléchis deux secondes, depuis quand j'embrasse ? D'autres que toi, je veux dire. Tu sais bien que… Même si j'étais en rogne de te voir flirter, dansant enlacée avec Stan, je n'aurais pas pu…

— Je ne flirtais pas avec ton pote, on parlait de toi. Il me demandait comment tu t'en sors dans ta nouvelle vie.

Apparemment il n'a pas pu te questionner lui-même parce que, je cite : « Il n'était pas de bonne humeur à son arrivée. »

Sa main vient caresser ma joue et s'y immobilise.

— Dis-moi ce que je dois faire pour que tu restes avec moi ?

Sa voix de petit garçon fragile fait vriller mon cœur et en recolle quelques morceaux au passage.

— J'ai besoin de savoir ce que tu ressens pour moi. Besoin de savoir si tu envisages un futur pour nous.

Je me rapproche de lui, ma lèvre inférieure tremble sous l'émotion. C'est maintenant, en cet instant, que se joue notre relation et je n'en suis que trop consciente.

— Je veux que tu me dises si tu es amoureux de moi ? Est-ce que tu m'aimes, Jared ?

Ses yeux quittent les miens pour fixer le sol, il est plus mal à l'aise que jamais. J'ai ma réponse.

— Tu es importante, tu comptes pour moi, bredouille-t-il.

— Tu ne sais que me répéter ça ! Normal que je compte, je te loge ! Et dorénavant c'est la seule chose qui nous unira !

J'ai crié, faisant se retourner plusieurs personnes sur nous, mais je m'en fiche. Je ne pense plus qu'à une chose : rentrer chez moi où je pourrai pleurer jusqu'à demain. Peut-être même jusqu'à la semaine prochaine si j'en ai envie. Je lui jette un dernier regard, il ne réagit pas, le visage baissé, fixant toujours le carrelage beige. Je ne suis pas déçue, ni en colère, je suis trop brisée pour ressentir quoi que ce soit. Je suis comme anesthésiée par une douleur qui est si intense qu'elle attend le moment propice pour s'exprimer. Je me retourne et m'éloigne de quelques pas à la recherche de Stan. Provenant de la rue, j'entends des pétards éclater puis les fenêtres volent en éclat. Autour de moi, les gens se mettent à hurler, je crois percevoir mon nom mais je n'en suis pas sûre. Je n'ai pas le temps de me demander ce qui se passe que je me retrouve au sol, allongée sur le dos, alors que des détonations résonnent tout autour de moi. Un corps me recouvre totalement, des mains m'encerclent la tête comme pour me protéger. Au milieu de ce chaos, je reconnais le parfum de Jared. Je ne comprends rien à ce qui arrive. Pourquoi m'a-t-il projetée au sol ? Pourquoi son visage est niché dans mon cou d'où s'échappe sa respiration saccadée ? La pièce est plongée dans l'obscurité et le silence. Puis j'entends une voiture s'éloigner en faisant crisser ses pneus.

— Tout le monde va bien ? s'écrie une voix d'homme, essoufflée.

Jared se redresse légèrement pour m'observer et je reste stupéfaite. À la lueur des lampadaires de la rue, je distingue comme un reflet sur son front mais c'est surtout son regard noyé de larmes qui retient toute mon attention. Pourquoi pleure-t-il ? Lui qui laisse rarement paraître quoi que ce soit.

— Ouais, ça va, répond-il sans cesser de me regarder.

J'ai envie de l'embrasser, de caresser son beau visage puis je me souviens de ces dernières minutes et me ressaisis.

— Qu'est-ce… qu'est-ce qui s'est passé ?

— Une fusillade, sûrement par les Gorgos, c'est un gang du coin. Tu es sûre de ne pas être blessée ?

Il se relève et tend une main pour m'aider à me remettre debout alors que la lumière se rallume, quelqu'un avait dû l'éteindre dès les premiers coups de feu. Il y a des morceaux de verre partout sur le carrelage, j'observe le mur devant lequel je me tenais, une balle est fichée à la place que j'occupais il y a moins de deux minutes. Un long frisson parcourt ma colonne vertébrale en réalisant que je viens d'échapper à une mort certaine. Je remarque la fille avec qui Jared flirtait un peu plus tôt, assise sur le canapé, elle tient son bras, un garçon a posé un linge dessus qui s'imbibe de sang. Lorsque mes yeux se portent à nouveau sur le visage de Jared, je pousse un petit cri.

— Tu es blessé !

Il a un bout de verre en forme de triangle planté dans le front, au-dessus de son œil droit. Un mince filet de sang s'en échappe. Il regarde ses mains, il a des coupures sur celle qui m'encerclait le haut du crâne.

— C'est rien, ça.

C'est vrai que ces blessures ont l'air superficielles par rapport à son front.

— Non. Ta tête, tu as mal ?

De ses doigts incertains, il tâtonne à la recherche de la plaie que je lui désigne.

— Je ne sens rien. On s'en occupera plus tard. Cassons-nous d'ici !

Il ramasse sa veste, l'enfile en grimaçant et s'emparant de ma main, m'entraîne dans son sillage. Il marche tellement vite que je dois trottiner pour parvenir à le suivre jusqu'à sa voiture garée de l'autre côté de la rue.

— Putain, marmonne-t-il soudainement.

— Quoi ?

Il se retourne, je porte une main à ma bouche pour étouffer un cri. Il a ôté le morceau de verre, son visage ruisselle de sang. Je me précipite sur lui en sortant un paquet de kleenex de mon sac et en appuie un sur la plaie afin de stopper le saignement.

— Je te conduis à l'hosto, dis-je en lui prenant ses clefs.

— Ady, non, s'il te plaît.

— Cette plaie est trop profonde, il te faut des points de suture.

— On va passer dans une pharmacie prendre des pansements

mais pas d'hosto. Il pourrait prévenir les flics et Pit aurait des emmerdes.

— Parce que tu ne crois pas que la police est déjà en chemin après ce qui s'est passé ?

— Ady, c'est le quartier qui veut ça. Ici chacun défend son territoire à sa façon, et les flics n'y ont pas leur place. Personne ne prendra le risque de balancer ce qui vient de se produire, il se ferait tuer aussitôt.

Je souffle, mécontente, en me glissant derrière le volant, pourtant je sais qu'il a raison. Pour ma part, je frôle l'overdose de police ces derniers temps. En cours de route, je m'arrête devant une pharmacie et achète de quoi refermer une coupure.

— C'était quoi ton numéro avec le connard, tout à l'heure ? Et pourquoi ton téléphone clignotait dans ta poche ?

Juste au moment où je commençais à croire qu'il n'aborderait pas le sujet, il rompt le silence pesant qui s'était installé dans la voiture.

— Quand je l'ai vu arriver, j'ai eu l'idée de le pousser à avouer qu'il t'avait injustement accusé. J'ai enregistré toute notre conversation. À la première heure demain matin, j'enverrai l'enregistrement à mon avocat. Je crois que désormais nous n'aurons plus d'ennuis avec Tyler.

Je jette un rapide coup d'œil à Jared, il m'observe intensément.

— Tu es merveilleuse, chuchote-t-il, si bas que je ne suis pas sûre d'avoir bien compris.

Lorsque je me gare devant chez moi, Jared a troqué les mouchoirs contre des compresses. À ses pieds gisent des kleenex imbibés de sang. À peine entrés, nous nous précipitons dans la salle de bains. Il s'assied sur le siège des toilettes, à chaque fois que j'éloigne la gaze de sa peau, le saignement repart de plus belle. Je ne sais combien de temps je passe à essayer de l'arrêter.

Quand finalement j'y parviens, j'applique les stéri-strips ainsi qu'un pansement imposant en espérant que cela suffira. Ensuite je prends un gant et nettoie son visage ensanglanté. Son T-shirt et le devant de sa veste sont également tachés.

— Déshabille-toi, ensuite je m'occuperai de tes mains.

— C'est juste de légères coupures.

Il finit par s'exécuter, mais à peine a-t-il ôté sa veste que de nouveau je pousse un cri. Il a une autre plaie sur le haut du bras, à la hauteur de son biceps. Mais celle-ci est différente, elle ne saigne presque pas mais dégage une odeur de chair brûlée. Elle me donne l'impression qu'on lui a appliqué une lame incandescente à même la peau.

— Ne panique pas, ce n'est rien, dit-il d'une voix douce alors que je ne parviens pas à quitter cette marque des yeux.

— C'est ce que tu dis toujours. Comment tu t'es fait ça ?

— Une balle m'a éraflé.

Lorsque je lève le regard, je croise ses yeux bleus et je comprends tout.

— Tu t'es jeté sur moi pour me protéger. C'est comme ça que tu as été blessé. Tu t'es non seulement pris du verre à ma place mais tu as risqué ta vie afin d'éviter qu'une balle ne m'atteigne, et tout ça alors que tu n'as pas de sentiments pour moi et que je venais de rompre.

Ma voix n'est plus qu'un murmure tant je suis perdue. Ses yeux sont plongés dans les miens, je le vois déglutir péniblement.

— Ce n'est pas parce que je ne parviens pas à dire les mots que je ne ressens rien.

Deux larmes roulent sur mes joues. Mes émotions se mélangent, je ne sais si je pleure de peur après ce que nous venons de traverser, de soulagement de constater qu'il n'a rien de grave ou de bonheur en réalisant enfin qu'il m'aime vraiment. Au diable Marietta et ses maudites paroles. Jared m'aime !

Il vient de me sauver la vie au mépris de la sienne. J'aurais dû mourir ce soir, cette balle m'était destinée mais il m'a plaquée au sol avant qu'elle ne m'atteigne.

— Alors les larmes dans tes yeux tout à l'heure, ce n'était pas à cause de tes blessures ?

— Bien sûr que non, chuchote-t-il en se levant.

Comme un peu plus tôt, il m'enlace et enfouit son visage dans mon cou. Mes bras se referment aussitôt autour de ses épaules.

— Je te l'ai dit Tagada, je ne veux pas te perdre. Ce n'est pas facile pour moi de trouver les mots mais… tu es mon bébé, Ady. Tu es toute ma vie. Je n'aurais plus la force de respirer s'il t'arrivait malheur.

Je pleure, je souris en même temps en le pressant contre moi. Chaque battement de mon cœur est dédié à cet homme que j'aime plus que tout au monde.

— S'il te plaît, dis-moi que ce n'est pas terminé entre nous. Laisse-moi une chance de devenir celui que tu veux que je sois.

— Jared, tu es déjà celui que je veux. J'avais juste besoin de savoir que tu es honnête avec moi, que tu me rassures sur ce que tu éprouves.

— Alors tu m'aimes toujours ?

Je m'écarte légèrement et prends son visage entre mes mains pour l'obliger à me regarder.

— Bien sûr que je t'aime, mon amour. Je n'ai jamais cessé de t'aimer, pas une seule seconde.

Il prend une profonde inspiration et sourit comme un enfant qui découvre ses cadeaux de Noël.

— Tu m'as tellement manqué.

— Toi aussi.

Je sens son rythme cardiaque s'emballer.

— Ady… je… je…

Je pose brièvement mes lèvres sur les siennes en un chaste baiser.

— Tu me le diras quand tu seras prêt, pas parce que je t'ai forcé la main.

Il a à peine le temps d'acquiescer que nos lèvres sont de nouveau en contact en un baiser langoureux.

Chapitre 46

Adalynn

— Tu peux être rassuré, elle n'a pas rapetissé.

Je souris en caressant son torse nu sur lequel je suis à moitié allongée, dans son lit.

Jared pouffe en me caressant doucement le dos.

— J'espère que ce choc électrique ne m'empêchera pas de me reproduire.

Surprise, je relève le menton.

— Tu veux des enfants ?

Merde, je n'aurais pas dû poser cette question. Son teint pâlit alors que je sens son cœur accélérer dangereusement sous mes doigts.

— Respire, je souffle en me retenant de rire.

Sa main s'est immobilisée entre mes omoplates, son regard perçant me dévisage avec inquiétude.

— Tu n'es pas… ? Comprenons-nous bien, si tu l'es, je ne t'abandonnerai pas, j'assumerai mais on est trop jeunes pour…

Mon Dieu, voilà qu'il se met à bégayer. Je me mords l'intérieur des joues pour étouffer mon fou rire.

— Relax. Je ne suis pas enceinte. C'était juste une question.

— OK, ouf !

Il laisse échapper un long soupir qui me fait glousser. Je crains que ses peurs concernant l'avenir ne le quittent jamais totalement. Son passé difficile a brisé sa capacité à se projeter vers une vie heureuse et calme. Ce constat me serre le cœur. Il n'a jamais connu l'insouciance à laquelle ont droit la plupart des enfants.

— Oui, reprend-t-il de longues minutes plus tard. N'importe qui m'aurait demandé ça avant que je ne te connaisse, j'aurais juré que jamais je n'aurais de gosses. Mais maintenant…, s'interrompt-il en venant délicatement caresser ma joue. Disons que cela devient envisageable… dans quelques années, pas maintenant. Après tout, on arrive bien à s'occuper de deux chiens alors…

J'éclate de rire.

— Élever un bébé est quand même différent !

Il hausse les épaules.

— Si tu le dis.

Je me redresse pour l'embrasser mais je retiens mon geste.

— Quoi ? fait-il en remarquant mon expression.

— Tu as trop forcé, pourtant ce n'est pas faute de t'avoir prévenu. Ton pansement est imbibé de sang.

Je me lève, enfile un T-shirt et vais chercher de quoi en faire un nouveau.

— Tu m'avais trop manqué depuis une semaine et puis ose me dire que cela ne valait pas le coup.

Je reviens dans la chambre avec le nécessaire, souriant comme une idiote comblée. J'adore me sentir si proche de lui, non seulement physiquement mais également émotionnellement. Depuis nos retrouvailles, je ressens ce lien entre nous, plus puissant que jamais. Il est à moi, de la même façon que je lui appartiens. Je m'installe à califourchon sur ses cuisses, il pose immédiatement ses mains sur les miennes.

— J'avoue, tu as raison.

À cet instant, je découvre le sourire triomphal du mâle dominant et lève les yeux au ciel.

— Je crois que tu vas pouvoir te reconvertir en infirmière si ça continue comme ça, grimace Jared alors que je désinfecte à nouveau sa blessure.

C'est vrai que je n'ai jamais autant utilisé l'armoire à pharmacie que depuis qu'il a emménagé.

— À ce propos, je ne sais pas si tu l'as remarqué mais j'ai été plongée dans la paperasse ces derniers jours.

— Ady, je remarque toujours tout ce qui te concerne, alors oui, j'ai vu. Mais je pensais que c'était une façon de m'éviter.

Je place un nouveau pansement, il m'observe, attendant confirmation.

— Je ne vais pas te mentir, effectivement je t'ai évité cette semaine. J'étais complètement déboussolée après ce que Marietta m'avait dit. Je suis désolée d'avoir douté de toi.

Il se saisit de ma main et entrelace nos doigts alors que de l'autre, il me relève doucement le menton afin que je le regarde.

— Hé, je comprends ! C'est une grande manipulatrice. Je n'ai pas été agréable non plus suite à notre dernière rencontre. Tu avais vu juste, j'étais reparti dans mes souvenirs au détriment de notre relation et cela n'a pas dû t'aider à trouver ta place dans ma vie. Cette femme a le pouvoir de foutre la merde partout où elle passe.

— Oui, je me sens si bête d'être tombée dans son piège. Avec le recul, il est évident qu'elle voulait juste nous séparer.

— Cela n'arrivera plus, d'accord ? Dorénavant, quoi qu'elle fasse, on se fait confiance et on reste unis.

Je me laisse aller contre son torse en passant mes bras autour de son cou.

— Je te le promets.

— Je ne la laisserai plus se mettre entre nous, je te le jure, ma puce.

Il dépose un baiser sur mon front en me rendant mon étreinte.

— Je la déteste tellement. Si tu savais à quel point j'ai envie de la tuer, murmure-t-il avec conviction.

Je m'écarte pour scruter son visage. Il n'affiche aucune émotion, juste une détermination qui me fait frissonner.

— Je t'assure, il m'arrive de m'imaginer en train de l'étrangler…

— Bébé, non.

Mes mains se posent sur ses joues. Je sais ce qu'elle lui a fait subir mais la massacrer comme il le projette, me fait terriblement peur.

— Si tu faisais ça, nous serions séparés à jamais. Elle gagnerait. Je ne veux pas que tu retournes en prison ou pire. Elle ne vaut pas la peine que tu gâches ta vie, notre avenir.

Il me scrute longuement en gardant le silence.

— Tu as raison, finit-il par avouer.

Je lui souris en lui caressant la nuque, c'est plus fort que moi, j'ai besoin de le toucher. Je sais que nous n'en avons pas terminé avec Marietta mais pour le moment, j'ai besoin d'une petite pause avant d'y revenir. Ce qu'Eddy m'a demandé de lui dire risque fort de dissiper la bulle d'amour dans laquelle nous nous sommes enfermés.

— Bien, changeons de sujet, tu veux ?

— Avec plaisir.

— Pour en revenir aux papiers que je lisais ces derniers jours, ce n'était pas qu'une diversion. Je pense changer d'orientation professionnelle.

Il hausse les sourcils avant de grimacer lorsque sa coupure se rappelle à lui.

— Sérieux ?

— Oui, j'aime bien le droit mais j'aime encore plus aider les gens émotionnellement. Je voudrais suivre le cursus de psychologie. Tu trouves ça con, ajouté-je devant son mutisme.

— Non, pas du tout ! Je suis la preuve vivante que tu peux faire des miracles dans ce domaine.

— Alors cela ne te dérangerait pas de sortir avec une étudiante en psycho ?

— Flûte ! Moi qui pensais déjà aux frais d'avocat que je pourrais économiser plus tard, me taquine-t-il en me caressant les cuisses.

Je lui donne une petite tape sur le bras.

— Aïe !

— Oh je suis désolée, m'excusé-je en réalisant que je l'ai tapé à l'endroit où la balle l'a touché.

— Embrasse-moi pour te faire pardonner.

Son sourire moqueur me donne envie d'appuyer à nouveau sur sa blessure mais ses lèvres m'attirent bien trop.

Il prend son temps pour savourer ma bouche, sa langue entraîne la mienne dans une danse lascive et sensuelle qui me donne le tournis. Lorsque nous nous séparons, nous demeurons un long moment plongés dans le regard de l'autre. Je ne sais plus à quoi ressemblait ma vie avant qu'il n'y apparaisse, tout ce que je sais c'est qu'elle était terne, sans saveur et solitaire. Jared a bouleversé mon univers, il m'est devenu indispensable. Cette réalité me fait peur pourtant rien n'est plus vrai : moi qui suis indépendante depuis des années, j'ai besoin de lui. Et à la façon dont il me scrute, je devine qu'il ressent la même chose.

— Sérieusement mon bébé, deviens ce que tu veux. Je te

soutiendrai dans tes décisions, reprend-il. Je souhaite juste ton bonheur et je ferai tout ce que je peux pour que tu sois heureuse.

J'ai des papillons qui s'envolent au creux de mon estomac. Sa déclaration inattendue me fait sourire béatement, et puis surtout, j'adore lorsqu'il dit que je suis son bébé. Cela surpasse les autres noms dont il a pu me qualifier jusqu'à présent.

— Merci, dis-je en me penchant pour l'embrasser tendrement. Moi aussi, je veux te rendre heureux mais je sais que pour cela, il faut que tu parviennes à tirer un trait définitif sur ton passé.

Il ouvre la bouche, je pose mon doigt sur ses lèvres pour lui faire comprendre de me laisser parler. Mon cœur bat la chamade tant j'appréhende sa réaction, toutefois il doit connaître toute la vérité.

— Je t'aime Jared, et parce que je t'aime de tout mon cœur, je dois t'apprendre quelque chose…

Chapitre 47

Jared

Depuis cette nuit, je vis dans une sorte de colère permanente et j'ignore contre qui la diriger. Mon meilleur ami ou sa mère ?

J'ai remarqué au teint blafard d'Adalynn qu'elle s'apprêtait à m'annoncer un truc qui n'allait pas me plaire. Quand elle eut terminé, elle craignait ma réaction, je l'ai senti à la façon dont elle m'a serré dans ses bras. Toutefois, contrairement à d'habitude, je ne me suis pas renfermé sur moi-même, j'en ai été le premier étonné, mais je lui ai raconté des anecdotes qui me revenaient en mémoire quand Eddy et moi étions gamins. La façon qu'il avait de se tenir à distance de sa mère lorsqu'ils étaient dans la même pièce, son regard affolé certains matins quand on se retrouvait à l'école. Jusqu'alors, je n'avais pas particulièrement prêté attention à ces détails, mais maintenant que je nous sais embarqués dans la même galère depuis des années, je comprends qu'ils auraient dû m'intriguer bien plus tôt. Ady m'a écouté patiemment, je pense même qu'elle était heureuse que je partage mes souvenirs avec elle. Allongée contre mon corps, une main posée sur mon ventre, elle ne m'a pas lâché une minute jusqu'à ce que je m'endorme. À mon réveil, j'ai à nouveau lu l'angoisse dans son regard, mais contrairement à ses craintes, je ne suis pas d'humeur à m'éloigner d'elle. J'ai juste envie de parler avec Eddy, de comprendre son silence pendant toutes ces années. Étrangement le fait de savoir que je n'ai pas été le seul à subir la perversité de Marietta, me soulage. Jusque-là, je croyais que le problème venait de moi, cette révélation me prouve que j'avais tort.

Je souffle profondément avant d'ouvrir la porte du studio. On a beau être dimanche, la voiture d'Eddy garée sur le parking à proximité, atteste sa présence. Mon cœur résonne au rythme de mes pas tandis que je remonte le couloir sombre. Comment en suis-je arrivé à craindre une discussion avec mon meilleur ami? C'est insensé. Je domine le bref moment d'hésitation en ouvrant la porte. Eddy est assis dans son fauteuil devant la console. Quand il tourne le visage vers moi, je lis l'appréhension dans ses yeux marron. Bienvenu au club!

— Salut, déglutit-il.

À mon grand étonnement, ma colère retombe en constatant son inquiétude.

— Salut. Tu sais pourquoi je suis là?

— Ady a tenu sa parole et t'a tout raconté.

Il se retourne vers la console et appuie sur un bouton. Je devine qu'il enregistre son travail en cours avant que nous ne discutions. Je vais prendre place dans le second fauteuil à côté du sien.

— Tu t'es encore battu? demande-t-il en désignant mon front.

— Non, pas cette fois. Il y a eu une fusillade chez Pit.

Ses yeux surpris me scrutent avec anxiété.

— T'inquiète pas, il y a eu quelques blessés mais personne n'y est resté.

— Adalynn?

— Elle va bien.

Un long moment, nous restons à nous regarder sans rien nous dire. Jamais je n'aurais pensé me retrouver un jour dans cette situation.

— C'est bizarre, hein ?

J'acquiesce.

— Bizarre et inconfortable.

Le poing d'Eddy se serre.

— Il faut que l'on crève l'abcès, marmonne-t-il.

— Pourquoi ne m'as-tu jamais rien dit ?

Les mots ont franchi mes lèvres avant que je puisse les retenir. Il passe une main sur le haut de sa crête, je n'arrive toujours pas à croire non plus qu'il ait cette coiffure à la con.

— Toi non plus, tu ne m'en as jamais parlé.

— Tu me vois te dire : « Désolé mais ta mère me force à la baiser ! »

Sa grimace de dégoût doit refléter la mienne.

— Bon sang, Eddy, comment a-t-elle pu te faire ça ?

— Elle nous l'a fait à tous les deux, pas seulement à moi.

— Ouais mais tu es son fils. Je peux comprendre qu'elle se soit servie de moi pour assouvir ses pulsions, mais toi…

Mes jambes s'agitent toutes seules sous le coup de mon énervement.

— Je crois que famille ou non, cela n'a jamais eu d'importance pour elle. Adalynn n'a rien voulu me révéler de ce qu'elle t'a fait endurer.

Je me lève si brusquement que mon fauteuil recule, je me mets à arpenter la pièce. J'ai besoin de bouger faute de pouvoir taper dans quelque chose.

— Elle… elle m'a tripoté… sodomisé… et a tout fait pour que je la…

— Ne va pas plus loin, j'ai compris.

Eddy prend plusieurs bouffées d'air comme s'il étouffait.

— Oh putain, je vais gerber.

À peine a-t-il fini sa phrase que son estomac se retourne. Il a tout juste le temps d'attraper la corbeille à papier. Lorsqu'il relève la tête en s'essuyant la bouche, je remarque les larmes qui roulent sur ses joues même s'il se dépêche de les effacer.

— Et toi ?

Même si c'est difficile, j'ai besoin de savoir jusqu'à quel stade nous sommes liés dans cette merde.

— Elle s'en est tenue aux tripotages et à la sodomie, j'ai évité le dernier point. En grandissant, j'ai compris que ce qu'elle me faisait n'était pas normal. Je me suis rebellé, j'ai refusé qu'elle me touche. Cela a pris du temps, mais elle a fini par cesser toute tentative.

— Je l'ai souvent suppliée pour qu'elle arrête, je grogne.

— Elle fait une fixation sur toi. Le jour où je lui ai dit que tu sortais avec Ady, elle a pété un câble. Je ne voulais pas qu'elle m'accompagne au studio mais elle s'est glissée dans ma bagnole et j'ai été incapable de l'en déloger. Elle voulait vous voir ensemble de ses propres yeux. J'espérais qu'après ça, son obsession pour toi cesserait mais après l'épisode au poste de police, j'en doute sérieusement. Marietta est cinglée ! Je te jure, je ne vois que ça pour expliquer son comportement.

— L'inspecteur Steward voudrait que je porte plainte pour abus.

Eddy ne semble pas surpris.

— Tu vas le faire ?

De mes deux mains, je me frotte le visage.

— Je ne sais pas. Je ne veux plus repenser à tout ça mais

maintenant que je sais que je n'ai pas été sa seule victime, j'appréhende ce qu'elle pourrait faire à d'autres gamins.

Eddy appuie ses coudes sur ses genoux en posant son regard sur le mien.

— Tu crois vraiment que nous le sommes ? Des victimes ? ajoute-t-il devant mon air interrogateur.

Je hausse les épaules en croisant les bras.

— J'ai longtemps cru que j'avais cherché ce qui m'est arrivé. Et puis il y a eu Adalynn et j'ai commencé à me poser des questions. Putain Eddy, nous sommes deux à avoir subi ça alors que nous étions des gosses ! dis-je en m'énervant. Qu'avons-nous fait de mal pour qu'elle nous oblige à vivre ça ?!

Et voilà que je me mets à chialer ! Merde !

À ma grande stupéfaction je vois Eddy se lever, en deux pas il est sur moi et me fait une accolade. Sans réfléchir, je lui rends son étreinte.

— Je suis désolé mon pote, sanglote-t-il. Je suis tellement désolé.

— Tu n'y es pour rien.

Je lui tapote le dos avant de me détacher.

— Si… c'est ma mère, putain rien que de le dire ça m'écœure. C'est à cause de moi si tu es venu à la maison. Et puis… je savais qu'elle te faisait des trucs. Quand j'allais me coucher, j'entendais tes gémissements de douleur identiques aux miens, et malgré ça, j'insistais pour que tu reviennes à la maison dans le seul but de me protéger. Quand tu étais là, elle ne me touchait plus. Mais quel genre d'ami cela fait de moi ? Je m'en veux tellement. Si je pouvais revenir en arrière et agir différemment, je te jure que je le ferais.

Un flash venu du passé s'impose devant mes yeux : Eddy est puni, sa mère l'envoie dans sa chambre pour la soirée. Avant de quitter la pièce, il rive son regard au mien. J'ai du mal à déchiffrer les émotions qui y dansent, cela ressemble à un mélange d'angoisse, de honte et de culpabilité.

Je n'ai aucun doute sur sa sincérité.

— Je sais Eddy. Ady m'a déjà dit tout ça. Ma première réaction a été de t'en vouloir, j'ai vraiment eu envie de te casser la gueule. Mais tu sais quoi ? Après y avoir longuement réfléchi, j'ai réalisé que tu n'es pas coupable. Pas plus que je ne le suis. Nous étions encore des gamins innocents qui ont été brusquement projetés dans le monde des adultes, de la pire manière qui soit. Il m'aura fallu des années pour le comprendre et l'accepter, mais la vérité est que Marietta nous a blessés puis elle nous a manipulés pour que nous fermions nos gueules. Que ce soit Earl, Ady ou même l'inspecteur, ils ont tous raison. On n'a jamais souhaité que cela nous arrive, nous avons été abusés par ta mère. Nous sommes ses victimes.

Eddy s'essuie les yeux en méditant longuement mes paroles.

— Pourquoi restes-tu habiter avec elle malgré tout ça ?

Il hausse un sourcil.

— C'est le seul moyen que j'ai trouvé pour être sûr qu'elle ne ramènera pas un autre pauvre gosse innocent à la maison. Crois-moi, pas un jour ne passe sans que j'aie envie de me barrer et de ne plus jamais la revoir.

Je soupire longuement en comprenant qu'Eddy est toujours prisonnier de sa mère. Moi j'ai eu la chance de rencontrer Earl puis Adalynn qui m'ont offert l'opportunité de m'éloigner de cette folle, je me sens privilégié.

— Souvent je rêve que je la tue, je marmonne.

— Cela m'est déjà arrivé d'y penser aussi.

Nous échangeons un regard où se reflète notre envie commune de faire disparaître Marietta.

— Hier soir j'ai évoqué cette solution avec Ady, elle en était malade, lui dis-je en secouant la tête. Si nous déposions une plainte, tu aurais ta liberté.

À son tour, il se passe vigoureusement les mains sur le visage.

— Je ne peux pas faire ça. C'est tout de même ma mère, je ne peux pas l'envoyer en prison. Crois-moi, je la hais mais cela serait reconnaître aux yeux de tous ce qu'elle m'a fait pendant toutes ces années. Je ne pourrais pas continuer à vivre normalement en sentant les regards curieux ou empreints de compassion qui ne manqueraient pas de me suivre partout où j'irais. Je n'oserais même plus croiser les regards des mecs du quartier, poursuit-il en soufflant. Cependant si tu te décides à le faire, je le comprendrais, je te soutiendrais de mon mieux.

Mes idées s'embrouillent dans ma tête. Eddy n'a pas tort. J'ai honte de ce que Marietta m'a fait, de ce que je l'ai laissée faire. Si je déposais une plainte, aurais-je encore le courage d'affronter les gens qui me connaissent depuis toujours ? J'aimerais avoir la solution miracle qui réglerait ce problème et effacerait mon passé par la même occasion, seulement rien n'efface les actes passés, il faut juste apprendre à vivre avec de la meilleure manière possible.

— Tout ce que je veux, c'est laisser tout ça derrière moi et construire mon avenir.

— Avec Ady ?

Son petit sourire en coin suffit à détendre l'atmosphère. J'acquiesce d'un hochement de tête en souriant comme un idiot.

— Tu as eu du pot de la rencontrer. C'est une fille bien.

— Je ne vais pas prétendre le contraire. Je ferai tout pour la protéger.

Je n'ai aucun doute sur le fait qu'Eddy comprenne mon sous-entendu auquel il acquiesce gravement.

— Marietta la déteste.

J'avais beau le savoir, me l'entendre confirmer me fait serrer les poings de rage.

— Cela dit, je ne pense pas qu'elle s'attaquerait physiquement à Adalynn. Elle sait que si elle s'y risquait, elle te perdrait définitivement, ajoute-t-il.

— Jouer avec nous doit bien plus amuser son esprit tordu.

— J'en ai bien peur.

Un long silence s'installe. Il n'est pas pesant, nous sommes juste perdus dans nos pensées à la recherche d'une solution à ce merdier.

— Alors on est toujours potes ? finit par me demander Eddy.

Je lui tends mon poing, il s'empresse de taper le sien contre. Je suis content et soulagé de constater que notre amitié est plus forte que la perversité de Marietta.

— Par contre, si tu racontes à qui que ce soit que je t'ai serré dans mes bras, je te tue !

Je le menace avec le plus grand sérieux en pointant un index sous son nez.

Son sourire s'efface, il sait que je ne blague qu'à moitié.

— Parce que tu crois que je veux que tout le monde sache que j'ai chialé comme une fillette ? J'ai une réputation, mec ! D'ailleurs il ne s'est rien passé ! déclare-t-il.

— On est bien d'accord !

— Parfait. Parlons boulot maintenant… J'ai une excellente nouvelle !

Je ne reviens chez Adalynn qu'en fin d'après-midi. Eddy et moi avons longuement parlé tout en buvant une bière. Nous avions un besoin commun de repartir sur de nouvelles bases et je crois que nous y sommes parvenus.

Dès que j'entre dans le living, Ady lève le nez des documents qu'elle lit, stylo en main, pour me scruter avec appréhension.

— Pas de nouvelles ecchymoses, j'en déduis que vous ne vous êtes pas battus.

Je souris en m'approchant d'elle. Cette fille agit comme un aimant sur moi, elle m'attire inlassablement.

— Non. On a discuté calmement de… de ce qu'elle nous a fait, et tout va bien. Eddy est toujours mon meilleur ami.

— Tant mieux, dit-elle en me souriant. Je suis contente.

Mes bras se referment autour de sa taille tandis que je plaque mon torse contre son dos et pose mon menton sur son épaule afin de voir ce qu'elle trafique. Sans surprise, je découvre sur le bar devant lequel elle est assise, sa demande d'inscription en psychologie.

— Prête à te lancer ?

Elle tourne un visage soucieux vers moi.

— Et si jamais je me plante en arrêtant le droit ? Et si mon père n'était pas d'accord avec mon choix ? Et si tu détestais…

Elle panique, je la coupe dans son élan avant qu'elle ne remette sa vie entière en question.

— Il n'y a rien chez toi que je pourrais détester. Earl sera heureux si tu es heureuse. Fais ce qui te fait plaisir mon bébé, nous te soutiendrons.

Elle penche le visage et sa bouche se retrouve à quelques millimètres de la mienne.

— J'adore quand tu me dis que je suis ton bébé.

Du bout de sa langue, elle humidifie ses lèvres. Je ne me retiens plus et l'embrasse avec passion. Je n'ai qu'une envie : la soulever de ce tabouret pour l'emmener dans ma chambre. Pourtant je me contiens. La semaine qui s'est écoulée m'a fait réaliser que je me comportais souvent comme un homme des cavernes, isolant ma femme du monde qui nous entoure. Je ne veux plus agir ainsi, je veux montrer à l'univers combien elle est importante pour moi.

Lorsque je mets fin à notre baiser, ses joues ont rosi.

— Tu te souviens du chanteur qu'enregistre Eddy, Mark Duncen ? Il a craqué non pas pour une de mes chansons mais pour cinq !

Sa bouche forme un O parfait. Je ne lui laisse pas le temps d'exulter que je poursuis :

— Je t'invite au restaurant pour fêter ça ! Et si tu signes ces documents maintenant, nous pourrons également célébrer l'événement.

Elle presse ses lèvres contre les miennes puis rive son attention à sa demande qu'elle parcourt une dernière fois avant de la signer. Elle pose le stylo et se retourne entièrement vers moi.

— À présent, je peux te sauter au cou, lance-t-elle en joignant le geste à la parole.

Je nous fais tournoyer sur nous-même alors que les chiens nous sautent dessus. Je crois n'avoir jamais été aussi heureux qu'en cet instant, avec ma petite amie dans mes bras et un avenir prometteur devant nous.

Chapitre 48

Adalynn

Je ramasse mon cahier et mon stylo que j'enfourne dans mon sac à dos. Le cours de droit vient de se terminer, ce qui est un grand soulagement. À présent que j'ai pris ma décision de changer de filière, il me tarde de commencer la psychologie au prochain semestre.

Je gagne le couloir où Heather m'attend déjà, un immense sourire illuminant ses traits.

— Salut, me lance-t-elle joyeusement.

— Hello, tu as l'air en forme aujourd'hui. Ton maudit demi-frère a déménagé, pour que tu aies l'air tellement heureuse ?

À ma question, elle rougit en baissant la tête.

— Non… euh… disons que l'on s'est expliqués et que les choses se sont arrangées.

— Arrangées à quel point ?

— Au point qu'il vienne déjeuner avec nous ?

Je m'arrête au milieu des allées et venues des étudiants, totalement stupéfaite.

— Ça t'ennuie ? ajoute-t-elle avec inquiétude.

— Non, pas du tout. C'est juste surprenant. Il y a encore quelques jours, tu le traitais de tous les noms.

— Oui, je sais mais en fait, pendant que tu vivais dans ta bulle d'amour avec Jared, Chris et moi on s'est mis d'accord sur certaines choses. Dont celle de mieux s'entendre.

Je souris béatement, il est vrai que ces derniers jours, toute mon attention était dirigée vers mon petit ami. Je ne pense pas avoir été jamais aussi heureuse de toute ma vie. Jared se montre encore plus tendre et prévenant qu'auparavant. Il est devenu l'oxygène que je respire chaque jour.

En entrant dans notre cafétéria habituelle, Heather repère immédiatement Chris qui nous a réservé une table. Je l'ai déjà rencontré quelquefois sur le campus mais aujourd'hui, je sens qu'un élément a changé entre eux. Ses yeux marron sont braqués sur ma meilleure amie et un sourire, qui ressemble étrangement au sien, étire ses lèvres. Après nous être servies nous rejoignons Chris à la table, Heather se place à côté de lui tandis que je m'assieds en face.

— Ça va Ady ?

— Très bien et toi ?

Il jette un regard oblique à Heather en esquissant un sourire. Je suis certaine que ces deux-là me cachent quelque chose.

— Je crois que ça ne pourrait pas aller mieux.

L'air embarrassé de mon amie me fait rire. Je m'empare d'une frite en méditant le fait que, d'habitude si expansive, elle ne semble plus savoir où se mettre. Je n'ai jamais vu son visage si empourpré.

— Qu'est-ce qui…

Je laisse ma question en suspens en voyant Heather poser son regard étonné derrière moi, bouche bée. Son attitude me fait froncer les sourcils tandis que Chris l'observe, suspicieux. Puis elle sourit en reportant son attention sur moi.

— Surprise.

Je suis la direction de son index. Jared avance dans ma direction, les yeux plissés. Il doit se demander qui est ce mec avec qui je discute, sa jalousie évidente me fait sourire. Je me lève, trop heureuse de le revoir. Il m'a manqué depuis ce matin, en fait il me manque dès que je suis obligée de me séparer de lui. Mon sourire doit le lui faire comprendre aisément car il me le retourne aussitôt. Ses lèvres se posent sur les miennes avant même me laisser le temps de parler.

— Je suppose que c'est son mec, souffle Chris.

— Le seul et unique Jared, réplique Heather d'un ton amusé.

Lorsque nos bouches se séparent, nos regards se retiennent.

— Qu'est-ce que tu fais là ?

— J'ai essayé de t'appeler mais tu ne répondais pas, alors je voulais m'assurer que tout allait bien.

Je sors mon téléphone de mon sac, j'ai trois appels manqués, tous de Jared.

— Tu es trop mignon quand tu t'inquiètes, dis-je en souriant, tout en agrippant le devant de son T-shirt.

— Hum hum.

Le toussotement de mon amie me rappelle que nous ne sommes pas seuls. Détail que j'avais oublié ces dernières minutes.

— Jared voilà Chris, et inversement.

Les deux hommes se saluent d'un signe de tête avant que mon petit ami ne s'installe sur la chaise voisine de la mienne, mais alors que je suis sur le point de retrouver ma place, il m'attire à lui et je me retrouve assise sur ses genoux, son bras m'encerclant la taille.

— Ça fait un moment qu'on ne s'est pas vus, tu vas bien ?

— Aussi bien que toi apparemment, répond Heather. Je suis contente de voir que tout est redevenu normal entre vous.

Nous échangeons un sourire radieux.

— Je peux ? me demande Jared en désignant mon assiette à laquelle j'ai à peine touché.

Je la fais glisser devant lui, il engouffre rapidement une frite.

— Et vous, ça fait combien de temps que vous êtes ensemble ?

Il n'y a que lui pour poser aussi directement la question qui me brûle les lèvres depuis tout à l'heure. Je pouffe devant les joues rosies de Chris et d'Heather, ils osent à peine se regarder.

— Euh…, balbutie Chris. Je croyais que nous étions plus discrets que ça !

J'éclate de rire en voyant mon amie lever les yeux au ciel.

— Non, mec. Tu la bouffes du regard depuis que je suis arrivé !

— OK, ça fait trois jours mais nos parents piqueraient une crise s'ils savaient, alors merci de garder cette info pour vous, intervient Heather.

— Pas de problème, répondons-nous d'une même voix.

— Tu suis des cours ici ? Je ne t'ai jamais aperçu avant ? reprend Chris.

Jared secoue la tête en attrapant une autre de mes frites mais cette fois-ci, à la place de la manger, il me la tend.

— Non, je bosse à temps partiel dans un refuge pour animaux et j'écris des textes. D'ailleurs c'est pour ça que je voulais te voir, ajoute-t-il en tournant son visage vers moi. Eddy m'a appelé, Mark Duncen aimerait que je lui écrive l'intégralité des paroles de son nouvel album…

Ma bouche s'ouvre sous le choc de la nouvelle alors qu'il en parle comme d'une chose anodine.

— Attends ! Tu parles de Mark Duncen, le chanteur de rock ?

intervient Chris, stupéfait alors que la réaction d'Heather est comparable à la mienne.

— Ouais, en personne. Je dois en parler avec lui ce soir donc je risque de rentrer tard, poursuit-il en me dévisageant. Pourquoi est-ce que tu me regardes comme ça ?

J'ai envie de crier à la face de l'univers que mon copain va écrire un album entier pour un célèbre chanteur. Quand je pense aux épreuves qu'il a dû traverser, je m'émerveille devant la roue du destin qui le récompense à présent. Cela me donne envie de retourner voir sa mère pour lui montrer que son fils est un homme extraordinaire malgré le manque d'intérêt qu'elle lui a manifesté. Bien sûr je n'en ferai rien, elle n'en vaut pas la peine.

— Je t'aime, je lui murmure en passant une main dans ses cheveux.

Il garde le silence mais son expression ravie vaut tous les mots qu'il tait. Quand ses lèvres reprennent possession des miennes, je me moque qu'il ne me dise jamais ce qu'il éprouve du moment qu'il continue de me le prouver ainsi.

— Vous devriez vous prendre une chambre, marmonne Heather quand notre baiser prend fin, mais je choisis de l'ignorer.

— Et tu es venu jusqu'ici pour me prévenir ?

— Oui pour t'avertir et puis pour ça…

Il me donne un chaste bisou qui me fait autant d'effet que s'il m'avait engloutie tout entière.

— Oh c'est pas vrai, ils sont tout le temps comme ça ?

La fausse indignation qui perce dans la voix de Chris me fait rire.

— Mouais, maugrée Heather. Sauf quand ils sont en crise mais crois-moi, mieux vaut les voir s'embrasser.

En riant, j'attrape une frite et la balance dans la figure de ma meilleure amie.

Il est plus de 23 heures lorsque je sens un corps s'allonger derrière moi. Je sors doucement de mon sommeil et souris. Je reconnaîtrais cette main posée sur mon ventre n'importe où.

— Salut.

— Excuse-moi, je ne voulais pas te réveiller.

— Ne t'en fais pas. Comment ça s'est passé au studio ? Est-ce que Mark Duncen est sympa ?

Jared se blottit un peu plus contre moi, son excitation ne fait aucun doute.

— Oui, il est simple et humble, pourtant je n'aurais pas cru vu sa notoriété. On a bien accroché. Nous avons beaucoup parlé du genre de chanson qu'il souhaite, il va travailler les musiques tandis que je continuerai l'écriture des textes.

Tout en parlant, nos corps entament une danse lascive, se frottant l'un à l'autre.

— Mais le plus important dans tout ça, c'est que tu m'as manqué, susurre-t-il en m'embrassant dans le cou, juste sous l'oreille. Tu n'as pas eu d'ennuis ce soir ?

Mon regard se porte immédiatement vers la fenêtre. Quand je suis seule à la maison, je baisse les stores et tire les nouveaux double-rideaux que j'ai achetés. Je sais que cela n'empêche pas notre rôdeur de revenir mais sa tâche s'en trouve compliquée.

— Tu as tout fermé, souligne Jared.

— Oui, ça me rassure quand tu n'es pas là. Tu peux rouvrir si tu veux.

Lui jetant un regard en biais, je le vois secouer la tête avant qu'il dépose un baiser sur ma joue et qu'il descende lentement vers mon cou.

— Non, ça va aller, tu seras ma lueur bienveillante dans la

nuit. Je n'aime pas te savoir seule ici alors que ce malade traîne dehors.

— Cela fait un moment qu'il n'est pas revenu, il a peut-être laissé tomber. Et puis, je ne suis pas seule.

Je suis incapable de parler normalement, ma voix devient saccadée au rythme de ses mouvements.

— Tu parles des chiens de garde qui ne réagissent même pas quand je rentre ?

— Parce qu'ils savent que c'est toi. Jared ?

— Oui, ma puce.

— Tu comptes me torturer pendant encore combien de temps comme ça ?

Il rit contre ma nuque avant de l'embrasser à nouveau.

— Jusqu'à ce que tu te retournes vers moi.

— On est très bien comme ça.

Je le sens déglutir contre ma peau. Voilà un des autres problèmes de mon petit ami qu'il serait temps de résoudre.

— J'aime te voir.

Je tourne mon visage vers le sien.

— Tu as peur que je disparaisse si tu ne me vois pas ?

Il secoue la tête et appuie son front contre mon épaule.

— Avant de te rencontrer, à chaque fois que je me tapais une fille, le visage de Marietta revenait sans cesse me hanter. Je l'imaginais à leur place et ça me dégoûtait. Je ne m'en remettrais pas si je voyais cette cinglée quand c'est toi que je tiens dans mes bras.

Je tends la main jusqu'à lui caresser la joue.

— Regarde-moi, bébé. Je ne te laisserai pas tomber, si je sens que tu commences à partir dans tes souvenirs, je te ramènerai à moi. Toujours. Fais-moi confiance.

— Je crois en toi, Ady.

— Tant mieux, parce que lorsque tu auras enlevé ton boxer, tu t'apercevras que je suis entièrement nue sous la couette.

Jared grogne en se tortillant pour finir de se déshabiller rapidement.

— Purée, grommelle-t-il en plaquant son érection contre mes fesses.

Il recommence à se mouvoir tandis que ses mains partent explorer mes formes, me caressant avec une précision telle que je me cambre malgré moi. Avant qu'il ne tente de me convaincre à nouveau de me retourner, je passe une de mes jambes par-dessus les siennes, l'invitant à me posséder.

Ses bras se referment autour de ma taille.

— Tu es sûre ? grogne-t-il.

Incapable d'émettre un son cohérent, je hoche la tête.

Quand enfin il me pénètre, je soupire de bien-être. Il bouge lentement mais plus profondément que d'habitude en me murmurant à l'oreille combien je suis importante pour lui.

Lorsque je tourne la tête vers lui, il se penche et m'embrasse en accordant le rythme de sa langue à celui de ses va-et-vient.

— T'es toujours avec moi ? Je murmure.

— Plus que jamais, Tagada.

Soudainement il se retire malgré mon petit cri de frustration. Il me fait me mettre à quatre pattes, se replace derrière moi et d'un brusque coup de reins revient en moi. Mes membres se mettent à trembler sous la délicieuse cadence qu'il m'impose. Jusqu'à présent, je n'avais jamais expérimenté d'autres positions que le face à face, je ne m'étais pas attendue à ce que faire l'amour soit encore plus intense de cette façon. J'ai la sensation que mon corps entier lui appartient.

— Je ne te fais pas mal ? balbutie-t-il d'une voix plus grave qu'habituellement.

— Non…

Je ne parviens pas à mettre des mots sur ce que je ressens, j'attrape donc sa main qui jusque-là était posée sur ma hanche et la place sur mon ventre.

— Oh bordel ! lâche-t-il dans un souffle en sentant mes organes bouger en coordination avec ses mouvements.

Mes bras cèdent et je me retrouve avec le visage dans l'oreiller et les fesses en l'air. Je crois que si je ne naviguais pas vers la jouissance, j'aurais honte de ma position, mais à l'heure actuelle je m'en moque complètement. Seul compte le plaisir que Jared me donne et qui me transporte toujours plus loin.

— Oui, c'est ça, vas-y ma puce, m'encourage-il en sentant mes muscles intimes se contracter autour de lui.

Ses mots font s'effondrer les dernières barrières qui me retenaient encore. Un long gémissement sort de mes lèvres alors que mes jambes lâchent à leur tour. Mon orgasme n'avait jamais été aussi puissant. Quand je reviens à la réalité quelques secondes plus tard, je réalise que je suis allongée à plat ventre, Jared au-dessus de moi accélère ses va-et-vient tout en déposant des baisers sur mon épaule.

— T'es de retour ?

Malgré sa voix hachée, j'entends sa satisfaction de m'avoir envoyée parmi les étoiles.

Je hoche la tête alors que mes membres se remettent à trembler. De nouvelles ondes de plaisir m'électrisent une fois encore. Je ne sais si Jared s'en rend compte mais il augmente ses assauts alors que mon corps se tend à sa rencontre. Cela n'a plus rien de romantique, de doux ni de tendre. C'est bestial sans être brutal. J'ai conscience des bruits que font nos corps lorsqu'ils s'entrechoquent, de la respiration rapide de mon petit ami alors qu'il me prend selon sa volonté.

— Bébé ?

Je murmure afin de m'assurer qu'il est toujours avec moi.

— Je suis là, Ady, répond-il. Je sais que c'est toi. Ça n'a jamais été aussi bon avec aucune autre.

Sa main se faufile entre le drap et mon ventre, et quand je la sens caresser mon clitoris, je gémis de plaisir. Son geste, d'une extrême douceur, est en totale contradiction avec le reste de son corps qui me pilonne sans relâche.

Puis d'un même mouvement il donne un dernier coup de reins tout en appuyant sur la partie la plus sensible de mon intimité et je décolle à nouveau, mais cette fois, Jared fait le voyage avec moi. J'ai vaguement conscience de son poids lorsqu'il retombe sur mon dos, de son visage près du mien et de sa main libre qui enserre la mienne. Ce soir, il a réussi à dépasser une autre de ses peurs, cela l'a libéré et nous a encore plus rapprochés. Quelques minutes plus tard, je le sens s'allonger à côté de moi et me prendre dans ses bras. Je me cale contre son torse avant de m'endormir, complètement épuisée.

Chapitre 49

Jared

Au travail, ce matin, mes collègues n'ont pas arrêté de me jeter des regards étonnés puis cet après-midi, c'est Eddy qui n'a cessé de se moquer de mon air d'« idiot heureux », selon ses dires. Mais je m'en fiche. Oui, je suis heureux et le sourire épanoui qui ne me quitte plus le prouve à tout le monde. L'avocat hobbit d'Adalynn a obtenu que Lockdan nous foute enfin la paix contre mon renoncement à porter plainte pour diffamation. De plus, il plaide coupable pour ce qu'il lui a fait, ce qui signifie qu'elle n'aura pas besoin de raconter son agression devant un tribunal. Tout semble enfin rentrer dans l'ordre. J'enfile mon pantalon de survêtement, qui me sert de pyjama, en arborant toujours un visage d'imbécile heureux.

— Qu'est ce qui te fait sourire comme ça ?

Ady pénètre dans la chambre en me scrutant. Elle rayonne autant que moi.

— Je suis content que tout s'arrange enfin et surtout que tu sois venue me rejoindre au studio. J'aime ce genre de surprise.

— Je crois que c'est le seul moyen de passer un peu de temps avec toi dans la journée. J'aime bien te voir travailler et puis qui ne sauterait pas sur l'occasion de rencontrer Mark Duncen.

Je plisse les yeux. Je le reconnais, voir Mark et Ady dans la même pièce m'a rendu un tantinet jaloux.

— Je savais bien que tu avais une idée derrière la tête en venant nous voir.

Elle lève les yeux au ciel sans cesser de sourire et s'avance vers moi.

— Exactement. Celle-là, murmure-t-elle en se mettant sur la pointe des pieds pour m'embrasser.

Je me laisse tomber sur le lit, l'entraînant avec moi en riant. Horus se met à grogner faiblement, mais trop occupé à serrer ma petite amie dans mes bras, je n'y prête pas attention.

Adalynn se glisse sous la couette, en relevant son regard vers la fenêtre. J'aperçois alors celui qui n'était pas venu depuis longtemps : le rôdeur. Immédiatement mes muscles se contractent. Ady s'est également crispée, nul doute qu'elle l'a également vu.

— Jared, il y a…, chuchote-t-elle en posant ses yeux terrifiés sur les miens.

— Je sais, dis-je en ramenant une mèche de ses cheveux derrière son oreille et en caressant sa joue au passage afin de la tranquilliser. Tu vas faire ce que je te dis, d'accord ?

Elle hoche la tête.

— Viens sur moi.

Dès qu'elle s'exécute, je pivote de façon à ce que ce cinglé ne puisse plus la voir. Elle est à présent allongée entre mon corps et la table de chevet, me faisant face.

— Parfait ma puce, n'aie pas peur, tout va bien se passer. Je vais éteindre la lampe et tu te laisseras tomber sur le sol. Je veux que tu te planques sous le lit jusqu'à mon retour, compris ?

Elle secoue énergiquement la tête.

— Hors de question que je te laisse seul avec ce type.

J'esquisse un sourire.

— J'ai déjà flanqué une raclée à Tyler, je peux recommencer sans problème. S'il te plaît, fais ce que je te dis. Reste dans la chambre avec les chiens.

Elle acquiesce, à contrecœur.

— Je t'aime, chuchote-t-elle.

Je pose brièvement mes lèvres sur les siennes en plongeant la pièce dans l'obscurité puis l'encourage à rejoindre le sol sans se faire mal. Avant de se faufiler sous le lit, elle attrape la tablette tactile à laquelle les caméras de surveillance sont reliées. J'attends quelques secondes avant de me lever le plus discrètement possible et de rejoindre le couloir.

— Jared ! Il se tire ! me crie Adalynn.

Je me mets à courir, pas question que cet enfoiré m'échappe une nouvelle fois. J'ouvre la porte d'entrée à la volée et fonce sur la pelouse. Le rôdeur n'est qu'à quelques pas devant moi. En m'entendant le rattraper, il s'arrête et se retourne vers moi. Stupéfait, je stoppe net ma course.

— Putain, je grogne avec rage.

Ce n'est pas Tyler. Ces cheveux roux qui s'échappent d'un bonnet noir, ce corps habillé de vêtements bien trop moulants… Il n'y a que les chaussures, des tennis, qui sont différentes des talons aiguilles habituels.

En lisant l'incrédulité sur mon visage, Marietta sourit. Elle ne dit pas un mot mais pointe un index vers la maison avant de le passer rapidement sur sa gorge. Mes yeux s'écarquillent en comprenant son projet. Avant que je n'aie le temps de réagir, elle repart en courant. À présent, je n'ai plus besoin de l'attraper, je connais l'identité de celle qui nous surveille depuis des semaines, terrorisant Adalynn. Et je sais où la trouver.

Ady… Purée comment vais-je lui apprendre ça ? Comment

lui avouer que par ma faute, encore une fois, elle se retrouve exposée au danger ?

Rageusement, je me passe les mains dans les cheveux en reprenant la direction de la maison. Lorsque j'entre dans la chambre, ma copine est assise sur le bord du lit, la tablette entre les mains. Bien qu'elle ait la tête baissée, j'aperçois les larmes qui roulent sur ses joues.

— Ady… C'était… C'est Mar…

— Marietta, je sais, murmure-t-elle en relevant ses yeux vers moi. Jared, cette femme est complètement cinglée. Il faut que tu voies ça.

Elle me tend la tablette. Sur l'écran, on voit notre rôdeuse arriver avec précaution, se planter devant la fenêtre de ma chambre. Pendant un long moment, elle ne fait rien d'autre que regarder. Je devine que nous devions être dans d'autres pièces. Puis elle se rapproche de la vitre comme si son intérêt était soudainement attiré par quelque chose, là elle se met à se caresser par-dessus ses vêtements tandis que je comprends que cela doit correspondre au moment où je me déshabillais. Aussitôt une nausée m'envahit, pourtant je continue de regarder cette femme qui me pourrit ma vie depuis bien trop d'années. Son attitude change à nouveau, son corps se crispe et elle serre les poings avec colère. Quelques secondes plus tard, elle se donne des coups sur la tête en la secouant comme une démente. Pas de doute, son changement d'humeur intervient au moment où Ady m'a rejoint dans la chambre. Elle reste ainsi à reproduire les mêmes gestes pendant encore quelques minutes avant de repartir. La suite, je la connais. Je pose la tablette sur le lit.

— J'ai vu ce qu'elle a fait quand tu étais devant avec elle, sanglote Adalynn.

Je m'agenouille à ses pieds et m'empare de ses mains.

— Je ne la laisserai pas te faire de mal, je te le promets, ma puce. Elle ne te touchera pas.

— Jared, cette folle furieuse veut me tuer ! Tu crois vraiment que tu vas pouvoir l'en empêcher ? Tu ne peux pas me surveiller à longueur de journée !

J'enroule mes bras autour de sa taille et pose ma joue sur ses genoux. Délicatement, elle passe ses mains dans mes cheveux.

— Je vais trouver une solution. Tu as ma parole, Tagada, je vais arranger toute cette merde.

Nous demeurons ainsi un long moment.

— On devrait essayer de dormir un peu. Elle ne tentera rien cette nuit.

— Je ne peux pas dormir ici.

— Tu veux qu'on aille dans ta chambre ?

À nouveau, elle secoue la tête.

— D'accord. Viens, on va s'allonger sur le canapé.

Ady s'empare de ma main et me suit, accompagnée des chiens qui ne semblent plus vouloir la perdre de vue comme s'ils avaient senti son angoisse.

Je m'allonge en premier et l'attire à moi, elle se blottit entre mon corps et le dossier du canapé avant que je fasse glisser une couverture sur nous. Elle cale sa tête dans le creux de mon épaule. Petit à petit, je sens la tension la quitter alors qu'elle sombre dans le sommeil. Je n'ai aucune intention de fermer l'œil, bien trop préoccupé à trouver la meilleure solution pour régler ce problème. Cela fait maintenant 12 ans que Marietta me gâche la vie, je n'en peux plus. En voulant s'en prendre à Adalynn, elle va beaucoup trop loin. Elle m'a fait atteindre le point de non-retour. À présent, je sais ce que je dois faire.

— Tu es en sécurité, mon bébé, dis-je en chuchotant à l'oreille de ma petite amie. Je vais nous débarrasser d'elle… définitivement.

Chapitre 50

Adalynn

Lorsque je m'éveille, je suis seule sur le canapé. Je remonte la couverture dans laquelle je suis emmitouflée, sous mon nez. Je n'ai aucune envie de me lever et d'affronter le monde extérieur. Monde où je suis certaine qu'une femme souhaite avoir ma peau. Je lève les yeux vers la fenêtre de la cuisine où le ciel gris semble en parfait accord avec mes pensées moroses. Tout est calme dans la maison, beaucoup trop calme. Jared doit déjà être parti travailler, mais je m'étonne qu'il ne m'ait pas réveillée afin de me faire mille recommandations de prudence. Cela ne lui ressemble pas et je m'inquiète. Je me lève brusquement et cours prendre mon téléphone sur le comptoir. Il est déjà 11heures. Je suis sur le point de l'appeler lorsque je remarque des feuilles posées à côté.

J'ai tant de choses à te dire,
Que je ne sais par où commencer
Je ne vais pas t'écrire
Une chanson d'amour romancée
Tu le sais, je ne suis que moi

Celui qui a du mal à trouver les mots
À te dire combien il se sentait de trop
Quand dans son âme il faisait froid
La nuit a toujours hanté mes pensées
Je m'y sentais mal, oppressé par mon passé
Et puis tu es arrivée, petit bout de femme
Dans l'obscurité tu es devenue ma flamme
Je ne connaissais rien à la vie
C'est toi qui m'as tout appris
Cette chanson n'aura pas de refrain
Juste un couplet, une phrase rajoutée
Pour te dire que je t'attends plus loin
Quand je serai enfin libéré

Dans tes yeux dansent de vertes prairies
Qui me renvoient à la beauté de la vie
Adalynn, ton prénom est une poésie
Composé avec amour et utopie
À travers ton regard je découvre l'univers
J'ai la sensation de respirer pour la première fois
Les émotions m'étouffent sous leurs poids
Mais je ne les fais plus taire
Il y a mille mots pour les exprimer
Je pourrais te dire que tu as tout changé
Que mon destin entier a basculé
Que tes doigts sur moi me ramène à la vie
Que je vénère chacun de tes baisers
Mais je préfère t'avouer que j'ai enfin compris

Cette chanson n'aura pas de refrain
Juste un couplet, une phrase rajoutée

Pour te dire que je t'attends plus loin
Quand je serai enfin libéré

Tu dors paisiblement
Si tu savais à quel point tu es belle
Ainsi perdue dans le sommeil
Loin de mes tourments
Devant toi, je suis en admiration
Mon amour, ma vie, ma passion
Dorénavant je sais ce que c'est d'aimer
Je ressens les battements de mon cœur
Ce mélange d'excitation et de peur
Et le bonheur indescriptible de te respirer
Mais je me suis caché trop longtemps
Derrière ma culpabilité, mes peurs, et même derrière toi
Cette nuit où tu dormais dans mes bras, j'ai trouvé ma voie
Je dois faire face à l'homme que je suis vraiment
Peu importe ce qui arrivera désormais
Mes sentiments pour toi ne changeront jamais

Cette chanson n'aura pas de refrain
Juste un couplet, une phrase rajoutée
Pour te dire que je t'attends plus loin
Quand je serai enfin libéré
Retrouve-moi en totale liberté,
Rendez-vous quand je serai libéré

Je relis ce texte deux fois afin d'être bien certaine de comprendre. Au-delà des mots d'amour qu'il me dédie, et qui font battre mon cœur si fort qu'il menace d'exploser, j'y vois une autre réalité. *Retrouve-moi en totale liberté. Rendez-vous quand je serai libéré*. Ses phrases me chamboulent totalement. Aussitôt je l'appelle mais je tombe directement sur sa messagerie. Je raccroche et vais vite me préparer, il faut que je lui parle. J'ai un mauvais pressentiment. Hier soir, il est resté calme, beaucoup trop pour ne pas avoir élaboré un plan. Or je sais exactement ce qu'il envisage pour ne plus avoir Marietta dans sa vie. Et même si elle ne mérite pas moins que cela, je refuse que Jared gâche le reste de son existence à cause d'elle.

Après la douche la plus rapide de l'univers, j'enfile un jean, un pull léger et mes tennis avant de m'emparer de mon sac et de sortir rapidement de la maison. Je ne suis pas maquillée et ma coiffure ne ressemble à rien mais je m'en moque, je veux juste retrouver Jared. Tout en conduisant vers le studio, je le rappelle plusieurs fois, l'inondant de messages, puis je téléphone au refuge mais un des employés m'informe que mon copain a pris un jour de congé. Cette fois, je panique complètement. Ce n'est pas son genre de laisser tomber les gens, les animaux, sans avoir une raison valable de le faire. Je rappelle Jared et encore une fois tombe directement sur son répondeur.

— Bébé, rappelle-moi dès que tu as mes messages. Je t'en prie, ne fais pas de conneries. On va trouver une autre solution mais… ne fais pas ce que je soupçonne. Je t'en supplie.

Je me gare sur le parking et appelle Eddy afin qu'il sorte. Je n'ai pas envie de parler l'idée de Jared devant une assemblée de musiciens ou autres chanteurs. Lorsqu'il me rejoint dehors, je ne le salue même pas.

— Où habite ta mère ?

Il me regarde en fronçant les sourcils.

— Pourquoi veux-tu le savoir ?

C'est pas vrai, il a choisi son jour pour jouer au con !

— Écoute, je n'ai pas le temps de m'amuser. Je dois retrouver Jared.

— Et tu penses qu'il est parti voir ma mère ? Aucune chance !

Je sens la colère monter peu à peu.

— Ta mère est venue hier soir, c'est elle notre fameux rôdeur. Avant de partir elle nous a fait comprendre qu'elle veut me tuer alors…

— Jared va la butter, souffle Eddy.

— Enfin, tu comprends ! Alors dis-moi où vous habitez, il faut que je l'arrête avant qu'il ne le fasse !

Les épaules jusque-là crispées d'Eddy se relâchent subitement.

— Pourquoi est-ce que je te le dirais ? Si Jared veut se débarrasser d'elle définitivement, je suis d'accord pour le laisser faire.

Mes yeux doivent sortir de leurs orbites car Eddy baisse aussitôt les siens.

— Putain ! Mais c'est pas vrai ! Ton meilleur pote va passer le reste de son existence en taule s'il fait ça ! Tu souhaites vraiment qu'il paie toute sa vie pour avoir tué ta mère ? Tu ne crois pas qu'elle a assez détruit vos vies comme ça !

Il soupire longuement et lorsqu'il me regarde à nouveau, j'y lis une nouvelle résolution.

— D'accord, tu as raison…

La sonnerie de mon téléphone interrompt notre conversation.

Chapitre 51

Jared

J'ai l'impression que cela fait des heures que je tourne en rond en ruminant mon plan. J'ai passé chaque détail en revue. Je suis sûr de moi, il n'y a pas d'autres moyens. Je gare ma voiture à une distance raisonnable de la maison de Marietta et scrute le ciel orageux. J'allume mon téléphone, aussitôt s'affiche à l'écran une multitude d'appels provenant d'Adalynn. J'écoute les messages qu'elle m'a laissés, ma main libre se crispe sur le volant. Elle me connaît trop bien, il m'est impossible de lui cacher quoi que ce soit sans qu'elle le devine. J'ai besoin de l'entendre avant d'entrer dans cette foutue baraque et de faire face à mon pire cauchemar. J'ai besoin de sentir que quoi qu'il se passe, elle est avec moi. Je compose son numéro, elle décroche à la seconde sonnerie.

— Hey, je lance en essayant de paraître le plus calme possible.

— Bébé, où es-tu ?

Je prends une profonde inspiration.

— Tu sais où je suis.

Un hoquet de surprise lui échappe, elle ne devait pas s'attendre à ce que je confirme ses craintes.

— Ne fais pas ça, murmure-t-elle d'une petite voix. On va trouver une autre solution.

J'aurais aimé avoir un autre plan qui ne m'oblige pas à entrer à nouveau dans cette maudite maison, mais j'ai eu beau chercher, rien d'autre ne m'est venu à l'esprit.

— Il n'y a pas d'autres moyens, Ady, tu le sais aussi bien que moi. Elle ne nous foutra jamais la paix.

— S'il te plaît, Jared, si tu tiens à moi autant que tu le dis, autant que tu me l'as écrit, ne fous pas notre avenir en l'air.

Je ferme les yeux alors que mes mâchoires se contractent.

— C'est justement parce que je tiens à toi plus que tout au monde que je dois le faire Adada. Pour toi, pour nous. Elle ne me laisse plus le choix.

Je sors de la voiture et observe le fourgon de dépannage stationné de l'autre côté de la rue.

— Je dois y aller, ma puce… Je te rappelle quand ça sera fini.

Je raccroche avant de lui laisser le temps de réagir et éteins mon téléphone. Il va me falloir toute ma concentration pour affronter Marietta. Elle va essayer de me faire craquer, cela ne fait aucun doute. Sans la présence d'Ady, derrière laquelle me cacher, je vais devoir lui résister et mener mon plan à son terme sans flancher.

Je ne sais combien de fois je soupire en remontant la courte allée qui mène à cette maison qui renferme tant de mauvais souvenirs. Avant de pouvoir réfléchir à la possibilité de changer d'avis, je frappe à la porte. Elle s'ouvre quelques secondes plus tard.

— Je t'attendais, mon lapin. J'étais sûre que tu viendrais me voir après notre rencontre nocturne.

Marietta assortit son sourire à une invitation à entrer. Lorsque la porte se referme derrière moi, j'ai l'impression d'être coincé avec le diable en personne qui espère m'acheter mon âme. Je fais taire mon irrépressible envie de m'enfuir pour me consacrer à l'essentiel : je suis là pour Adalynn, il est impossible que je laisse cette femme toucher à un seul de ses cheveux. Plutôt mourir que de perdre Ady.

— Tu sais pourquoi je suis venu te voir ?

Marietta fait la moue devant ma voix ferme, dénouée d'émotions.

— Tu viens me dire que je ne dois plus approcher de ta prétendue chérie ?

— Exactement. Mais ce n'est pas tout, je suis également venu chercher des réponses. J'ai parlé à Eddy, il m'a tout raconté.

Le sourire machiavélique de Marietta s'agrandit.

— Oh mon Jared est jaloux ? Tu aurais aimé être le seul à profiter de mes soins ?

J'enfouis mes poings dans mes poches et les serre très fort pour me retenir de les passer autour de son cou.

— Comment as-tu pu lui faire ça ?

Marietta s'avance de deux pas et je me recule aussitôt. Je ne peux pas lui permettre de me toucher. Je n'ai jamais su lui résister, pourtant maintenant je le dois. Adalynn mérite mieux qu'un mec qui la trompe, qui trahit sa confiance surtout avec une telle femme.

— Il est du devoir d'une maman de faire découvrir l'amour à son fils, ne penses-tu pas ?

Ma mâchoire se contracte.

— Tu n'es pas ma mère, pourtant cela ne t'a pas empêchée d'abuser de moi !

Elle affiche un air déconcerté que je pourrais prendre pour de l'innocence si je n'avais pas été sa victime.

— Allons, tu aimais ce que je te faisais.

— Non ! Je détestais ça ! Mais tu t'en foutais ! Comme tu t'es toujours moquée de tout !

Lentement, elle se rapproche de moi jusqu'à poser sa main sur le devant de mon T-shirt. C'est le moment où je dois dépasser mes peurs pour devenir enfin celui que je suis vraiment. Je ressens une barrière qui s'effondre, mes doutes, mes angoisses qui s'envolent. Je peux le faire, je peux être plus fort que le pouvoir qu'elle exerce sur moi.

— Qui d'autre que moi pourrait t'aimer, Jared ?

Chapitre 52

Adalynn

Après l'appel de Jared, Eddy m'a donné son adresse. Il a refusé de m'accompagner, je crois qu'une partie de lui souhaite la mort de sa mère. Je ne peux l'en blâmer et serais certainement du même avis si ce n'était pas mon petit ami qui servait le bras de la vengeance. Information en main, j'ai roulé le plus vite possible jusqu'à trouver son pick-up. Je me gare derrière lui, et me rue vers la maison concernée lorsque, brutalement, je suis soulevée de terre par un bras qui m'enserre la taille alors qu'une main s'écrase fermement sur ma bouche. Je me débats dans tous les sens, essayant de donner des coups de pieds dans les tibias de mon agresseur.

— Chut, ça suffit Adalynn !

Cette voix m'est familière, mais je ne situe pas son auteur qui desserre l'emprise sur ma bouche pour me permettre de tourner le visage vers lui : Steward. Jared est foutu si la police est là pour le prendre sur le fait. Il va finir sa vie en prison, c'est certain. J'essaie de me dégager de son emprise pour aller le prévenir de ce piège, en vain. Cependant je me rends compte que l'inspecteur me fait reculer jusqu'à une camionnette dans laquelle il me fait entrer de force. Il me lâche enfin, j'en profite pour lui lancer le plus mauvais de mes regards .

— C'est quoi ce bordel ?!

J'ai crié et aussitôt d'autres voix m'ordonnent de me taire. Je me retourne, deux hommes et une femme sont installés devant des moniteurs sur lesquels apparaît la maison de Marietta.

— Qui d'autre que moi pourrait t'aimer, Jared ?

Mon Dieu, la voix de cette cinglée s'élève dans le fourgon.

— Ne me touche pas ! rugit la voix de mon petit ami. Tu ne m'aimes pas, tu n'as jamais rien ressenti d'autre qu'un désir primaire d'assouvir tes désirs !

— Mais qu'est-ce que… ? dis-je en chuchotant, stupéfaite.

L'inspecteur m'approche une chaise sur laquelle je me laisse tomber.

— Jared est venu me voir ce matin, on a mis ce plan au point. Il porte un micro et essaie d'amener Marietta à confesser ses actes.

Mon cœur s'emballe sous l'effet de la joie et du soulagement. Entre la vengeance et moi, il m'a choisie, il nous a choisis.

— Allons, tu appréciais ce que nous partagions. Tu le sais aussi bien que moi, reprend-elle d'une voix séductrice.

— Non ! Pendant des années, j'ai été ton jouet, celui qui assouvissait tes désirs. Mais jamais tu n'as pris en compte ce que je ressentais. La douleur qui était la mienne. Et puis j'apprends que tu as fait endurer les mêmes supplices à Eddy ! Pourquoi, bon sang ?

— Pourquoi pas ? J'ai toujours aimé les jeunes garçons. Enfant déjà, je m'amusais avec mon petit frère. Je lui ai appris tout ce qu'il sait. Mais mes parents l'ont découvert et m'ont fait enfermer dans un hôpital psychiatrique. Je n'en suis ressortie qu'à ma majorité en ayant fait une croix sur mes proches. Et puis, j'ai rencontré des hommes expérimentés qui ont su me satisfaire, mais quand le père d'Eddy s'est barré, que me restait-il ? Lui, mon petit homme. Quand tu as débarqué à la maison, quelques mois plus tard, j'ai tout de suite su que tu étais fait pour moi. Toi et moi c'était écrit, Jared. Pourtant j'ai essayé de lutter contre mes pulsions mais du haut de tes 13 ans, tu étais si gentil, si prévenant et tu manquais tellement d'attention, d'amour que j'ai fini par craquer. Je voyais déjà quel homme tu allais devenir : grand, beau, fort. Je te voulais de toutes les manières possibles.

— On la tient, murmure la policière à côté de moi.

— Tu es complètement folle, murmure Jared. Je n'étais qu'un gosse !

— Oh tu me vexes ! Comment peux- tu renier la magnifique histoire d'amour que nous avons vécue ?

— Il n'y a jamais eu aucune histoire ! Tu as abusé de moi !

— C'est ta salope qui t'a mis ça dans le crâne ?!

— Je t'interdis d'insulter Adalynn !

— Je vais m'occuper d'elle. Tu sais parfaitement que je ne la laisserai pas se mettre entre toi et moi.

Je tressaille devant la conviction qu'elle insuffle à ses paroles.

— À toutes les unités, on intervient ! lance Steward dans sa radio.

— Il n'y a pas de toi et moi, réplique Jared avec fureur. C'est Ady qui m'a appris ce qu'est l'amour, la tendresse et le don de soi. C'est elle que je veux ! Tu n'as jamais compté pour moi ! Tu es tout juste bonne à violer des gosses !

Le bruit des pas de Jared résonne dans le silence de la pièce. Je suis Steward à l'extérieur du fourgon. Une demi-douzaine de flics en uniforme encerclent la maison. Lorsque la porte s'ouvre sur Jared, je cours vers lui alors que les forces de l'ordre entrent à leur tour. En me voyant, mon petit ami s'élance vers moi, il me soulève sans mal me faisant reculer de deux pas. Mes bras se croisent immédiatement sur sa nuque alors que mes pieds pendent dans le vide.

— Je t'aime Adalynn, me dit-il le visage blotti dans mon cou. Tu ne peux pas imaginer à quel point je suis amoureux de toi. Je t'aime plus que tout au monde. J'ignore ce qui m'a pris autant de temps pour te le dire parce que j'en crève d'envie depuis des semaines, mais les mots restaient bloqués. S'il te plaît, laisse-moi être avec toi. Garde-moi auprès de toi pour toujours.

Sa voix hachée me fait comprendre qu'il pleure. Doucement, il me repose sur le sol mais je resserre mon emprise autour de son cou. Je ne veux plus qu'il s'éloigne de moi, jamais. La pluie qui menaçait s'abat brutalement sur nous mais ni lui ni moi ne nous en soucions.

— Bien sûr que je te garde, mon amour. Je ne veux être avec personne d'autre que toi.

Il relève le visage et plante ses yeux larmoyants dans les miens qui n'ont rien à leur envier. Ses mains se posent sur mes joues et, de ses pouces, il efface mes larmes.

— L'autre jour, tu m'as demandé ce que je voyais pour le futur. Je te vois toi. Depuis que je te connais, chaque jour, je lis mon avenir dans ton regard. Je veux qu'un jour tu deviennes ma femme, je veux que nous ayons des enfants parce que je sais que tu seras la meilleure des mamans. De même que je me sais incapable d'aimer une autre femme que toi. Je te veux pour toute ma vie.

Je pleure et souris en même temps.

— J'adore tes projets d'avenir.

— Je t'aime tellement, répète-t-il, nos regards toujours connectés.

— Moi aussi, je t'aime.

Il m'embrasse passionnément et je me perds dans toutes les

sensations de bonheur qui m'envahissent. Quand notre baiser prend fin et que je rouvre les yeux, j'aperçois derrière son épaule les policiers qui escortent Marietta, des menottes enserrent ses poignets. Jared suit mon regard mais aucune émotion ne transparaît sur son beau visage, son corps est détendu. Dorénavant, il est totalement libéré de son emprise. Je ne saurais comment l'expliquer, il est toujours le même mais ses peurs semblent s'éloigner au même rythme que Marietta.

— Je suis si fière de toi, dis-je en me collant contre lui.

Nous sommes à présent complètement trempés et je commence à trembler de froid.

— C'est toi qui m'as donné la force de mettre le passé définitivement derrière moi.

— Et j'en suis heureuse. Tu me ramènes à la maison ?

Jared me regarde longuement avant d'acquiescer. Il a enfin compris qu'avec moi, il a une famille, un foyer où il sera toujours aimé et en sécurité.

— Oui, rentrons chez nous.

Chapitre 53

Jared

5 ans et demi plus tard

Je me gare sur le parking de la prison en ce bel après-midi du mois de décembre. C'est une journée parfaite où le ciel d'un bleu clair sans nuage est en parfait accord avec mon humeur, même si les températures sont plus fraîches en cette veille de Noël. Quand les lourdes portes s'ouvrent sur Earl, je me précipite sur lui afin de lui faire l'accolade la plus longue que nous ayons partagée jusque-là. Grâce à une remise de peine, il est libéré plus tôt que prévu pour notre plus grande joie.

— Moi aussi, je suis content de te voir, gamin, dit-il en riant.

Il a vieilli ces dernières années. Même si je l'ai vu toutes les semaines, j'ai noté ses cheveux qui sont devenus gris, ses rides qui se sont creusées ainsi que les quelques kilos qu'il a perdus. Mais maintenant qu'il recouvre enfin la liberté, je ne m'inquiète pas, le bonheur de retrouver sa fille va effacer ces mauvais points.

Il lève le visage, l'exposant au soleil en soupirant de bonheur.

— Je suis tellement heureux que tu sois libre !

Je lui arrache presque son sac des mains et me dirige vers ma voiture. Earl sur les talons.

— Ady n'est pas venue avec toi ?

En croisant son regard, j'y lis de la tristesse.

— Elle ne pouvait pas, elle avait un rendez-vous qu'il lui était impossible de remettre mais on va lui téléphoner et je te conduis à elle. Ne t'inquiète pas, elle est folle de joie que tu sortes. Elle prépare activement le premier Noël que nous allons passer tous ensemble.

Avant de les rencontrer, je ne l'avais jamais vraiment célébré. Adalynn s'est donné pour mission de me faire découvrir le plaisir que l'on ressent durant ces fêtes familiales. J'avoue avoir pris goût aux décorations, à la dégustation des biscuits qu'elle aime préparer, au repas que nous partageons avec Eddy, Heather et Chris et même aux chants de Noël !

Earl retrouve immédiatement le sourire en ouvrant la portière côté passager.

Mon vieux pick-up m'a lâché il y a trois ans, j'en ai racheté un identique mais neuf. Une grande première pour moi qui n'est toujours eu que des affaires de seconde main.

— Comment va-t-elle ? Son boulot ? Vous deux ?

À peine sorti, Earl retrouve son rôle de papa poule, cela me fait sourire. C'est une particularité qui m'a tout de suite plu lorsque je l'ai rencontré : son côté protecteur. Il est également exact que lorsque l'on sort de prison, on a l'impression de redécouvrir le monde. Poser des questions, même banales, doit être sa façon de se reconnecter à la vie réelle, de réaliser que sa libération n'est pas un rêve.

— Je te rappelle que l'on s'est vus il y a quelques jours, dis-je en souriant. Ady va bien. Comme tu le sais, elle a eu une période difficile après la mort d'Horus, elle adorait ce chien. Et moi aussi d'ailleurs. Mais le temps faisant son œuvre, elle a retrouvé le sourire.

Horus nous a quittés il y a quatre mois. Il paraît que c'est rare pour un dogue allemand de vivre aussi longtemps. À croire que lui, qui avait mis tant de temps à trouver sa famille, ne voulait plus la quitter. Adalynn l'a soigné jusqu'au bout, même lorsque son arrière-train l'a lâché et qu'il peinait à se déplacer. Lorsque je l'ai découvert mort un matin, j'ai éclaté en sanglots. Adalynn m'a entendu et a tout de suite compris. Le cœur fatigué d'Horus avait cessé de battre durant la nuit. Nous avons passé des semaines à regarder l'imposant coussin où il avait l'habitude de s'installer en ne pouvant contenir notre émotion. Heureusement que Missy est toujours avec nous, pleine de vie et joueuse. Sa présence nous a aidés à aller de l'avant.

— Tout va bien également au travail. Pourtant les gosses qu'elle reçoit ont l'air d'avoir de sacrés problèmes. Même si elle n'évoque pas souvent le sujet, je le devine à son front plissé quand elle est perdue dans ses pensées.

Ady est devenue psychologue pour enfants. Elle collabore souvent avec la police dans des cas de maltraitance ou d'abus. Son travail est devenu une passion, elle adore aider ceux qui en ont besoin.

Earl rigole.

— Tu la connais bien !

— Oh oui !

— Des nouvelles de la psychopathe de service ?

— Marietta est toujours à l'hôpital psychiatrique. Comme tu le sais c'était ça ou la prison, mais comme les experts ont confirmé qu'elle est cinglée, elle devrait y passer le reste de sa vie. Eddy a été la voir une fois. Comme moi, il voulait avoir des réponses mais n'a rien obtenu. Déjà qu'en temps normal son cerveau avait du mal à fonctionner mais maintenant, avec les médocs qu'ils lui administrent, c'est pire. Je t'avoue que nous n'en parlons plus. Nous avons tourné la page et même refermé le bouquin. Et en ce qui concerne Ady eh moi et bien… on va l'appeler et elle va te répondre.

Je n'arrête pas de sourire comme un idiot tandis que j'ordonne à ma voiture de téléphoner à Adalynn. Les yeux ébahis de son père ne m'aident pas à demeurer sérieux.

— Avant que je sois en taule, on n'avait pas ça dans les voitures, commente-t-il.

— Bienvenu dans le monde moderne !

Il me donne une tape sur l'épaule.

— Arrête de te foutre de moi, tu veux ? Tu n'aimerais pas que je convainque ma fille de te détester ?

— Aucune chance que ça arrive ! réplique Adalynn à travers le téléphone. Salut papa !

— Bonjour ma chérie ! Comment vas-tu ?

— Très bien ! Tu m'entends aussi, bébé ?

— Oui, ma puce. Nous sommes en route.

— Parfait ! Tu lui as dit ?

— Euh…, je jette un regard en biais à Earl qui m'observe en fronçant les sourcils. Non, j'attendais de t'appeler, comme convenu.

— Je suis étonnée que tu aies tenu jusque-là, dit-elle en riant.

Moi aussi, j'ai tellement hâte d'y être.

— À toi l'honneur ! C'est ton père !

— Qu'est-ce qui se passe ? s'inquiète Earl en fixant le téléphone.

— Papa, il y a une chose que nous te cachons depuis longtemps… Il y a deux ans, Jared m'a demandé de l'épouser…

— Et tu as accepté ?

Ady et moi éclatons de rire devant son empressement.

— Évidemment ! Cependant, j'y ai mis une condition : je voulais que tu sois présent.

Les yeux de mon futur beau-père s'embuent immédiatement. Je décide de prendre la parole :

— Earl, regarde sur la banquette arrière.

Il s'exécute, l'air surpris.

— Cette housse à vêtement renferme ton costume. Le mariage a lieu dans trois heures. Nous désirions te faire la surprise.

En croisant à nouveau son regard, j'ai dû mal à contenir mes larmes lorsque je vois les siennes rouler sans retenue dans les sillons que les années ont gravés sur ses joues.

— Papa ? Tu vas bien ? s'inquiète ma fiancée.

— Oui, balbutie-t-il. Vous deux, vous faites de moi l'homme le plus heureux au monde.

— Je vais te déposer chez toi où Ady se pomponne, bien qu'elle n'en ait nul besoin, puis j'irai à la maison me préparer et on se retrouve un peu plus tard sur le lieu de la cérémonie.

En apprenant la sortie prochaine d'Earl, nous avons cherché une maison où nous installer et ainsi lui rendre celle qui a jadis était la sienne. Nous en avons acheté une dans la même rue, seules trois habitations nous séparent désormais.

— Je dois vous laisser, ma maquilleuse s'impatiente, explique Adalynn. À tout de suite, papa. Et à tout à l'heure mon futur mari, tu me manques.

Malgré mes suppliques, Adalynn n'a pas voulu déroger à la croyance de la séparation de vingt-quatre heures avant le mariage. Cela fait maintenant vingt et une heures que je ne l'ai ni vue ni touchée. Cette nuit sans elle a été la plus longue de ma vie. Heureusement ce supplice va bientôt prendre fin.

— Toi aussi, tu me manques. Je t'aime.

Depuis que j'ai prononcé ces mots pour la première fois, pas un jour ne se passe sans que je les lui dise, parfois plusieurs fois dans la journée. Cela m'est devenu aussi naturel que l'air que je respire. De même que je laisse dorénavant libre cours à mes émotions sans tenter de les camoufler comme je l'ai fait si souvent par le passé.

— Moi aussi, je t'aime.

Une fois que sa fille a raccroché, Earl se tourne vers moi en croisant les bras.

— Tu as osé demander ma fille en mariage sans implorer ma permission ?

Il fait tout pour demeurer sérieux alors que je rigole.

— Tu sais bien que les convenances et tous ces trucs n'ont jamais été mon fort !

— Ah ça, c'est sûr ! Mais quand même, toi le mec qui ne voulais aucune relation durable, tu vas épouser ma petite fille.

— Ady va bientôt avoir 25 ans, ce n'est plus une gamine, dis-je en souriant. Eh oui, je vais me marier avec elle et je peux même ajouter que j'en meurs d'impatience depuis des mois.

Sa main se pose sur mon épaule.

— Rien ne pouvait me faire davantage plaisir, fiston.

Fiston. Earl va devenir mon père par alliance et cela aussi m'emplit le cœur de joie.

En cours de route, je lui raconte comment j'ai demandé à Adalynn de m'épouser, un soir alors que nous étions installés sur le petit muret qui borde la promenade de la plage de Santa Monica, à l'endroit exact de notre premier rendez-vous. Le lieu où j'ai également réalisé que j'étais capable de ressentir de tels sentiments que ma respiration s'en était trouvée bloquée. Là même où j'ai compris que je ne pourrais plus jamais vivre sans elle.

Chapitre 54

Adalynn

La sonnerie de la porte d'entrée résonne et me fait tressaillir. Mon Dieu si c'est ma mère, elle va avoir raison de mes nerfs. Heather se précipite pour aller ouvrir et revient accompagnée de mon père. Je fais immédiatement un signe à la maquilleuse de me laisser aller l'embrasser. Elle fait une petite moue mécontente mais je m'en fiche, au prix où je la paie, je peux quand même prendre deux minutes pour aller serrer mon père dans mes bras, chose que je me dépêche d'accomplir. Il m'a tellement manqué pendant toutes ces années. Le voir une fois par semaine n'a jamais égalé le bonheur de l'avoir à mes côtés chaque jour.

— Tu es magnifique, ma chérie.

Sa voix chargée d'émotion me fait monter les larmes aux yeux. Je n'ai pas encore enfilé ma robe, seule ma coiffure, un chignon duquel s'échappent quelques mèches placées judicieusement, est terminée.

— Merci, papa. Je suis si heureuse que tu sois là. J'espère que tu n'es pas fâché que je ne sois pas venue te chercher avec Jared ? Comme tu le vois, j'étais un peu occupée.

Il tend la main pour me toucher la joue, mais le regard

assassin de la maquilleuse le fait renoncer avant qu'il atteigne ma peau.

— Je n'aurais pas pu être plus heureux. Allez, finis de te faire belle, je vais aller me changer. Ma chambre est toujours…

— Personne n'y a touché depuis ton départ, ni à ton bureau. Seule Carmen y entrait pour faire le ménage.

Mon père hoche la tête en se pinçant les lèvres. Malgré ses rides nouvelles, il dégage toujours ce charme, cette gentillesse et cette beauté qui lui sont propres.

J'adorerais parler avec lui plus longuement et dorénavant nous aurons tout le temps de le faire sans qu'aucun surveillant ne vienne nous signaler la fin de l'heure des visites. Mon père est libre et je vais me marier, la vie peut-elle être plus belle ?

Quand je revois mon père, je suis maquillée et je porte ma robe de mariée. C'est une robe bustier principalement constituée de taffetas blanc. Sur le devant, une fleur en tissu plisse le premier jupon, dévoilant un second jupon en organza. À l'arrière, les deux tissus s'entrelacent pour se terminer en une petite traîne. C'est une robe de princesse comme j'en ai toujours rêvé.

— Tu es splendide ! Ma petite fille va se marier !

— Ne pleure pas, papa, sinon je vais te suivre et une mariée avec des sillons sur les joues, ça ne serait pas l'idéal sur les photos.

Je plaisante pour essayer de refouler nos larmes et cela fonctionne.

Il est superbe dans son costume noir à chemise blanche.

— Ady, c'est l'heure, on doit y aller ! crie Heather depuis l'entrée.

— Prêt à me conduire à l'autel ?

Mon père acquiesce gravement.

— J'en suis honoré.

Je saisis le bras qu'il me tend et me laisse guider vers la voiture d'Heather. À cette heure-ci, Jared doit déjà être arrivé sur le lieu où se dérouleront la cérémonie et les festivités qui suivront. Il s'agit d'une villa bourgeoise qui appartient à notre ami Mark Duncen. Depuis leur première collaboration à son album, Jared et Mark ne se sont plus lâchés. Ils ont enchaîné les chansons. D'autres artistes ont également fait appel au talent d'auteur de mon fiancé. Aujourd'hui, il vit entièrement de sa passion pour l'écriture, toutefois il n'a pas laissé tomber les animaux pour autant et va régulièrement au refuge pour y faire du bénévolat. Je l'accompagne dès que je le peux. Entre nos carrières respectives et nos passions communes, notre couple a trouvé son équilibre et s'en trouve plus épanoui que jamais.

— Ça va ? me demande mon père, une fois installé à côté de moi sur la banquette arrière. Tu as l'air préoccupée.

— Oui, ça va mais je voudrais parler à Jared avant que ça commence.

Ses sourcils sont haussés si hauts qu'ils se perdent dans les plis de son front.

— Rien de grave, je n'ai pas changé d'avis mais j'ai une chose à lui dire.

Une chose qui fait battre mon cœur plus vite tant je devine que Jared va être mort de peur. Cela me stresse d'avance.

Quand nous parvenons à la villa, Chris nous attend dans l'allée. Heather et lui se sont mariés l'année dernière. Leur chemin a été semé d'embûches, surtout lorsque leurs parents ont appris quel genre de relation ils entretenaient. Malgré tout ils ont tenu bon, envers et contre tous, et aujourd'hui sont plus unis que jamais. Comme le prouve le baiser qu'ils échangent dès qu'ils se retrouvent. Mon père m'aide à descendre de la voiture. Cette robe est magnifique mais pas pratique du tout !

— Heather, tu peux me prêter ton téléphone ?

À peine l'ai-je en main que j'appelle Jared tout en avançant vers la demeure.

— Oui, Heather ?

— C'est moi, bébé. Je voudrais te dire quelque chose avant que nous nous mariions.

— Quoi ? Maintenant ?

— Je sais ce n'est pas le moment idéal mais…

— Ma puce, est-ce que ça ne peut pas attendre ?

Je sens ma conviction fléchir. Jared en profite pour poursuivre :

— Est-ce que si tu me le dis après la cérémonie la terre va s'écrouler ?

— Non, j'articule lentement.

— Est-ce que tu m'aimeras toujours si tu patientes un peu ?

— Évidemment.

— Ma puce, j'attends de t'épouser depuis des années alors s'il te plaît, ne me fais pas patienter davantage. Je t'assure que quoi que tu aies à me dire cela peut attendre que le pasteur ait fait son discours. En plus, il y a ta mère qui me dévisage, putain je suis en train de lui faire le sourire le plus hypocrite que j'ai en stock… Merde, elle a dû m'entendre vu que son regard de meurtrière est braqué sur moi.

J'éclate de rire. Franchement, quand j'ai invité ma mère, je ne pensais pas qu'elle viendrait, mais apparemment avoir un gendre qui est reconnu dans le milieu musical lui a fait oublier son côté mec des rues qu'elle détestait tant.

— S'il te plaît, Tagada, viens me sauver.

En tenant toujours le bras de mon père, je sors par l'arrière de la maison qui donne sur un magnifique jardin décoré en blanc pour l'occasion. Une centaine d'invités sont installés sur des chaises blanches. Parmi eux des collègues de travail, des musiciens avec qui Jared a collaboré, les membres du refuge pour animaux, des amis et même l'inspecteur Steward accompagné de sa femme. Devant moi s'ouvre une allée recouverte de pétales de rose rouge au bout de laquelle m'attend Jared accompagné de son témoin, Eddy. Mon fiancé a revêtu un costume blanc, sa cravate bleue, assortie à ses yeux, est la seule note de couleur. Eddy, qui a retrouvé ses dreadlocks, a opté pour un costume semblable à celui de mon père. Devant eux se tient le pasteur, la Bible entre les mains.

— Jared… retourne-toi !

Il pivote brusquement sur lui-même et reste pétrifié sur place en m'enveloppant de son regard passionné. Mon cœur s'emballe, est-il possible d'être autant amoureuse ? Sa bouche s'entrouvre alors que je raccroche et donne le téléphone à mon père. Ma meilleure amie s'avançant déjà dans l'allée en compagnie de son époux. Discrètement, je vois mon futur mari s'essuyer les yeux alors, qu'à notre tour, nous nous mettons en marche. Le jardin, les invités, tout disparaît. Je ne vois plus que Jared et ses yeux océan qui me dévorent.

En parvenant à sa hauteur, mon père s'empare de ma main et la glisse dans celle de mon fiancé qui se referme aussitôt sur mes doigts.

— Tu es magnifique.

La voix de Jared est plus grave que d'ordinaire.

Je me sens rougir comme s'il me disait ces mots pour la première fois.

— Elle est à toi. Bienvenu dans la famille, murmure mon père avant de rejoindre sa place au premier rang, en veillant à s'asseoir le plus loin possible de ma mère.

— Merci Earl.

Son regard ne me quitte toujours pas.

— Putain ce que t'es belle ! Tu l'es toujours mais là…

— Toi aussi, t'es canon.

J'esquisse un sourire en entendant le pasteur se racler la gorge.

— Si vous êtes prêts, on peut commencer ?

Nous acquiesçons en nous tournant vers lui.

— Nous sommes rassemblés en cette journée pour unir Adalynn et Jared ici présents, dans l'amour de Dieu devant leurs proches. Avez-vous préparé vos vœux ?

Comme le pasteur s'adresse à moi, je me tourne vers celui qui est sur le point de devenir mon mari et m'empare de sa seconde main.

— Jared, quand tu es entré dans ma vie, tu l'as complètement bouleversée. J'avais l'habitude de ne compter sur personne pour exister mais dès les premiers jours, tu m'as démontré que je pouvais avoir confiance en toi. Je ne peux pas expliquer le lien qui nous unit. Tu es mon oxygène, mon univers, ma vie. Je t'aime plus que tout, pour toujours.

Ses yeux sont braqués sur les miens, son sourire est immense.

— À vous Jared, intervient le pasteur.

— Ma puce, tu sais que j'ai parfois du mal à trouver mes mots lorsqu'il s'agit de sentiments. Avant toi, j'ignorais même que j'étais capable de ressentir de l'amour. Tout a changé quand tu m'as ouvert ta porte, dit-il tout sourire en reprenant les paroles de sa chanson qui est devenue un tube. J'ai mis du temps pour réaliser qu'en fait j'étais tombé amoureux de toi dès le premier soir, devant une pizza.

Tout le monde rit, moi y compris.

— Je me souviens précisément du jour où j'ai su que je t'épouserai. J'étais passé te voir à la fac. Tu étais avec tes amis Heather et Chris à discuter à la cafétéria. En te voyant si joyeuse, je me suis arrêté à l'entrée de la salle et j'ai su, sans l'ombre d'un doute, que c'était à toi que je voulais unir ma vie. Que je n'aimerais jamais une autre femme que toi. Cette conviction ne m'a jamais quitté depuis et aujourd'hui tu n'imagines pas mon bonheur de devenir enfin ton mari. Je t'aime tellement, mon bébé.

J'ignorais qu'il avait ressenti cela ce jour-là, il ne m'en avait jamais rien dit.

Le pasteur parle mais je l'écoute à peine tant je me noie dans le bleu océan des yeux de Jared.

— Mademoiselle Adalynn Mc Douglas acceptez-vous de prendre pour époux monsieur Jared Miller, ici présent ?

— Oui, bien sûr que je le veux !

À nouveau le public pouffe de rire alors que Jared me glisse une alliance en argent autour de mon annulaire,

— Monsieur Jared Miller acceptez-vous de prendre pour épouse mademoiselle Adalynn Mc Douglas ici présente ?

— Et comment ! Je veux dire : oui, je le veux !

D'une main tremblante, je mets à mon tour son alliance autour de son doigt,

— Par les pouvoirs qui me sont accordés, je vous déclare mari et femme !

Les mains de Jared saisissent mon visage avec douceur et sa bouche embrasse tendrement la mienne alors que nos proches applaudissent.

Chapitre 55

Jared

Voilà nos vies sont unies, comme on dit, jusqu'à ce que la mort nous sépare. Cependant même elle ne parviendra pas à briser le lien qui nous unit. J'en suis persuadé, Adalynn et moi c'est pour l'éternité.

— Comment tu te sens, mon mari chéri ? me demande ma femme en se penchant vers moi.

Je passe une main autour de sa taille, la rapprochant davantage alors que mon autre main attrape la sienne. Nous sommes assis côte à côte à une grande table rectangulaire, sous la tente blanche qui abrite les festivités. Des guirlandes, des plumes et des sphères lumineuses d'un blanc éclatant semblent voler autour des convives. La nuit est tombée depuis quelques heures. Les serveurs, après nous avoir apporté tous les plats que nous avions commandés, attendent notre feu vert pour faire entrer notre gâteau de mariage. Mes doigts parcourent la face antérieure de son poignet où mon prénom y est inscrit à l'encre indélébile. Peu après l'arrestation de Marietta, je me suis rendu chez mon tatoueur. Adalynn avait raison, j'ai un cœur qui est capable de ressentir bien des sentiments mais tous liés à elle. Aussi quand mon pote m'a tatoué un palpitant, j'y ai fait graver le nom de la femme de ma vie. Cependant je n'avais pas prévu que Tagada attendrait que je ne puisse plus bouger pour demander à son tour un tatouage. Lorsque j'ai vu le résultat, je l'ai serrée dans mes bras pendant très longtemps, trop ému pour parler.

— Merveilleusement bien. Et toi ?

Elle me retourne mon sourire en posant une main sur ma cuisse.

— C'est le plus beau jour de ma vie.

Je donne un coup de coude à Eddy qui, comprenant le message, sort immédiatement de la tente.

— J'ai un petit cadeau de mariage pour toi.

Eddy revient, je me lève et le remercie en m'emparant de ce qu'il y a dans le carton qu'il tient. Puis je pivote vers ma femme qui écarquille les yeux en poussant un cri dans lequel se mêle surprise et joie.

— Oh mon Dieu, qu'il est mignon !

Je lui tends un chiot dogue allemand, blanc et noir, qu'elle serre immédiatement dans ses bras.

— Comment est-ce qu'il s'appelle ?

— Je te laisse choisir. Il est arrivé au refuge la semaine dernière. J'avais demandé à Kristina de le mettre de…

Ses lèvres sur les miennes m'interrompent. Je savoure ce baiser jusqu'à ce que le chiot pose ses pattes avant sur mon torse, comme pour me rappeler que nous avons un public d'une centaine de personnes qui nous observent.

— Merci, mon amour. Il ne remplacera jamais Horus mais il sera mon petit Roméo.

— Roméo et Missy, ça sonne bien, disje en caressant le chien.

Mark Duncen me fait un signe discret pour attirer mon

attention. Voilà le moment qui me stresse le plus : celui d'ouvrir le bal. *Au secours ! Je n'aime pas danser.*

— Je crois qu'il est temps pour moi d'aller me ridiculiser sur la piste, je lui souffle à l'oreille.

— Mariés pour le meilleur et pour le pire, réplique-t-elle en riant.

Elle confie Roméo à Eddy et d'un même mouvement nous nous avançons pour atteindre le centre de la tente alors que Mark s'empare du micro. Une mélodie douce s'élève des haut-parleurs et bientôt résonnent les paroles d'une chanson que j'ai écrite pour ma femme afin de lui rappeler que notre amour ne mourra jamais. Tous nos invités ont les yeux braqués sur nous. *Génial !*

— Relax, bébé. Le slow est la danse la plus facile. On l'a répété cent fois.

Je hausse un sourcil.

— Oui et tes orteils se souviennent de toutes mes tentatives !

Elle rit en passant ses bras autour de mon cou et nous commençons à nous balancer lentement. Même si elle connaît cette chanson par cœur, Adalynn est toujours émue quand elle l'entend.

— Tu vois que tu y arrives, sourit-elle. Tu n'avais pas de raison de stresser.

— C'est vrai. Dorénavant, je ne paniquerai plus.

Son sourire s'estompe légèrement devant ma promesse.

— Je te parie que je peux réussir à te faire flipper. N'oublie pas que j'ai toujours quelque chose à te dire.

Je secoue négativement la tête.

— Non. Rien de ce que tu me diras ne me foutra la trouille. Et tu sais pourquoi ?

Comme elle me fait signe que non, je poursuis :

— Parce que je t'aime infiniment et que je n'ai plus aucun

doute sur ton amour non plus. Tu es ma famille Ady, rien, jamais, ne pourra changer ça.

Elle déglutit, à voir son visage, je dirais plutôt que c'est elle qui a peur.

— Justement en parlant de famille…

Elle arrête de se balancer et plante ses yeux dans les miens, sans ciller.

— Jared, je suis enceinte.

Ma bouche s'ouvre toute seule alors que mille pensées se bousculent dans ma tête. *Un bébé ?*

— Ça y est, tu flippes, commente Adalynn en baissant tristement la tête.

— On va avoir un bébé ?

J'ignore pourquoi je pose cette question stupide. C'est comme si j'avais besoin d'une réponse pour confirmer le tourbillon d'émotions qui m'envahit.

— Oui, j'ai oublié de renouveler mon contraceptif. Je n'avais pas prévu de… Mais j'ai fait un test dans l'après-midi. Je t'assure que je ne le savais pas avant, sinon je te l'aurais dit avant qu'on se marie.

— Putain, on va avoir un bébé !

La joie qui émane de ma voix lui fait brusquement relever le visage. Mes mains resserrent leur emprise sur sa taille pour la plaquer contre moi.

— T'es content ?

L'espoir et l'incrédulité se disputent ses traits.

— Content ? Je suis fou de joie ! Tu ne pouvais pas me rendre plus heureux !

Elle me fait le plus beau des sourires avant que je l'embrasse avec passion.

— Tu vas être un super papa.

Je fais une moue incertaine et elle ajoute :

— Je n'ai aucun doute.

— Je ferai de mon mieux. Tu seras là pour me remettre dans le droit chemin quand je déconnerai.

Contrairement à moi, je suis certain qu'elle sera la plus merveilleuse des mamans, celle que ni elle ni moi n'avons eu la chance d'avoir.

— Eh tout le monde ! On va avoir un bébé !

Des cris de surprise et des applaudissements retentissent tout autour de nous alors que je fais tournoyer ma femme dans mes bras.

Épilogue

Jared

Environ 7 mois plus tard

Le cri qui sort de la bouche d'Adalynn me vrille non seulement les oreilles mais également la tête, comme si je me tenais dans un clocher d'église au moment où sonnent les cloches. Je resserre la pression sur sa main et ramène ses cheveux humides en arrière. Cela me fait mal de la voir souffrir à ce point.

Puis d'autres cris lui succèdent, beaucoup moins fort mais plus rageur. La sage-femme soulève un bébé qu'elle pose sur la poitrine d'Ady.

— Votre fille est magnifique. Félicitations !

Notre petite princesse s'agite, hurlant sa colère d'avoir ainsi été arrachée aux entrailles de sa mère.

— Monsieur, vous voulez couper le cordon ?

Je déglutis péniblement. *Ce n'est pas le moment de tomber dans les vapes.*

Adalynn a le visage inondé de larmes de joie alors que je m'exécute. La sage-femme reprend notre fille le temps de la nettoyer grossièrement et de l'emmailloter dans une petite couverture rose. Puis elle la replace dans les bras d'Adalynn alors que nous sourions tout en nous embrassant.

Je me penche vers ce bébé que j'aime déjà autant que sa maman. Son poing minuscule se referme autour de mon index. Je pose mon front contre la tempe d'Ady, de sa main libre, elle efface l'eau salée sur mes joues. Je ne m'étais pas aperçu que je pleurais autant qu'elle.

— Bonjour petite Meadow. Bonjour ma fille.

Heureusement que notre fille ne se souviendra pas de ma voix tremblotante.

Ce bébé est le parfait mélange de nous deux. Ses traits délicats rappellent sans conteste ceux de sa mère, son léger duvet brun lui vient de moi. J'ai hâte de la voir grandir et de découvrir d'autres ressemblances, ainsi que son caractère. Il n'y a aucun doute, son prénom rejoindra prochainement celui de sa mère sur le tatouage de mon cœur. Il en sera de même pour les autres enfants que nous aurons sûrement la chance d'avoir par la suite.

— Je t'aime Jared, chuchote Adalynn en déposant un baiser sur ma joue.

— Moi aussi, je t'aime, ma puce.

La vie n'est pas toujours facile. Nous vivons parfois de difficiles épreuves mais tout s'estompe quand nous rencontrons l'amour de notre vie. De tels bonheurs, comme cette naissance, nous font dire que oui, nous avons dû nous battre mais cela en valait vraiment la peine. Dorénavant, je n'ai plus peur de l'avenir, ni du rôle que je vais jouer dans la vie de cet enfant car je sais que même si un jour il m'arrivait de commettre quelques erreurs, je l'aimerais toute ma vie. Ady m'a sauvé de moi-même et m'a appris que l'amour est le plus puissant sentiment qui puisse exister dans ce monde.

Tant que j'aurai ma famille auprès de moi, je serai le plus heureux des hommes. Cette certitude est ancrée dans mon cœur aussi sûrement que l'amour qu'elle m'insuffle.

Fin

REMERCIEMENTS

Merci d'avoir pris le temps de lire l'histoire de Jared et d'Adalynn. J'espère que vous avez aimé ces personnages autant que moi.

Il y a beaucoup de personnes que je voudrais remercier :

Un grand merci à tous les lecteurs, lectrices, qui depuis la parution *d'Au péril de te perdre*, me soutiennent et m'encouragent. Grâce à vos messages, vous me donnez l'inspiration pour continuer à écrire. Vous êtes toujours présents pour me remonter le moral lorsque je doute. Beaucoup d'entre vous sont mêmes devenus des amis. J'ai vraiment une chance inouïe d'avoir des lecteurs tels que vous ❤. Vous avez une grande place dans mon cœur.

Un grand merci également à toutes les blogueuses : avis-livresque ; au bazaar des livres ; mroseauteure ; lesetoilesdes-bibliotheques ; lafouineotheque ; les-lectures-de-melanie ; readinlovetime ; la page *Au péril de perdre*… ainsi que les youtubeuses : Amandine love reading ; Aurore62128… Pardon à toutes celles que je ne peux citer tant vous êtes nombreuses, mais vous êtes toutes adorables. Merci de m'aider à faire connaître mes écrits.

Parce que derrière chaque livre il n'y a pas seulement un auteur mais aussi l'équipe de la maison d'édition : Jean-Laurent,

Isabelle, Carole. Un grand merci pour m'avoir épaulée dans cette nouvelle histoire.

Merci à mes proches : Nadine, Josh, Isabelle A., Isabelle V., Marie, Pierric, Céline, Mathilde. Vous supportez mes moments d'angoisse même quand je m'énerve moi-même, lol. Je vous aime tous.

Un gros bisou à mes patrons pour leur gentillesse quotidienne.

One thank you private individual to Jason, my American friend. I already told you : You remind you a lot to Jared… Thank you for your support in all my projects. You are a very beautiful meeting. I am here for you ☺.

Couverture :

© zegers06

Ligne graphique : Chrystèle Ferté

Studio Fabrication : Flora Bellanger

Composition : IGS-CP à L'Isle-d'Espagnac (16)

Impression :

CPI BRODARD & TAUPIN

pour le compte des Éditions

Éditions Les Nouveaux Auteurs

Dépôt légal : juin 2017 – N° d'impression : 3023166

Cet ouvrage a été imprimé en France sur un papier composé de fibres naturelles, recyclables, et fabriqué à partir de bois provenant de forêts plantées et cultivées pour la fabrication de pâte à papier.